Kerstin Duken

Jahrhundertsommer

Kerstin Duken

Jahrhundertsommer

Roman

Goldmann Verlag

FSC
Mix
Produktgruppe aus vorbildlich bewirtschafteten Wäldern und anderen kontrollierten Herkünften

Zert.-Nr. SGS-COC-1940
www.fsc.org

Verlagsgruppe Random House FSC-DEU-0100
Das für dieses Buch verwendete FSC-zertifizierte Papier *Munken Premium* liefert Arctic Paper Munkedals AB, Schweden.

1. Auflage

Satz: Uhl + Massopust, Aalen
Druck und Einband: GGP Media GmbH, Pößneck
Printed in Germany
ISBN 978-3-442-31161-3

www.goldmann-verlag.de

Sommer 2006

Es ist Nacht in der Stadt und immer noch warm, obwohl schon so spät, sind noch immer Menschen auf der Straße, Menschen, die lachen und rufen, ganz in der Nähe ist ein Club, da treffen sie sich, die Sommernachtsmenschen, gehen hinein und wieder hinaus, hinein und wieder hinaus, ein merkwürdiger Bienentanz, vielleicht gibt es tatsächlich ein ordnendes Prinzip, nach dem das da alles geschieht, aber für mich ist es nicht zu erkennen. Ich sitze auf der schmalen, weißen Fensterbank mit Blick auf die Straße, und auf der Sophienkirche, schräg rechts von mir, blinkt eine kleine, goldene Kugel, aber das stilisierte, goldene Kreuz blinkt seltsamerweise nicht. Es ist eine warme Julinacht hier in der Mitte von Berlin, mal wieder eine warme Sommernacht, doch sie ist ganz anders als die Sommernächte in den Jahren zuvor.

Mein Leben vollzieht sich in diesem Sommer mit der Präzision eines Schweizer Chronometers, Sekunde für Sekunde, angefüllt mit Bildern, Menschen, Worten, Gefühlen, folgerichtig, wenn auch nicht so, wie ich es mir ausgemalt hätte. Nicht vor vier Jahren, nicht vor drei, nicht vor zwanzig, eigentlich nicht einmal vor vier Wochen ausgemalt hätte. Im Zimmer nebenan liegt ein Mensch. Und wie ich auf die Straße schaue und dann zu der glänzenden Kugel und dann in den Himmel, erscheint mir das alles so unglaublich, ich habe keine Erklärung, wie das alles passieren konnte, aber wahrscheinlich ist das nicht so ungewöhnlich, denn eine Erkenntnis stünde nun wirklich fett gedruckt in einer Bedienungsanleitung fürs Leben: Denken ist nicht die Antwort. Und vor meinen wachträumenden Augen drehe ich das Chronometer zurück …

Sommer 2002

Wie Säbelklingen schienen die Strahlen der Sonne haarscharf an den Wolken vorbei, so wie sie es nur tun, wenn ein Wolkenbruch unmittelbar bevorsteht. Der nächste Regenguss, ja vielleicht ein Gewitter, so wie es während des ganzen bisherigen Sommers immer wieder geregnet, gehagelt, gestürmt hatte, ein Unwettersommer, das war schon jetzt abzusehen. Dass es der Jahrhundertunwettersommer werden würde, das konnte man noch nicht ahnen. Durch das Panoramafenster hier im fünften Stock saß man in der ersten Reihe, konnte von links, dem Fernsehturm am Alexanderplatz, bis rechts, dem Berliner Dom, verfolgen, wie sich das Unwetter über der Stadt zusammenzog, sich formatierte, die Voraussetzungen für die Entladung schuf.

»Wir werden sie einfach ficken«, rief Marc und schickte ein zweisilbiges Lachen hinterher. Alle zwanzig überwiegend schwarz gekleideten Menschen im Raum drehten sich zu dem Mann im dunkelblauen Anzug um. Natürlich nicht wegen des Lachens, der Satz war einfach sirenengleich dazu geeignet, umgehend alle Aufmerksamkeit auf sich zu lenken. Marc bemerkte, was er da provoziert hatte.

»Keine Angst, ihr seid alle in Sicherheit, ich habe nur von unserem zukünftigen Kunden gesprochen, nehmt euch noch ein Glas, keine Angst vor mir, alles in Ordnung.« Er wandte sich mir wieder zu.

»Mein Gott, wie leicht man doch, na ja, aber du hast mich doch richtig verstanden, oder? Wir ficken sie einfach, das heißt doch nur, dass wir sie – klarmachen eben, abkochen, abziehen, einkassieren. Dann haben wir den ganzen Etat, und dann holen wir uns den nächsten, mit so einem Kunden im Portfolio, das ist magnetisch, ich sage es dir, du musst einen Großen haben, dann kommen die anderen ganz schnell hinterher, so läuft es doch, stimmt's Iris, so läuft es doch, Magnetismus.«

Er blickte mich erwartungsvoll an, und ich konnte nicht anders, ich nickte. Marc würde in drei Wochen mein Chef sein. Also musste ich nicken, heute musste ich noch nicken, in spätestens zwei Monaten konnte ich ihm sagen, dass es genau so, wie er es beschrieben hatte, nicht lief. Man fickt einen Kunden nicht. Denn der wird schnell merken, dass man ihn ungefragt gefickt hat, und dann ist das Rennen zwar vielleicht gelaufen, aber man steht hinterher als Ben Johnson oder Katrin Krabbe, oder wie diese ganzen Dopingsünder heißen, da: Man hat vielleicht das Rennen gewonnen, die Medaille und einen ansehnlichen Scheck überreicht bekommen. Aber dann deckt jemand auf, wie man das geschafft hat, und schon ist es vorbei mit Ruhm und Ehre. Dann wird man nie wieder zu einem Wettbewerb eingeladen, dann hat man überall schlechte Karten. Aber heute nickte ich noch, und es fiel mir auch nicht sonderlich schwer. Marc war nett. Ausgesprochen nett. Auch wenn er solche idiotischen Sätze sagte. Er war groß und sah ein wenig aus wie Michael Douglas in *Wall Street*. Der dunkelblaue Anzug, vielleicht Zegna, das weiße Hemd, die ausgesuchte Krawatte, die festen Budapester. Dunkles, zurückgegeltes Haar und blaue Augen – kosmosblau, hätten wir in einem Prospekt für einen Kunden wohl geschrieben –, in die hier, in seinem Büro im fünften Stock in Berlin-Mitte, die Klingen der Sonnenstrahlen so fuhren, dass sie noch mehr leuchteten als sonst. Marc war Segler, man sah es an den Sonnenbrillenrändern in seinem Gesicht und an den aufgeschürften Fingern, da, wo die Leinen bei hektischen Manövern zu schnell durchgeschossen waren. Natürlich hatte er mir davon erzählt, von seiner Leidenschaft, Regatten zu segeln, nicht Touren. Touren, sagte er, könne er immer noch segeln, wenn seine Kinder groß seien und er alt wäre. Marc wollte gewinnen. Marc war ein einziges Klischee. Allerdings eines der nettesten, die ich bisher so kennen gelernt hatte.

»Noch was zu trinken?«, fragte er.

Und wieder nickte ich. Nicht mein gesprächigster Tag heute. Obwohl, ich hatte schon den halben Nachmittag geredet, hatte versucht, Marc meine Vorstellungen von der Zukunft der Agentur schmackhaft zu machen. Ich hatte mich vorher über Marc erkundigt und glaubte zu wissen, was ihn reizen würde. Die Mischung aus überzeugt sein und Mut haben, ein wenig Abenteuer, aber viel Realismus, Fakten anders analysieren als üblich. Er brauchte die vernünftigen Argumente, um seinen Hang zum Abenteuer rechtfertigen zu können. Aber die Entscheidung traf er nicht rational, auch wenn er das nicht zugeben würde. Die Entscheidung traf er, weil er gern Abenteuer einging, sie zusammen mit anderen einging, sie bestand, um dann schlammverkrustet aus dem Urwald zu kommen und in der hochgereckten Hand den größten Rubin der Welt zu präsentieren. Und dann waren wir uns einig. Er reichte mir einfach seine große Seglerhand über den schwarzen Schreibtisch.

»Wir sind uns einig«, hatte er gesagt. Das war es. Das war der inoffizielle Vertragsabschluss, auf den ich mich aber verlassen konnte, das spürte ich.

In drei Wochen würde ich also für ihn arbeiten, Strategie und New Business, so lauteten offiziell die Geschäftsfelder. Auf einen Titel hatten wir uns hingegen noch nicht geeinigt.

»Such dir einen aus, den schreiben wir dann in den Vertrag«, meinte er. Das wäre jetzt also meine Beschäftigung für das Wochenende, einen schönen Titel ausdenken, der dann im Vertrag, auf den Visitenkarten, in meiner Mail-Signatur erschiene und bei Vorstellungen genannt würde. Was für ein wundervolles kleines Luxusproblem. Genauso wie die Frage, welchen Schreibtisch ich haben wollte. Zwei waren noch frei, der eine mehr mit Blick auf den Alex, der andere mehr mit Blick auf das Rote Rathaus. Ich tendierte zum Alex, aber auch das würde ich noch entscheiden, am Wochenende.

Es war kurz vor sechs. Hätte nicht gerade die Fußball-Weltmeisterschaft angefangen, wäre Marc sicherlich nicht mehr in der Agentur gewesen, sondern hätte sich auf den Weg gemacht, um auf seinem 38-Fuß-Boot auf der Ostsee zu segeln. Aber ab jetzt ging die WM vor. Da blieb er am Wochenende zu Hause und spendierte am Freitagnachmittag seinen Angestellten etwas zu trinken, einen besonderen Grund gab es offensichtlich gar nicht. Und es schien allen Spaß zu machen, so deutete ich es zumindest, denn keiner machte Anstalten zu gehen, nur ich merkte, wie mir der Prosecco zu viel wurde, ich wollte raus, in die gewittergeladene Luft, nach Hause.

»Marc, ich muss dann mal gehen«, sagte ich.

»Schon? Schade, aber in Zukunft sehen wir uns ja dauernd. Sehr schön, Iris, wirklich gut. Dann geh mal nach Hause, mach dir noch ein ruhiges Wochenende und dann noch eins und dann noch eins und dann ist es vorbei mit der Ruhe«, grinste er.

»Mache ich, ich werde Kraft sammeln«, antwortete ich. »Fürs Ficken« sagte ich nicht, aber ich hatte das Gefühl, Frank, der Art Director, und Katharina, die Kontakterin, die bei uns standen, fügten es in Gedanken hinzu. Aber vielleicht habe ich im Laufe der Zeit auch nur die Angewohnheit entwickelt, den Menschen, Kollegen Übles zu unterstellen.

Ich verabschiedete mich mit einem Nicken, gab Marc die

Hand, schaute noch einmal aus dem Panoramafenster und ging.

Die Eisentür fiel seltsam leicht ins Schloss. Eine Eisentür zu einem Büro, das war in Berlin-Mitte nichts Besonderes. Hatte Marc erzählt. Es wurde immer wieder eingebrochen, die Diebe kamen über die Dächer, schlugen die Oberlichter ein und klauten die Computer. Beunruhigend, sich vorzustellen, was nachts so alles und mit welchen Absichten über unseren Köpfe balancierte. Ich nahm den gläsernen Fahrstuhl, da mein Orthopäde gesagt hatte, Treppen hinunterzulaufen wäre Gift für meine Wirbelsäule. In den vier Stockwerken unter Marcs Agentur war das Goethe-Institut, und ich stellte mir kurz vor, wie die lernwilligen Japaner, Spanier, Amerikaner Sätze wie »Wir werden sie einfach ficken« durch die geöffneten Fenster vernahmen. Das sollten, meiner Meinung nach, nicht die Vokabeln sein, die man hier im Namen Goethes lernte; aber wahrscheinlich kannten sie die schon, bevor sie in Tegel überhaupt aus dem Flugzeug stiegen.

Ich lief von der Neuen Schönhauser Straße direkt zum Taxistand am Hackeschen Markt. Vorbei an den Restaurants, den Szeneläden, durch die Massen der Touristen, Werbe- und Filmleute, der jungen Hippen und der alten Leuten, die hier schon immer gewohnt hatten, jetzt aber nicht mehr so recht hierherpassten, hindurch. Hier würde ich also demnächst arbeiten. Gut? Gut.

Seit wann öffnen einem Taxifahrer eigentlich nicht mehr die Tür? War das nicht früher so, dass sie, sobald sie einen auf ihren Wagen zusteuern sahen, herausprangen und die Tür öffneten? Mein Fahrer tat es jedenfalls nicht. Ich setzte mich auf die Rückbank, nannte ihm meine Adresse in Schöneberg. Er schnitt bei seiner Kehrtwendung die Straßenbahn, das hatte schon Stil. Bog rechts ab, auf der Oranienburger wieder links, er kannte sich aus, das war die Abkürzung, die nur Taxifahrer nahmen, die sich wirklich auskannten. Ich sah mich im Auto um.

»Darf ich rauchen«, fragte ich.

»Gerne. Ich auch?«

»Gerne«, antwortete ich.

Und so zündeten wir uns beide eine an. Was für ein ausgesprochen angenehmer Zufall. Ein Rauchertaxi in Deutschland. Ich schaute aus dem Seitenfenster, um gleich alle Anwandlungen von Raucherverbrüderung zu vermeiden. Das war die Gefahr in dem an Rauchern immer ärmer werdenden Land: Fanden sich mal zwei, war das kurz vor einer Affäre.

Ich öffnete das Fenster einen Spalt breit, damit der Rauch abziehen konnte. Und dachte über das Gespräch mit Marc nach, nein, ich versuchte eher, es zu rekonstruieren, puzzlegleich, solche Gespräche, Bewerbungsgespräche, Gespräche, bei denen man höchst konzentriert ist, um adäquat zu antworten, gleichzeitig aber auch die Lücken suchen muss, um seine eigenen Botschaften zu platzieren, glichen einem 10 000-Teile-Puzzle, nein, vielleicht doch eher einer Schachpartie. Eröffnen, ziehen, agieren, reagieren, am Ende hatte man nach vielen Zügen, Finessen und Vorhersehbarem, Cleverem und Notwendigem, Überraschendem und Folgerichtigem ein Ergebnis. Nur geht man aus einem Bewerbungsgespräch heraus und ist sich oft nicht einmal sicher, wie das Ergebnis lautete. Das zumindest war in diesem Fall klar. Remis. Marc hatte bekommen, was er wollte, ich hatte bekommen, was ich wollte.

Je weiter ich mich von Berlin-Mitte entfernte und Schöneberg näher kam, desto lächerlicher fand ich das ganze Gespräch, das wir da geführt hatten. Es war so – typisch gewesen. Genau so stellte man sich die Gespräche vor, die in den Berliner Hot Shops, in den riesigen Dachgeschossen vonstattengingen. Ein Typ, der ein bisschen aussah wie Michael Douglas, und ein schwarz bebrillter, schwarz angezogener und schwarz denkender Art Director tun sich zusammen, fangen mit einem Apple-Powerbook und einer unterbezahlten Sekretärin an, und dann läuft es wie auf der Autobahn, zwei Mal umgedreht, schon ist man vom Souterrainloch im Prenzlauer Berg ins Glasloft in 10178 gezogen. Weil man Kunden fickt. Weil man es kann. Weil man einfach so unglaublich potent und geboren für den Erfolg ist, und wie das Gegenteil von Erfolg heißt, diese Vokabel kommt im aktiven Sprachschatz eigentlich gar nicht mehr vor, das Wort können sie vielleicht in den vier Etagen des Goethe-Instituts pauken, im fünften Stock, da existiert es nicht.

Bisher hatte ich in einer kleinen Agentur in Dahlem gearbeitet. Es war die Berliner Filiale einer amerikanischen Mutter, nur zwanzig Leute, damit die kleinste der deutschen Filialen. Keine gute Agentur. Und auch für mich war es eine Notlösung. Eigentlich war ich von Hamburg nach Berlin gegangen, um, nach fünf Jahren in der Werbung, noch einmal zu studieren. Im fünften Semester ging ich wegen meines Freundes, der sein Auslandsreferendariat bei der UN-Umweltbehörde machte, für ein halbes Jahr nach New York, verlebte da meine gesamten, ohnehin durch das Studium schon deutlich geschmälerten Hamburger Ersparnisse. Kehrte zurück, hatte keinen Freund mehr, kein Geld mehr, und das Studium war auch nicht mehr von Interesse. Ich brauchte keinen Freund und kein Studium, aber ich brauchte unbedingt Geld. Also nahm ich in den Semesterferien einen Job als freie Kundenberaterin in der Dahlemer Agentur an, dann waren die Semesterferien zu Ende, und ich saß immer noch in der Villa, betreute meine Etats, und so lief es weiter. Ich hatte eine Assistentin und dann noch eine, und irgendwann machte ich das Neugeschäft. Marc lernte ich auf einer Party kennen, wie das eben so geht. Er suchte jemanden für Strategie und New Business – und ich war genau das, was er brauchte. Strategie und New

Business und zusammen mit Marc Kunden ficken. Ich überlegte kurz, dem Taxifahrer zu erzählen, was Marc und ich vorhatten und was dabei mein Part war. Kann ein Taxifahrer das verstehen, also, kann er begreifen, dass das ein Beruf ist, der auch noch hoch bezahlt wird? Kann ein dunkelhäutiger Berliner Taxifahrer damit irgendetwas anfangen? Dieser Mann da hinter dem Steuer, der konnte jedem mit einem Satz erklären, was er machte. Und was machte ich? Dazu hätte ich mindestens zwanzig Sätze gebraucht. Und dann noch einmal zwanzig, um die ganzen Worte zu erklären, die Werbern, Investmentbankern und anderen Prozentfixierten selbst schwer betrunken noch geschmeidig von der Zunge gingen, mit denen aber kein normaler Mensch etwas anfangen konnte.

Wie an jedem Freitag, ja wie eigentlich an jedem Nachmittag war die Straße Unter den Linden wie zugeparkt. Heute Mittag hatte das Eröffnungsspiel der Weltmeisterschaft in Japan und Südkorea stattgefunden. Frankreich hatte 1:0 gegen Senegal gewonnen, morgen wäre das erste Deutschland-Spiel. Das ganze Land sprach über Fußball, die Ergebnisse würden in den nächsten Wochen auf den Titelseiten selbst der seriösen Tageszeitungen stehen. Alle würden verfolgen, was unsere Mannschaft machte, und hoffen, dass Brasilien, Italien, Frankreich und vor allem Holland nicht gut in Form wären. Kleine Kinder würden die Worte »Ballack« und »Kahn« lernen, und Menschen, die sich sonst in Börsenkurse versenkten, würden sich über Mannschaftsaufstellungen aufregen. Marc war Fußball-Fan, natürlich war er das, wie jeder kleine oder auch große Junge. Nur dass er jetzt nicht mehr mit Förmchen warf oder auf Bäume kletterte oder sich den Daumen mit einer Glasscherbe aufritzte, um Blutsbrüderschaft zu schließen. Sondern Kunden klarmachte, Etats klarmachte, Geld klarmachte, was auch immer.

Ich überlegte, wie lange ich für ihn arbeiten müsste, um mir einen Porsche kaufen zu können. Ich wollte unbedingt einen haben, ich wollte ihn einfach nur haben, ich würde damit nicht zur Arbeit fahren oder ihn in der Neuen Schönhauser aufröhren lassen, ich wollte ihn einfach nur haben und nachts damit nach Potsdam fahren oder wohin auch immer, ganz für mich allein, einen Porsche 911 Cabrio, dunkelblau oder schwarz. Ich schaute in den Rückspiegel. Ich sah nicht aus wie eine Porsche-Fahrerin. Ich sah nicht einmal aus wie jemand, der schon besonders lange seinen Führerschein hatte. Ich sah eher aus wie eine entlaufene Abiturientin, die sich zu teure Klamotten angezogen hat.

»Hausnummer?«

»94, das dritte Haus links«, antwortete ich.

Ich zahlte, keine Quittung, griff die Porsche-Aktentasche, die immerhin hatte ich schon, stieg aus dem Taxi. Manchmal warten die Taxifahrer noch, bis man im Haus verschwunden ist, aber wahrscheinlich nicht um die Uhrzeit oder ich sah nicht sonderlich gefährdet aus, jedenfalls fuhr der Mann gleich nachdem ich die Tür zugeschlagen hatte los.

Wenn mich jemand fragte, ob ich mich wohl fühlte in Berlin – meistens fragten das Menschen aus meinem Kaff, wenn ich meine Eltern besuchte –, dann sagte ich immer: Ja. Und weil ein Ja nie reichte, jedenfalls nicht den Menschen aus dem kleinen Vorort Bremens, weil sie es gar nicht glauben konnten, dass man sich in einer Drei-Millionen-Stadt, dieser Stadt, die wirklich jeden Abend in den Nachrichten war, einer Stadt, über die im Fernsehen sowieso laufend berichtet wurde, über diese laute, wilde, irgendwie gesetzlose Stadt, weil sich die Menschen, unter denen ich rund zwanzig Jahre gelebt hatte, es sich überhaupt nicht vorstellen konnten, Berlin nicht nur mal für drei Tage zu besuchen, sondern wirklich dort zu leben und das dann auch noch für eine gute Sache zu halten, sagte ich so was wie: Es ist natürlich sehr groß, aber man findet da schon seinen Kreis, dann ist es eigentlich gar nicht mehr so unübersichtlich, und trotzdem verändert es sich dauernd, das ist schon alles sehr spannend, ja, Mama, Onkel, Extennistrainer, ich fühle mich wohl in Berlin, ich glaube wirklich – und das war nun der Satz, an dem nichts mehr zu rütteln war, auch wenn die Köpfe geschüttelt wurden –, Berlin ist meine Stadt. Was ich nicht sagte, war, dass ich von »meiner« Stadt so gut wie nichts mitbekam. Ich arbeitete, traf mich mit Leuten, ging selten aus, besuchte die immer selben Orte, ging schlafen, stand wieder auf und machte weiter. Am Wochenende fuhr ich mit einer Freundin auf den Golfplatz, aber der war außerhalb Berlins. Die angeblichen wilden Veränderungen machten sich für mich höchstens an Baustellen fest. Oder an dem, was ich im »Tagesspiegel« las. Oder in den – selten – wechselnden Speisekarten im »Schwarzen Raben« oder im »Sale e Tabacchi« oder im »Montevideo« bei mir um die Ecke. Berlin ist meine Stadt – geschenkt. Das Beste an Berlin war, dass ich hier leben konnte, wie ich wollte. Vielleicht kenne ich Berlin nur zu einem Prozent, aber das ist ein sehr gutes Prozent, dachte ich, als ich die fünf Stockwerke zu meinem kleinen Penthouse hochlief. Die Spuren von Adrenalin, die leise Euphorie, diese merkwürdigen Stoffe und Zustände, die in meinem Körper während der Taxifahrt, selbst noch als das Taxi auf den Viktoria-Luise-Platz zusteuerte, zu spüren gewesen waren, schienen mit jedem Stockwerk heruntergefahren zu werden. Vielleicht hätte ich den maroden Lift nehmen sollen, um mir das Gefühl länger zu erhalten. Da oben warteten hundertfünf Quadratmeter Nichts. Kein Freund, geschweige denn Mann oder Kinder, noch nicht einmal eine Katze oder ein Aquarium. Zumindest war ich nicht außer Atem, als ich die Wohnungstür aufschloss. Die Porsche-Aktentasche und den anthrazitfarbenen Blazer meines Windsor-Kostüms in die Ecke warf. Da gehörte er in Zukunft auch hin. Die Zeit der Windsor-Kostüme war vorbei, ich war jetzt eine Preisklasse höher. Was ist die nächste Preisklasse, die nach Windsor? Wer konnte mir das sagen? War es peinlich, solche Fragen stellen zu müssen? Gab es darauf eine Antwort im Internet? Würde ich überhaupt noch irgendetwas in diese Ecke werfen? Oder bald nach Mitte ziehen wie alle? Mal sehen, alles mal sehen. Ich zog die hellblaue Bluse aus, warf sie mitten in das mit geöltem Eichenparkett ausgelegte Wohnzimmer. Zog den Rock aus und warf ihn vor die B-&-O-Stereoanlage. Die würde Marc gefallen, dem 80er-Jahre-Marc, dem coolen Werbeficker.

Ein paar Tage später fuhr ich mit meinem Bruder und seiner Frau in den Vorort von Bremen, wo ich aufgewachsen war. Mal die Eltern besuchen, wie man das so macht, wenn man mehr als 300 Kilometer entfernt wohnt, man fährt zwei Mal im Jahr und vielleicht noch an Weihnachten nach Hause. Um mal rauszukommen, sagt man, um mal abzuschalten, sagt man. Beim Anblick dieses Ortes – in dem vielleicht mal ein neuer Carport aufgestellt oder ein Baum gefällt wurde, sonst nichts – schaut man automatisch im Schnelldurchlauf auf diese vielen, vergangenen Jahre, zwanzig Jahre lang hat man da gewohnt, man erkennt auch alles wieder, man erinnert sich an Menschen und an Geschichten, Szenen, aber so richtig glauben kann man es nicht. Und natürlich fragt man sich mit aller Arroganz des Befreiten, wie man das überhaupt hat aushalten können, die Monotonie in diesem kleinen Ding, in dieser Kommode, in diesem Vogelbauer, der natürlich auch seine schönen, idyllischen Seiten hat, aber es bleibt unfassbar, zwanzig Jahre! Und die Eltern, die Nachbarn, die Lehrer, viele Mitschüler, die leben immer noch hier, wie kann man sich aussuchen, hier sein Leben, sein einziges Leben zu verbringen? Man sieht sich um und denkt: Das ist im Grunde deine Stadt, nicht Berlin, die gewählte, sondern Bremen, mit seinem vor Jahrhunderten eingemeindeten, nördlichen Vorort. In alle wichtigen Dokumente musst du unter Geburtsort »Bremen« eintragen, und man bleibt immer Bremerin, auch wenn man da seit zig Jahren, seit zig wesentlich bedeutenderen und bewussteren Jahren nicht mehr lebt, und auch wenn man sich hier nie richtig wohl gefühlt hat, klebt sie einem nun mal am Absatz, diese Stadt, wohin die Schritte dann auch immer gehen. Und ich bezeichnete es ja auch immer noch als zu Hause, »Ich fahre nach Hause«, was hieß, »Ich fahre zu meinen Eltern, die immer noch da wohnen«. Für ein paar Jahre hatten sie in Frankfurt gelebt, aber sie fühlten sich da nicht wohl, sie waren eben für immer Bremer, zu der Zeit hatte ich auch nicht gesagt: »Ich fahre nach Hause«, sondern: »Ich fahre zu meinen Eltern«, jetzt fuhr ich wieder nach Hause.

Mein Bruder traf in diesen Tagen zu Hause seine alten Freunde, ich traf niemanden, weil mir nicht nach alten Geschichten war und nach neuen erst recht nicht. Ich freute mich darauf, zweieinhalb Tage lang Tochter zu sein. Als Tochter musste man gar nichts erklären, die wussten alles schon seit hundert Jahren, wie ich war und dass sich daran nichts ändern ließ. Meine Mutter kauft für mich Cola light, stellt mir eine Flasche Wasser und ein Schälchen Gummibärchen neben das Bett und dreht die Heizung auf, auch wenn es dafür eigentlich zu warm ist, weil sie weiß, dass ich mich gern an die Heizung setze und lese, keiner hier stört sich daran, wenn ich irgendwann aufstehe, in mein Kinderzimmer, das nie mein Kinderzimmer war, aber so heißt, gehe und lese. Es gibt die Sachen zu essen, die mein Bruder und ich mögen, und wir gehen da spazieren, wo wir gerne sind, nämlich am Fluss, wo überall Erinnerungen bereitliegen, und es hat etwas Beruhigendes, dass der Fluss immer noch fließt und das Schilf steht und sich immer noch kleine Mädchen und Jungs in ihren nussschaligen Optimistenjollen mit dem Wind und den Wellen abmühen, kleine Bremer, die nächste Generation, mittlerweile wohl eher die übernächste. Zu Hause zu sein fühlt sich ein bisschen so an, als hätte man Valium genommen, und ein bisschen so, als würde einen jemand sehr Großes in den Arm nehmen.

Meine Großmutter, bei der ich Jahre meiner merkwürdigen Kindheit verbracht hatte, sahen wir gleich nach unserer Ankunft und am nächsten Tag zum Kaffeetrinken und am letzten Tag dann doch nicht mehr, weil wir es zeitlich nicht mehr schafften. Vielleicht war es besser so, ich weiß nicht. Das Kaffeetrinken war etwas angespannt, weil mein Bruder und ich nicht wussten, wann unsere Großmutter etwas ernst meinte und wann sie nur spielte. Es war offensichtlich, dass so etwas wie Alzheimer ihre Gedanken mitunter in eine Richtung trieb, die sie gar nicht hatte einschlagen wollen, aber manchmal war sie auch einfach nur witzig, da kenne sich einer aus. Es ist ein seltsames Ding mit diesen Kopfkrankheiten, man durchschaut sie nicht, meine Großmutter ging noch immer durch die Straßen, als gelte es, so schnell wie möglich zum nächsten Schlachtfeld zu kommen und da mit ein paar klaren Kommandos Ordnung in die Linien zu bringen, ihre Beine waren schlank und ihr Profil nicht das einer 82-Jährigen, und ihre Augen blickten wach und grün da hin, wo etwas passierte, der einzige offensichtliche Unterschied bestand darin, dass sie, die immer größer gewesen war als ich, mir jetzt gerade noch bis zum Kinn reichte, ein sehr altes Püppchen, dem ich gern über die Hand streichelte. Sie war lieb geworden, das war die zweite Veränderung, sehr sanft und lieb, meistens jedenfalls, und immer noch besorgt und immer wieder noch im Glauben, sie könne alles richten, damit es meinem Bruder und mir gut ginge, und sei es auch nur mit dem Geld, das sie hatte. Manchmal ließ sich unser Glück ihrer Meinung nach aber auch einfach dadurch verwirklichen, früh schlafen zu gehen, die richtigen Bücher zu lesen und vernünftig zu frühstücken. Gegen Abend brachte ich meine Großmutter nach Hause, und hatte sie sich bis dahin gut gehalten, inklusive einiger abfälliger, aber im Vergleich zu früher nahezu harmloser Bemerkungen über Politiker und Nachbarn, wurde sie jetzt auf dem Rückweg doch noch ein wenig kleiner und hielt meine Hand inniger, das war kein gemeinsamer Spaziergang, ich brachte sie wirklich nach Hause. Wir saßen dann in der Küche, in der ich so viele Tage gesessen hatte, auf der Eckbank, die mir damals nicht so klein erschienen war; ich saß auf meinem Platz, meine Großmutter auf ihrem, und mein Großvater saß nicht mehr da, ich kann mich gar nicht erinnern, dass auf seinem Platz je wieder jemand gesessen hätte. Da sagte meine Großmutter leise zu mir, sie wisse nicht mehr, wie sie den Warmwasserboiler bedienen solle. Nun gehört sie zu den Menschen, die sofort nach dem Essen den Boiler anstellen, das Geschirr ins Waschbecken legen, das heiße Wasser laufen lassen und abwaschen, und früher hatte mein Großvater abgetrocknet, jetzt machte sie das natürlich, so geht es eben, wenn einer fehlt. Sie hatte den ganzen Tag noch nichts gegessen außer ein halbes Stück Kuchen beim Kaffeetrinken. Ich stellte den Boiler an und ließ warmes Wasser einlaufen, das war zwar nicht dasselbe, weil sie jetzt neben dem gefüllten Waschbecken ihr Abendbrot essen musste, aber ein Kompromiss. Dann nahm ich ein DIN-A4-Blatt und zeichnete auf, wie man den Boiler bediente, und dann schrieb ich es noch einmal in sieben Stufen auf, was mir gelegener war, denn ich zeichne wie ein blinder Rechtshänder, der den Stift in die linke Hand gedrückt bekommt. Außerdem schrieb ich noch meine Telefonnummer und die meiner Mutter darunter und zeichnete eine lachende Sonne, die auch ein wenig wie eine Blume aussah, so wie man das eben als Kind gemacht hatte, es war ein Versuch. Beim Abschied nahm mich meine Großmutter in ihre schmalen Arme, und sie war so klein und dünn, und warum hatte sie eigentlich noch so einen mistigen Boiler, und dann weinte sie, und ich konnte sie nur ein wenig trösten. Das war wohl der Schmerz, wenn einem das Leben wegfließt und man sich nicht mehr auskennt, vielleicht war es aber auch etwas ganz anderes, wir entfernten uns voneinander, eine Entfernung, die sich nicht in Metern berechnen ließ und auf der man deshalb auch nicht umkehren, zurückkehren konnte. Ich küsste sie auf die Wange und ging mit ihr zur Tür und war so heilfroh, dass sie mir endlich mal kein Geld zustecken wollte, und winkte ihr, und dann ging ich nach Hause, und an einer Tür fünf Häuser weiter stand eine Frau, die ich von früher kannte, und als ich sie sah, wurde mir erst bewusst, wie viel Zeit vergangen war. Damals wusste ich noch nicht, dass ich nur noch ein Mal im Haus meiner Großmutter sein würde, sie würde dann schon nicht mehr dort wohnen, sondern in einem Pflegeheim, und es würde nur noch darum gehen, mir aus den Sachen, die sie nicht mitnehmen konnte oder spontan wollte, diejenigen auszusuchen, die ich als Erinnerung haben wollte. Ich würde einen Teller nehmen und fünf Bücher, für den Rest würde ich keine Gegenstände brauchen, und einen Geruch kann man nicht mitnehmen.

Am nächsten Tag, Samstag, fuhren wir dann zurück nach Berlin. Wir hatten zu lange geschlafen und würden das WM-Spiel um den dritten Platz nur im Radio hören können, Türkei gegen Südkorea, mit Pech brauchten wir so lange, dass wir in Berlin in den ergebnisunabhängigen Autokorso der Türken geraten würden. Wir hatten es uns gerade so in dem Gummibandleben bei unseren Eltern gemütlich gemacht, aber der Abschied war dann schon wieder im Berlin-Tempo, hektisch. Unsere Eltern hatten uns mit diesem Blick verabschiedet, als würden sie die Uhr am liebsten um zwanzig Jahre zurückdrehen, es machte mich jedes Mal wieder traurig, wie sie da vor ihrem Haus standen und winkten und wussten, wir würden wohl erst in einem halben Jahr wiederkommen, mein Vater hatte den Arm um die Schulter meiner Mutter gelegt, und dieses Bild des Abschieds, das findet man wohl überall auf der Welt so, traurige Eltern, die ihren Kindern hinterherwinken. Wenn man im Film diese Szene sieht, denkt man automatisch: Kinder sollten ihre Eltern nicht verlassen, sie sollten zu Hause bleiben und warten, bis die Eltern eines natürlichen Todes sterben, dann können sie immer noch in eine andere Stadt ziehen und ihr eigenes Leben führen. Aber geht ja nicht, dass Kinder erst sechzig werden müssen, bis sie mit ihrem eigenen Leben beginnen. Trotzdem war es traurig, wie sie da immer kleiner wurden, und man spürte natürlich auch, so wird es schlichtweg auch biologisch sein, sie werden immer kleiner und älter und gebrechlicher und trauriger, und nachdem ich meine Großmutter in all ihrer Verwirrtheit gesehen hatte, die noch zunehmen und ihr Gehirn tiefschwarz machen würde, dachte ich: Mach was draus, mach was aus diesem bisschen Leben, das du hast, denn du wirst wahrscheinlich nie vor deinem Haus stehen und deinen wegfahrenden Kindern hinterherwinken, du wirst ganz allein in deinem Sessel vermodern, wahrscheinlich schlägt auch noch das Alzheimer-Erbe deiner Großmutter durch, also mach was draus. War das schon eine Marc-Parole?

Sobald wir um die erste Kurve waren, drehte mein Bruder die Anlage etwas lauter, wir fuhren durch die Straßen, durch die wir schon so oft gefahren waren, erst im Kinderwagen, dann mit dem Fahrrad, dann mit dem ersten eigenen Auto, irgendwann mit dem dritten, das aber ein anderes Ortskennzeichen hatte, jetzt liefen hier Menschen, die wir nicht kannten, und in den Kinderwagen lagen Babys, die geboren waren, als wir schon lange nichts mehr mit dem Vorort zu tun hatten, außer eben ab und an hier zu Besuch zu sein. Wir tankten an der Esso-Tankstelle vor der Autobahn, weil wir das immer so machten, kauften uns Kaffee mit Vanillegeschmack, weil sich das auch irgendwie so eingebürgert hatte, obwohl er eigentlich allen zu süß war. Der einzige Unterschied zu anderen Fahrten bestand darin, nicht mehr zu rauchen, denn die Frau meines Bruders war schwanger, fünfter Monat, trotzdem hätten wir alle drei unglaublich gern geraucht, darum aßen wir schon nach zwei Kilometern auf der Autobahn die Gummibärchen, die uns unsere Mutter mitgegeben hatte. Dann waren die alle, der Kaffee auch, mein Bruder fuhr noch ein wenig schneller, zwei von uns wollten schnell an die frische Luft, um zu rauchen, und die Dritte hoffte nur, dass die Fahrt endlich vorbei wäre, denn ihr wurde dabei immer schlecht, sie hatte keine Morgenübelkeit, dafür aber Reiseübelkeit, gleichgültig wie kurz oder lang die Strecke war, und wenn man sich das vorstellte, merkte man erst, wie oft man unterwegs war, ja dass es fast schon die Ausnahme darstellte, friedlich zu Hause zu sitzen, meistens war man doch auf dem Sprung oder kam gerade nach Hause oder wartete darauf, ein neues Ziel auszumachen. Drei Stunden später setzte mich mein Bruder vor meinem Haus ab, und er wartete natürlich, bis ich im Hauseingang war, das ist der Unterschied zwischen fahrenden Brüdern und Taxifahrern. Nach den Tagen mit meiner Familie kam mir meine Wohnung ziemlich verkommen und unglaublich leer vor. Ich stellte den Fernseher an, kein Fußball, stopfte meine elternadäquaten Klamotten in die Waschmaschine, legte mich aufs Sofa und schlief ein, schlief bis zehn Uhr abends, und das war der erste Fehler.

Ich wachte um 21.59 auf. An den Fensterscheiben waren Tropfen zu sehen, aber jetzt regnete es nicht mehr. Ich öffnete die Fenster, goss mir einen Gin Tonic ins passende Glas, legte die Bugge-Wesseltoft-CD ein, die mein Bruder mir geliehen hatte, ging duschen. Legte danach den Brustverband an, zog ein T-Shirt und darüber ein hellblaues Button-down-Hemd an, keine Krawatte, dazu die weite Yamamoto-Hose, die schweren, zwei Nummern zu großen und deswegen ausgestopften Budapester, gelte die Haare zurück, schminkte mich, zog das Sakko über, setzte die schmale Hornbrille auf, rauchte eine Zigarette, trank den Gin Tonic aus. Stand vor dem Spiegel, übte die tiefe Stimme und die Gestik ein. Trank noch einen Gin Tonic, rauchte noch zwei Zigaretten. Machte den CD-Spieler aus, löschte das Licht, zog die Tür hinter mir zu, fuhr mit dem Lift nach unten, lief zu den Taxis Ecke Martin-Luther-Straße. Sagte »Kottbusser Tor« und sprach dann nicht mehr. Bemerkte den prüfenden Blick des Fahrers im Rückspiegel. Stieg aus, zahlte, keine Juninacht, fühlte sich eher wie April an, bewölkt, vielleicht 14 Grad. Lief durch die Straßen, lief und dachte nicht mehr nach, weil alles einfach so seinen Lauf zu nehmen schien, lag es an den paar Tagen in Bremen, am Schlaf, am Gin Tonic, an etwas ganz anderem, nicht zu erkennen, ich hatte irgendwann einen Fehler gemacht und dann in dessen Bugwelle alles konsequent weiter, nur dass es eben konsequent falsch war, aber wo der Fehler steckte, vielleicht viel früher, keine Ahnung, und ich dachte jetzt auch nicht darüber nach, sondern erst viel später, und selbst dann nur halbherzig, jetzt nahm eben alles seinen folgerichtigen Lauf. Ich ging in einen Laden, den ich nicht kannte, trank ein Bier und ging wieder, in den nächsten Laden, den ich kannte, die Musik war sehr laut, keine weitere Hirntätigkeit, und mir war sehr vieles sehr egal, und einiges gefiel mir auf einmal, ich passte überhaupt nicht auf, aber dann wollte ich nach Hause, in mein Zuhause, in die Wohnung, die schöne, wenn auch etwas leere Wohnung, in der ich jetzt seit gut einem Jahr wohnte, aber ich kam da erst knapp vier Stunden später an.

Sie war zierlich und blond. Ich wusste nicht, ob sie mich richtig dechiffrierte oder nicht, aber ich tat auch nichts dazu, um sie vor einem Irrtum zu bewahren, schon weil ich wusste, es würde nicht zu einem Irrtum kommen. Denn in dieser Nacht wollte ich nichts. Mich unterhalten, ja, beobachten, ja, zu viel trinken, ja, aber nicht mehr. Und, sobald es reichte, nach Hause fahren und in meinem Bett liegen, noch einmal kurz lächeln und dann sehr lange schlafen, am Morgen Kaffee trinken und später vielleicht mit Freunden Fußball gucken und dann spazieren gehen oder vielleicht ein paar Abschläge auf dem Golfplatz machen und noch jemanden treffen, vielleicht aber auch nicht, so ganz normales Zeug halt, nach dem man beim Abendgebet zum lieben Gott sagt: Danke, das war jetzt ein wirklich friedlicher Tag. Aber dann meinte ich erkannt zu haben, dass die blonde Zierliche, Sandra, ganz genau wusste, womit hier gespielt wurde, und es freute mich weiterzuspielen, auch wenn es keine Konsequenzen für diese Nacht haben würde, denn die Zeit der angetrunkenen One-Night-Stands war schon lange vorbei. Die Musik ging fünfzehn Jahre zurück, und alle hatten diesen Ausdruck auf dem Gesicht, bereit zu sein. Und auch wenn ich selbst das nicht war, wollte ich die Nacht doch noch ein wenig hinauszögern, und wir wechselten das Lokal, weil jetzt wieder die Phase der ausgesprochenen, wenn auch unverbindlichen Worte angebrochen war, aber ich kam selbst diesem leichten Geschehen nicht mehr recht hinterher, das Licht war zu rot, und die Menschen waren zu extrovertiert, und es gab Getränke, die ich nicht wollte, und Gespräche, an denen ich nicht mehr teilnehmen mochte, die Zigaretten gingen mir aus, und ich spürte es bis in die Wirbelsäule, ja, der ganze Raum roch danach, nach unehrlichen Geständnissen und nach falschen Entscheidungen, es lag schon in der Luft, die Hoffnung am nächsten Morgen, der andere möge nicht aufwachen, damit man sich unbemerkt aus dem Staub machen kann, und vergessene T-Shirts und ein mit Kopfschmerzen gepaartes schlechtes Gewissen, eine Episode, an die man sich nicht erinnern, geschweige denn dass man sie als Anekdote in eine Unterhaltung einbauen möchte. Ich spürte es, und hätte ich es bloß nicht gespürt, sondern diesen kleinen Fehler gemacht, statt des großen, als ich nämlich einen Moment nutzte, mich nicht von Sandra verabschiedete, sondern den Laden einfach verließ. Ich hatte noch genug Geld fürs Taxi, und die Taxis standen um diese Zeit ganz am Ende der Straße, weil die Fahrer nun schon lange genug im Job waren, um zu wissen, wo nach einer Samstagnacht die Desolaten aufzulesen waren, die zuerst dachten, sie würden es zu Fuß nach Hause schaffen, dann aber feststellten, dass ihnen die Kräfte ausgingen, und dann treckten sie sich in die Taxis am Ende der Straße, und mit Glück kotzten sie noch nicht einmal auf den Rücksitz. Mit mir schob sich ein Mann aus der Tür, mit dem ich mich auch kurz unterhalten hatte. Er hatte in seiner Innentasche, wie einer dieser Verkäufer von imitierten Uhren, ein paar Joints, er hatte mir einen angeboten, aber mir sind Joints suspekt, darum unterhielt ich mich eben auch nur kurz mit ihm, natürlich kenne ich die Weisheiten der Drogenlehre, dass Joints nur friedlich machen, aber da war etwas anderes, er hatte selbst keinen geraucht, er vertickte sie, er trank irgendwas Scharfes, und Kiffer saufen nicht, dachte ich, ich dachte das eben einfach so, wie man eben so denkt, wenn man übermüdet und nichts wissend ist, er ging jedenfalls mit mir, er war bestimmt nicht der schlechteste Gesprächspartner des Abends gewesen, der beste aber auch nicht, und meinetwegen konnte er mich noch bis zum Taxi bringen, solange er die Konversation bestritt, David hieß er, glaube ich, und er redete, erst wie an der Schnur gezogen, dann aber plötzlich nicht mehr.

Ich kannte die Szene aus zig Filmen; wenn jemandem von hinten der rechte Arm um den Hals gelegt wird. Ich kannte das alles, ich kannte den Arm und das Messer und das Geräusch, wenn man jemanden schlägt, und das, wie Schuhe auf Asphalt klingen und wie das Zerreißen von Kleidern, ich kannte das alles, aber es war viel leiser, und vor allem war es kein Vorteil. Als meine Stirn auf dem Stein lag und es schon hell wurde und ich alles wieder so verschnürte, wie es sich gehörte, als ich meine Jacke sauber klopfte und meinen Brustkorb befühlte, ob vielleicht etwas gebrochen wäre, als ich mir die Haare wieder so hinstrich, wie sie vorher vielleicht einmal gelegen hatten, und mir die Augen rieb, die Brille einen Meter von mir entfernt, aber heil, als ich mein zerrissenes hellblaues Hemd anschaute, als ich in der Ecke saß und feststellte, dass wenigstens mein T-Shirt und der Brustverband immer noch heil waren, und ich mich darüber freute und das T-Shirt in die Hose stopfte und das zerrissene Hemd auch, und als ich dann noch sah, dass mein Sakko fast unversehrt war, dass nur zwei Knöpfe fehlten und dass die Hose nur schmutzig war, nicht kaputt, als ich bemerkte, dass ich blutete, aber nicht so sehr, als ich mein Portemonnaie keine zwei Meter von mir entfernt liegen sah und dahin kroch, als ich nachschaute, aber kurz daran denken musste, jetzt seien doch andere Dinge zu tun, aber die könnten noch warten, als ich feststellte, ich war in einem beschissenen Hinterhof in Berlin-Kreuzberg, und zwar in einem, in dem ausnahmsweise mal niemand wohnte, sondern wo nur Büros waren, als ich feststellte, dass in der Ecke mir schräg gegenüber ausgerechnet ein verbeultes Fahrrad stand, verbeult und verdreht und ohne Sattel, und dass ich das unsäglich fand, als das alles so war und nicht wieder zurückzudrehen wäre und das Blut weitersickerte, so einfach aus mir herausfloss, als gäbe es keine andere Möglichkeit, da dachte ich insgesamt nur: selbst schuld. In meinem Portemonnaie war kein Geld mehr, aber die Karten hatte er dagelassen. Ich lief einfach los. Ich wusste, nur fünf bis sieben Minuten zu Fuß, da war ein Automat, und dahin ging ich und zog mir Geld aus dem Automaten, Aktion – Reaktion, es war alles ganz einfach, man tat Dinge und bewirkte Dinge, und ich steckte das Geld in meine Tasche, und dann wollte ich in eine Kneipe, um im Spiegel zu sehen, was passiert war, aber in dem Laden waren nur noch vier Menschen, also ging ich weiter, zum nächsten, und da waren noch viele, an der Theke wechselte ich einen Schein, dann ging ich zur Toilette, kurz davor war der Zigarettenautomat, ich zog eine Schachtel P&S, rauchte die erste auf der Toilette, ohne zu zittern, dann säuberte ich, was ging, ich hatte auch etwas im Gesicht abbekommen, aber hier würde es ohnehin niemandem auffallen, und auf dem Weg zurück bestellte ich mir ein Bier, dann setzte ich mich an einen Tisch, rauchte und trank und versuchte festzustellen, was da eigentlich passiert war, aber ich war die ganze Zeit zu unaufmerksam gewesen, und ich blutete, und die Menschen um mich herum redeten, und irgendwann hörte ich auf zu versuchen, mich zu erinnern, sondern hörte zu, und die Worte waren wie ein warmer Schal, ich verstand nichts, aber ich war immer noch da, es würde sich schon alles wieder fügen, ich dachte kurz an meine Großmutter und ihre Gabe, alles zu vergessen, aber auch an diese roten Rinnsale, die da aus meinem Körper flossen, aber das war nicht so schlimm, ich winkte den Wirt einfach zu mir, und das war nun eine völlig neue Erfahrung, denn Kellner oder Wirte bemerkten mich eigentlich nie, aber der hier tat es und stellte mir noch ein Bier hin und noch eins, alles bezahlt dank der Deutschen Bank, dann ging ich und schaute nicht auf den Stuhl, denn Blut vergießt man, man betrachtet es nicht. Hatte er mich verwechselt, oder hatte er wirklich mich gemeint, hatte er gedacht, ich wäre jemand, etwas anderes, was hatte sich der Typ nur gedacht?

Es wäre mir peinlich gewesen, die Polster eines Taxis zu beschmutzen, und inzwischen war es ja auch schon taghell, also fuhr ich mit der U1 zurück, saß in der Ecke und schaute auf den Boden. Sechs Stationen, ich fühlte die Blutlache, die armen Reinigungskräfte, getrocknetes Blut ist bestimmt schwer wegzuwischen und außerdem eklig, am Nollendorfplatz stieg ich aus und ging den Rest zu Fuß, kaufte mir an einer Tankstelle noch zwei Dosen Bier. Zu Hause stellte ich fest, dass es insgesamt vier Wunden gab, ich hatte die ganze Zeit vor mich hin geblutet, aber niemand, nicht in der Kneipe, nicht in der U-Bahn, nicht an der Tankstelle, nicht unterwegs, hatte mich auch nur darauf angesprochen. Was für eine diskrete Stadt. Ich trank und rauchte und guckte abwechselnd MTV und n-tv, und dann schlief ich auf dem Parkett kurz ein. Siebzehn Minuten, um präzise zu sein. Ich wusste, ich sollte es nicht tun, ich sollte nachdenken und die nächsten Schritte planen. Aber ich stand einfach auf, stopfte die ramponierten, blutbefleckten Kleider und die gesplitterte gefakte Männeruhr von TAG Heuer in eine Plastiktüte, duschte, rieb mir Wundcreme auf die Haut, brachte die Plastiktüte in die Mülltonne, die große graue, die für alles, ging wieder in meine Wohnung, setzte mich mit der zweiten Dose Bier in der Hand auf den Balkon, rauchte und schaute, und gegenüber standen sie schon wieder auf, und ich ging ins Bett, und es war Endspieltag, was für ein dummer kleiner Scherz, und dann schlief ich, ich schlief einfach ein, ich sah nicht die rote Jacke, und ich fühlte keinen Griff und keinen Schlag, und ich träumte nicht von dem Wirt oder der U-Bahn, ich dachte nicht schlafend an meine Familie oder meinen Job, ich fühlte nur meinen bloßgelegten Körper, und ich dachte nur diesen einen idiotischen Satz: Schmerz ist das, was du überlebst, aber nicht aushältst. Ich bin ein einfacher Mensch und denke in einfachen Kategorien, anders kann ich mir so einen Schrott nicht erklären. Mein Job bei Marc sollte übermorgen anfangen.

Nach drei Nachrichten auf meinem Anrufbeantworter meldete Marc sich nicht mehr. Und ich wusste, ich würde nie wieder mit dem gläsernen Fahrstuhl an den vier Etagen des Goethe-Instituts vorbeifahren, um im fünften Stock auszusteigen und an der Tür zu dem Büro mit den fulminanten Panoramafenstern zu klingeln.

Ich ging zu keinem Arzt. Nicht zu einem, der sich um meine Verletzungen kümmern könnte, und nicht zu einem, der mir dabei behilflich sein könnte, den Stakkatoschmerz aus meiner Seele, meinem Gehirn, aus jedem einzelnen Gedanken zu verbannen. Und ich ging auch nicht zur Polizei. Von außen lässt sich leicht sagen, dass ich das hätte tun sollen. Um andere zu schützen zum Beispiel. Um schlichtweg diesen Mann aus dem Verkehr zu ziehen und ihn zu bestrafen. Neben der Körperverletzung, gefährlicher Körperverletzung, war da auch noch die Sache mit den Joints. Wahrscheinlich käme einiges zusammen. Vielleicht hatte er schon früher etwas Derartiges angestellt, angerichtet. Mein Bild von ihm war noch immer klar, wahrscheinlich hätte ich ihn in einer Datei wiedererkannt. Ich erinnerte mich an seine Größe, an seine Kreole im linken Ohr, an einen ganz leicht fränkischen Dialekt. Merkwürdigerweise fand ich das unglaubwürdig, in meinem Bild von der Welt begehen Franken derartige Verbrechen nicht. Das tun Menschen, die gar keinen Dialekt sprechen, sondern Hochdeutsch, heiser, oder meinetwegen noch einen mafiösen Akzent. Schon seltsam, mit welch idiotischen Klischees man sich das Leben übersichtlicher machen will, bis die Realität einem in die Wirbelsäule kracht. Aber ich ging nicht zur Polizei. Ich hätte erklären müssen, was ich um diese Zeit in dieser Gegend, vor allem aber in diesen Läden machte. Es passte nicht zur polierten Oberfläche meines Lebens. Vor allem hätte ich Zeugen benennen und mein kleines Doppelspiel zur Sprache bringen müssen. Ich schämte mich. Für das, was ich getan hatte, für das, was mir passiert war, für die Umstände, für mich eben. Und so blieb ich zu Hause. Versorgte die Wunden selbst. Bei mindestens dreien, ahnte ich, würden Narben bleiben, Narben, die nicht entstehen würden, ginge ich zu einem Arzt. Aber ich behandelte sie selbst, mit Verbänden und Wundsalbe, Pflastern und schlichtem Ignorieren. Ich schaute diese Wunden an, jeden Morgen, jeden Abend, und dazwischen auch. Mal sah ich sie wie etwas Fremdes, mal schienen sie mir einfach wie die Botschafter dessen, was meine Seele getroffen hatte, mal fand ich sie nahezu faszinierend, weil sie auf einfache Weise zeigten, dass tatsächlich etwas passiert war. Sie waren nicht schwer, diese Verletzungen, bewegten sich zwischen Kratzern und Schnitten, entweder hatte er sie mit einem stumpfen Messer ausgeführt oder er war selbst zu aufgeregt gewesen, oder er wollte mich nicht ernsthaft verletzen, nur manchmal war es eben ein wenig zu tief gegangen. Die Prellungen, die wahrscheinlich mehr von dem Sturz herrührten als vom Traktieren, waren nicht viel schlimmer als das, was ich nach Stürzen bei rasanten Skifahrten mitbekommen hatte. Es war alles nicht so schlimm, aber es war eben da, ob beim Anblick oder aufgrund des Schmerzes. Natürlich stellte ich mir die Frage, ob ich selbst schuld war. Und das war ich zu einem Teil. Zum wichtigeren Teil aber, glaubte ich inzwischen, nicht. Natürlich fragte ich mich, ob das alles zu vermeiden gewesen wäre, wenn ich mich eine Stunde früher auf den Weg gemacht hätte oder nicht gerade in dieser Nacht so ausgegangen wäre, in Sakko und geschminkt und so. Natürlich rechnete ich die Getränke nach, überlegte, ob ich es auf eine gefährliche Situation angelegt hätte. Aber ich fand, auch wenn man sich vielleicht nicht unbedingt nachts in diesen Läden herumtreiben oder wenigstens nicht zu viel trinken sollte, es sprach viel mehr für mich. Es war mir geschehen, ja, aber es hätte mir nicht passieren dürfen, weil keinem Menschen so etwas passieren darf, egal wie und wann und wo er unterwegs ist.

War es mittlerweile schon zwei Wochen her, dieses Ding, dieses Geschehen, dieses Erlebnis? Die Wunden bluteten nicht mehr. Die Schwellungen, Prellungen, sie waren nur noch erahnbar, aber nicht mehr ausreichend, um das Gehirn noch weiter zu beschäftigen. Statt der Sorge war da jetzt ein Rauschen und immer wieder Erschütterungen, die mal Taubheit, mal Weinen, mal Übelkeit, mal Wut auslösten. Etwas in meinem genesenen Körper rebellierte noch immer so vehement, dass es mich rund um die Uhr gefangenhielt, und wenn mir das ganze Geschehen seltsam fern war, wenn ich das mit meiner Person zumeist nicht wirklich in Verbindung bringen konnte, sondern wie einen Dokumentarfilm ansah: Es gab keine Möglichkeit wegzusehen.

Meine Großmutter, die ein wandelndes Lexikon der Sinnsprüche, Volksweisheiten und der Zitate war, bevor Alzheimer ihren Kopf zerbröselte, hatte natürlich auch den Satz von der Zeit, die alle Wunden heilen würde, für jede Malaise, für jeden Liebeskummer und alle Tragödien des Lebens parat. Nur: Wie lange war diese Zeit?

Im Nachhinein war vielleicht ein Mittwoch der Höhepunkt, der Wendepunkt. Ich lag wach in meinem abgedunkelten Schlafzimmer, es war fünf Uhr morgens, aber ich hatte keinen Grund aufzustehen, und ich wollte auch nicht, um die Wahrheit zu sagen, ich konnte nicht. Ich starrte auf die gegenüberliegende weiße Wand und sah darauf Schatten. Es konnten Schatten sein, die nun mal so geworfen werden, wenn Licht auf Gegenstände fällt. Es konnten aber auch Schatten sein, deren Ursache ganz woanders lag. In dem Schlafzimmer war es absolut still. Kein Straßenlärm, kein Geräusch von Nachbarn, nichts. Ich starrte auf die Schatten, und da war einer, der so ein wenig aussah wie eine Amöbe, dieses Tierchen, das man aus dem Biologieunterricht kennt, aber noch nie in echt gesehen hat. Es gab keine amöbenförmigen Gegenstände in meinem Zimmer. Ich stand auf, ging auf den Schatten zu, der immer dunkler wurde. Dann rieb ich meine Stirn an ihm, diesem Schatten auf der weißkörnigen Wand, rieb so lange, bis es blutete, da war kein Schmerz, es war ein wenig wie das Kratzen an einem Mückenstich, aber hier ging es um mehr, ich musste mein Blut freilegen und es in die Mitte dieser Amöbe drücken, das, und nichts anderes, war jetzt meine Aufgabe, und ich rieb und drückte, und dann hörte ich mein lautes Atmen, und dann hörte ich auf damit. Der Schatten war weg, da war nur noch Blut an der Wand.

Holte mir dann ein paar Eiswürfel aus dem Kühlschrank, packte sie in ein Geschirrtuch mit Entenmuster, legte den Beutel auf die Stirn, was zur Folge hatte, dass mir das Blut hell wie Läusesaft über das Gesicht, das Kinn, den nackten Oberkörper lief und nicht heiß, sondern kalt war, aber trotzdem antrocknete. Ich schlief wohl ein, wachte aber ziemlich schnell wieder auf. Theoretisch hätte ich jetzt aufstehen können. Aber ich lag noch fast zwei Stunden wie eingefroren in dem von Schweiß und Blut durchzogenen Bett. Und dachte nichts.

Als das Telefon klingelte, fuhr ich abrupt auf, ein Reflex. Es hätte meine Mutter sein können, da musste ich mich melden, sie wäre misstrauisch geworden, wenn ich um diese frühe Uhrzeit nicht ans Telefon gegangen wäre, hätte sich womöglich sofort ins Auto gesetzt und wäre gekommen, das jedenfalls war meine Befürchtung. (Die Möglichkeit, dass ich auch einmal aushäusig schlafen könnte, würde sie die nächsten vierzig Jahre nicht ernsthaft in Betracht ziehen.) Jetzt stand ich also. Sah dann aber auf dem Display, dass es eine Berliner Nummer war, stellte Musik an, bevor ich die Anruferstimme identifizieren könnte, mir Gedanken machen könnte, warum der Mensch mit dieser Telefonnummer mich erreichen wollte. Ich ging von da an nicht mehr ans Telefon. Sollten sie doch denken, ich wäre im Urlaub oder krank oder ausgewandert oder im Knast. Nur mit meiner Mutter und meinem Bruder sprach ich noch. Sagte, ich hätte so viel Arbeit. Nach den Telefonaten musste ich duschen, durchgeschwitzt von Lügen, Ausreden und der Anstrengung, die es dazu brauchte. Meine E-Mails checkte ich auch nicht mehr. Ich sah noch Nachrichten, aber es interessierte mich nicht wirklich, es war ein Zeichen, dass da draußen noch etwas passierte, aber auch kein sonderlich glaubwürdiges, eigentlich bedeuteten mir die Nachrichten nicht mehr als die Clips auf MTV.

Ich hatte eine Amöbe getötet. Eine imaginierte Amöbe. Das war mein Zustand.

Noch eine Wunde, eine, die ich mir selbst zugefügt hatte. Es sollte die erste von vielen sein, aber das wusste ich an diesem Mittwoch noch nicht. Ich ging ins Bad, schaute in den Spiegel, duschte. Duschte, so heiß es ging, weil das vielleicht eine Möglichkeit war, all die Bakterien abzutöten, ich dachte an keine bestimmten Bakterien, ich dachte überhaupt nicht, hatte nur das Gefühl: Mit sehr heißem Wasser kann man vielleicht Bakterien abtöten, gefährliche Bakterien, die alles Erdenkliche in einem menschlichen Körper anrichten können. Als ich aus der Dusche stieg, wurde ich ohnmächtig. Zu heiß geduscht. Mein Kopf prallte gegen den Heizkörper, darum wachte ich sofort wieder auf. Trocknete mich ab. Klebte ein Pflaster auf meine Stirnwunde. Cremte mich ein. Bisher hatte ich die Tage auf irgendeine Weise bestritten. Mich angezogen, vielleicht etwas eingekauft, vor allem aber Fernsehen geschaut oder Musik gehört, zwei Bücher gelesen, an die ich mich in ungewohnter Intensität erinnerte, vor allem aber einfach die Tage herumgebracht, mich durch die Nächte gequält, um die Wahrheit zu sagen: Ich hatte jeden Abend eine Flasche Wein getrunken, um schnell einzuschlafen, mindestens sechs Stunden ganz weg zu sein, es waren gute Weine, die zumindest noch Genießen suggerierten, obwohl so offensichtlich war, dass es darum überhaupt nicht ging, sondern um Wirkung, ich hätte auch Schlaftabletten nehmen können, aber die hätte ich mir verschreiben lassen müssen, und zu einem Arzt zu gehen war nach wie vor keine Option. Die Alternative – Baldrian, pflanzliche Mittel aus der Apotheke oder Tabletten aus der Drogerie –, daran glaubte ich nicht. Ich setzte mich mit einer gefährlichen Sache, einem gefährlichen Geschehen auseinander, und dagegen konnten nur gefährliche, unberechenbare, verschreibungspflichtige Mittel, Alkohol oder meinetwegen Drogen helfen. Tatsächlich hätte ich gern gekifft, mir vielleicht sogar Pillen besorgt. Doch die spießige Wahrheit war, dass ich keine Ahnung hatte, wo oder von wem so was hier überhaupt zu bekommen war. Ich war in diesem angeblichen Sündenbabylon Berlin immer nur auf der legalen Route geschippert, ich wusste gar nicht, wo hier die Piratenbuchten waren. Und darum trank ich eben den Wein, den ich in dem kleinen Supermarkt auf der anderen Seite des Viktoria-Luise-Platzes kaufte, teuren Wein, kein Säuferwein, obwohl der seinen Zweck wohl auch erfüllt hätte, Kopfschmerzen bekam ich jedenfalls auch von 5 Euro mehr. Aber an jenem Mittwoch war der Wein aus, die Zigaretten waren es auch, sogar das Tiefkühlfach war leer, im Kühlschrank standen noch ein Glas Silberzwiebeln, bei dem ich mich nicht einmal erinnern konnte, wann ich es warum gekauft hatte, und eine Flasche Cola light und eine große Flasche Beck's sowie eine Tube Senf. Sonst nichts. Ich musste mich anziehen, ich musste rausgehen, ich musste einkaufen, und all das schien im Moment so undenkbar, ich wusste, was zu tun war, etwas, das jede Hausfrau jeden Tag gelassen absolvierte, aber für mich war es, anders als an den Tagen zuvor, an diesem Tag, in diesem Zustand, mit einem Mal ein Unterfangen, das dem glich, ein Meer zu teilen oder ohne Sauerstoff einen Achttausender zu besteigen. Möglich vielleicht für irgendjemanden, aber nicht für mich.

Was anziehen? Etwas Weißes? Sicher nicht. Assoziationen: Sanitäter, Ärzte, religiös Verwirrte. Menschen, die freiwillig nur Weiß tragen, haben bestimmt keine Weste in dieser Farbe. Verdächtig. Was Schwarzes? Nein, das erinnerte mich zu sehr an früher, das war ich ja aber nicht mehr, das ging nicht, ich würde mich falsch verhalten, es würde eine auffallende Dissonanz zwischen Kleidung und Motorik bestehen. Farben kamen ohnehin nicht in Betracht, keine grellen jedenfalls. Andererseits galt es zu vermeiden, dass mir jemand ins Gesicht schaute. Nicht weil es, wie früher, irritieren könnte. Sondern weil man vielleicht durch es hindurch-, in mich hineinschauen könnte. Nach der vierten Probe wusste ich es: ein graues Polohemd und eine Jeans, dazu Tennisschuhe. Das konnte alles bedeuten, eine perfekte, unaufdringliche Rüstung, die Tarnung irgendeines Großstädters. Ich würde rausgehen, einkaufen, zurückkehren. Eine halbe Stunde, zwanzig Minuten? Es war eine ganz normale Sache, kein Grund, sich aufzuregen. Nahm den Rucksack, überprüfte, ob ich das Portemonnaie hatte. Öffnete die Tür. Bloß nicht nachdenken.

Ich schaffte es bis in den zweiten Stock. Dann hörte ich Geräusche. Rannte zurück in meine Wohnung. Außer Atem, einen Schweißfilm auf dem Rücken. Setzte mich an den Schreibtisch, rauchte eine Zigarette. Die Hand zitterte. So ging das nicht, so konnte das nicht funktionieren. Aber ich musste raus. Ging zum Kühlschrank, nahm die Flasche Bier, öffnete sie, immer noch zitternd. Trank. Verschluckte mich. Trank weiter. Ging zurück zum Schreibtisch und nahm einen Zigarettenzug. Trank weiter. Hälfte geschafft. Kurz wirken lassen. Auf MTV lief »Without me« von Eminem, was für ein Hohn. Ich wurde ruhiger. Das Bier, die Zigarette, es war widerlich, es war ein

Geschmack, als müsste man verfaultes Fleisch, das in Alufolie eingepackt war, essen. Warum schmeckt Bier so unterschiedlich, je nachdem, ob man es tagsüber oder nachts trinkt? Aber ich war ruhiger. Zweiter Versuch.

Raus aus der Wohnungstür, die Treppen nach unten, bloß niemandem im Lift begegnen, die Haustür auf. Es war ein bedeckter Tag, ein Gewitter schien in der Luft zu liegen, zumindest jedoch ein Regenschauer, trotzdem blendete das Licht. Schlimmer jedoch die Geräusche, die von schneidender Intensität waren: Kindergeweine, Hundegebell, ein getuntes Motorrad, diverse startende Autos. Und dazu noch die Schreie des Filmteams, das gerade für eine Soap hier drehte, ich erkannte die Darsteller. Fünfzig Meter von der abgesperrten Filmkulisse zwei kleine blonde Jungs, die offensichtlich gerade erst gelernt hatten, Fahrrad zu fahren, sich aber aufführten, als wären sie alte Biker, zwei Mütter mit Kinderwagen in der rechten Hand, die grimassierten, sich vor- und zurückbeugten, lachten, ein alter Mann, der seinen kleinen dreifarbigen Hund an der Leine zu halten versuchte. Genug gesehen, ich musste laufen, mich bewegen, mich durch diese Leute pflügen, meine Aufgabe erledigen. Ich erinnerte mich an den Tierfilm, den ich am Tag zuvor gesehen hatte: Im gesamten Tierreich herrscht so etwas wie Familiensinn, weitergehen, viele Existenzarten klonen sich einfach selbst, klar, dass man dann Mitgefühl für den anderen hat, aber auch bei Säugetieren gibt es diese Übereinkunft der Solidarität, und jetzt nur der dicken Frau ausweichen, warum sind hier die Bürgersteige so eng, die Stadtplaner wissen doch, dass die Menschen immer fetter werden, bei diesen afrikanischen Hunden, wie hießen die denn jetzt noch genau, war es so, dass die Jungen morgens so lange Krach machten, bis die Eltern aufwachten, das war nett, Scheiße, vier Jugendliche auf einmal, auf die andere Straßenseite, Augen nach links, Augen nach rechts, amüsanter noch die Springaffen, bei denen der Vater für den Transport des Kleinen über die Baumwipfel zuständig ist, die Mutter ausschließlich mit der Milchproduktion beschäftigt, gut, geschafft. Jetzt auf diese beschissene Hauptstraße, diese Autos, das sind doch Bajonette, entweder überrollen sie dich oder du knallst auf die Kühlerhaube, tödlich beides, zehn Zentimeter Lenkraddrehung genügen, ich habe Angst, das hier geht nicht gut aus, ich glaube, bei Möwen kümmern sich auch beide Elternteile, rein in diesen widerlichen Supermarkt, gelb und rot und weiß, was für eine flache Farbgebung, bei Geparden beispielsweise ist es anders, da kopuliert das Männchen fröhlich herum, kümmert sich aber nicht um das, was es da so angerichtet hat, okay, ich brauche Wasser, Wein, Joghurt, vielleicht war mein Vater ein Gepard, man weiß es nicht, Tomatensuppe natürlich, vier Dosen, das gibt Sicherheit, ich schwitze, wie viel ist 423 mal 15, das rechne ich jetzt auf dem Weg zur Kasse aus, Gott, da stehen zwei Menschen an, das wird sich ziehen, die Aufgabe war viel zu einfach, 6345 natürlich, ich brauche etwas Schwereres, dekliniere »servus«, Mensch Oma, jetzt kram endlich dein Geld raus, ich muss noch an das Zigarettenfach, servus, servi, servo, servum, servo, servi, geht doch, welche Marke nehme ich denn, P&S, nein, die haben sie hier bestimmt nicht, Marlboro, die haben sie alle, alle haben Marlboro, servorum, servis, ich bin dran, Sachen aufs Band stellen, den Kassierer nicht angucken, aber trotzdem nicht den Eindruck einer Ladendiebin machen, wer sich in Gefahr begibt, kommt darin um, das Polohemd ist durchgeschwitzt, ich glaube sogar, dass auf der Jeans schon etwas zu sehen sein müsste, servos, servis. Das Portemonnaie fällt auf den Boden, ich bücke mich, Münzen fallen heraus, ich klaube sie zusammen, hinter mir lacht jemand, der Schweiß läuft mir über das Gesicht. Das Pflaster über der Wunde hält nicht richtig, die Wunde auch nicht, das Blut läuft, ich lege einen Schein hin, renne mit dem Wagen los, packe hinter der Trennwand zu den Einkaufskörben schnell alles in meinen Rucksack, der Kassierer ruft etwas, egal, weg hier, ich muss nach Hause, ich muss mich festhalten, ich habe so Angst, mein Körper ist aus Glas, ich kann ihn nicht richtig bewegen, mein Kopf ist eine Gaswolke, die schwebt, fünfzig Zentimeter über mir, komm schon, sind doch alles nur mechanische Abläufe, das geht schon, erinnere dich an die afrikanische Fledermausfamilie, die ein System aufgebaut hat, das auf Vertrauen basiert, es ist alles in Ordnung, ich muss da nie wieder hingehen, die Stadt ist groß genug, wenn mein Kopf nicht nur zugleich so leer und so blutunterlaufen wäre, ich meine nicht das Ding an meiner Stirn, ich meine das andere, diese blutunterlaufene Axtschneise vom Hirn bis, ja bis wohin eigentlich, es beginnt zu regnen, das ist gut, alle Menschen stürmen in Hauseingänge, stellen sich unter, so kann ich gehen, mein Herz klopft im Magen, mit dem Lift in die Wohnung, geschafft, ich habe es geschafft, setze mich in den Sessel, den Rucksack neben mir, rauche mit beiden Händen, rissigem Mund und ringenden Lungen eine Zigarette, spüre sie aber nicht, sehe nur den blauen Rauch, inhaliere, so tief ich kann, halte den Atem fest, spüre immer noch nichts, atme aus, schaue in den Rucksack. Warum habe ich den ganzen Quatsch eigentlich eingekauft? Weil ich einen lebendigen Kopf und einen toten Körper habe? Da reichen doch Alkohol und die starken Tabletten gegen Rückenschmerzen aus dem Badezimmerschränkchen, solange ich meine Burg nicht verlasse, ist doch alles ruhig. Meine Augen zittern. Ich sollte schlafen, ich sollte mit jemandem reden. Ist aber niemand da. Telefonieren geht nicht, ich wüsste nicht, was ich sagen sollte. Setze mich vor den Spiegel und schaue mein Gesicht an. Ich starre da hinein und versuche herauszufinden, wer das ist, wer ich bin, was das ich ist. Finde aber nichts. Dieses Gesicht ist mir vollkommen fremd. Da ist schlichtweg – nichts. Ich, das ist ein einziger blinder Fleck. Und ich schaue und schaue, und dann kommt sie wieder unter dem Türschlitz herein, die Angst, ich bin hier nicht sicher, es kann jede Sekunde alles geschehen. Ich sollte nie mehr reden, reden macht angreifbar, vielleicht sollte ich jetzt einfach duschen, mich danach ins Bett legen und einfach überhaupt nichts mehr tun, nie mehr irgendetwas tun, das klingt vernünftig, vorher, bevor ich einschlafe, schaue ich noch ein bisschen Fernsehen, ich bin schon tot, sehend tot, das klingt doch nicht schlecht.

Ich weiß nicht, was an diesem Mittwoch noch geschehen ist; geschehen wahrscheinlich gar nichts. Mit ziemlicher Sicherheit saß ich später einfach vor dem Fernseher, habe ihn angestarrt und nichts registriert. Ich weiß allerdings noch sicher, dass am Abend jemand anrief. Und weil ich um diese Uhrzeit, zehn, schon eine halbe Flasche Wein getrunken hatte, ging ich ran, obwohl mir die Telefonnummer nichts sagte.

»Hallo.« Ich sagte es, es war nicht dieses fragende Hallo, das gesprochen wird, um zu erfahren, wer denn da anriefe, es war ein Hallo, das sagte: Ich habe keine Angst.

»Hallo Iris, hier ist Lena, sag mal, ich bin gerade in der Nähe, hast du nicht Lust, ins Green Door zu kommen, bisschen reden?«

Lena kannte ich schon seit zig Jahren, wir waren bereits befreundet, als ich noch in Hamburg lebte. Da hatten wir uns bei einem Essen bei einem Fotografen kennen gelernt, den wir beide, wie sich hinterher rausstellen sollte, furchtbar fanden. Der Fotograf bekam am nächsten Tag einen Preis und wurde dann sehr erfolgreich, wir aber hatten eine Freundschaft, ein guter Abend für alle Beteiligten. Seitdem sahen wir uns unregelmäßig. Sie hatte mich in Hamburg besucht, ich sie in Berlin, als ich dann selbst in Berlin lebte, trafen wir uns im Grunde seltener als zuvor, telefonierten zwar ab und an, aber selbst das letzte Telefonat war mindestens ein Dreivierteljahr her.

»Green Door? Ja gut, aber ich bin nicht in bester Verfassung.«

»Macht nichts, ich auch nicht. Ich bin so in einer Viertelstunde da.«

»Ich brauche ein bisschen länger, vielleicht eine halbe Stunde.«

»Prima, bis dann!«

»Bis dann.« Ich legte auf. Zog mir schwarze Klamotten an, so kannte mich Lena, so wollte ich ihr auch begegnen, das alles stand fest, ich dachte nicht darüber nach, ob mein Entschluss nun gut oder schlecht war. Lena hatte die Entscheidung für mich getroffen. Und es war überraschend leicht. Ich ging hinaus, ging durch die Nacht, ging zum Green Door, sah Lena an der Bar sitzen, ging auf sie zu, setzte mich neben sie.

Und dann redeten wir. Zwei Stunden lang ununterbrochen. Was vor allem daran lag, dass Lena mir in allen Einzelheiten von ihren derzeitigen Liebeskomplikationen berichten musste. Lena ist Filmkritikerin, und mitunter hatte ich den Verdacht, dass sie sich immer so komplizierte Beziehungen aussuchte, weil sie irgendwann selbst einen Film drehen wollte und dafür Stoff sammelte. Als hauptsächliches Problem bei Hans, der aktuellen Komplikation, stellte sich heraus, dass er Lena in keiner Weise vertraute. Nicht weil sie vielleicht untreu sein konnte, sondern weil sie ihn eines Tages einfach so verlassen konnte. Hintergrund war wohl der Selbstmord seiner Exfreundin, die aus dem Fenster gesprungen war. Natürlich ist es gemein, aber im Stillen dankte ich Hans und seiner Exfreundin. Denn es ging zwei Stunden nur um die Probleme anderer Menschen, es ging überhaupt nicht um mich. Es fühlte sich so gut an, mal über etwas anderes nachzudenken, sich in andere Menschen hineinzuversetzen, nicht immer nur um die eigene, aufgeschürfte Seele zu kreisen. Nach zwei Stunden und drei Gläsern Wein stand ich auf.

»Lena, ich kann nicht mehr, ich muss jetzt gehen.«

»Dir geht es wirklich nicht so gut, oder? Ich wollte nicht fragen, aber wenn was ist, wenn ich dir helfen kann – ruf mich doch an.«

Ich schaute sie an und nickte.

»Ist noch ein bisschen früh, ich muss jetzt erstmal selbst – du weißt schon.« Ich konnte den Satz nicht zu Ende bringen, zum einen, weil ich nicht wusste, was ich denn noch musste, zum anderen, weil ich Angst hatte, dass mir die Tränen kämen.

»Soll ich dich nach Hause fahren?«

Lena fuhr nur Autos, die an der Grenze zum Oldtimerstatus standen. Also zumeist sehr schöne Autos, aber auch solche, die so zuverlässig waren wie zweiwöchige Wetterprognosen.

»Was für einen hast du denn inzwischen«, fragte ich.

»Einen Citroën, ist erst zwanzig Jahre alt. Letzte Woche wollte ich mit dem und Hans nach Hamburg, aber wir sind nicht mal bis Charlottenburg gekommen. Aber die paar Meter bis zu dir, die schafft er schon.«

Also liefen wir zu ihrem goldenen Citroën, und er schaffte es tatsächlich bis zum Viktoria-Luise-Platz. Lena ist eine furchtbare Autofahrerin, ich erinnere mich, wie ich ihr erklärte, auf Autobahnauffahrten besser zu beschleunigen, dieses Prinzip war ihr nicht so klar gewesen, sie wurde vor dem Einbiegen auf die Autobahn immer langsamer, tuckerte mit gefühlten dreißig Stundenkilometern nach vielen riskanten Manövern, Lichthupenfeuerwerken und Geschrei der Mitfahrer auf die rechte Spur. Um dann mit dem jeweiligen Oldtimer auf maximal neunzig zu beschleunigen. Aber wenn Lena auch eine der schlechtesten Autofahrerinnen war, so doch auch gleichzeitig eine der nettesten. Sie setzte mich vor dem Haus ab, umarmte mich, am liebsten hätte ich nicht losgelassen, aber ich tat es dann natürlich doch, lächelte und versprach noch einmal, sie anzurufen. Lena wartete, bis ich die Haustür aufgeschlossen hatte, fuhr dann mit einem Treckergeräusch an, und ich stellte mir vor, wie viele potenzielle Unfälle sie noch heraufbeschwören würde, bis sie endlich wieder in Kreuzberg war. Ich fuhr nach oben, schloss die Tür auf und sah da meine Wohnung, und seit langer Zeit hatte ich wirklich das Gefühl, mal wieder meine Wohnung zu sehen, so, wie sie war, nämlich schön, mit ihrem großzügigen Schnitt, dem angenehmen Parkett, dem Oberlicht, mit den Möbeln, die ich ausgesucht hatte. Ich nahm mir noch ein Glas Wein, setzte mich auf den Balkon, schaute in das Haus gegenüber, atmete die regenschwangere Luft. Und fühlte mich – ganz gut.

Natürlich ging es nicht stetig bergauf, beileibe nicht. Ich lebte nach wie vor wie ein Krebs in meinem kleinen Penthouse. Doch ich saß nicht mehr wie festgebunden vor dem Fernseher oder vor einer Wand. Sondern setzte mich auf den Balkon oder, wenn es regnete, an das große Fenster und hatte einen weiten Blick über den Himmel. Das war das Beste an diesem Sommer, diesem Unwettersommer: Es gab noch nie so viele Gewitter, immer wieder näherte sich ein neuer Höhentiefkern, wurde auch flächig ausgelöst, immer wieder zündeten lokale Superzellen. Dann kam eine wohl alles übertreffende Genuazyklongenese, die hieß in den Nachrichten »Tief Ilse«, und es begann eine Art meteorologischer Kreuzzug mit unglaublichen Regenrekorden, bis schließlich die Elbe aus allen Nähten platzte und ihre Fluten das ganze Land staunen machte. Was für ein Sommer.

Es dauerte fast zwei Monate, dann war ich soweit, wieder arbeiten zu können. Und das musste ich auch, denn ich war pleite, ich brauchte einen Job, selbst wenn da nach wie vor in meinem Herzen, in meinem Selbstbewusstsein dieses graue

Rauschen war, ich kannte mich nicht mehr und vor allem meinen Körper nicht mehr, jetzt wirklich gar nicht mehr, meiner Seele schaute ich zu, meinen Körper schaute ich nicht einmal mehr an. Es geschah, dass ich im Sessel saß und ein Buch las, und dann schaute ich auf die rechte Hand, die das Buch hielt, und dann fiel mir das Buch aus der Hand. Ich kann mich nicht erinnern, in der Zeit tagsüber irgendetwas getan zu haben, außer spazieren gegangen zu sein und immer wieder Wohnungen angeschaut zu haben. Die waren aber nie das Richtige, weil ich gar nicht mehr wusste, was das Richtige war, und ich saß eben meistens auch nur herum und dachte an nichts, in dieser Haltung findet man nicht schneller zum Ziel. Dafür traf ich allmählich wieder Menschen, aber ich traf sie immer erst gegen elf Uhr abends, wenn ich in dem Maß angetrunken war, wieder Menschen treffen zu wollen. Dann saßen wir im Green Door oder im Berio oder im Montevideo oder auch mal im Sale e Tabacchi und redeten und tranken, und das Ganze hätte immer so weitergehen können, ab und zu landete ich auf Partys, und nach einer ging ich mit einem Mann ins Bett und nach einer anderen mit einer Frau, aber ich spürte beide Male nichts, ich hätte mich auch ohne Bälle auf den Golfplatz stellen können, das war also nicht die Antwort, deshalb ließ ich es.

Eines Vormittags – ich war lange aus gewesen, hatte einmal mehr zu viel Wein getrunken, danach ohne Träume geschlafen – stand ich um neun Uhr auf, nahm mir meinen schwarzen Filofax, blätterte im Adressverzeichnis, schrieb fünf Namen und Nummern heraus und rief sie an. In einem Zug. Es waren alles ehemalige Arbeitskollegen. Vielleicht war es dem Restalkohol geschuldet, vielleicht schlicht dem leeren Konto, aber ich fragte alle fünf ziemlich direkt nach Jobs. Bei zweien hatte ich auf Anhieb Glück. Der eine, Raoul, lud mich zwar nur zu einer Party ein, aber es war eine Werberparty, und Raoul sagte auch unverblümt: Kontaktbörse. Wenn ich mich nicht ganz dämlich anstellte, würde sich schon etwas ergeben. Die andere, Julia, war mir ohnehin noch etwas schuldig. Ich hatte mich einmal sehr für sie eingesetzt, und sie war offensichtlich ganz froh, sich revanchieren zu können, vor allem aber war sie in der Bredouille, hatte ihre Agentur doch ein bisschen gepatzt, und jetzt musste innerhalb der nächsten drei Tage ein Konzept für einen entkoffeinierten Kaffee entstehen. Julia war inzwischen Etat-Direktorin, so dauerte es nur eine Stunde, bis sie die Sache mit ihren Chefs abgeklärt hatte, dann klingelte mein Mail-Programm, und ich hatte alle wichtigen Dokumente in meinem Apple-Computer. In der Zwischenzeit hatte ich geduscht und mir einen Kaffee gemacht. Mit Koffein. Und ich hatte mich anders angezogen als sonst. Die Sachen von früher. Auch wenn es hier keiner sah. Ich sah wieder aus wie jemand, der morgens um halb neun zur Arbeit fährt, einen gut bezahlten Job macht, abends nach Hause zurückkehrt und ein angenehmes Leben führt. Ich sah nicht wie jemand aus, der sich um elf unter die Dusche stellt, einen Kaffee trinkt, um seinen Kater zu vertreiben, und dann von zu Hause aus versucht, Geld für die Miete zu verdienen. Ich sah nicht aus wie jemand, den man blutend in einem Kreuzberger Hinterhof liegen ließ, nachdem man ihm das Geld geklaut hatte. Ich sah nicht wie ein Opfer aus.

Recherchieren, schreiben, aufstehen, überlegen, umformulieren, Charts basteln, lesen, korrigieren, eine Tomatensuppe essen, noch einen Kaffee trinken, nicht den Fernseher einschalten, nicht stumm in den Himmel starren, konzentriert arbeiten. Um fünf Uhr hörte ich auf, ich konnte nicht mehr, ich war vollkommen erledigt.

Am Abend war die Party, von der Raoul mir erzählt hatte. Es waren noch mehr als drei Stunden, bis ich mich auf den Weg machen musste, um nach Charlottenburg zu kommen.

Was tun? Es war ein Termin, ich hatte lange nicht mehr so einen Termin, so einen halb geschäftlichen gehabt. Ich versuchte zu schlafen, aber es ging nicht, ich versuchte zu lesen, aber glitt immer wieder in andere Gedanken, ich schaute Fernsehen, und es langweilte mich. Noch einmal duschen, andere Kleider anziehen, es waren immer noch anderthalb Stunden. Ich versuchte, mir vorzustellen, was und wer mich da erwarten würde. Raoul natürlich. Er war ein leidlich guter Texter, der meiner Einschätzung nach aber vor allem deswegen durchkam, weil er aussah wie ein Ringer. Ein sanfter vielleicht, aber doch mit einer Ausstrahlung, dass man es sich nicht mit ihm verderben wollte. Groß, bullig und, was zu seinem Namen so gar nicht passte, hellblond. Sein Chef würde noch da sein, ein in die Jahre gekommener Hasardeur, der es sich im verfilzten West-Berlin vor dem Mauerfall so gut eingerichtet hatte, dass er jetzt immer noch von seinen Kontakten leben konnte, gut leben. Sein neuer Partner, den ich als sympathisch in Erinnerung hatte, von dem aber nur Übles im Umlauf war. Puffbesuche mit Kunden schienen keine Gerüchte zu sein, das Andienen von eigenen Innenkontakterinnen konnte allerdings nicht bewiesen werden. Und sonst? Ich wusste es nicht. Von meiner alten Agentur jemand? Das wäre unangenehm. Marc oder einer seiner Kollegen? Das wäre katastrophal. Ich spürte, wie ich unsicher wurde, wie mir kalt wurde, wie ich drauf und dran war, nicht zu der Party zu gehen. Aber ich musste, ich konnte es mir buchstäblich nicht leisten, mich da nicht sehen zu lassen. Und dann beging ich mal wieder einen Fehler.

Um zehn Uhr kam ich in der Schlüterstraße an. Ich hatte in meiner Aufregung zu Hause mehr als eine halbe Flasche Wein getrunken, fühlte dann aber, dass es zu viel war, und beschloss, in die Schlüterstraße zu laufen, um wieder einen klaren Kopf zu bekommen. Dabei hatte mich der Regen erwischt. Statt aber dann doch ein Taxi zu nehmen und zu hoffen, alle wären mittlerweile zumindest angetrunken und würden meinen Zustand nicht bemerken, ging ich einfach weiter. Und so stand ich jetzt völlig durchnässt vor der schweren Altbautür zu den Agenturräumen. Es war Raoul, der öffnete.

»He, Iris, das ist ja … Alles okay?«

»Klar! Schön, dich zu sehen. Und, ist es nett?«

»Ja, ganz nett, komm rein.«

Ich nickte. Raoul zog mich ins Bad, es war ein richtiges Bad, so wie man es in Altbauwohnungen eben hat, mit Badewanne. Nicht gerade üblich für Agenturen.

»Was ist denn mit dir passiert, kleiner romantischer Spaziergang durch den Regen?«

Wieder nickte ich. Soeben hatte ich mich im großen, goldgerahmten Spiegel gesehen.

»Na, dann trockne dich mal ab, ich erwarte dich mit einem Glas Wein, geht ja nicht an, dass du nur von außen, also …«

Er verhedderte sich in dem Satz, sollte wohl ein Texter-Wortspiel werden, aber Raoul war eben nur ein leidlicher Texter. Er ließ mich im Bad zurück. Einen Föhn hatten sie hier nicht. Aber Gel. Also schmierte ich mir das blaue Zeug in die Haare, strich sie zurück, brachte sie ein wenig in Form, so dass ich nicht mehr verregnet, sondern wie ein Eintänzer aussah, trocknete mich ab. Das schwarze Kostüm war in Ordnung, in dem schwachen Licht würde man nicht sehen, dass es nass war. Aber die Bluse war ein Problem. Also zog ich sie aus und legte sie einfach hinter die Badewanne, knöpfte den Blazer bis auf den obersten Knopf zu, so musste es gehen.

Raoul wartete tatsächlich mit einem Glas Weißwein in der Hand vor dem Bad, ich lächelte ihn an.

»Ich sehe, alles wieder bestens.«

»Ja, den Umständen entsprechend«, antwortete ich und schaute mich um.

»Sie sind alle da. Aber hier, lass uns erstmal anstoßen, haben uns ja lange nicht gesehen, was hast du so getrieben?«, Raoul reichte mir das Glas.

»Eigentlich nichts Besonderes«, antwortete ich und läutete damit den Abend der Lügen ein.

So ungefähr kann ich rekonstruieren, was an diesem Abend, in dieser Nacht noch geschah. Viele Gespräche, mit Raoul natürlich, mit dem Hasardeur, mit Menschen, die ich bis dato nicht kannte. Marc war nicht da, keiner aus seiner Agentur, soweit ich sie wiedererkennen konnte, niemand aus meiner alten Agentur. Gegen zwei war ich allein, aber mit der Bluse, die immer noch im Bad lag, nach Hause gegangen, besser gesagt, ich hatte ein Taxi genommen. Als morgens um halb neun der Wecker klingelte, fiel mein erster Blick auf die Visitenkarten, sechs, die ich bei der Party gesammelt hatte, inklusive Stichworte, worum es ging, die hatte ich wohl zu Hause noch schnell notiert. Mein zweiter Blick fiel auf meinen linken Unterarm, der schmerzte. Kein Wunder bei den vier geraden Schnitten, drei parallel, einer mittendurch. Und auch daran erinnerte ich mich. An die Rasierklinge. Dann stand ich auf, machte mir einen Kaffee, schrieb ungeduscht weiter an dem Konzept, trank zwei Flaschen Mineralwasser und nahm drei Aspirin dazu, schrieb und schrieb, duschte, las noch einmal Korrektur, dann sendete ich mein Konzept, und schon nach einer halben Stunde kam der Zweiwortkommentar »Sehr gut.«, und ich setzte mich vor das große Balkonfenster, rauchte, war froh, eine Rechnung schreiben zu können, und wusste: Es ist immer noch nicht vorbei.

Sommer 2003

Ich könnte nicht bezeugen, welche Augenfarbe er hatte, aber den Inhalt seines Kühlschranks aufzählen, und im Mondlicht wirft sich ein Schatten auf sein Gesicht, so dass seine rechte Gesichtshälfte aussieht wie die Westküste Afrikas und die linke wie der Atlantik. Ich habe nichts mitgenommen, aber ein weißes T-Shirt dagelassen. Das tue ich oft, fast immer, warum auch immer, ich ahne es, aber ich sage es nicht, nicht einmal mir selbst. Vielleicht mag ich auch einfach nur die Vorstellung, ein wirres kleines Muster von weißen T-Shirts in dieser Stadt zu zeichnen, aber das ist nun die oberflächlichste aller Erklärungen; und damit auch die wahrscheinlichste. Auf dem Rückweg kaufe ich an einer Tankstelle eine Schachtel Marlboro und eine Dose Cola light. Den Kassenbon stecke ich in meine linke Hosentasche, wahrscheinlich wird er das Einzige sein, was von dieser Nacht bleibt. Das klingt sentimental, aber genau diese Mischung aus Sentimentalität und leiser Euphorie mag ich so gern, und es kann keinen besseren Rahmen für diese Gefühlsmelange geben als eine warme Nacht in einem quicklebendigen Berlin, ich gehe durch die Straßen zur U-Bahn, und allein dieses Gefühl ist schon ein Beweis, diese Nacht nicht vergeudet zu haben.

Auf der Berliner Leipziger Straße fuhren früher einmal fünfunddreißig Straßenbahnlinien. Hatte ich gehört, glauben konnte ich das nicht. In diesem Sommer fuhren da nur Autos, die alles, was sich an Fenstern und Dachelementen öffnen ließ, aufsperrten. War es doch, wie die Nachrichtensprecher bereits nach zwei Wochen unisono verkündeten, der »Jahrhundertsommer«. Mir sagte das wenig. Ich saß im einundzwanzigsten Stock auf einem Trimmrad der Marke Kettler, gen Reichstag ausgerichtet, und machte Meter. Dabei hörte ich Tomte und Kettcar, Lounge-Musik und trauriges Zeug, Hauptsache, ich schaffte jeden Tag einen halben Kilometer mehr. Warum? Weil es wichtig war, eine Zahl zu haben, etwas Messbares, nicht nur diesen ganzen Wie-geht-es-dir-Schmus, nicht nur das Könnte-richtig-sein-aber-auch-nicht, etwas Handfestes, das man auf den Tisch legen konnte. Zwar würde mich nie jemand nach dieser Zahl fragen, aber ich hatte sie im Ärmel, eine Kilometerzahl, die etwas über mich aussagen würde, mehr als all meine Gedanken, Gefühle, mehr als alles, mehr als meine Vergangenheit und meine Ideen, diesen ganzen wachsweichen Scheiß, ich hatte eine Zahl. Eine Beschäftigung, Disziplin. Und ein Ritual.

Es war so unerträglich heiß, jetzt schon seit zwei Wochen. Da konnte noch keiner ahnen, dass das so noch sechs Wochen weitergehen würde. Von meinem Balkon aus sah ich die Menschen langsam durch die Hitze gehen. Menschen gehen immer. Zur Arbeit, zum Supermarkt, nach Hause, in eine andere Stadt, zu einer anderen Geliebten, ins Krankenhaus, in den Club, in sich, in den Urlaub, sie gehen und gehen, denn woanders ist es besser, oder woanders bekommt man, was man braucht oder sucht, oder man findet, was einem fehlt, oder man entdeckt, was einen vollständig machen könnte, oder man muss sich einfach nicht mehr in das eigene Gesicht schauen, sondern macht sich ein neues, oder man wird von anderen Augen gesehen, von Augen, die endlich erkennen, was man wirklich ist, wer man wirklich ist, auch wenn sie sich täuschen, und eigentlich müssen sie sich täuschen, vielleicht kennen sie einen aber auch tatsächlich besser, und besser ist alles als das, was jetzt und hier ist, und alles ist besser, was von der Vergangenheit nichts weiß, alles ist besser, was ein bisschen nach Zukunft riecht, denn die ist immer noch ein großartiges Versprechen und sowieso der einzige Grund, warum man diesen ganzen Scheiß überhaupt noch mitmacht. Ja. Genau dieses Wort steht am Anfang jeden Weges: Ja. Und was ist besser? Mehr Geld, mehr Liebe, mehr gute Bücher und gute Filme und gute Musik und fulminante Sonnenaufgänge und romantische Sonnenuntergänge und dazwischen wieder viel Geld und viel Liebe, alles mühelos und unter dem gestickten Mottospruch »Schöner nie«. Warum? Das ist genau das Wort, das nicht zur Debatte steht. Es gibt kein »Warum«. Wer damit anfängt, hat schon verloren. Es gibt kein Tatmotiv fürs Leben. Man tut es einfach, und wenn es denn darin besteht, den ganzen Tag RTL zu sehen, dann ist das auch ein Weg, aber keiner, der dieser Frage bedürfte. Man tut es, man tut es auf seine Weise, und wer jetzt darüber richten möchte, dass sich Menschen ganz bewusst dafür entscheiden, nur noch RTL zu gucken, der hat nichts verstanden. Nichts vom Leben, nichts von RTL und nichts davon, was es bedeutet, in die Sterne zu gucken und sich einzugestehen, dass man so sinnlos ist wie Dreck an der Teppichkante.

Irgendwann vor einigen Monaten hatte ich angefangen, mir Wohnungen anzuschauen. Dauernd. Nahezu jeden zweiten Tag hatte ich einen Termin. Ich schaute im Internet, in der Zeitung, gab Maklern meine Nummer und machte Uhrzeiten und Treffpunkte aus. Für Mietwohnungen und Eigentumswohnungen, obwohl ich die nicht bezahlen könnte, ich schaute mir Wohnungen an in Schöneberg und in Charlottenburg und in Wilmersdorf und in Steglitz, in Kreuzberg und in Mitte, große und kleine, billige und teure, ich schaute mir einfach fremde Wohnungen an, Wohnungen, in denen Menschen gewohnt hatten oder immer noch wohnten, ich ließ mir Grundrisse faxen und berechnete Verhandlungsspielräume und kalkulierte Investitionen dagegen, und meistens schaute ich mir die Wohnungen alleine an, manchmal aber nahm ich meine Schwägerin mit dazu, um ihre Meinung zu hören. Ich mochte meine Wohnung in Schöneberg, aber ich wusste, ich musste da raus, es gehörte dazu, so ganz einfach, um eine Geschichte beenden zu können, gehörte es dazu, aus dieser Wohnung auszuziehen, so wie der berühmte neue Haarschnitt. Und so wie man sich vor dem Friseurbesuch auf den Straßen und in den Zeitschriften die Frisuren der anderen Menschen anschaute, so schaute ich mir vor meinem vage geplanten Umzug andere Wohnungen an. Ich wusste nicht, in was für eine ich ziehen wollte, das war der eine Grund für die vielen Besichtigungen. Der andere war, und das merkte ich erst im Laufe der Zeit, dass ich mir gern anschaute, wie andere Menschen lebten, wie sie sich einrichteten. Was für Möbel sie hatten, natürlich. Aber bei so einem Termin ergaben sich auch immer Hinweise auf das Leben, das in diesen Wohnungen geführt wurde. Normalerweise hat man ja noch nicht einmal Lust, Handwerker in die Wohnung zu lassen. Diese Menschen hier, die aus welchen Gründen auch immer bald auszogen, sahen sich der Situation ausgesetzt, fremde Menschen, manchmal gleich eine ganze Horde, hereinzulassen. Wahrscheinlich waren die Gruppentermine noch schlimmer, denn wenn der Einzelne sich noch bemühte, einen nicht allzu neugierigen Eindruck zu machen, so fiel diese Hemmschwelle konsequent, wenn man zu viert, acht oder zwanzig war. Man sah Fotos, Dekorationssachen, ungeöffnete Briefe, alles kleine Hinweise. Vor allem aber sah man den Stil. An den Bildern, die hingen, an den Möbeln, die ausgesucht worden waren, an den Büchern, die in den Regalen standen. Alles schien zu einem Bekenntnis zu werden, wenn es fremde Menschen sahen. Immer wieder gab es Rechtfertigungen der Bewohner oder fast schuldbewusste Blicke, Stolz mitunter natürlich auch. Und immer wurde ein persönliches Detail freiwillig ausgeplaudert, etwas, das man nicht sehen konnte. Was für einem Beruf man nachging zum Beispiel. Oder wer hier alles so lebte. Oder warum man umziehen wollte. Ungefragtes eben. Das machte die Besichtigungstermine noch reizvoller.

Jetzt hatte ich also eine 4-Zimmer-Wohnung in einem Plattenbau in der Leipziger Straße im einundzwanzigsten Stock. Sie hatte diesen traumhaften Ausblick nach Süden und nach Westen, es war die zweitoberste Etage. Am frühen Abend flogen hunderte von Saatkrähen, die auf dem Weg in den Tiergarten waren, in Formation auf Augenhöhe an meinem Balkon vorbei, es war unglaublich laut, aber nicht so bedrohlich, wie ich es mir vorgestellt hätte. In einem der Zimmer hatte ich mir ein Arbeitszimmer eingerichtet, dank dessen ich nur ganz selten in Agenturen gehen musste, sondern meine Briefings über Mail entgegennehmen und das Geforderte auch auf diese Weise wieder abliefern konnte. Ich schrieb Konzepte, Strategien und ganz normale Werbetexte, was eben so gefragt war und dafür sorgte, die relativ günstige Miete zu zahlen. Ich arbeitete nicht sehr viel. Ich machte ohnehin nicht viel. Besuchte einmal in der Woche meinen kleinen Neffen, verabredete mich so gut wie nie, den Sport hatte ich auch nach Hause verlagert. Nur nachts ging ich aus, so oft, wie vielleicht sonst nur in meiner Studentenzeit, nein, öfter. Und das Einzige, womit ich mich tagsüber einigermaßen regelmäßig beschäftigte, waren Gerichtstermine. Ich ging zu Verhandlungen und schaute mir sie an, die Betrüger, Körperverletzer, Diebe, Totschläger. Zurzeit einen Vergewaltiger. Er hieß Thierry Gaillard und war ein merkwürdiger Typ. Anfang vierzig, hatte ausgerechnet Gärtner gelernt, war aber arbeitslos. Sein Haar war millimeterkurz geschoren, er trug eine Metallbrille, immer gestreifte Polohemden und Jeans. Von der Seite sah er aus wie ein lieber Junge. Von vorne sah er aus wie ein rücksichtsloser Mann. Wenn man wie ich mehrere Prozesse hintereinander verfolgt hatte, stellte man sich irgendwann unweigerlich die Frage, ob man das Böse sehen könne. Das Fatale ist – man glaubt, ja. Man glaubt, gewisse Züge immer wieder zu sehen. Man merkt, wie man den Klischees und Vorurteilen auf den Leim geht, denkt aber mitunter, es seien vielleicht gar keine Klischees und Schubladen, sondern schlichtweg Erfahrungswerte.

Thierry Gaillard saß die ganze Zeit stumm auf seinem Platz, einem nicht sonderlich bequem aussehenden Stuhl hinter einer Brüstung, neben ihm ein Justizangestellter zur Bewachung. Der las meistens Zeitung, was anscheinend auch in Ordnung war, hatte man Thierry Gaillard doch Handschellen angelegt. Vertreten wurde er von einer Rechtsanwältin, vielleicht zehn Jahre jünger als er. Auch für die beiden Geschädigten waren Anwältinnen da, dazu zwei Richterinnen, der einzige weitere, an dem Prozess beteiligte Mann war der Staatsanwalt – und in dem hatte er naturgemäß keinen Freund. Thierry hatte die eine Geschädigte zu vergewaltigen versucht. Die andere, eine Obdachlose, die nicht zum Prozess kam, hatte er drei Tage lang in seiner Wohnung eingesperrt, sie geschlagen, missbraucht, vergewaltigt. Am Schluss ging er aus der Wohnung, zum Fußballtraining, sagte: »Du kannst jetzt auch gehen, aber halt die Klappe, sonst mache ich dich kalt.« Zum Abschied hatte er ihr einen Zwanziger auf den Tisch gelegt. Heute wurde die erste Frau als Zeugin vernommen. Sie sah aus wie verlebte 28, war aber 43, wohnte in Neukölln, hatte kastanienbraun gefärbtes Haar, war Altenpflegerin. Während ihrer Aussage legte sie eine Hand in den Nacken, die andere, rechte umgriff den linken Arm. Ihr weißes T-Shirt zitterte, das konnte man bis in die

Zuschauerreihen sehen. Da saßen ein weiblicher und zwei männliche Referendare, zwei Frauen und ein Mann, die einfach nur so zuhörten, und ich. Es gab einen Antrag auf Ausschluss der Öffentlichkeit, weil es zu intim werden könnte, aber der wurde abgelehnt. So hockten wir, die uns die Sache eigentlich nichts anging, also weiter da und hörten zu, wie sie, Martina, erzählte. Es war an einem Freitagabend, sie hatte zu Hause allein eine Flasche Wein getrunken, war dann in eine Kneipe in der Urbanstraße gegangen, um noch eine Bekannte, Katja, zu treffen. Da lernten sie Thierry kennen, tranken mit ihm drei Bier. Und dann ging Martina mit ihm raus, er wollte sie nach Hause bringen. Unterwegs soll er sie in der Hasenheide in einen Busch gestoßen und gesagt haben: »Wenn du schreist, bring ich dich um, habe ich schon mal gemacht.« Dann hat er sie anscheinend geküsst und geschlagen und zu Boden geworfen und ihre Hose aufgerissen. »Aber warum ich«, hatte sie gefragt. Und er hat geantwortet: »Wenn ich dich gefragt hätte, ob du mit nach Hause kommst, hättest du ja sowieso nein gesagt.« Sie sagte noch: »Ich bin doch viel zu alt«, und dann trat sie genau richtig zu und lief weg. »Aber meine Schuhe waren hinten offen, damit kann man ja nicht richtig rennen. Seitdem trage ich nur noch Turnschuhe.« Immerhin schaffte sie es bis zum Taxistand an der Ecke Hermannplatz. Wiedererkannt hatte sie ihn an Brille und Oberlippe, die aus meiner Warte zwar nicht besonders auffällig aussah, aber wahrscheinlich merkte man sich solche Details in derartigen Situationen. Während ihrer Aussage guckte Thierry Gaillard auf den Boden. Er saß da in seinem blau-weiß gestreiften Polohemd hinter seiner etwas unordentlich aussehenden Verteidigerin, ab und zu blinzelte er, hörte sich das alles an, genauso wie bei Verlesung der Anklage, als würde da von einem X-Beliebigen erzählt, es machte den Eindruck, als wäre ihm das hier vielleicht ein wenig unangenehm, auch ein wenig lästig, aber so das ganz große Ereignis war es nun auch nicht. Dinge geschehen eben. Zum Abschluss fragte der Staatsanwalt Martina, ob sich in ihrem Privatleben, also ihrem intimen Privatleben etwas geändert hätte. Nein, nichts. Und was immer bisher stimmte von dem, was sie berichtet hatte, an dieser Stelle log sie, das merkte jeder, aber es fragte keiner nach.

Es ist so dunkel, dass man nicht genau erkennen kann, wo ihre Haare genau aufhören und wo das Kissen beginnt. Sie schläft, sie schnarcht ein ganz klein wenig, so wie es Frauen manchmal tun, wenn sie über die Stränge geschlagen und die drei Gläser Wein, die man ihnen aufgenötigt hat, getrunken haben. Spielt aber auch keine Rolle, ob sie schnarcht. Interessanter, woher sie ihren Akzent hat. Könnte Kuba sein. Das wäre dann deine erste Kubanerin. Gewesen. Das hier war schon vorbei. Man fühlt, ob etwas ein Anfang, ein Ende oder eine Etappe ist. Wenn man mit jemandem, den man gerade mal zwei Stunden kennt, ins Bett geht und noch nicht einmal dessen Nationalität weiß, braucht man nicht lange zu fühlen, um herauszufinden, in welchem Stadium des Rennens man gerade schwimmt. Anschlag, Ende des Rennens, raus aus dem Becken, nächster Wettkampf. Aber vorher ausschwimmen. Ist wichtig. Sagt einem jeder. Ausschwimmen. Jetzt sofort. Du stehst auf, und es fühlt sich seltsam an. Es fühlt sich nackt und kalt an. Steinig. Ein bisschen scharf. Hier gibt es weder Teppich noch Laminat oder Parkett, nur bröseligen Stein. Du gehst vorsichtig zum Schreibtisch, der vom Mond scharf gezeichnet dasteht, machst die Lampe an. Das hier ist die wohl leerste Wohnung, die du je gesehen hast. Ein Bett, ein Schreibtisch, eine Lampe. Kein Stuhl, kein Schrank. Nur ein Karton. Sind darin ihre Kleider? Ist dir vorhin alles nicht aufgefallen. Gar nichts ist dir aufgefallen, außer dass man das Bad mal wieder putzen müsste.

Und dass Maria viel zu warm angezogen war. Der Kühlschrank muss auch mal abgetaut werden. Aber das stellst du erst jetzt fest, als du dir ein Bier, Beck's 0,33, daraus nimmst. Was ist denn das für ein Mensch, diese Maria? Abgesehen davon, dass sie drei Gläser Wein auf einer Party trinkt und eigentlich ein Auslandssemester in Germanistik macht. Und warum hast du nicht gefragt? Du versuchst, dich zu erinnern, wie und was sie geredet hat, aber das war alles ganz normal. Mit Akzent und Weinfahne. Du nimmst das Bier auf den Balkon, rauchst eine Zigarette. Schaust auf die Potsdamer Straße. Temperatur so, dass Mütter schon mal sagen: Zieh dir besser einen Pullover über. Egal, wie alt du bist, bei so einer Temperatur sagen sie das. Wer denkt sich so Straßen wie diese aus? Solche Häuser? Wer denkt sich solche Autos aus wie die, die jetzt hier gegen halb zwei entlangfahren? Du würdest das nicht tun, wenn du dran wärest. Aber du bist auch nicht der Markt, der Zeitgeist oder Berliner. Du bist einfach nur hier. Rauchst, trinkst Bier, obwohl es nicht das ist, was du willst, tust es aber. Kannst ja kein Buch lesen. Nachts gegen halb zwei, nackt auf dem Balkon einer unfassbar leeren Wohnung, mit einer Frau im Bett, von der man zwar den Vornamen, aber nicht die Nationalität kennt, in einer Zeit, in der der Mond noch nicht einmal halbrund und die eigene Verfassung auch nicht gerade die beste ist. Dann raucht man eben, trinkt ein volles Bier leer und überlegt sich, ob das jetzt alles ganz grauenhaft, ganz überflüssig oder irgendwie schon interessant war. Nicht der Sex. Sex ist gut fürs Selbstbewusstsein, eine Möglichkeit, mal nachts und wach zwei Stunden nichts zu trinken, man ist noch nicht alt. Aber du musst jetzt nicht überlegen. Du musst gehen.

Der Schnitt über dem linken Beckenknochen tut weh. Blutet wahrscheinlich wieder. Maria hat ihn bestimmt nicht einmal bemerkt. Maria hat gar nichts bemerkt. Maria hat nicht mal gefragt, warum dein linker Oberarm bandagiert ist. Das macht nichts. Heftpflaster suchst du in dieser leeren Wohnung nicht mehr. Ziehst dich an, legst einen Euro aufs Bett, lässt das weiße T-Shirt da, und die Haustür fällt mit einem kalten Knall ins Schloss, wie sollte es auch anders sein. Mach's gut, Maria, wo immer du auch herkommst, hingehst, ich wünsche dir alles Gute, viele Möbel und Eichenparkett mit Fußbodenheizung.

Links, Richtung U-Bahn Bülowstraße. Was machen all die Menschen um diese Zeit noch hier? Wahrscheinlich dasselbe wie du. Abwarten, was kommt. Na ja. Man wird geboren, dann stirbt man wieder, dazwischen lernt man Leute kennen und versucht, sich nicht die ganze Zeit zu langweilen, ausgesprochen faszinierend. Du gehst in den Istanbul-Grill, der beleuchtet ist, als wäre er die gastronomische Übersetzung des Weihnachtsbaums vor dem Rockefeller Center. Nimmst dir eine Dose Bier aus dem Kühlschrank, zahlst und trinkst. Alles ohne ein Wort, der Typ hinter dem Tresen ist Ägypter und spricht kein Wort deutsch – außer die Bezeichnungen und Zahlen für das, was er verkauft –, da bist du dir sicher, bei solchen Sachen bist du dir sicher. Und selbst wenn es nicht stimmt: Das ist das Angenehme hier, man muss sich prinzipiell nicht um Höflichkeit bemühen, erwartet schlichtweg keiner. Vielmehr gucken alle misstrauisch, wenn man mal guten Abend sagt, weil sie erwarten, gleich würde man sie um einen Euro anhauen. Höflich sollte man unbedingt in sauberen kleinen Städten und Dörfern sein. In Berlin macht man sich damit nur verdächtig. Klappe zu, zahlen, Klappe auf, trinken, Klappe zu, weitergehen, keine weiteren Fragen.

Das Bier schmeckt ein wenig nach Döner. Du gehst. Die Straße ist laut und doch zu warm für einen Pullover, immer noch schreien Menschen herum, und das ist der Sommer. Du klaubst den Cutter mit dem blauen Plastikgriff und den Lamellenklingen aus der rechten Vordertasche deiner schwarzen Yamamoto-Hose, schiebst den rechten Ärmel des weißen Dolce-&-Gabbana-Hemdes bis ins Ellbogengelenk, ziehst eine zehn Zentimeter lange Linie, parallel zum Außenunterarm in die bereits schön gebräunte Haut. Das Rot kommt in Tröpfchen, die sich langsam aufplustern, dann zusammenfließen, sich verbinden, kein Schmerz, es ist, als hättest du einen Pinselstrich auf einer Leinwand gezogen. Ziehst die Klinge des Cutters wieder ein, steckst ihn zurück in die weite Hosentasche, nimmst aus der linken Vordertasche ein Papiertaschentuch, tupfst mit einer Ecke das Blut ab, legst das Ganze dann über den Strich, schiebst den Ärmel wieder darüber und hoffst, dass das Tuch so saugfähig ist, wie es dir oftmals und zur besten Sendezeit auf deinem mit dem Good-Design-Award ausgezeichneten Sony-Fernseher dreißig Sekunden lang versprochen wurde.

Die U2 läuft gerade ein, ein Zeichen dafür, sich für das Richtige entschieden zu haben. Du setzt dich in die Ecke einer Dreierbank. Dir gegenüber ein junger Mann mit einem Gesicht und einer Frisur, bei denen man denkt: zu sensibel, um jemals beim 100-Meter-Lauf Erster zu werden, aber der Liebling des Publikums. Liest Gottfried Keller, nachts gegen zwei. Kurz vor der Station Mohrenstraße wacht ein großer Mann, der wohl gerade die psychologische Zeit vor der Geschlechtsumwandlung durchmacht, auf und trocknet sich die Tränen. Sein kleiner Begleiter sagt etwas zu ihm. Darauf zischt der Große eine Oxford-Kanonade heraus, die sogar den Keller-Leser aufblicken lässt. Du hörst nur den Sound, verstehst kein Wort. Der Kleine versucht offensichtlich, sich zu rechtfertigen, worauf der Halbweibliche nur seinen bekümmerten Kopf gegen das Holzimitat der Sitzbank legt und mit der linken Hand adagio durch die Luft fährt, als wären ihm schon alle Rechtfertigungen der Welt bekannt und keine einzige vermochte, den Weg in seine traurige Seele zu finden, die hier auch nicht. Der erfolglose Leichtathlet liest weiter, du steigst aus und wünschst dir, du wärest die Brille des Großen und könntest miterleben, was war, was ist und was sein wird. Mit ihm und ihr.

Haus Nummer 46, das ist deins, kein Portier mehr da, du guckst freundlich für die Überwachungskamera, drehst dabei den rechten Unterarm so, dass es zwar nicht unnatürlich aussieht, man aber auch nicht die Blutspuren erkennen kann; wahrscheinlich sendet das Ding ohnehin nur schwarzweiß, und ein Betrachter des Films würde vermuten, du wärest mit dem rechten Arm nur einmal durchs Blumenbeet vor dem Haus gefahren oder auf was für Ideen Menschen sonst so nach Mitternacht kommen. Drückst den Liftknopf, die mittlere Kabine kommt als erste unten an, fährst in den 21. Stock. Um diese Zeit steigt natürlich keiner zu, weder die Ausländer aus den ersten acht Stockwerken noch die Ex-DDRler und Arbeitslosengeldempfänger zwischen 9 und 19, nicht einmal die Angeber von 20 bis 22. Deine Vormieter haben die Wohnung in Feng-Shui-Farben gestrichen, was einigermaßen lächerlich ist bei diesen Pappwänden und dem gemusterten Linoleumboden. Nimmst dir eine Cola aus dem Bauknecht-Kühlschrank, der fast bis unter die Plattenbaudecke reicht, setzt dich auf den relingartigen Balkon, schaust auf den beleuchteten Reichstag. Vor zwei Jahren gab es mal einen Bericht im ZDF, da wurde das Haus rechts gegenüber gezeigt, Pädophilentreffpunkt. Und natürlich traf es einen kleinen Kevin, einen kleinen Justin und einer der dicken Hauptakteure hieß Wolfgang. Wenn man wild auf Klischees ist, hier trifft man sie alle.

Ich ging auf die Südwestspitze meines langen, schmalen Balkons, und der leichte Ostwind fuhr mir unter das T-Shirt und kitzelte meine trotz Nacht mit der gelb getönten Sonnenbrille getarnten Augen und schien zu raunen: Na, wie findest du das? Ich fand es – charmant. Und schaute auf die Stadt, die aussah wie ein Orientteppich, den man in einem dieser Läden, die immer gerade den Ausverkauf proklamieren, hinten in der Ecke findet, da, wo die ganz teuren liegen. Schon ein schönes Stück, aber brauchte man das wirklich? Und dann schloss ich die Augen und fühlte immer noch den Wind und hörte »God put a smile upon your face« von Coldplay und atmete tief ein, dann wieder aus, und beim Ausatmen öffnete ich die Augen wieder, und die Stadt funkelte immer noch, rechts die Coca-Cola-Werbung und ganz links das blaue Sony-Zelt und schräg links der Gendarmenmarkt und halbrechts der Alex, ich war der Stadt vollkommen egal, ich konnte meine Augen öffnen oder schließen, ich konnte atmen oder auch nicht, es war ihr völlig egal, aber ich stand da auf meinem kleinen Ausguck, und auch wenn es nicht nach süßem Rost roch so wie auf den richtigen Schiffen und noch intensiver in den richtigen Häfen, so war da doch wenigstens der Wind.

Hinter ein paar Fenstern flackerte es noch blau, man wollte nicht wissen, wer da wie saß, was er sich anschaute, was er sich dabei dachte, und vor allem wollte man nicht mit ihm tauschen, mit keinem Einzigen. Über den iPod hörte jetzt ich Café del Mar, belanglose Musik, aber sie passte ganz gut in diese Nacht. Ich zog mit einem anderen Cutter, silberner Griff, Klinge aus einem Guss, ein rotfädriges Spinnennetz um und über die Linie am rechten Unterarm, aber nur halbherzig. Mit links zu schneiden war nach wie vor diffizil. Kraftsachen konnte ich gut mit links, Abschlag beim Golf zum Beispiel, doch filigrane Angelegenheiten, dafür war die rechte Hand besser. Dann duschen, vorsichtig an den Wunden entlang abtrocknen, Levis, hellblaues Ralph-Lauren-Hemd, Comme-des-Garçons-Duft auftragen, Bed-Head-Gel in die gestern geschnittenen Haare, Portemonnaie mit Fünfzigern und Zehnern auffüllen, noch mal nach unten fahren, Vespa antreten, Richtung Oranienstraße. Das Hemd blähte sich wie ein Fallschirm, und darum ging es ja auch, fliegen auf der kleinen, mintgrünen Maschine, durch dieses Drei-Millionen-All, das da auf den märkischen Sand geklatscht wurde. Erster Laden, trinken und rauchen, nächster Laden, trinken und rauchen und kurz tanzen, letzte Kneipe, trinken und rauchen, kein einziges Wort sprechen, außer die Befehle zur jeweiligen Bedienung, wieder zurückfahren, geschafft, müde. Es wurde hell.

Irgendwann hatte ich das angefangen, dass ich entweder erst gegen vier nach Hause kam oder aber gar nicht zu Hause schlief. Das nämlich war so ein weiterer Aspekt meines Lebens in diesem Sommer: Wenn es eine Möglichkeit gab – und es gab sie laufend, wenn mir das vorher jemand gesagt hätte, ich hätte es nicht geglaubt, also zumindest für mich als überhaupt nicht möglich erachtet –, schlief ich nicht zu Hause. Zunächst waren es ganz klassische One-Night-Stands. Man ging irgendwo hin, sprach jemanden an oder wurde angesprochen und antwortete irgendwann: »Zu dir.« Meistens sprach ich jemanden an. Natürlich, ich hatte ja auch das Ziel. Dann wurde mir klar, worum es mir eigentlich ging. Und das war nicht aufregender Sex, sondern einfach, nicht zu Hause und vor allem nicht allein zu schlafen. Der Rest war mir egal, meinetwegen hätte ich auch noch einen Zwanziger auf den Tisch gelegt, und wir hätten einfach weitergetrunken oder geflippert oder was man nachts sonst so macht, um die Zeit bis zur Erschöpfung zu überbrücken. Es fiel mir nicht schwer, jemanden anzusprechen. Ob Mann oder Frau, eigentlich waren alle freundlich, wenn sie angesprochen wurden. Natürlich traf ich eine Vorauswahl, guckte, wo die Chancen gut und das Gegenüber nicht eine totale Notlösung war. Es klappte fast immer. Und ja, ich vertraute allen, bei keinem Einzigen hatte ich das Gefühl, mich in Gefahr zu begeben. Ein abergläubischer Statistiker in mir ging wohl einfach davon aus, dass ich mein Quantum bereits abbekommen hatte. Am Anfang dachte ich zudem noch, es wären Erfahrungen, und Erfahrungen könnten nie schaden, dazu die neuen Wohnungen, zu sehen, wie Menschen lebten, dazu die neuen Körper, zu sehen, wie Menschen aussahen und agierten. Das war natürlich Blödsinn. Von den Wohnungen sah ich nachts nicht viel mehr als die Wohnungstür, den Flur, das Bad und dann ein schummriges Zimmer. Die Menschen, ihre Körper, ihr Verhalten, all das war sich mit kleinen Variationen so ähnlich, da musste man keine Feldstudien vorschieben. Und ganz schnell war es nur anstrengend, sich morgens aus der Wohnung zu stehlen, zu orientieren, die nächste U-Bahn-Station zu suchen oder womöglich Geld für ein Taxi auszugeben. Kein heroisches Eroberungsgefühl, nur Nerverei und das Wissen, kein Stück weitergekommen zu sein.

Seit gut acht Wochen wohnte ich hier in diesem Plattenbau, der 1977 gebaut und angeblich 1998 modernisiert wurde, ich fragte mich nur: Wo? Waren es die zur Hälfte zertrümmerten Halogenspots im Eingangsbereich, die Fahrstühle mit den verkratzten Spiegeln, irgendwas in den Wohnungen selbst? Ich konnte es mir nur bedingt vorstellen, eine kleine Ahnung bekam ich, wenn ich die Auslegware anschaute, die noch in den Einbauschränken auf dem Boden lag, grünbraunbeige. Die Schränke selbst waren wohl auch nur einer Krise in der DDR-Möbelindustrie zu verdanken, das hatte der Wohnungsvermittler bei der ersten Besichtigung erzählt. Den Zusammenhang hatte ich bis heute nicht ganz begriffen, jedenfalls hatte man zu der Zeit wohl allen Neubauten Ost-Berlins immer gleich diverse Einbauschränke eingepflanzt. In meiner Wohnung war nur noch eine aus drei Elementen bestehende Wand davon zu sehen, Mütter nannten so etwas praktisch, und das waren sie ja wirklich, wenn man etwas zu verbergen hatte. Der Wohnungsvermittler selbst war ein blasses, blondes Jüngelchen mit plakativer Brille gewesen, er hatte so ausgesehen, als wäre er niemals freiwillig in einen Plattenbau eingezogen, und hatte sein Unverständnis über meine Begeisterung auch kaum verbergen können.

Ursprünglich hatte ich mir eine kleinere Wohnung angeschaut, die jedoch im neunten Stock war, da sah man aber nur gegen ein Hochhaus vorne, eines rechts und einen Spielplatz links, also nahm ich die größere Wohnung im 21., vier Zimmer, früher wegen des Blicks auf das Axel-Springer-Hochhaus für linientreue DDRler reserviert, da gab es zwar keine Küche, aber eine Perspektive.

Wenn der Wind nachts auffrischte und pfeifend durch die Metallrohre des Balkongeländers fuhr, klang das, als würde die gesamte Wohnung demnächst abheben. Und man dann am nächsten Morgen vielleicht in einer ganz anderen Stadt aufwachen. Eine Art fliegender 100-Quadratmeter-Teppich.

Im Übrigen kannte ich mich in dieser Wohnung nach wie vor nicht richtig aus, der zweigeteilte Flur irritierte mich ebenso wie die, im Vergleich zur alten Wohnung, Verdoppelung der Zimmer, die Farben der Wände, hach ja, aber immerhin war ich wieder einmal eingerichtet, die bestimmt zwanzigste Wohnung in meinem Leben, nicht alle in meiner Verantwortung, aber alles Ortswechsel, ich kannte niemanden, der so oft umgezogen war wie ich – zumindest in meinem Alter –, aber das war schon richtig so.

Ich dachte jeden Tag daran, jeden. Manchmal gleich nach dem Aufwachen, selten, aber manchmal war es der erste Gedanke des Tages. Ich dachte daran, und dann dachte ich es weg, indem ich versuchte, mich an die letzte Nacht zu erinnern oder mir vorzustellen, was heute noch kommen sollte, oder indem ich einfach das Radio anstellte und versuchte, mich auf die Nachrichten oder die Werbung zu konzentrieren. Tagsüber dachte ich vielleicht ein Mal oder zehn Mal daran. Nie intensiv, nur ganz kurz, es zischte wie einer dieser Silvesterheuler durch mein Hirn und dann durch meine Arme, und das war es dann auch schon. Es war immer ein schnelles Gefühl, unterschiedliche Bilder, mal der Kreuzberger Hinterhof und das Fahrrad, mal sein Gesicht, mal das Hemd. Abends dachte ich nie daran, nicht wenn ich allein am Schreibtisch saß, denn ich dachte nicht darüber nach, die Erinnerung kam immer ungebeten. Nachts dachte ich nur daran, wenn die Luft so roch oder wenn jemand Gin trank. Ich träumte nie davon, ich habe kein einziges Mal davon geträumt. Am Anfang hatte ich daran gedacht, wenn ich im Gericht war, inzwischen nicht mehr. Das stimmt nicht. Es war immer da, aber es blieb unten. Wenn ich einen Täter auf seinem Stuhl oder vor dem Prozess in der Warteecke vor dem Saal sitzen sah, dann dachte ich nicht an David. Dann sah ich einen Angeklagten, der mal gelassen oder mal nervös war, der Jeans und Sweatshirt mit Sportartikelfirma-Aufdruck und Air Max trug oder einen dunklen Anzug, Krawatte und Budapester. Ich dachte nicht: Der ist so ähnlich wie der, der mich … Ich dachte: Du Arsch. Oder: Du Würstchen. Oder: du brauchst Hilfe. Wenn ich nicht im Gericht war, dann dachte ich daran, wenn ich die Zeitung las, was ich selten tat, oder wenn ich aus Versehen in einer von diesen bescheuerten Gerichtsshows landete, die allein schon strafbar waren. Manchmal dachte ich auch daran, wenn ich einfach nur auf der Straße war und beim Anblick eines Mannes meinte: Täter. In irgendeiner Form, ob nun strafbar oder nicht, ein Täter. Vielleicht schlug er, vielleicht betrog er, vielleicht hinterzog er auch nur ganz banal seine Steuern oder beleidigte Menschen. Und genauso dachte ich manchmal in die andere Richtung: Opfer, ganz bestimmt ein Opfer. Von einer Körperverletzung, einer Betrügerei, einer Beleidigung oder Nötigung. Lag das an meiner kleinen, bedeutungslosen Geschichte oder an den Gerichtsbesuchen? Ich wusste es nicht. Ich dachte nicht darüber nach. Ich lebte einfach, und das reichte als Konsequenz. Was wiederum nicht bedeutete, dass ich meine Schnitte oder meine zu vielen Gläser Wein oder womöglich diese Prozesspassion damit in Zusammenhang hätte bringen wollen. All das hätte auch sonst so eintreten können. Vielleicht, vielleicht auch nicht. Aber das spielte keine Rolle. Hätte es eine Rolle gespielt, wäre ich genauso wie die Menschen gewesen, bei deren Anblick ich das Opfer vermutete. Es war in Ordnung so, wie es war. Auch wenn es so anstrengend war.

Wirklich? Oder war es nicht vielmehr so, wenn ich denn mal ehrlich war, dass meine Seele eine Schere war, die in jener Sommernacht in Kreuzberg aufgesprungen war, und seither balancierte ich nur auf einer Hälfte. Es ging, aber ich kam nur mühsam voran in dem Schnittmuster meines Lebens. Das Bild war völlig schief, es war unbrauchbar, aber ein besseres fiel mir nicht ein, und genau das war wieder symptomatisch.

Einer dieser Tage, an denen man schon beim Aufwachen wusste, wenn alles normal lief, dann konnte man sich schon einen Monat später nicht mehr an ihn erinnern. Es war halb zwölf, und ich hatte nichts zu tun, es klingelte an der Tür. Konnte um diese Zeit eigentlich nur der Paketdienst sein. Ich hatte mich am Telefon von so einem alerten Mann überreden lassen, mal ein Lexikon oder so etwas Ähnliches zu testen: »Spektrum: Weltwunder der Gegenwart«, und den Menschen will ich sehen, der sich nicht gern ein paar Weltwunder anschaut, wenn er selbst das Gefühl hat, die eigene Existenz ist vor nicht allzu langer Zeit ins Irreale abgedriftet und kugelt da jetzt herum auf der Suche nach dem Ausgang. Wenn man dann, so wie ich bei dem Telefonat, übernächtigt und desolat und mit drei Pflastern am Körper herumsitzt, dann möchte ich wirklich den Menschen sehen, der bei diesem Strohhalm nicht sagt: Her damit, und eine Flasche real existierender Cola am besten gleich dazu. Ich ging an die Sprechanlage.

»Hallo«, meine Stimme klang vermutlich zehn Jahre älter als ich jemals werden würde.

»Hier ist Raoul! In welchem Stock wohnst du denn?«

»21, aus dem Fahrstuhl und dann rechts gerade durch«, hatte ich ganz automatisch gesagt, und als ich den Hörer jetzt wieder einhakte, handelte ich immer noch ganz automatisch, schloss die Tür zum Arbeitszimmer, rannte ins Wohnzimmer und nahm die halbleere Flasche Wein vom Tisch, verstaute sie in der halboffenen Küche, schaute kurz in den Flurspiegel, ging so, sah ganz passabel aus, nicht gut, aber passabel. Die Lifte hier sind schnell, ich konnte ohnehin nichts mehr ändern, immerhin war ich geduscht, es klingelte von neuem, jetzt an der gelben Wohnungstür.

»Na, damit hättest du jetzt nicht gerechnet, oder?«

Nein, hätte ich nicht, hatte ich nicht. Raoul, der Ringer-Texter. Ich hatte letztes Jahr ein paar Jobs für seine Agentur gemacht, dann hatte es auf einmal aufgehört, und wir hatten auch keinen Kontakt mehr. Jetzt stand er hier vor der Tür, und seine Haare endeten genau da, wo der obere Türrahmen anfing. Er war also einsneunzig groß. Und noch ein bisschen breiter geworden, als ich ihn in Erinnerung hatte.

»Nein, damit habe ich nicht gerechnet, komm rein, aber stoß dir nicht den Kopf an. Bist du gewachsen?« Was man eben so redet, wenn man schon überlegt, wie man einen Menschen schnell wieder loswerden kann.

»Ich bin immer noch so groß und stark, wie du mich kennst. Wie bist du denn hier gelandet, Iris?«

Gute Frage, aber denke mal nicht, dass ich dir das jetzt erzähle, ich will, dass du gehst, und zwar schnell.

»Hat sich so ergeben, ein Zufall, ich wollte weg aus Schöneberg, und dann hat mir jemand von der Wohnung hier erzählt, na ja…« Ich führte den Satz nicht fort, sondern ging ins Wohnzimmer, er sollte gar nicht erst auf die Idee kommen, die anderen Räume zu inspizieren, insbesondere nicht das Arbeitszimmer, wo bestimmt noch eine leere Flasche oder Dose stand und womöglich ein blutbeflecktes Tempo-Papier oder sonst etwas rumlag.

»Was für eine Aussicht, ich gehe mal auf den Balkon, okay?«, auf eine Antwort wartete er nicht, sondern öffnete die Balkontür, stellte sich an die Reling, riss die Arme hoch, nein, bitte, das nicht, ich wusste, es war verlockend, aber bitte nicht. Doch.

»Ich bin der König der Welt!«

Genau deshalb wird Raoul nie ein guter Texter werden. Er macht genau das, was naheliegend ist. Steht an einer Reling, spürt den Wind und schreit das blöde Titanic-Zitat raus. Ich stellte mich neben ihn. Nicht hinter ihn, ich wollte diese Leonardo-Kate-Szene nicht forcieren.

»Was verschlägt dich denn hierher«, fragte ich Raoul, um der Szene ganz schnell ein Ende zu machen.

»Ich war gerade in der Gegend.« Das konnte nur eine Lüge sein, keine Ahnung, seit wie vielen Jahren ich mittlerweile in Berlin wohnte, aber mich hatte es vor dem Besichtigungstermin noch nie hierherverschlagen, vielleicht war ich ein paar Mal mit dem Auto über die Leipziger gefahren, aber bestimmt hatte ich nie gehalten, um den örtlichen Meyer-Beck, die ansässige Apotheke, den Lidl-Markt, kik, Rossmann oder gar das fatale chinesische Restaurant zu besuchen; geschweige denn ich wäre vor einem Klingelschild mit ungefähr hundertzwanzig Namen gelandet und hätte, huch, den Nachnamen eines Bekannten entdeckt und spontan geklingelt.

»Woher hast du meine Adresse?« Es war nicht die Uhrzeit, um zu diskutieren, für mein Gefühl war es eindeutig zu früh dazu. Er schaute immer noch interessiert auf das vormittägliche Einkaufsgeschehen unten.

»Sachen sprechen sich rum, weißt doch, wie das ist. Und wir haben hier einen Kunden, da war ich gerade, und dann dachte ich mir, kann ich dich ja mal auf dem Rückweg besuchen, ist dir doch recht, oder?«

Jetzt schaute er mich wieder an. Und eigentlich war es ja auch wirklich nicht dramatisch. Wir gingen wieder rein und setzten uns, er wirkte zu groß für meine Möbel.

»Raoul, freut mich ja, dich zu sehen, aber ich habe da ein kleines Terminproblem«, ich hatte vor allem ein kleines Durstproblem, am liebsten hätte ich die ganze Flasche Mineralwasser allein ausgetrunken. »Was gibt es denn?«

»Ja, also, ich muss ja auch zurück in die Agentur, aber weil es eben auf dem Weg lag, dachte ich, mal schauen, was du so machst, und dann haben wir da demnächst so einen Pitch, und es ist sowieso viel zu tun, aber vielleicht sprechen wir darüber mal, wenn du mehr Zeit hast, ich wollte dich jetzt nur fragen.« Er guckte auf den mittelblauen Teppich, der nun wirklich nicht hübsch oder interessant war, jedenfalls nicht so, dass man ihm mehr als drei Sekunden widmen musste.

»Ja? Du brauchst Unterstützung, oder? Gern. Lass uns ein anderes Mal darüber reden. Ruf mich einfach an, und dann treffen wir uns«, aber bestimmt nicht hier und bestimmt nicht um diese Uhrzeit, »und dann bereden wir das, okay?«

Er nickte. Da war noch irgendwas. Aber ich hatte keine Lust, mich jetzt den seelischen und beruflichen Komplikationen von Raoul zu widmen. Ich stand auf. Immerhin war er so gut erzogen, genau das auch zu tun, sich berührungslos Richtung Wohnungstür bugsieren zu lassen und schnell zu gehen. Ich schloss die Wohnungstür, ging zurück ins Wohnzimmer, setzte die Flasche Mineralwasser an und trank, so viel ich konnte. War Raoul ein Mensch, der sich auf der Straße noch einmal umdrehte und zurückschaute? Ich wusste es nicht, wollte es aber auch nicht riskieren, darum ging ich nicht auf den Balkon und blickte nicht auf die Straße, sondern setzte mich und überlegte, was er wirklich von mir gewollt hatte. Fand keine Antwort, stellte den Fernseher an. Es war kurz nach zwölf, die Sonne käme erst in einer Stunde in den Einfallswinkel des Balkons. Ich räumte auf, sammelte den Müll ein und stopfte ihn in eine blaue Tüte, sammelte die Flaschen ein und stopfte sie in eine bunte H&M-Tüte, von der ich nicht wusste, wie sie zu mir gekommen war. Horchte an der Tür, ob auf dem Gang alles ruhig war, ging an das Ende des Ganges und presste die blaue Tüte in den Müllschlucker, drückte sie in dem ansaugenden Luftstrom noch zurecht, so dass sie problemlos durch die Etagen fallen konnte, ging zu den Aufzügen, der rechte kam zuerst, fuhr nach unten, der Portier war mal wieder nicht da, ging nach links in den Gang zu den Mülltonnen, schloss die Tür auf, an der ein Warnschild wegen Ratten hing, warf die Flaschen korrekt getrennt in die jeweiligen Container, entsorgte die Plastiktüte in der gelben Tonne und ging zurück zu den Lifts. Dieses Mal war der linke zuerst da, ich fuhr nach oben und fragte mich dabei, wie es um eine Ratte bestellt sein musste, die sich als Zuhause einen Plattenbau in der Leipziger Straße aussuchte. Die Sonne war zwar immer noch nicht auf dem Balkon angelangt, aber ich zog mir das Polohemd und die Shorts an, stellte den Liegestuhl bereit, stöpselte mir den iPod-Kopfhörer ein, setzte mich hin, schloss die Augen und hörte einfach der Musik zu, gedankenlos, müde. Nach einer halben Stunde war die Sonne ganz da, ich legte mich auf die Liege, die Musik lief jetzt im Shuffle-Modus, ich zog das Polohemd aus, zog die drei Pflaster mit geschlossenen Augen ab, es stand zwar so in keinem medizinischen Buch, aber ich hatte das Gefühl, Sonne war heilsam für Wunden aller Art.

Später saß ich auf dem Flohmarkt-Holzstuhl in Marios Küche, einem miserablen Thonet-Verschnitt. Ich kannte mich in nicht besonders viel aus, aber ich hatte mal so einen Design-Kunden gehabt, und auch wenn ich anscheinend nichts richtig einschätzen, beurteilen, geschweige denn voraussagen konnte, meine Job-Daten blieben mir irgendwie immer im Gedächtnis hängen. Also: der Thonet-Stuhl. Original: entwickelt von Michael Thonet, 1796 bis 1871, Pionier des industriellen Möbeldesigns, Stuhl rund 100 Millionen mal verkauft, großartig, der Klassiker hieß Nr. 14, ein Rheinländer mit offenbar nicht sonderlichem Hang zur Romantik, wer nennt sein Baby schon 14, egal, der Kopist hier hatte sich jedenfalls nicht viel Mühe gemacht, noch nicht einmal ein gefakter Brandstempel unter dem Sitz, eigentlich waren alles, was der Stuhl mit dem Original gemeinsam hatte, zwei Lehnenkurven, eine Sitzfläche, vier Beine. Immerhin. Ich stapelte langsam, als ginge es um eine architektonische Beweisführung, in der Nacht etwas getan zu haben, die Budweiser-Kronkorken aufeinander, die über die Tischplatte verstreut lagen. Nahm das mit einem leichten Fettfilm überzogene, von meinen Fingerabdrücken und meinem Lippenstift tätowierte Weinglas. Es war noch zur Hälfte voll. Der Champagner, den ich selbst mitgebracht hatte, war in den letzten paar Stunden sicherlich schal geworden. Er hatte zwanzig Euro gekostet, Sonderangebot, das Glas vielleicht einen, sicher auch ein Sonderangebot, dafür war es schlecht gespült. Um genau zu sein, hatte ich das Glas selbst in meinem leicht derangierten Zustand als so staubig erachtet, dass ich erst einmal mit einem nun auch nicht gerade sauberen Geschirrtuch die Flusen weggewischt hatte. Es wäre sicherlich ästhetischer gewesen, das Zeug mit dem Strohhalm aus der Flasche zu saugen als es aus diesem ebenso hässlichen wie schmutzigen und zudem noch für billigen Weißwein bestimmten Glas zu trinken. Allerdings hatte ich befürchtet, dass Mario es falsch auffassen, als Kritik an seinem Glas, seiner Einrichtung, seinem Lebensstil, ja letztendlich an seiner Person hätte sehen können, wenn ich ihn tatsächlich um einen Strohhalm – was für eine blödsinnige Idee – gebeten hätte. Oder lieber gleich aus der Flasche? Da war ich dann doch bei der konventionellen Weise geblieben, es ging ja auch nicht um Genuss oder Stil, sondern um ein Mittel zum Zweck, eine ganz einfache Rechnung, selbst im angetrunkenen Kopf noch kinderleicht zu lösen. Das hatte ich getan, mich für das Richtige entschieden.

Mario hatte ich auf einem meiner Manöver gegen die Einsamkeit in der Nacht kennen gelernt. Er hatte mich angesprochen, als ich noch taxierte, wer für diese Nacht in Betracht käme. Ihn hatte ich dabei nicht im Auge gehabt. Aber er hatte mich angesprochen, er war viel zu jung und hatte diesen unmöglichen Vornamen, und ich war noch nicht einmal angetrunken gewesen, aber als er von der Toilette zurückgekommen war und sich ohne zu fragen eine Zigarette aus meiner Schachtel genommen hatte, hatte ich gedacht: Mal sehen.

Iris und Mario. Der Vorname war wirklich schrecklich. Und Mario war wirklich viel zu jung, zehn Jahre jünger, eine glatte Dekade. Aber er war da, und er war nett, und ehrlich gesagt, er war pflegeleicht, auch wenn man das nicht sagen durfte, er war ja kein Haustier. Es war so unkompliziert. Es war genau das, was ich zurzeit brauchte. Oder gerade so noch ertragen konnte. Mario jobbte aushilfsweise in einem auf Independent-Musik spezialisierten Laden und dreimal in der Woche bei einem Nachtverkauf. Er sang. Und es klang nicht peinlich, es klang – nett, angenehm, richtig. Er war leicht, mager, ein Junge, ein Junge, der immer schnell laufen wollte und bei dem man ein wenig Angst haben musste, dass er beim schnellen Laufen auf die schiefe Bahn geriet. Ein Junge, der sang und laut lachte und dem es nichts auszumachen schien, meistens erst um vier Uhr morgens nach Hause zu kommen. Nach Hause, zurück in seine winzige Zwei-Zimmer-Wohnung in der Wörther Straße im Prenzlauer Berg, Hinterhof natürlich, mit der Matratze auf dem Boden, den großen Boxen in der Ecke, zurück zu den leeren Pizzaschachteln und dem höchstens dreistelligen Saldo auf dem Kontoauszug. Mario hatte immerhin ein Bügelbrett, und er konnte dir sagen, wie viele Einwohner Neukölln hatte, wie groß die Kriminalitätsrate in Marzahn war, wer sich als Scriptgirl im letzten James Bond verdingt hatte, wo wann die nächste Sonnenfinsternis stattfinden würde, wie man den neuesten Szenedrink mixte – aber eben nicht, wie ein richtiger Thonet-Stuhl auszusehen hatte, und sei es als Kopie. Jetzt lag er nebenan, mit seinem kindlichen Ganovengesicht auf dem gemusterten Kissen, und schlief. Sollte er. Nachts schwitzte er immer ein wenig, dann klebte ihm eine aschblonde Haarsträhne auf der knochigen Stirn. Der Stierkopf auf seiner rechten Schulter starrte in den Raum, manchmal aber auch mir direkt in die Augen, während sich der blanke Brustkorb hob und senkte wie ein Segelboot im Wellenmeer. Wenn er sehr viel getrunken hatte, schnarchte er, allerdings nur leise, und seine Rippen zeichneten sich scharf ab, er war nicht schön, nicht hübsch, er war auf seine junge Art ein altmodischer Typ, eine Rollenfigur aus einem französischen Autorenfilm. Ein norddeutscher Junge, der seit zu vielen Jahren hier lebte und sich wie ein magerer Freibeuter durch ein Berliner Leben schlug, das eigentlich schon vorbei war. Man war hier jetzt eigentlich nicht mehr so, man war glatter und erfolgreicher. Welcher norddeutsche Vater nennt seinen Erstgeborenen eigentlich Mario? Wahrscheinlich stimmte wirklich nichts. Egal.

Ich ging an den Kühlschrank, holte die zweite der mitgebrachten Champagnerflaschen heraus, riss die Korkenfolie ab, löste das Drahtgitter und drehte so leise wie möglich den Korken heraus. Was für eine Verschwendung, jetzt Champagner zu trinken. Aber Mario hatte nur noch ein paar Flaschen Bier da.

Ansonsten im Kühlschrank: Himbeerjoghurt, Ketchup, eine angebrochene Packung Vollkorntoast, zwei Dosen Cola, eine Tube Senf, mild. Der Champagner war viel zu kalt. Aber er sprudelte, machte Geräusche, prickelte auf Gaumen und Zunge. Schmeckte nicht. War einfach nur kalt und ein Stoß für den Magen, und er verstärkte das abgestandene Gefühl im Mund. Ich zündete mir eine Zigarette an. Die Flamme des Feuerzeugs leuchtete seltsam orange, ich konnte den ersten Zug gar nicht richtig fühlen, sah nur den Rauch, blau und langsam hing er in der Luft, der Anblick allein war es, der mir bestätigte: Ja, ich rauche, dabei spürte ich nichts. Meine Lippen waren so rissig, dass sie am Filter klebten. Was sollte ich jetzt tun? Darauf warten, dass Mario aufwachte? Es war halb sechs. Ich schaute aus dem Fenster. Ein paar Kinderfahrräder standen im Hof, im gegenüberliegenden Fenster war eine halb verkümmerte Grünpflanze, eine Wohnung darüber sah man einen bunten Duschvorhang, der gerade vom Wasserstrahl gegen die Scheibe geklatscht wurde. Duschen, Grünpflanzen, Kinder, andere Leben, so viele Optionen, theoretisch. Ich saß an einem Holztisch, auf dem sich die Flyer von Pizzalieferanten stapelten, knetete die Agraffe der Champagnerflasche, versuchte herauszufinden, was ich jetzt am besten tun sollte. Ich trank das Glas leer, keine gute Idee. Ging in das kleine Bad, dem nur ein Fenster so groß wie ein Kochtopf Tageslicht gab. Sah die beiden Zahnbürsten auf dem Waschbecken liegen, blau und rot, zu so viel Intimität war es immerhin schon gekommen, Mario hatte mir eine Zahnbürste gekauft und sie zu seiner in den zugekleisterten Becher gestellt. Duschte. Ging nackt in das »Schlafzimmer«, zog mir, auf Marios Matratze hockend, die Kleider an. Hielt noch einmal inne, nahm mir dann aus Marios Kleiderschrank eines seiner peinlich akkurat gebügelten Hemden, schaute nicht mehr nach Mario, sondern ging einfach so leise wie möglich aus seinem Zimmer, holte die Zigaretten aus der Küche und zog kurz danach die schwere Wohnungstür hinter mir zu und lief, ja lief die Treppen hinunter.

Der Prozess gegen Thierry Gaillard war seltsam. Eine Geschädigte nicht da, man hatte sie zwar mal am Bahnhof Zoo angetroffen und ihr da auch die Ladung zugesteckt, aber sie kam dann doch nicht, und was muss das für ein Leben sein, wo der Prozess jemandem gemacht wird, der einem solch ungeheuerliche Sachen angetan hat, man selbst sitzt aber lieber am Bahnhof Zoo oder am Hansaplatz, trinkt Fusel und lässt sich die Jahrhundertsommersonne auf den wahrscheinlich lange nicht mehr geduschten Pelz brennen. Die andere Geschädigte, Martina, hatte sich ein wenig in ihren Aussagen verheddert, aber nicht so sehr, dass man glauben würde, sie hätte sich in irgendeiner Form freiwillig mit Thierry eingelassen, gleichgültig, wie betrunken sie gewesen war. Es ging im Grunde nur noch um die Frage, ob Sicherungsverwahrung oder Knast, also von Haus aus völlig neben der Spur oder nur mal für ein paar Jahre aufs Abstellgleis. Die Anwältin der abwesenden Nebenklägerin schien äußerst engagiert, Martinas Anwältin war wohl von Natur aus lau, die Richterinnen wirkten genervt, die Schöffen tödlich gelangweilt, der Angeklagte hätte so unbeteiligt wahrscheinlich auch in einer usbekischen Theateraufführung gesessen, seine Verteidigerin hatte langsam keinen Plan mehr, die Polizisten erinnerten sich durch die Bank an nichts – was ja auch schon mal bemerkenswert ist, ich würde mich daran erinnern, wenn eine Frau so zurechtgeprügelt aussah wie die abwesende Geschädigte auf den Fotos, die ich zufällig gesehen hatte – und dann hatte der Gutachter seinen Auftritt. Wenn man den zahlreichen Kritikern von Gutachtern Munition hätte liefern wollen, der Gutachter im Fall Gaillard war die Patrone, die mitten ins Schwarze traf. Er war um die sechzig und trug einen eher billigen Anzug – ein Typ, wie er zigfach durch die Fußgängerzonen deutscher Großstädte geht, ohne jemandem aufzufallen. Er war so mittelsympathisch. Alles an ihm schien irgendwie mittel zu sein. Und jetzt sollte er also sein Gutachten abliefern. Ein ganz entscheidendes Gutachten, denn hier ging es um den § 66, Sicherungsverwahrung, sozusagen um die Verbannung in ein Wachkoma mit offenem Ende. Und da zeigt er, dass er nicht mittel war, sondern – gar nicht gut.

Zunächst berichtete er ein wenig aus dem Leben von Thierry Gaillard. Der wurde als erstes von insgesamt vier Kindern in Marseille geboren. Als er sechs Jahre alt war, ging seine Mutter mit den Kleinen nach Deutschland, der Vater wanderte nach Brasilien aus. Die Mutter trank, ging eine neue Partnerschaft ein. Thierry spielte begeistert Fußball, machte seinen Hauptschulabschluss, absolvierte eine Lehre als Gärtner. Arbeitete jahrelang in dem Beruf. Doch während der Lehre fing auch er zu trinken an, tat genau das, was er an der Mutter hasste. Mit neunzehn vergewaltigte er nach einer Party betrunken eine Frau. Schrieb ihr einen Entschuldigungsbrief, versprach, nie wieder Alkohol zu trinken, schnitt sich halbgar die Pulsadern auf, versuchte erneut, ein Mädchen zum Sex zu zwingen, die konnte sich befreien, Thierry stellte sich der Polizei, »damit das alles aufhört«. Zwei Jahre gab ihm das Jugendgericht dafür. Er wurde entlassen, arbeitete, begann eine Beziehung, wurde Vater einer Tochter, doch die Beziehung, seine »große Liebe«, zerbrach. Die nächste erwähnenswerte Beziehung führte er mit einer Alkoholikerin, deren Sauferei ihn eigentlich abstieß. Er wurde Vater eines Sohnes, die Beziehung scheiterte ebenfalls. Sein nächstes Delikt, fünfzehn Jahre nach dem ersten: vorsätzlicher Vollrausch, Missbrauch eines 8-jährigen Mädchens, Körperverletzung. Fünf Jahre Haft, die er vollständig absitzen musste. Während der vier Jahre dauernden Therapie war Alkohol nie das Thema. Bei der ersten Tat hatte er sich selbst gestellt und sich entschuldigt, bei der zweiten merkte er an, dass das Kind schon nicht lügen würde, und ersparte ihm damit die Aussage. Anfang Juli wurde er entlassen, bezog eine Wohnung der »Freien Hilfe«, Mitte August sollte die versuchte Vergewaltigung von Martina, eine Woche später die vollendete Vergewaltigung der obdachlosen Karin stattgefunden haben, Körperverletzung war bei beiden Fällen im Spiel. Bei Karin war es, ihrer eigenen Aussage bei der Polizei nach, so gewesen: Sie hatte ihn am Kottbusser Tor kennen gelernt, mit ihm getrunken, ihn sympathisch gefunden, als er ihr anbot, sich doch mal ein paar Tage bei ihm auszuschlafen, war sie auf das Angebot eingegangen, hatte sich Hoffnungen auf eine Beziehung gemacht. Man hatte noch Getränke in einem Kiosk gekauft, kam dann in die Wohnung, unterhielt sich locker – bis seine Stimmung schlagartig umschlug. Er sie verprügelte, trat, bis sie am Boden lag. Sich danach entschuldigte, es als einen Ausrutscher bezeichnete, würde nicht wieder vorkommen. Sie war geblieben. Am nächsten Morgen versuchten sie, miteinander zu schlafen, aber es scheiterte, sechs oder sieben Mal, er konnte seine Erektion nicht halten. Und es gab weitere Schläge, Fußtritte, Fesseln und Würgen, Haareausreißen und wieder Faustschläge, exzessives Rammen von zwei Fingern in den Hals, Nötigung zum Oralverkehr, blasen, ihm einen wichsen, französisch, die deutsche Sprache hat dafür nahezu so viele Vokabeln wie für »gehen«. Es braucht gar nicht alle Einzelheiten, um sich vorzustellen, wie fließend die Übergänge vom Mensch zum Tier waren, auf beiden Seiten, da in diesem August letzten Jahres. Ein aggressives und ein verängstigtes Tier waren aufeinandergetroffen, beide Opfer, einer aber auch Täter. Nach vier Tagen ließ er sie frei. Gab ihr einen Zwanziger zum Abschied. Bezahlung? Schweigegeld? Der Versuch, das Unglaubliche in Faktischem auszudrücken? Wie und ob das alles so war, das wusste hier im Saal nur einer. Und der saß auf seinem Angeklagtenstuhl, sah aus wie eine Schildkröte, wie jemand, dessen Sehvermögen zu langsam war, um zu erkennen, dass ihm hier gerade die Trümmer seines Lebens um die Ohren flogen. Der dann wieder auf den Kiefermuskeln kaute, wenn von seinem Sohn die Rede war. Der einmal in einem Wutausbruch fünf Sätze in den Saal schleuderte, so dass einem vor Angst die Knie weich wurden, an anderer Stelle jedoch wieder so lächelte, dass man den Frauen, die er »getroffen« hatte, glaubte, wie charmant dieser athletische, große Junge mit den blaugrauen Augen sein konnte.

Der Gutachter legte sich gerade noch darauf fest, dass Thierry Gaillard ein Alkoholproblem hatte. Als er befragt wurde, warum er insbesondere in Anbetracht der Erektionsschwächen des Angeklagten nicht dessen Genital und Hormonspiegel hatte untersuchen lassen, antwortete er, warum er das bei einem Mann hätte tun solle, der zwei Kinder habe. Ein Romantiker anscheinend, dieser Gutachter. Oder ein Idiot. Dass der Angeklagte den Opfern fast immer zwei Finger in den Hals rammte, wusste er nicht zu deuten. Den Griff zur Flasche nach der Haftentlassung begründete er damit, dass der Angeklagte nach einer Fußverletzung nicht mehr am Fußballtraining teilnehmen konnte und daraufhin eine »existenzielle Leere« verspürte. Ob der Paragraph 66, Sicherungsverwahrung, anzuwenden sei, konnte er nicht sagen, weil der Angeklagte sich nicht zu den Taten geäußert hatte. Und das war es dann auch schon. Kein weiterer Kommentar des Gutachters, mehr hatte er nicht zu sagen.

Er packte seine Sachen und tauchte wieder ein in die Welt der Fußgängerzonen, der billigen Anzüge und hatte die ganze Sache wahrscheinlich schon vergessen, bevor er die Saaltür hinter sich geschlossen hatte.

Als ich nach Hause kam, war Raoul auf dem Anrufbeantworter, außerdem hatte er eine Mail geschickt und eine SMS aufs Handy, das man im Gericht ausschalten musste, gesendet. Da wollte jemand wirklich sicher gehen. Ganz im Gegensatz dazu stand der Inhalt seiner Mitteilungen, die alle darauf hinausliefen: Wir müssen uns heute noch sehen, Vorschlag 19 Uhr im Sale e Tabacchi, bitte bestätigen. Es war zwar klar, was er wollte, aber er gab mir keinen Grund, er deutete nichts an oder versprach womöglich etwas. Werber machen das oft ganz automatisch, sie verhalten sich so, wie man es in ihrem Beruf tut. Raoul nicht. Als er bei mir auf dem Sofa saß, hatte er ein wenig unsicher ausgesehen, jetzt, hinter den elektronischen Medien versteckt, war er so selbstsicher, dass er quasi bestimmte, was zu geschehen hätte. Ich sah ihn vor mir, diesen bulligen Typen. Wenn er trainiert hätte, wäre seine Figur sicher eindrucksvoll gewesen, so sah er ein wenig nachlässig aus, wie jemand, der sich um die falschen Dinge kümmerte, nicht das tat, was seinem Talent entsprach. Was auffiel, war seine zarte Gestik. Seine Mimik übertrieb er oft, er grinste zu breit oder spielte das Entsetzen, indem er die Augen aufriss und seine fleischige Stirn in Falten legte. Aber seine Gestik war ganz weich, zurückhaltend, als würde er langsam Klavier spielen oder ein sehr leises Stück dirigieren. Ich bestätigte zwar nicht 19, aber 21 Uhr. Zu Fuß brauchte ich nur zehn Minuten bis zu dem Italiener in der Kochstraße, in dem sich die Journalisten aus der Umgebung und manchmal Politiker, ein paar Medienleute und die ganzen Touristen, die sich gerade den Checkpoint Charlie angeschaut hatten und nach dem Besuch des Mauermuseums von so viel deutscher Geschichte ermattet waren, erholten.

Ich zog nur kaputte Sachen an. Ein eingerissenes hellblaues Polohemd, darunter ein langärmeliges, verwaschenes T-Shirt, eine Jeans, die ich schon seit acht Jahren hatte und der man das auch ansah, Männer-Segelschuhe, kleinste Größe, die aussahen, als hätten sie bei einer Fahrt um Kap Hoorn an Deck gestanden. Keine Lust, Raoul Signale zu senden. Was immer er wollte, er sollte nicht den Eindruck haben, dieses Treffen wäre mir in irgendeiner Form wichtig. Weder wenn es um einen Job ging, was meine erste Vermutung gewesen war, noch wenn es um etwas anderes gehen sollte. Es war besser, gleich ein Desinteresse an den Tag zu legen, als sich hinterher anhören zu müssen, man hätte etwas forciert, was einem nie in den Sinn gekommen war.

Nachdem ich gesehen hatte, dass die Terrasse voll, aber Raoul noch nicht da war, setzte ich mich an einen Zweiertisch gleich am Fenster zur Straße. Fünf Minuten später, der wie immer fahrige, zu laute und missgelaunt erscheinende Kellner mit Halbglatze und einem Ton, der auch ein »Prego« wie einen Kasernenbefehl klingen ließ, hatte sich noch nicht an meinen Tisch bemüht, Auftritt Raoul. Schwarzer Porsche 911, Cabriodach offen. Wie kam dieser nicht sonderlich erfolgreiche Texter zu einem Porsche? Papas? Er stieg aus, nahm seine Sonnenbrille, klassische Ray Ban, ab, schloss den Wagen per Knopfdruck, sah mich, hob die Hand, kam rein. Kaputtes Polohemd, rosa, löcherige Jeans, alte Segelschuhe ohne Socken.

»Hallo«, er ließ sich auf den Holzstuhl fallen, dass man Angst bekommen konnte, legte mit der linken Hand die Sonnenbrille und mit der rechten den Porsche-Schlüssel auf den Tisch. Machte insgesamt den Eindruck, als hätte er den Wagen gerade auf seinen Schultern hierhergetragen.

»Schon was bestellt?« Er winkte dem griesgrämigen Kellner, der auch sofort kam, schaute mich aber nicht an.

»Hallo Raoul, nein, ich habe noch nichts bestellt, aber das kannst du ja jetzt für mich tun.«

Er bestellte zwei Bier und Pasta, beides, ohne mich zu fragen, eigentlich mochte ich das nicht, aber andererseits war es okay, immerhin war klar, dass es keine getrennten Rechnungen geben würde.

»Worum geht es denn, was ist denn jetzt so wichtig?«, fragte ich.

Und endlich schaute er mich an, schien noch einmal zu überprüfen, ob ich überhaupt die richtige Adressatin wäre, dann machte er zwei oder drei verbale Kurven, bis er zur Sache kam, zeitgleich mit den beiden Tellern Pasta. Zwischendurch bestellte er noch einmal etwas zu trinken für uns beide, wieder ohne zu fragen, meinetwegen. Es lief darauf hinaus, dass er mich gern bei einer Wettbewerbspräsentation dabeihaben wollte – ich erinnerte mich vage, dass er davon schon bei seinem Besuch gesprochen hatte, dann aber eben nicht zum Punkt gekommen war. Es ging um eine dieser langweiligen Kaufhausketten, die durchschnittliches Mobiliar, Haushaltswaren und Deko-Artikel verkauften. Die Läden hatten bunte Firmenschilder über der Tür, bezeichneten ihre Produkte als witzig oder originell, die Preise waren klein, aber angemessen, denn das alles waren nicht Dinge, die man seinen Kindern vererben wollte, man kaufte sie eben, weil man ein bisschen mehr Geld hatte, als man zum Leben brauchte. Da es davon mittlerweile Dutzende gab, brauchten sie unbedingt jemanden, der ihnen eine halbwegs glaubwürdige Strategie und ein Konzept zusammenschrieb. Meinetwegen. Der Knackpunkt: Ich musste mit zum Kunden. Der Geschäftsführer, der sonst diesen Part übernahm, war im Urlaub, irgend so ein Selbsterfahrungsding, also unabkömmlich. Meine Bedingung bei allen Jobs bisher war jedoch gewesen: kein Kundenkontakt. Ich mochte das nicht mehr. Dieses präsentieren, produzieren, taxieren. Raoul wusste das, ich hatte es ihm schon im letzten Jahr gesagt. Darum hatten er und der zweite Geschäftsführer sich einen Köder ausgedacht: Mach den Job, gehe mit zum Kunden, gewinne mit uns den Etat, betreue ihn – möglichst ohne Kundenkontakt – weiter, komme ab und zu in die Agentur, aber mache, was immer du willst, auch zu Hause, und kassiere dafür jeden Monat eine Summe x. Die Summe x war eine, die mich den Köder kauen und schlucken ließ. Denn sie verhieß, mir keine finanziellen Sorgen mehr machen zu müssen. Sie verhieß, zugleich Freiheit und eine Konstante in meinem Leben zu haben. Es war ein Köder, der meine Bedenken klein hielt und meinen Bedürfnissen entgegenkam. Allerdings erschloss sich mir nicht, warum Raoul so ein Geheimnis drumherum inszenierte. Wir hätten das auch am Telefon oder in der Agentur besprechen können. Entweder war doch noch mehr dahinter, die unappetitliche Beilage sozusagen, die er mir aber noch nicht servieren wollte, oder ihm gefiel das Szenario einfach. Als wäre es ein Big Deal, den man nur in italienischen Restaurants ausmachte, oder ein Geschäft unter Ganoven. Merkwürdig.

»Und?«, fragte Raoul und sah mir in die Augen.

»Gut. Gib mir was Schriftliches, ich schreibe Strategie und Konzept, präsentiere und danach so wenig Kundenkontakt wie möglich. Richtig?«

»Richtig. Sehr gut, freut mich, Iris, freut mich wirklich. Noch was zu trinken?«

»Nein, nichts mehr, ich glaube, ich möchte dann auch langsam mal nach Hause.«

»Gut, ich fahre dich.«

Er bezahlte, und wir gingen zum Porsche, ich traute mich aber nicht, ihn zu bitten, auf dem Rücksitz sitzen zu dürfen. Da ist es zwar eng, aber es passte gerade noch so für meine Figur, und man bekommt den ganzen Fahrtwind ab. Aber für die kurze Fahrt würde es sich ohnehin nicht lohnen. Raoul setzte mich ab, wir verabschiedeten uns mit einem berührungslosen »Bis bald«, er fuhr zu schnell los, machte an der Ampel einen U-Turn auf die Gegenfahrbahn. Woher hatte er diesen Porsche? Ich wollte immer noch so einen haben, da konnte passieren, was wollte, dieses Auto würde immer auf meinem Wunschzettel ganz oben stehen.

Es war noch nicht einmal elf Uhr. Zu Mario wollte ich nicht, ausgehen auch nicht, also setzte ich mich mal wieder auf den Balkon, hörte Musik, schaute in den Himmel und auf das Haus gegenüber, rauchte nicht, trank nicht, saß einfach nur da, und nach ungefähr einer halben Stunde stand ich wieder auf, ohne etwas Nennenswertes gedacht zu haben, putzte mir die Zähne, zog mich aus und ging ins Bett.

So lag ich allein in meinem Bett, hatte die Fenster geschlossen, um nichts vom Autolärm zu hören, und konnte nicht einschlafen. Aber auch das fühlte sich besser an als vieles, was ich in den letzten Monaten so gemacht hatte. Einfach allein eine schlaflose Nacht in seinem Bett verbringen.

Schon am nächsten Tag kam eine Mail mit der Vereinbarung aus Raouls Agentur, klar formuliert, kein Haken, unterschrieben vom zweiten Geschäftsführer, abgesendet aber von Raoul. Ich druckte sie aus, unterschrieb und steckte das Papier ohne weiteres Anschreiben in einen Briefumschlag. Saugte die Wohnung, putzte die Fenster, wusch Geschirr und Gläser ab. All das, was ganz normale Menschen in ihren ganz normalen Wohnungen an ganz normalen Tagen taten. Ging einkaufen, und nur gute Sachen landeten in dem Einkaufskorb. Hatte Raoul mir mit seinem Job-Angebot den entscheidenden Gefallen getan?

Per Mail waren schon die Informationen über den Kunden gekommen. Ich setzte mich an den Schreibtisch, trank Apfelschorle und surfte durch die Seiten der Konkurrenten. Recherchierte über die Zielgruppe. Dachte mir Cross-Media-Strategien aus. Schrieb. Es war sicheres Terrain, es war das, was ich konnte. Ich machte es gern, ich hatte keine Angst davor zu scheitern. Ich würde nicht scheitern. Telefonierte zwischendurch mit Raoul und der zuständigen Kontakterin, hatte viele Informationen und am Nachmittag eine halbwegs klare Vorstellung. Der Termin war zwar erst übernächste Woche, aber meinetwegen konnten wir übermorgen präsentieren.

Die Fortsetzung der Verhandlung am nächsten Tag gegen Thierry Gaillard in Saal 606 am Gericht in der Turmstraße konnte ich vergessen. Das jedenfalls hatte ich von einer Rechtsanwältin, deren Kollegin an dem Prozess beteiligt war, erfahren. »Meine« Rechtsanwältin hatte ich bei einer anderen Verhandlung kennen gelernt, und in diesem Fall hielt sie mich, soweit es ging, auf dem Laufenden. Sie war so ein kleiner Derwisch, der ganz friedlich dasaß und aufmerksam zuhörte, um dann je nach Bedarf einen Zeugen, auch gern mal einen Gutachter auseinanderzunehmen, so dass man den Betroffenen nur wünschen konnte, nicht zu suizidalen Handlungen zu neigen. Sie hatte einen eingepflanzten Sinn für Gerechtigkeit, was ihr in ihrem Job mitunter in die Quere kam, und einen Hang zu Menschen, die ihr das Mittagessen bezahlten. Was ich auch tat. Wofür ich im Gegenzug nützliche Informationen bekam. So erfuhr ich, als ich sie an diesem Tag im Gericht traf, was ich aber auch schon vermutet hatte, dass heute im Prozess gegen Thierry Gaillard nur »Nullnummern« kämen, also Zeugen, die eigentlich keine waren, weil sie nichts zu sagen hatten, sich nicht erinnerten oder nichts sagen wollten. Plädoyers und Urteilsfindung würden für heute zu lange dauern, das war erst beim nächsten Termin fällig. Ich überlegte, in einen anderen Saal zu gehen, einen anderen Prozess zu verfolgen. Ich hatte keine Lust mehr auf diesen Fick-Zombie und die Bemühungen der Gerichtsbarkeit, ihn in gesetzliche Schranken zu weisen. Also lief ich den mit grünem Linoleum ausgelegten Gang hinunter, dann nach rechts zu der Steintreppe, die in ihrer Breite und Opulenz aussieht, als sei sie für blondgelockte Märchenprinzessinnen und couragierte Kronprinzen gebaut worden und nicht für Berliner Würstchen, die sich zum achten Mal beim Schwarzfahren haben erwischen lassen. Ging eine Etage tiefer, bog dieses Mal links ab, hörte beim zweiten Saal, wie gerade »Die Verhandlung im Saal 472 gegen knisterknister wird fortgesetzt« durch den Lautsprecher gerufen wurde. Die Lautsprecherakustik hier führt sich auf, als wäre seit fünfzig Jahren auf diesem Feld nichts mehr angerührt worden. Die Wartenden vor dem Saal schauten sich an, ein Mann stand auf, die anderen folgten, anscheinend waren sie gemeint. Ich lief hinterher, nahm aber die rechte Tür, die für die Zuschauer, die ja eigentlich eher Zuhörer waren, setzte mich in die zweite Reihe, nah am Ausgang, und hörte nur noch die Verhandlung gegen zwei Jungs um die zwanzig an. Sie waren Brüder, und der ältere der beiden kam schon seit Jahren immer wieder auf dumme Ideen. Dieses Mal: Einbruch in einen Keller. Beute: drei Flaschen Bier und eine Kühlbox mit Fleisch. Der jüngere Bruder dackelte, ebenfalls seit Jahren, immer seinem Vorbild hinterher und stand Schmiere. Während der ersten Verhandlungspause sah ich die Jungs eng beieinander stehen, der Große redete, der Kleine hörte zu und nickte ununterbrochen. Mir reichte es für heute.

Ich lief wieder zurück Richtung U-Bahn. In jeder Stadt gibt es diese Stadtteile, in die man nie verschlagen werden möchte. Moabit gehört dazu. Es war nicht brutal, noch nicht einmal besonders kleinkriminell oder irre, es war irgendwie pfützig. Bei hohen Temperaturen wie heute abgestanden, miefig pfützig. Infrastrukturell gar nicht einmal schlecht, Kaufhäuser aller Art, Geschäfte, soziale Einrichtungen, ein Krankenhaus, eine Post, Bankfilialen, kleine Stehcafés, aber alles irgendwie von der Stange. Dazu die Menschen, die – natürlich ist das arrogant und gemein – den Geruch von Sonderangeboten,

Schlussverkäufen, Wühltischen verströmten, zu viel Fleisch für zu knappe Kleidung oder zu grelle Farben für zu graue oder zu rote Gesichter oder auf diese fadenscheinige Weise aufgemotzt. Selbst ein Gutteil der Kinder war hässlich. Vor der Schule standen Pubertierende, die ihr Desinteresse an allem auf die Straße rauchten und einem jede Vom-Tellerwäscher-zum-Millionär-Geschichte als absolut unglaubwürdig erscheinen ließen. Der burgähnliche Gerichtskomplex trug auch nicht gerade zur Aufheiterung der Atmosphäre bei. In dem kleinen Park gegenüber der U9-Station saßen die obligatorischen Alkoholiker, aber selbst die waren dumpf, da kreisten keine Flaschen mit hässlichen, gutdeutschen Etiketten, jeder hatte seine Dose Billigbier in der rechten Hand, umgriff mit der linken eine Supermarkttüte, glotzte vor sich hin, eine Umgebung, auf die selbst Junkies keinen Bock hatten. Auf dem Weg zurück in die Leipziger Straße kaufte ich in einem Getränkemarkt noch zwei Dosen Bier, eine Flasche Absolut, zwei Flaschen und vier Dosen Cola light, beim Gemüsehändler gleich daneben drei Bananen und zwei Kiwis, im Kippenladen zwei Häuser weiter eine Stange Marlboro Medium und ging mit dieser Beute nach Hause. Auch nicht gerade Zeugnisse eines schillernden Daseins. In meiner Wohnung angekommen fühlte ich mich, als hätte ich gerade einen Achttausender bestiegen, allerdings bei vierzig Grad, ließ den Rucksack fallen, riss mir im Laufen die Klamotten runter, duschte, fiel auf mein Bett und schlief leider nicht nur zwei, sondern fünf Stunden. Zwar hörte ich, dass Telefon und Handy klingelten, aber es ging nicht, meine von einem Traum gelähmten Beine staken in einem grünen Gelee, Bewegung ausgeschlossen. Kam ja auch einmal vor, Menschen wurden krank, konnten nicht ans Telefon gehen. Ich war natürlich nicht krank, hatte in den letzten drei Jahren genau zwei Mal und auch nur für jeweils zwei Tage Grippe gehabt, aber als Entschuldigung ging das immer durch.

Mitgenommen wie ich aussah, traute man mir sicher alle möglichen körperlichen Kalamitäten zu. Außerdem waren alle anderen auch immer mal wieder krank. Als ich dann irgendwann doch aufstand, fühlte es sich zumindest wie Malaria an. Ich duschte also zum dritten Mal, setzte einen Kaffee auf, rauchte die siebenhundertste Zigarette, trank eine Dose Cola light, die so wie in der Werbung aussah und klang, zierliche Perlen am Blech, zischendes Geräusch. Das erinnerte mich immer ein wenig an die Western, die ich als Kind mit Begeisterung gesehen hatte: ein Schuss, und danach pustet der Schütze kurz in den Lauf, ein wenig Rauch steigt auf, verteilt sich. Danach Kamerafahrt über den Boden, Sand, von einer gottgeschickten Böe aufgewirbelt, ein paar Sandkörner legen sich auf das Gesicht des Schurken, der seine letzten Worte stammelt. Ich ging auf meinen windigen Balkon, trank aus der Dose, in dem blöden Angebercafé unten schienen immer noch die Fratzen von heute Morgen zu sitzen, ich hatte so ein unbändiges Verlangen zu rauchen, gegenüber goss eine Frau mit Turban grellrot blühende Pflanzen, unter ihr reparierte ein Mann wie auch in den letzten sieben Tagen ein Fahrrad, über ihr telefonierte eine Frau und starrte dabei die ganze Zeit in den Himmel, auf der Straße knallte eine Steppke mit seinem Dreirad schnurgerade gegen einen Laternenmast, was für ein Depp in Kinderschuhen. Ich schloss die Balkontür, setzte mich an den Schreibtisch, ließ das Powerbook hochfahren, holte währenddessen die Augenmaske mit den Sehschlitzen aus dem Gefrierfach. Damit sah ich zwar aus wie ein mittelmäßiger Karnevalist in Venedig, aber ich war ja allein. Dann rief ich meine E-Mails ab; man kam an dem bequemen Scheiß ja nicht vorbei. Unangefragte Wohnungsangebote, Einladung zu einer Vernissage, secret message von einem Menschen, den ich nicht kannte und auch nicht annähernd identifizieren konnte, vier (!) Mitteilungen von der Partei, für deren Programm ich mich mal interessiert hatte, eine Mail von meinem besten Freund (den ich alle drei Monate mal sah, und das auch nur, wenn ich ihn oder er mich mit fünf Anrufen bombardiert hatte), zwei Anweisungen zu meinem Werbejob, Spam, Spam, Spam. An den Anrufbeantworter wagte ich mich erst gar nicht. Während der nächsten zwei Stunden konzentrierte ich mich darauf, den Raoul-Job weiterzumachen. Er rief nicht an, schickte nur eine Mail, ob wir uns nächste Woche treffen könnten, um meine Strategie mal gemeinsam zu besprechen, damit sie in der Agentur entsprechend noch was ausarbeiten könnten. Immerhin kein Zeitdruck. Zumeist buchten sie einen viel zu spät und waren mit der kreativen Ausarbeitung der Strategie viel zu spät dran. Bei der Präsentation schlurfte dann in der Regel ein völlig übernächtigter Art Director herein, der von dem ganzen Kaffee so wirr war, dass ihn der Kunde automatisch für ein Genie hielt. Genies musste man nicht verstehen. Strategen dagegen schon. Also war ich die Langweilige, die man aber verstand und die darum in die Mangel genommen wurde. Der Art- oder Kreativ-Director hatte, falls er es nicht ganz dumm angestellt hatte, nach seinen fünfzehn wirren Sätzen Ruhe. Trank zur Abwechslung mal wieder einen Kaffee und träumte von seinem Bett. Zu Kreativen sagen die Kunden kaum was, Lob ja, ab und zu, aber Kritik selten, weil ihnen klar ist, dass sie davon nichts verstehen. Aber von Zahlen verstehen sie was. Von Konsequenzen, die man aus Zahlen zieht. Meinen Job können sie alle besser als ich selbst. Sie hatten nur gerade keine Zeit dazu. Ein Grund mehr, warum ich nicht sonderlich erpicht auf Kundenkontakt war. Alle Welt wunderte sich, warum es unserer Wirtschaft so schlecht ging, warum der verflixte Aufschwung einfach nicht kommen wollte, obwohl der Kanzler doch dauernd »Basta« sagte und Agenden auf den Tisch knallte, die die Zukunft bis 2010 klarmachen sollten. Wenn ich an die meisten der Product-Manager dachte, mit denen ich es im

Laufe der Jahre so zu tun hatte, wunderte mich das gar nicht. Mich wunderte höchstens, dass jeden Morgen was Neues in den Regalen lag. Dass das wiederum kein Mensch brauchte, wunderte mich ebenfalls nicht. Und ich war nur ein Provinz-Ei, das noch nicht einmal die eigenen Finanzen im Griff hatte.

Aber jetzt war noch der schöne Teil, ich konnte allein vor mich hin arbeiten. Tat das bis halb neun, dann ging ich auf mein Trainingsfahrrad, das auf dem zweiten, kleineren Balkon stand. Es war so ausgerichtet, dass ich mir einbilden konnte, ich würde nicht auf der Stelle treten, sondern, sehr langsam, durch die Luft gen Reichstagskuppel fahren. Setzte den Kopfhörer auf, hörte Kettcar und fuhr, bis ich meine Kilometerzahl absolviert hatte. Duschte, machte mir ein Fertiggericht in der Mikrowelle und schaute mir Matrix und Hamlet mal wieder auf DVD an. Was für eine Zusammenstellung. Das Telefon klingelte kein einziges Mal. Sicher war ich einerseits erleichtert, dass Mario nicht anrief. Auf der anderen Seite ärgerte es mich auch ein wenig. Meiner Einschätzung nach hätte es durchaus etwas Ernstes werden können. Ehrlich gesagt war mir zwischendurch sogar der Gedanke gekommen, es ganz ernst werden zu lassen. Mario war sicher nicht der ideale Kandidat, aber er hatte auch seine Vorzüge: Er hatte kein Geld und wollte unabhängig sein. Ich hatte nicht viel Geld, aber genug, um nicht auf seines angewiesen zu sein, ich hätte ihn sogar noch mit durchfüttern können. Ich hätte von ihm ein gutaussehendes Kind bekommen können, das seinen Vater später einmal sonntags besuchte, seinen Vater, der ansonsten nicht weiter dazwischenfunkte und bis zur Midlife-Crisis sein Leben zwischen Clubs, Jobs und Pizzaschachteln verbrachte. In Wahrheit taugte dieser Gedanke schon als Idee nicht; Mario als Vater, wie mies konnte man zu einem ungeborenen Leben sein? Aber tatsächlich hatte ich diesen Gedanken kurz gehabt, genauso wie den, das Land, zumindest aber die Stadt zu verlassen. Ich weiß nicht, ob es stimmt, aber ich glaube, man muss einmal in seinem Leben nach Berlin gehen und einmal in seinem Leben Berlin wieder verlassen. Als würde sich mit der neuen Postleitzahl irgendetwas ändern. Als wäre ich damit nicht mehr der Mensch, der ich jetzt war, mit diesen unangenehmen, abstoßenden Gewohnheiten, als wäre ich dann wieder heil, als wäre ich dann wieder wie früher – als hätte mir die frühere Iris so entscheidend besser gefallen.

Freitag. Die Wochentage spielten kaum noch eine Rolle in meinem Leben. Ich erkannte sie gerade noch daran, dass man am Wochenende auf jeden Fall ausging, dass am Samstag die Geschäfte früher schlossen und am Sonntag gar nicht erst öffneten. Ich erkannte sie an den anberaumten Gerichtsterminen für Gaillard, aber ich hatte nicht diese Arbeitnehmerwahrnehmung, einen Montag für ganz schrecklich und einen Freitag, schon einen Donnerstagnachmittag für verheißungsvoll und süß zu erachten, es war alles ein grauer Kaugummi, der ab und zu ein paar Blasen warf. Ich wollte Mario endgültig nicht mehr sehen. Er war eine Idee gewesen, aber sie hatte sich nicht als besonders gut herausgestellt. Lag nicht an ihm, lag an mir. Sollte ich ihn anrufen und ihm sagen, dass es aus war? Sollte ich zu ihm fahren? Sollte ich es verplätschern lassen? Würde er den Unterschied überhaupt bemerken? Ich entschied mich fürs Plätschern, die leichteste aller Möglichkeiten. Kurz darauf klingelte das Telefon. Keine Gedankenübertragung, sondern Lena. Wir hatten uns bestimmt drei Monate nicht gesprochen. Ihrer Stimme und Sprechgeschwindigkeit nach zu urteilen, war es aber wohl erst gestern gewesen. Ich kam kaum mit, filterte schlussendlich, nachdem ich den Hörer wieder auf das Basisteil gesteckt hatte, heraus: Er hieß Phil und machte Musik, aber nicht beruflich. Klang der Beschreibung nach sehr nach einem guten Freund von Mario.

Es gab aktuell keine Probleme in der Beziehung, dafür hatte Lena selbst eines, sie sollte zu einer Veranstaltung und darüber einen Artikel schreiben, wollte da aber nicht alleine hin. Was für eine Art von Veranstaltung es war, konnte ich nicht dechiffrieren. Sie fand in Kreuzberg statt, in zwei Stunden. Ich stand auf der Gästeliste. Lena musste diesen Artikel schreiben, weil sie ihr journalistisches Spektrum verbreitert hatte, um ihren Film zu finanzieren. Was für ein Film das sein sollte, würde sie mir erzählen, wenn mehr Zeit wäre. Ich vermutete, in drei Jahren hätte ich dann die grobe Story mal gehört. Über die Veranstaltung erfuhr ich nur, dass ich meinen Camcorder mitbringen sollte. Das war zu wenig. Ich wusste nicht, was ich anziehen sollte. Kreuzberg hieß: egal. Andererseits hatte ich keine Lust, zwischen lauter schwarz gekleideten Brillenträgern mit meiner zerrissenen Jeans zu stehen. Aber auch nicht zwischen lauter Löcherjeans-Trägern in einem schwarzen Windsor-Anzug. Es ärgerte mich, wenigstens das hätte ich aus Lena herauskriegen müssen. Kleidung war so wichtig geworden. Früher, da gab es einen Dresscode, wenn nicht sogar die Herausforderung, gut angezogen zu sein, auffallend gut zuweilen. Heute ging es um das Einfügen. Nicht auffallen, weder positiv noch negativ. Ich entschied mich für eine heile Jeans, ein lockeres weißes Hemd und einen Blazer, den ich, wenn er zu viel war, in den Rucksack zu dem Camcorder stopfen konnte. Schuhe waren egal, immer wieder wird behauptet, die Menschen würden zuerst in die Augen, dann auf die Hände und als Drittes auf die Schuhe des Gegenübers schauen, aber das war meiner Meinung nach schlicht gelogen. Man schaute ins Gesicht und auf die Frisur und nahm dann als so einen verschwommenen Gesamtkomplex die Figur inklusive Kleidung in Augenschein. Danach fällte man sein Urteil, positiv oder negativ. Fragte man hinterher zum Beispiel drei verschiedene Leute nach der Oberbekleidung eines Menschen, den sie gerade getroffen hatten, bekam man mindestens zwei verschiedene Antworten. An die Augenfarbe konnte sich kaum jemand wirklich erinnern. Wozu auch, man rennt nicht durch die Straßen und denkt plötzlich: Hach, dieses exquisite Braun, das gehört doch dem Menschen, mit dem ich gestern eine halbe Flasche Prosecco gekippt habe. Und die Hände, also wirklich, wenn sie nicht gerade tätowiert oder fingeramputiert oder wirklich widerlich sind, kann doch kein Mensch die Hände eines anderen aus dem Gedächtnis zeichnen. Es sei denn, sein Gesicht war so hässlich, dass man aus Verlegenheit die ganze Zeit auf die Hände gestarrt hat. Bei Schuhen ist es so ähnlich, es gibt Schuhe, die sind okay, und Schuhe, die sind furchtbar. Aber es gibt eben auch Schuhe, mit denen man einfach überall durchkommt, ohne sich ins Gedächtnis einzubrennen. Also zog ich die schlichten, schwarzen Halbschuhe ohne Socken an. Das war damit geklärt. Was sollte schon groß passieren. Ich würde einen netten Abend mit Lena verbringen. Sie war beschäftigt, wir würden nebenbei ein bisschen reden, und wenn es mir zu viel wurde, konnte ich einfach gehen. Kein Problem bei Lena. Es war schon alles in Ordnung, es würde nichts Schlimmes passieren. Diesen Satz sagte ich mir allerdings dreimal laut vor dem Spiegel vor. Dann ging ich. Es war immer noch warm, ich lief Richtung Oranienstraße, es lag nichts in der Luft, nichts, was irgendwie anders gerochen hätte als ein ganz normaler Sommerabend, wie wir sie jetzt dauernd erlebten, alles war friedlich, alles war gut.

Zum ersten Mal kam ich zu Fuß an dem Hinterhof vorbei. Nachts war ich einige Male mit dem Taxi oder der Vespa daran vorbeigefahren. Hatte kurz hingeschaut. Natürlich war da nie was. Man hatte nur einen kleinen Einblick. Meistens lag er im Dunklen, manchmal brannte noch Licht in einem der Büros, oder die automatische Beleuchtung war gerade an. Ich hatte nie einen Menschen in den Hof gehen oder aus ihm herauskommen sehen. Jetzt war es zwar dämmrig, aber noch hell genug, um auch ohne elektrisches Licht etwas zu sehen. Ich wechselte die Straßenseite. Ging zwei Schritte in den Hof hinein. Hinter mir hupte ein Auto, ein paar Männer grölten. Ich drehte mich um und ging weiter die Straße entlang.

Ich stand tatsächlich auf der Gästeliste. Kam problemlos in den Laden. Die Gästeliste hakte ein Mensch ab, über dessen Alter und Geschlecht ich keine sichere Zeugenaussage hätte machen können. Ähnlich verhielt es sich mit den Menschen, die auf den Beginn der Veranstaltung warteten, zumindest bei der Hälfte konnte man ins Grübeln kommen. Lena war nicht zu sehen. Ich setzte mich auf eine der Holzbänke. Keine Ahnung, was das hier werden sollte. Eine Bühne war aufgebaut. Ein paar Fotografen und Filmer hatten sich bereits in Stellung gebracht. Die Zuschauer, alle in Gruppen, nur ich saß allein da, unterhielten sich. Ich verstaute meinen Blazer im Rucksack, holte den Camcorder heraus. Schien mir aber nicht sonderlich ratsam, das Publikum zu filmen. Hätte Ärger geben können. Ich war mir sicher, einige Menschen hier wären nicht damit einverstanden gewesen, sich auf einem Tape, das bei einem Familienabend vorgeführt wurde, zu wissen. Also legte ich den Camcorder wieder zurück, rauchte eine Zigarette. Rauchen, ohne etwas zu trinken in greifbarer Nähe zu haben, ist nicht so angenehm. Ich rauchte zu Ende, nahm den Rucksack, ging an die Bar und bestellte ein Beck's. Neben mir stand ein Mensch in schwarzem Nadelstreifenanzug, in der lässigen Haltung, wie man sie aus Filmen kennt. Kein Adamsapfel, kleine Hände. Zwei Indizien für das ursprünglich vorgesehene Geschlecht. Ich kehrte an meinen Platz zurück, der schon meinen Geruch angenommen zu haben schien, keiner hatte sich in das markierte Revier getraut. Es begann. In Latex gekleidete Frauen und Männer tanzten um einen Operationstisch. Die obligatorische Kettensäge. Plötzlich saß Lena neben mir.

»Was wird das denn«, raunte ich ihr zu.

»Das wird etwas, das vielleicht vier Sekunden meines Films finanziert. Ich muss jetzt aufpassen, damit ich überhaupt was kapiere. Wir reden danach.«

Wir redeten danach nur sehr kurz. Das Ganze zog sich über eine Stunde hin. Zumindest war am Schluss die Bühne wieder sauber, wovon zwischendurch nicht immer auszugehen war. Zum Beispiel als ein dicker Farbiger – der in natura sicher eine schlanke, weiße Frau war – eine Darmexplosion performte. Eine rückenbehaarte Countrylady hatte gesungen, ein schmaler Bauarbeiter mit Oberweite eine gereimte philosophische Abhandlung zum Rollenverständnis abgeliefert, das unvermeidliche Abba-Plagiat hatte ebenso wenig gefehlt wie die grashalmgleichen israelischen Jungs, die von ihrer Liebe zu dem Einen im Duett sangen. Und zwischendurch natürlich immer mal wieder Ledergepeitsche, Zwei-Meter-Damen und viele, viele Rosen. Es sagt nicht viel aus, wenn ich dachte, schon schlimmere Abende erlebt zu haben. Aber es war okay.

Beim Finale standen alle Akteure auf der Bühne, und das war schon eine seltsame Mannschaft, eine Ansammlung dessen, warum uns unsere Großmütter davor warnten, nach Berlin zu gehen, und der Grund für schüchterne, verlachte Abiturienten, genau das zu tun.

Lena wartete den nicht lange anhaltenden Applaus ab, dann stürmte sie Richtung Bühne und zog so eine Latexdarstellerin am Arm. Musste ein seltsames Gefühl sein, wahrscheinlich machte es sogar Geräusche. Die beiden verschwanden hinter die Bühne. Ich war also wieder allein, holte mir noch ein Beck's, ganz normale, muskulöse Jungs trugen die Holzbänke weg, die Menschen redeten, und es war so eine Zwischenzeit, in der nichts passierte, die Aufführung war vorbei, aber die Party hatte noch nicht begonnen, die Zeit des Jägers vor dem Schuss, erste Blicke visierten potenzielle Ziele an, und ich schaute auch, aber eher, um festzustellen, ob ich wirklich niemanden kannte; ich wollte niemanden kennen. Nach ungefähr zehn Minuten kam Lena zurück, sie fand mich sofort, chaotisch ohne Ende, aber ein scharfes Auge hatte sie jedenfalls, auf ihren Film freute ich mich jetzt schon.

»Braunschweig, er kommt aus Braunschweig«, sagte sie und schien darüber irritierter zu sein als über alles, was sie bisher gesehen hatte.

»Er?«

»Klar er, was dachtest du denn? Hast du eigentlich verstanden, worum es hier ging? Ich dachte, zumindest damit kennst du dich bestens aus.«

Zumindest damit? Ich schaute Lena an.

»Iris, tut mir leid, ich dachte, wir könnten noch ein bisschen reden, aber ich bin gleich noch mit den israelischen Jungs zum Interview verabredet, und die anderen wollen auch alle Interviews geben. Nur seinen richtigen Namen, den will keiner gedruckt sehen. Kann also noch ein bisschen dauern. Bleibst du hier, wartest du?«

»Ich weiß noch nicht, ich fühle mich ein bisschen zu normal, mit rasierten Beinen gehört man wohl schon zu den Ungläubigen, oder? Nein, das war eine inkorrekte Bemerkung, ich habe es auch nicht gedacht, es war einfach ein Satz. Mal sehen, ein bisschen bleibe ich noch und dann…« Ich brachte den Satz nicht zu Ende, denn in diesem Moment hämmerte die Musik los. Bässe, die einem die Organe erzittern ließen, ich dachte, diese Zeit wäre jetzt allmählich mal vorbei, Techno, aber anscheinend hatte ich nicht richtig aufgepasst. Trotzdem fand ich es als Party-Intro ungeeignet, vielleicht war ich aber auch nur zu sehr in meinem Strategenjob gefangen, denn der Stratege hätte gesagt, erst einmal was Bekanntes, auf das jeder kann, vielleicht so eine Viertelstunde, dann wären die Leute locker, dann konnte man sich immer noch peu à peu in das

Heftigere vorwagen, aber entweder tickten die Menschen inzwischen anders, oder ich war einfach zu alt.

Ich war nicht zu alt. Das Konzept ging nicht auf, die Menschen standen jetzt nur dichter beieinander und schrien einander in die Ohren, die Tanzfläche blieb leer, dafür wurde der Platz vor der Bar immer voller, und damit kamen auch die Zigaretten bedenklich nahe. Ich trank mein Beck's aus und ging. Kein Mensch hatte mich angeschaut, noch nicht einmal mit einer Zigarette gestreift. Lena war immer noch bei ihren Interviews, also brauchte ich mich nicht entschuldigend zu verabschieden, ich ging einfach.

Setzte mich an einen Holztisch vor einer Pizzeria und trank eine Cola light. Schaute auf die Straße. Es war Viertel vor zwölf. In anderen Stadtteilen saßen die Menschen vielleicht noch auf ihren Balkonen oder Terrassen, die Kinder schon lange im Bett, Ausklang, im Grill verglühten die letzten Kohlen. Ein friedlicher Sommerabend. Hier nicht. Hier war alles ungeordnet, mehr, es war furchtbar durcheinander, das Nebeneinander von Testosteron und Tradition, von Wahnsinn und Wehleidigkeit, von Schritten aus Pflicht und Schritten aus Gewalt und ganz normalen Schritten, die zu nichts weiter führten, es irritierte mich. Und überall dieser Durst, dieser aus der Seele herauskatapultierte Durst, der zu spüren war. Durst nach Bildern, nach Erlebnissen, nach etwas, das aus Zeit Erinnerungen macht, aus dem Grauen das Schillernde. Was in dieser Nacht zusammen gefickt, gesoffen, geschluckt, versprochen, verraten und verbrochen wird, das taucht in keiner Statistik auf, das ist einfach so, wie es in jeder Freitagnacht ist, davon lebt die Stadt genauso wie von den Zeitungen, die gedruckt werden, Heizkraftwerken, die ihre Kapazitäten hochfahren, und U-Bahnen, die abfahren und ankommen. Wenn man aus den ganzen Gefühlen, die in dieser Nacht nur in diesem Bezirk, nur in diesem Teil des Bezirks, wenn man aus diesen wabernden, widerlichen und wundersamen Gefühlen einen Duft machen würde – gäbe es irgendjemanden, der ihn kaufen, tragen, aushalten würde? Wenn man all diese Körper entkleiden würde, wie viele Narben würde man zählen? Wie viele Sünden, wenn man alle Seelen bloßlegte? Wie viele Desaster, Wünsche und Träume? Wer wird sich in zehn Jahren an diesen Abend noch erinnern? Wer lebt dann überhaupt noch? Wenn all die Tränen, die in dieser Nacht fließen, in einem Behältnis gesammelt würden, wie groß müsste dieses Behältnis wohl sein? Eine Badewanne voll? Und wer würde in diese Badewanne steigen? Fließt Blut heute Nacht? Natürlich, jede Nacht fließen Blut und Sperma und Schweiß und Schleim, und junge Mädchen kotzen gegen Taxis, und halbstarke Jungs spucken auf den Boden, Männer pinkeln gegen Häuserwände, und die Frauen, was tun die? Warten, dass die anderen von der Straße kommen, damit sie die Flecken auf den Klamotten wieder rauswaschen können? Warum schreit jeder gegen Klischees und Rollenverhalten und Schubladen – und alle sind heilfroh, wenn sie eine gefunden haben, eine, in der sie es sich einrichten können? Weil dieses ganze Chaos nichts für Menschen ist? Weil das Chaos am Anfang stehen soll, und dann glättet sich alles? Weil es der Evolution immanent zu sein hat, dass alles immer besser, schöner, ausdifferenzierter und damit auch sicherer wird? Dass man auf jede Frage eine Antwort, auf jede Handlung eine Reaktion, für jede Herausforderung einen reflexartigen Plan hat? Weil alles schon mal gesehen, erlebt wurde und es daher Modelle gibt, wie einem dieser ganze Saft des Realen nicht mehr durch die Finger rinnt und allenfalls klebrige Flecken hinterlässt? Ich habe keine Ahnung, in beiderlei Bedeutung des Wortes, ich ahne nichts, und ich verstehe auch nichts; ich weiß nicht, was wozu führt, ich habe die Physik und Chemie dieses Lebens nicht kapiert, ich sitze daneben und verstehe nichts. Und das ist kein elitäres Gefühl, das ist ein Hagel von Schlägen, die zwar einzeln nicht sehr weh tun, aber in ihrer Permanenz ein bisschen. Ich will hier nicht sein. Aber ich kann nirgendwo anders sein. Ich schaffe das nicht, ich bewältige das nicht, ich bin nicht intelligent, sensibel oder was für Qualitäten es auch immer braucht, genug, um mich in dieser Realität zu bewegen, ich habe schlichtweg nicht die Fähigkeiten dazu, und es gibt keinen Lehrplan des Gehens, wenn das Rückgrat gebrochen ist. Früher benutzte man den Ausdruck »Es zerreißt mir das Herz«, wenn etwas tief bedrückend war. Das ist es nicht, was ich fühle. Es ist, als sei mein Herz eine Uhr, die aufgehört hat zu ticken. Dinge geschehen, aber ich habe kein Maß, keine Einheit für sie. Die Uhr ist zersprungen, die einzelnen Teile haben sich in meinem Körper verteilt und ihn vergiftet, ich bin ein metallener Mensch geworden, und damit bin ich keiner mehr. Ich bin ein losgelöstes Rädchen in einer riesigen Maschine, und weil ich losgelöst bin, habe ich keine Funktion mehr darin. Aber ich bin nicht allein, es sind viele allein. Sie singen, weil sie so höflich sind, nicht zu schreien. Sie malen Bilder, weil sie sich ausmalen, was dahintersteckt. Denn irgendwas muss doch dahinterstecken. Sie schreiben Bücher, weil sie nicht reden können. Sie spielen Theater, drehen Filme, sammeln Schmetterlinge, erziehen liebevoll Kinder, sie putzen die Badezimmerkacheln, diskutieren in Bürgerinitiativen, gehen zu Vorsorgeuntersuchungen und feiern Weihnachten. Nur um diese Wirklichkeit in den Griff zu kriegen oder ihr vielleicht sogar einen Sinn zu verleihen, nein, um einen Sinn zu entdecken. Unser Leben ist so leicht und immer noch so bedeutungslos und nach wie vor überhaupt nicht in den Griff zu kriegen, geschweige denn mit Bedeutung zu füllen. Was ist in fünfundsechzig Jahren mit all dem, an dem heute unser Herz hängt, wofür wir gespart, wovon wir geträumt, was wir uns erhofft haben? Es ist zu neunzig Prozent weg. Die Lieben, die Möbel, die tollen technischen Geräte, die Autos, die Bücher, die Siege. Gestern ist ein Milliardär gestorben. Ein paar Menschen streiten sich, wer das Geld bekommt. Das bleibt. Kein Satz. Kein Kuss. Kein Schlag. Kein Lied. Keine Reise. Und man erkennt es erst, wenn es vorbei ist.

Und weil das Leben dann ja doch irgendwie nett ist, gingen, während ich an dem Holztisch vor der Pizzeria saß und mir meine kleinen Gedanken machte, gerade zwei Anzug-Männer durch die Oranienstraße, Arm in Arm, und sangen lauthals »Ti amo« von Howard Carpendale. Unterbrochen erst in dem Moment, als sie zwar dem BMW 635CSI noch ausweichen konnten, dann aber gegen ein Baugerüst knallten.

Wieder zu Hause, schaute ich auf Eurosport einen aufgezeichneten Boxkampf an. Vor der letzten Runde gab der Trainer seinem Schützling als Anweisung: Sei smart, sei clever. Er war nicht smart, aber er war clever. Er gewann.

Zeit für Kundenkontakt. Immerhin, die Uhrzeit stimmte, der Termin war um 16 Uhr, und das war eigentlich die Zeit, zu der ich mich ganz passabel fühlte. Raoul, der den urlaubenden Kreativ-Director vertrat, Christian, der zweite Geschäftsführer, der mit mir zusammen den ersten vertreten sollte, und ich trafen uns eine halbe Stunde vorher am George-Grosz-Platz. Mit dem Roller konnte ich nicht fahren, Kostüm und Helm, ein Taxi wollte ich nicht nehmen, Kosten – noch war der Etat nicht gewonnen, und wer wusste, ob die Agentur das dann noch übernehmen würde –, also U- und S-Bahn. Ich hatte das Powerbook und die Ausdrucke dabei, den Text im Kopf. Wie lange hatte ich kein anthrazitfarbenes Kostüm mehr getragen? Es passte immer noch, nicht nur zur Figur, sondern auch zum Gefühl. So musste man aussehen, wenn man präsentierte, und ich war immer noch jemand, der präsentieren konnte, ich war das hier jetzt, es fühlte sich nicht falsch an, es fühlte sich passend an. Es war alles richtig, und wenn ich nicht im Lift in den Spiegel geschaut und mir die Schnitte unter meinen Ärmeln, Konfektionsgröße 36, vorgestellt hätte, dann hätte ich mir selbst geglaubt. Ich fuhr die zwei Stationen bis zum Bahnhof Friedrichstraße, dann bis Savignyplatz. Ausgelaugte Menschen rund um mich herum, und ich auf dem Weg zur Präsentation, so geht es eben. Stieg nach noch nicht einmal einer Viertelstunde aus, da fiel mir erst auf, wie lange ich nicht mehr im Westteil der Stadt gewesen war, also im alten Westteil, im gediegenen, merkwürdig, ich war nie in Berlin gewesen, als die Mauer noch stand, aber ich dachte auch in diesen Kategorien. Raoul und Christian saßen bereits vor dem Café an einem Vierertisch. Raoul in einem schwarzen Anzug, der ihm ein bisschen zu eng war und in dem er bestimmt schwitzen würde, wenn nicht hier, an seinem Schattenplatz, dann bestimmt während der Präsentation. Christian dagegen sah aus, als würde er seinen Anzug eigentlich nur ablegen, um ins Bett oder unter die Dusche zu gehen. Ich kannte ihn ein wenig, aber das spielte jetzt auch keine Rolle, jetzt ging es darum, diese Verschwörermentalität aufzubauen. Was wir taten, versuchten, die Zeit war zu kurz, denn Christian meinte, wir müssten etwas eher da sein und uns um den technischen Kram selbst kümmern, also Beamer installieren und den Raum so weit verdunkeln, dass man sich noch erkennen konnte, aber auch die Entwürfe gut zur Geltung kamen. Es hatte sich wirklich nichts geändert, es war immer noch derselbe Zinnober um etwas, auf das die Welt nicht nur nicht wartete, sondern das ihr schlichtweg egal war. Ich rauchte eine Zigarette, dann gingen wir schon los, was ein Fehler war, denn ich hätte noch etwas trinken müssen, aber wenn die Hammel sagen: Jetzt gehen wir!, dann geht man eben. Es war nur quer über die Straße, eines von diesen alten Berliner Häusern, in denen inzwischen Kanzleien und Makler sitzen, aber dieser Kunde hatte sich auch dazwischengemogelt. Wenn ich die Zahlen richtig gedeutet hatte, passte das weder zum Image noch zum aktuellen Umsatz, aber da hatten sich offensichtlich ein paar Herren selbst einen Gefallen getan. Eine schöne Adresse, hohe und kühle Räume, die Patina des Kaufmannsgeistes und die Möglichkeit, nach Feierabend mal fix im KaDeWe vorbeizuspringen, um dem Sprössling was zu kaufen, oder in den Ausstellungsräumen von Mercedes und BMW vorbeizuschauen, um sich einen Viertwagen anzuschaffen. Wir fuhren in einem Fahrstuhl von 1910, der für die lange Reise zwei Klappsitze vorgesehen hatte, in den vierten Stock. Marmor, roter Teppich, Messingleisten, große Spiegel, schwere Doppeltüren, alter Klingelknopf. Uns öffnete eine Frau, die den Eindruck machte, als wäre sie das Jüngste in diesem ganzen Büro, Glühbirnen inklusive. Sie führte uns in einen Raum, der aussah, als wäre er für die Unterzeichnung von Unabhängigkeitserklärungen oder Friedensverträgen geschaffen. Nur hingen an den Wänden keine Bilder mit Jagdszenen, sondern merkwürdige Klecksbilder. Daneben kleine Schildchen mit dem Namen des Bildes, dem Format und dem Preis. Soweit ich sie entziffern konnte, ging es um hohe fünfstellige Beträge. Ich musste meinen Stundensatz ändern. Raoul und Christian bauten Computer und Technik auf, haderten mit den Kabeln und Anschlüssen und Steckdosen. Christian legte sein Jacket ab, er trug kein Unterhemd, wenn es schlecht lief, würde ihm die feine Baumwolle bald an dem nicht ganz so formvollendeten Oberkörper kleben, obwohl es kühl in dem Raum hier war, kühl und ruhig, dieser Raum hatte wahrscheinlich schon so viele Männer mit erhöhtem Adrenalinspiegel kommen und gehen sehen, den berührte nichts mehr, er hielt die schweißtreibenden Temperaturen vor seinen Fenstern genauso fern wie die Geräusche der Straße. Die moderne Ausstattung mit Steckdosen und Kabelanschlüssen veränderte seinen Charakter nicht, und die Kleidung und Sprache der Menschen, die sich in ihm aufhielten, taten es ebenso wenig. Im Gegensatz zu Raoul und Christian konnte ich mir diese Gedanken machen, denn ich war hier die Person, die ein Kostüm trug und damit für technische Komplikationen nicht zuständig war. Sondern für die Getränke. Apfelsaft, Orangensaft, Cola, stilles Wasser, Mineralwasser, sogar Tomatensaft, jeweils sieben Flaschen. Zweiundvierzig kleine Flaschen, die auf diesem riesigen Tisch verloren herumstanden. Dazu Gläser und Tassen, Kaffee würde also noch kommen. Sieben Aschenbecher, das hieß, der Chef rauchte. Trotzdem würde ich es nicht tun, denn Agenturen, die ohnehin in dem Ruf standen, schon zum Frühstück die erste Flasche Champagner aufzumachen, zum Mittagessen eine Linie Koks zu ziehen und es abends richtig krachen zu lassen, bevor sie sich dann gegen Mitternacht vollgedröhnt an die Jobs machten, die sie dann Stunden zu spät ablieferten, konnten es sich nicht leisten, einen Hauch von Suchtgebaren an den Tag zu legen. Agenturrechnungen, die inzwischen als Luxusposten in der Bilanz galten, wurden nahezu so hartnäckig verhandelt wie der Preis für einen abgewetzten Teppich auf dem Flohmarkt an der Straße des 17. Juni. Werbung erschien als die überflüssigste aller Ausgaben und damit auch als diejenige, bei der man sparen konnte. Und stand eine Agentur erst im Verdacht, auf die Leistungen noch die Grammpreise für Kokain draufzuschlagen, war es kein Ringen um Zahlen mehr, sondern ein Boxkampf. Rauchen war vielleicht nicht koksen, aber besser, man ließ erst gar keinen Verdacht aufkommen. Die beiden Jungs wollten eine Cola, ich mischte mir eine Apfelschorle. Nächste Regel für Meetings: Bloß keinen Tomatensaft nehmen. Sieht entweder so aus, als hätte man einen Kater oder als wäre man so erfolglos, dass man jede Chance ergriff, etwas, das ein wenig aussah und schmeckte wie Essbares, zu sich zu nehmen. Cola war eigentlich auch nicht so gut, ein wenig zu jugendlich, ein wenig zu wenig gesundheitsbewusst, Orangensaft war im Grunde ideal, aber den nahm nie jemand, weil er schlichtweg nie schmeckte und sich ekelhaft sämig anfühlte.

Kurz nach vier, die ersten drei von der Kundenseite kamen. Eine Frau, zwei Männer. Ich hatte das Gefühl, sie bereits zu kennen. Aber ich kannte sie nicht, ich kannte nur Leute wie sie. Die Frau sah aus wie ich, nur in dunkelblau, blond und vielleicht fünf Zentimeter größer. Einer der Männer war klein und hatte einen Schmerbauch, eine entsetzliche Hose, eine unpassende Krawatte und dafür aber den Stolz von Männern in den Endvierzigern, nämlich sehr dichtes, dunkles Haar. Sein Händedruck war schweißig, insgesamt war er einfach fettüberzogen, ihm schien das nichts auszumachen, entweder war er großartig in seinem Job, oder er dachte einfach, seine Haarpracht würde schon alles rausreißen, was da so an offensichtlichen Defiziten da war. Der andere Mann sprach einen süddeutschen Dialekt, Baden?, war noch größer als Raoul, aber ungefähr halb so schwer, hatte eine schwarze, eckige Brille, die ihn aussehen ließ, als interessiere er sich mehr für die Analyse der Metaebene von griechischen Dramen als für Kaufhauskettenzielgruppen. Dann warteten wir. Zehn Minuten. Die mit etwas gefüllt werden mussten. Die Frau, ich hatte ihren Namen nicht verstanden, so wie ich nie Namen verstehe, obwohl ich mir jedes Mal vornehme, mich genau darauf zu konzentrieren, es dann aber doch nicht tue, weil ich gleichzeitig die ganzen anderen Höflichkeitsregeln beachten will, machte den Anfang. Das Wetter. Na wunderbar. Aber immerhin hatte sie es als potenziellen Gesprächsstoff in den Ring geworfen, den Männern war nichts eingefallen. Klarer Minuspunkt für Christian und Raoul. Das wäre ihr Job gewesen. Meinetwegen auch das Wetter. Zumindest irgendwas. Aber die beiden waren anscheinend erschöpft von ihren technischen

Anstrengungen oder versuchten, sich die Inhalte der Präsentation noch einmal zu vergegenwärtigen. Wir redeten also über das Wetter, über das Grillen im Tiergarten und die Strandbars. Wer schon wo gewesen war und dass man ja im Sommer gar keinen Urlaub mehr machen musste, weil im Sommer, da ist Berlin ja am schönsten, wer fährt denn da weg, na ja, vielleicht wenn man Kinder hat und auf die Sommerferien angewiesen ist. Sehr interessant. Ein Gespräch, das in diesem Sommer circa 47389-mal in dieser oder ähnlicher Form zu vergleichbarem oder ganz anderem Anlass geführt worden war, ist, werden würde. Dann kam der Chef. Telefonierend. Was schon ein ziemlicher Affront ist. Ich hoffte, es handelte sich um ein Gespräch mit seiner sich im Grundschulalter befindlichen Tochter. Ich mochte nicht glauben, dass er mit jemandem telefonierte, der älter war als zehn. Aber die drei Kundenmenschen schauten sich so an, dass mich der nächste Satz nicht wirklich überraschte.

»Entschuldigung, war meine Frau, wichtig, Sie verstehen?«

Ich verstand ganz viel, vor allem verstand ich, mit wem ich es zu tun hatte. Definitiv zweite Ehe, definitiv ein BMW-Cabrio und ein Geländewagen, definitiv Einfamilienhaus im Süden Berlins, definitiv Golf, definitiv nicht intelligent, sondern clever, definitiv der Typ, der niemals seine Rolex-Uhr auf einem Bild wegretuschieren ließe.

Christian fing an, ich machte weiter, übergab an Raoul, Christian griff ein, ich fasste zusammen, Christian schloss ab. Sie redeten nicht dazwischen, gut. Ich versuchte, ihr Mienenspiel zu deuten, keine Regung. Die Frau schrieb ein paar Sachen mit, was auch immer. Ende der Präsentation. Fünfzig Minuten. Normal. Ruhe.

»Ja, da haben wir ja einiges gehört. Und gesehen. Und«, Herr Schubart guckte seine Angestellten an, alte Cheftour, gefiel mir, das mochte ich wirklich. Er gab nicht die Note, der dann die anderen zu folgen hätten, sondern überließ ihnen die erste Bewertung. Mistige Situation für sie, jetzt konnten sie sich als Idioten outen.

»Also, was ich nicht so ganz verstanden habe, war das mit der Responsequote bei dem zweiten Mailing, da«, begann der Dichtbehaarte. Kam aber nicht weit.

»Keine Details, was denken Sie insgesamt«, fragte Macher Schubart.

Schweinchen Dick schwieg. So weit reichte die Haardynamik dann doch nicht, hier das erste Votum abzugeben.

»Gut, stimmig, macht Sinn, in Details anders, aber eben in Details.« Man sagt Frauen immer nach, sie würden viel zu viel reden, tatsächlich hatte ich das aber nur selten erlebt. Entweder waren Frauen strunzdumm und kicherten sich totalen Mist zusammen oder sie kamen auf den Punkt. Was für ein Theater. Die beiden Männer sahen ihren Chef an und versuchten, dessen Gesichtszüge zu interpretieren.

»Sehe ich auch so. Die Zahlen will ich mir noch einmal genau anschauen, aber insgesamt«, wieder so ein Satz, der in diesem kleinen Versailles hängen blieb. Er kam von dem schlaksigen Dramatiker. Ich lächelte ihn an, er mochte es als Dankbarkeit deuten, tatsächlich lächelte ich nur, weil ich ihn nun wirklich nicht mit Zahlen in Zusammenhang gebracht hatte. Schweinchen Dick hielt die Klappe. Er hatte es ja auch schon versemmelt.

»Die Zahlen stimmen. Alles gut so. Wir treffen uns«, Schubart schaute in seinen Palm oder was für ein Organizer das jetzt auch immer war, ich war nicht mehr auf dem Laufenden, die Rituale waren immer noch dieselben, nur das technische Equipment, da hatte ich wohl inzwischen zwei Generationen verpasst. »Wir treffen uns Dienstag um 14.30 Uhr, dann besprechen wir, womit wir konkret anfangen. Frau von Blücher, sagen Sie den anderen Agenturen ab, brauche ich nicht mehr.«

Frau von Blücher! Und den Namen hatte ich mir nicht gemerkt? Ich musste dringend Obst essen oder Kreuzworträtsel machen oder was sonst nötig war, um sein Namensgedächtnis auf Vordermann zu bringen. Was für ein Name. Schubart stand auf, die anderen hinterher. Christian war nach dem Chef-Fazit wieder frisch wie ein Atembonbon, nur Raoul sah aus wie ein Boxer nach zwölf Runden. Zwar Sieger nach Punkten, aber schwer gezeichnet.

Bis wir im Literaturcafé im Garten saßen, war es sechs. Mir war nicht nach Champagner, ausnahmsweise, aber es wäre unhöflich gewesen, auf Cola light zu bestehen. Immerhin waren mit diesem Zuschlag auch meine Finanzen für die nächsten paar Wochen gesichert. Nach dem dritten Glas, alle schnell hintereinander, waren unsere Lobgesänge aufeinander versiegt, und ich wollte nach Hause. Erschöpft wie nach einer langen Partynacht.

»Ich fahre dich«, sagte Raoul. Keine Ahnung, ob man nach drei Gläsern Champagner noch Auto fahren darf. Aber es war mir egal. Ich hatte nur das Bild vor Augen und das Gefühl im Sinn, jetzt im Porsche durch Berlin zu fahren, durch den Fahrtwind wieder ein bisschen klarer und wacher zu werden. Christian bezahlte, wir gingen zusammen von der Fasanenstraße zurück zum Kurfürstendamm, Höhe Bleibtreustraße hatten beide auf dem Mittelstreifen geparkt. Wir verabschiedeten uns, Christian stieg in seinen Audi A8, Raoul und ich in den Porsche.

Es war im Kreisverkehr rund um die Siegessäule. Raoul hatte geschlafen. Natürlich hatte er nicht geschlafen, sondern war einfach mit der Musikauswahl beschäftigt. Er hatte Grün, aber er fuhr nicht an. Kramte unten am Sitz nach einer CD. Ich hasse das, ich habe es schon immer gehasst und werde es immer hassen, wenn Menschen nicht anfahren, sobald auch nur ein Fünkchen von Grün auf der Ampel erscheint. Es geht natürlich nicht um das zu späte Anfahren. Sondern um das unvermeidliche Gehupe, das darauf folgt. Immer, in Berlin immer. Die Berliner verschlafen jeden Interieurtrend um zwei Jahre, aber wenn jemand an der Ampel keinen Kickstart hinlegt, dann dröhnt es aus allen Karossen. Raoul schien es nicht zu bemerken. Ich drehte mich nach hinten. Ein roter Polo. Er versuchte, uns zu überholen, was aber nicht ging, weil die Nebenspur voll war. Erst als die Ampel sich schon wieder aufmachte, das Rot einzuläuten, zog der Polo haarscharf vor uns. Raoul hatte es nicht bemerkt, warum hatte er es nicht bemerkt, warum fingerte er nach dieser CD, warum war ihm das jetzt so wichtig? Im Polo saß ein junger Mann mit einer hübschen Beifahrerin, er schimpfte offensichtlich, nicht hörbar, weil in unserem Auto die alte, die falsche Musik immer noch lief, unidentifizierbares Lounge-Zeug, natürlich musste das weg, aber doch nicht jetzt, nicht so. Aber was sollte schon passieren, wir waren hier nicht in einem amerikanischen Gangsterbezirk, sondern mitten in Berlin, an einem sommerlichen Abend, die Leute waren unterwegs, um Spaß zu haben oder nach Hause zu kommen oder auf dem Weg zur Nachtschicht, zur Geliebten, ins Krankenhaus oder sonst etwas. Trotzdem: Ich kannte diese Situation, es war diese typische Prügelsituation, wie sie jedes Kind unzählige Male in seinem Leben mitmacht. Eine Situation, der man nicht entgehen kann, auch wenn man sich in alle Richtungen umschaut, alle, auch die absurdesten, Fluchtmöglichkeiten in Erwägung zieht – aber man kommt nicht raus. Und bezieht Prügel. Immer. Nasenbluten, zerkratztes Gesicht, blaues Auge und am schlimmsten natürlich die Demütigung des Weinens, ein Verlierer sein, Hohn. Und am nächsten Tag wieder in die Schule gehen, abgestempelt, gebrandmarkt. Die zwei Ausnahmen von der Regel sind dem Dazwischentreten eines Erwachsenen zu verdanken gewesen. Aber damit war jetzt nun wirklich nicht zu rechnen.

Raoul war kein Held, so viel war mir inzwischen klar. Der Polo-Fahrer hupte immer noch, die Situation war schon seit Sekunden, ja fast Minuten vorbei, aber er beruhigte sich nicht. Raoul guckte, sagte nichts. Fuhr weiter. Der Polo hatte sich jetzt wieder hinter uns gesetzt und folgte uns. Folgte uns? Ja, genau so sah es aus. Raoul fuhr ohnehin die falsche Strecke, ihn aber jetzt auch noch darauf hinzuweisen, überforderte mich gerade. Das Ganze ging bis vor die Ampel vorm Kanzleramt. Schon wieder eine Ampel. Ich hielt das langsam nicht mehr aus. Kein Wort von Raoul. Kein Wort von mir. Wir fuhren nicht, wir taten nur so. Wir versuchten, uns von diesem bescheuerten Polo-Fahrer zu entfernen, ohne dass es wie Flucht aussah. Der Idiot hupte immer noch. Was war mit dem denn bloß los? So wie ich ihn mit einem kurzen Seitenblick gesehen hatte, war das doch ein ganz normaler Typ, der seine Freundin durch die Gegend kutschierte, mit ihr was essen und trinken ging, um sich dann Chancen auf eine gemeinsame Nacht auszurechnen, warum schoss der sich jetzt so auf uns ein? Hahngehabe? Aber vorbei, vorbei die Zeit, sich noch Gedanken über seine unglückliche Kindheit zu machen. An dieser Ampel stieg er aus. Ich sah ihn im Rückspiegel. Höchstens Mitte zwanzig, nicht besonders groß, breites Kreuz, weißes T-Shirt, Jeans, Turnschuhe, schwarze Haare, sah gut aus. Seine Freundin blieb im Auto sitzen, beobachtete einfach nur, keine Regung, keine Wertung erkennbar. Und ich, statt zu Raoul oder einfach nur auf das Handschuhfach zu schauen, sah ihm im Rückspiegel entgegen. Ich sah, wie er zu unserem Auto ging, und dachte, das kann nicht schlimm werden, hier sind die Rotphasen der Ampel nicht so lang, er wird hinten auf die Motorhaube hauen oder uns irgendwie anschreien, das wäre es dann auch schon. Ich überlegte, was ich sagen könnte. Tun natürlich nichts. Warum fuhr Raoul nicht einfach weiter, geschissen auf die rote Ampel? Oder stieg aus? Der feige Texter hatte immer noch seine Ringerfigur, die er als Argument einsetzen konnte. Der Polofahrer kam, er steckte seinen jungen Kopf halb in den Wagen.

»Was soll das?«

Raoul sagte nichts. Ich schaute erst den Jungen an, dann nach vorne, was soll man auch schon dazu sagen?

»Alles gut, kein Grund, sich aufzuregen, tut uns leid, wenn wir Sie aufgehalten haben, aber jetzt geht ja alles weiter.« Ich sagte es. Raoul hielt die Klappe, ich sagte, was mir gerade so einfiel. Es gab keine Seminare für solche Situationen, und im Internet stand auch nichts, vielleicht schon, aber ich hatte mich schlichtweg nicht darauf vorbereitet. Was auch nicht wichtig war. Denn ich konnte reden oder auch nicht, der Typ guckte ohnehin nur Raoul an. Mich hatte er nur kurz mit einem Blick gestreift und dann unter »uninteressant« verbucht. Es ging ihm um Raoul, und zu ihm sagte er jetzt:

»Du Versager. Ich ficke deine Frau. Ich ficke deine Tochter. Hast du das verstanden?«

Nein, hatte ich nicht, hatte Raoul nicht, es rauschte in meinem Kopf, was wollte dieser Mensch? Sollte ich ihn jetzt über die wahren Konstellationen in diesem Auto aufklären?

»Ich ficke deine Frau, und ich ficke deine Tochter, wenn du überhaupt eine hast, du Null.«

Raoul schaute ihn an.

»Entschuldigung.« Das wollte er nicht sagen, das fiel einfach heiser aus seinem Mund.

»Fick dich.«

Er trat tatsächlich noch leicht gegen die Fahrertür, ging dann zu seinem Wagen zurück. Fuhr los, zeigte uns den Mittelfinger, als er uns überholte. Das Mädchen an seiner Seite schaute uns nur kurz und gleichgültig an. Mein erster Impuls war, auszusteigen und einfach wegzugehen. Mein zweiter Impuls war, Raoul, der mich unverwandt anschaute, in den Arm zu nehmen. Tatsächlich steckte ich mir eine Zigarette an, drehte die Musik lauter. Raoul fuhr einfach weiter. Das ist es, man fährt einfach weiter.

»Was für ein Prolet«, sagte Raoul zum Abschied. So konnte man das natürlich auch zusammenfassen. Wir hatten nicht mehr gesprochen, er hatte seinen Umweg schnörkellos zu Ende gefahren und hielt jetzt vor dem Plattenbau in der Leipziger Straße. Klar wollte er die Episode vom Tisch haben, ein heldenhafter Auftritt war das nun wahrlich nicht gewesen, wenn auch wahrscheinlich ein vernünftiger. Trotzdem musste das Ganze jetzt noch in zwei abschließende Sätze gepackt werden, sonst würde es für immer zwischen uns wabern.

»Also wirklich, wer führt sich denn so auf, das ist doch mit Testosteron nicht zu erklären? Einfach auflaufen lassen, solche Idioten, hat ja doch keinen Sinn, sich mit denen auseinanderzusetzen.«

Ich nickte und stieg aus. Wenn das das Resümee sein sollte, meinetwegen. Ich hörte im Rücken, wie Raoul Gas gab und mit dem Porsche wegfuhr, drehte mich aber nicht mehr um, sondern schloss die gläserne Haustür auf. Der Portier lächelte mich an, es war der nette dicke, neben ihm stand der Hausmeister, selbe Figur, nur nicht im dunkelblauen Anzug, sondern im Blaumann. Was machte der denn noch um diese Zeit hier? Ich fuhr in den 21. Stock, öffnete meine Wohnungstür und setzte mich sofort hin, gleich hier im Flur. Streifte die Schuhe ab. Zitterte nicht. Das kam erst, als ich wieder aufstand und das Kostüm auszog. Keine Lust heute auf Fahrradrituale, war ohnehin zu spät. Ich ging ins Bad und wühlte ein wenig in dem kleinen Unterschrank, da war er, der Brustverband. Ich legte ihn an und zog die Männerklamotten an, und dann schminkte ich mich und gelte das Haar zurück und sah so aus wie seit über einem Jahr nicht mehr. Ich betrachtete mich im großen Spiegel im zweiten Flur. Ich war das nicht mehr, aber irgendwie war ich es doch noch, ich war dazwischen, eine in die Jahre gekommene Raupe, von der man nicht wusste, ob sie es noch schaffen würde. Und dann liefen mir die Tränen runter. Es brannte kurz, dann kamen sie, es war kein Schluchzen, kein hysterischer Anfall, ich weinte einfach, während ich durch die Wohnung ging und Dinge wieder da hinlegte, wo sie meiner Meinung nach hingehörten, das Altpapier stapelte, die ganze Zeit liefen die Tränen, erst war es wie beim Zwiebelschneiden, dann einfach etwas nicht zu Stoppendes, ich weinte und machte einfach immer weiter mit meinen kleinen Alltagshandlungen, vielleicht würden die Tränen nie wieder aufhören zu rollen, aber dann war das eben so, die Menschen hatten so viele Macken, meine wäre dann eben, permanent weinend durchs Leben zu gehen, war doch ohnehin verwunderlich, dass es nicht viel mehr Menschen so ging.

Und so stehen wir mit dem Rücken zur Wand, wie wir ja immer stehen, auch wenn wir es nicht wahrhaben, geschweige denn glauben wollen, nur in den einsamen Nächten unter verlachenden Sternen, da gestehen wir uns ein: Ja, wir stehen mit dem Rücken zur Wand, und das ist nicht etwa nur die Situation der Bedrohung, sondern auch die des Schutzes, sind wir doch so fragil, eine gut konstruierte Masse Blech kann uns aufs Korn nehmen, ein falsch rinnender Blutstropfen, ja gar ein Satz kann es, und vor all dem muss man sich schützen, man kommt auf diese viel zu große Welt, in der man viel zu wenig Raum einnimmt, egal wie sehr man sich bemüht zu wachsen, man ist immer zu klein für die Welt und die Stadt und sogar für das eigene, kümmerliche Leben, da lehnt man sich eben an eine Wand, und die heißt mal Hoffnung und mal Vorsicht und mal Mensch, letztendlich hält sie natürlich nicht stand, aber das Leben wäre nicht als amüsanter Scharlatan bekannt, hielte es nicht immer mal wieder den einen oder anderen Taschenspielertrick bereit, welcher wiederum Liebe oder Hybris genannt werden darf, zwei Illusionen, die dann doch so ganz mühelos Platz in dem untergewichtigen Körperchen finden. Und weil man sich selbst dann doch schon eine Weile kennt, will man gar nichts wahrhaben und bringt ins Spiel, was sich zählen lässt, also in diesem Fall zwei Bleimanschetten à 1,25 kg, und die hängt man sich abwechselnd an Hand- und Fußgelenke, und dann geht man entweder ein wenig langsamer oder vermag die begierigen Arme nur langsam auszustrecken, und da es gerade so gut passt, macht man mittels der Klettverschlüsse aus zwei Manschetten eine und hängt sich die um den Hals, so eng wie möglich, bis es im Kopf rauscht, bis es endlich rauscht und man nur noch ein sich wehrender Körper ist, aber es reicht alles immer noch nicht. Mein Gott, wo soll das nicht etwa enden, sondern wie soll das weitergehen? Dieser Körper muss weg und bleiben, was für ein Dilemma, dieses Hirn soll einschlafen und endlich aufwachen, was für ein Dilemma, dieses Herz soll das eine ganz fein fühlen und das andere nie wieder, was für ein Dilemma.

Im Laufe der Welt bin ich kein Tag, keine Stunde, keine Sekunde, sondern eine Null mit so vielen Nullen hinter dem Komma, man bräuchte eine Tafel so groß wie das sichtbare Universum, um einen noch immer übertriebenen Stellenwert zu notieren. Für mich selbst bin ich ein Tag, der zu früh begonnen hat, ich weiß gar nicht, wie mir geschieht, da ist die Hälfte schon vorbei, und dann liest man noch ein wenig, sitzt in der Sonne, ärgert sich über aufziehende Wolken, will gehen, hat aber keinen Schlüssel zu irgendeiner Wohnung, wird ein wenig vom Schauer erwischt, schüttelt sich, der Wind trocknet, dann kommt der Landregen, aber an den kann man sich gewöhnen, konstanter Wind zwischen Stärke 2 und 3, dann findet man doch einen Unterschlupf, jemand leiht einem neue Kleider, und dann gerät man in eine Feier, zu der man nicht eingeladen war, kennt niemanden, trinkt ein wenig, raucht ein wenig, findet auf der Toilette einen angebissenen Schokoladenriegel, geht gestärkt wieder zurück, redet mit jemandem und bildet sich ein, einander zu verstehen, dann geht man nach Hause, allein oder zu zweit, was keinen Unterschied macht, denn in ersterem Fall kann man sich gleich einsam fühlen, in letzterem dauert es noch ein wenig, ja, so ähnlich sieht es wohl aus, und ja, vielleicht sind wir das, Tage, die zu früh beginnen und zu spät enden, dazwischen wächst man, aber das macht nichts besser, im Zweifelsfall hat man nur mehr Worte für das, was man nicht begreift. Oder so.

Ach ja. Ich sitze auf dem Balkon, der gerade so breit ist, dass mein Körper es sich bequem machen kann, schaue in die Nacht, imitiere mit meiner linken Hand eine Pistole, so wie wir es als Kinder schon getan haben, und schieße durch zwei Brüstungsrohre aus Aluminium auf einen BMW, einen Mercedes, einen Smart und so ein japanisches Cabrio, dann, die Hand höher angelegt, auf den Deutschen Dom, zurück, auf das Quartier 206, dann auf den Französischen Dom, auf die Charité, wieder zurück, auf die Reichstagskuppel, aufstehen, auf zwei Spaziergänger, hinsetzen, ein Schuss einfach so in den Himmel, einen in den eigenen Kopf, einen in die rechte Wohnung im 21. Stock gegenüber, Zeit zu rauchen, nein, eine Kugel noch auf die Lichtinstallation Unter den Linden, reingehen, den Cutter in die rechte Hand nehmen, Hemd öffnen, einen Schnitt über die unterste linke Rippe ziehen, Hemd wieder darüber und draufhauen, ein Schluck aus der Flasche Bier, die warm geworden ist, während ich um mich geschossen habe, ein unerträglich heißer Sommer, so sagt man es in den Nachrichten, dieser Sommer ist wirklich unerträglich heiß, alles verdorrt oder verbrennt, die Menschen schwitzen sich noch leer; ein guter Sommer. Marlboro anzünden, Musik über den

Discman lauter, das Blut bereits durch den Stoff gedrungen, mal sehen, was diese Nacht noch so mit sich bringt, warum sind es immer Sommernächte, in denen ich etwas anzettele, an dem ich sicher scheitere?

Der Schnitt war ein Fehler, und das hätte ich wissen müssen, ist es doch noch gar nicht so lange her, als ich mir den linken Beckenknochen aufschnitt, und danach konnte ich die Hand fast drei Wochen nicht in die Hosentasche stecken, die Wunde über der Rippe würde bei jedem Hinsetzen schmerzen, aber der linke Arm sieht inzwischen schon aus wie der kleinste Kosovo der Welt oder Verdun oder Dresden nach, den rechten Arm kann ich mir nicht ernsthaft zerschneiden, zu ungeschickt, sind immer nur so kleine Risse, der rechte Arm ist für eine andere Art von Wunden reserviert, Bauch ist läppisch, Gesicht und Hals will ich nicht, Beine fallen mir in diesen Momenten selten ein, na vielleicht beim nächsten Mal. Was für Gedanken so alles in mein Gehirn zu Besuch kommen, freiwillig lässt es die bestimmt nicht rein, geklingelt haben sie nicht, wahrscheinlich die Tür aufgebrochen und reingestürmt, Zeit für ein Sicherheitsschloss.

So, so. Gegenüber, im fünfundzwanzigsten Stock sieht man in der linken Wohnung einen Raum voller Bücher, aber keinen Menschen. In der mittleren Wohnung steht ein Mann mit nacktem Oberkörper am Fenster, und er streichelt seinen Brustkorb, die Wohnung rechts ist dunkel. In den Versagerhäusern rechter Hand, die nur zehn Stockwerke haben, spielen zwei Männer ganz oben unter einer blanken Glühbirne Schach, es ist Jahrhundertsommer, und eigentlich gab es eine Unwetterwarnung für Berlin, aber dann kamen doch nur ein paar Hundert Tropfen, und ansonsten ist es immer noch schwül, auch wenn ein Wind aus nordwestlicher Richtung so tut, als solle man sich nicht zu sicher fühlen, da wäre immer noch was möglich, außerdem hat heute eine Kinderliebe von mir Geburtstag, wir gingen in dieselbe Klasse zwischen Stufe 7 und 10, in der Zeit also, als man das kleine Latinum machte und damit eigentlich nur lernte, dass Strukturen die Dinge vielleicht berechenbarer, aber damit noch lange nicht einfacher machen, wo diese Kinderliebe inzwischen abgeblieben ist, war vor zwei Jahren beim Klassentreffen wohl Thema, aber keiner hatte eine Ahnung. So stehe ich hier auf dem Balkon, stütze die Hände auf die Alurohre und fühle, wie der Wind nonchalant unter mein Shirt fährt, mir kurz breitere Schultern macht und das wiederholt, rhythmisch, ich würde sagen: The Style Council im Takt, Oasis in der Vehemenz. Beides habe ich seit Monaten, Jahren nicht mehr gehört. Seitdem ich hier wohne, achte ich auf Wind und Wolkenformationen. Kaltfront oder Warmfront? Zärtlichkeit des Südens oder kalter Hauch des Ostens? Bei Unwetter bleibt man besser zu Hause, und es besteht eine verlockende Gefahr, würde es mich doch nicht wundern, bei Nord 10 einfach über die Brüstung gehoben und wie im Märchen davongetragen zu werden; aber das ist wohl auch nur Wunschdenken.

Wenn die Wolken nachts in Berlin tief hängen, werden sie vom Licht aus den Wohnungen, den vereinzelten Laser-Installationen, den Leuchtreklamen und der Straßenbeleuchtung so erhellt, dass man ihren Zug beobachten kann wie den eines Fußgängers, der eine Kreuzung überquert und gerade weitergeht und weitergeht, und man kann sich ausmalen, wo er in fünf Minuten – wenn man ihn selbst schon lange aus dem Blick verloren haben wird – angelangt ist, aber doch nicht sicher, denn Menschen neigen dazu, unterwegs abzubiegen, und bei Wolken ist das, wenn auch auf eine größere Distanz, sicherlich nicht anders.

Es klingelte. Kurz vor Mitternacht. Nicht einmal kurz, wie bei einem Klingelstreich, und nicht einmal etwas länger, wenn jemand einfach nur hereingelassen werden will, der seinen Haustürschlüssel vergessen hat. Konnte hier ohnehin nicht der Fall sein, denn es gab nur einen Schlüssel, der sowohl für die Haus- als auch für die Wohnungstür passte und nach geraunter Auskunft des Hausmeisters ungeheuer wertvoll sein musste. Von 120 Euro war die Rede oder gleich alle hundertzwanzig Schlösser im gesamten Plattenbau austauschen, ich erinnerte mich nicht mehr. Es klingelte vier Mal lange hintereinander. Gleichzeitig klingelte das Telefon. Da wollte jemand wirklich zu mir. Ich war nicht in der Verfassung, weder optisch noch mental. Die Nummer auf dem Handy war unterdrückt. Lena? Unterdrückte die ihre Nummer? Ich öffnete mit dem Summer. Wenn der- oder diejenige vor meiner Wohnungstür stand, konnte ich nach einem Blick durch den Spion immer noch entscheiden. Zehn Sekunden. Ich wischte mir im Bad das Gesicht ab, zu weiteren Aufräumarbeiten war keine Zeit, lief zurück zur Wohnungstür, spähte durch die kleine Lupe. Raoul. Selbst durch diese merkwürdige Perspektive war zu erkennen, dass der Junge etwas derangiert war. Ich öffnete.

»Was ist mit dir denn los?« Die Frage hätte jeder von uns stellen können, aber ich tat es als Erste.

»Mir geht's nicht so gut, und ich war in der Gegend, und da dachte ich, ich komme mal vorbei, ist doch noch nicht zu spät. Oder?«

»Du bist ja in letzter Zeit dauernd in der Gegend. Ich dachte, du wohnst in Schöneberg. Na ja, komm rein. Was zu trinken?«

»Ja, gern viel zu trinken. Gehen wir auf den Balkon? Ich brauche frische Luft.«

»Nur wenn du nicht wieder diese Titanic-Nummer machst, die habe ich inzwischen bestimmt zehn Mal gesehen, und ich finde sie nicht mehr so sonderlich amüsant.«

»Nicht?« Er schien nachzudenken, es dauerte. Er guckte in

den Himmel, als wäre da eine Antwort. Das scheint sich auch in unser Hirn eingefressen und seit zehntausend Jahren nicht geändert zu haben – wenn wir nicht mehr weiterwissen, gucken wir in den Himmel und warten auf den göttlichen Blitzschlag der Erkenntnis. Auch ohne Kirchensteuer zu zahlen.

Mir war noch immer nicht klar, was Raoul hier eigentlich wollte. Außer meinen Kühlschrank leertrinken. Können große Menschen überproportional mehr trinken? Anscheinend. Warum war Raoul eigentlich so groß und schwer? So richtig passte das gar nicht zu ihm, genauso wenig wie eben seine Haarfarbe zu seinem Namen oder sein Beruf zu seinem Talent.

»Seit wann hast du eigentlich den Porsche?« Die Frage hatte ich ihm immer stellen wollen, warum dann nicht jetzt.

»Im Mai gekauft. Sah ja erst nicht gut aus, Cabrio in diesem Sommer. Aber jetzt, ein Traum, für solche Sommer wurden Cabrios gebaut, weißt du, die Idee des Cabrios...« Ich unterbrach ihn, ich kannte die Idee des Cabrios, jedenfalls die richtige, ich wollte nicht Raouls Version davon hören. Ich wollte von Raoul heute nichts mehr hören, ich wollte ihn auch nicht sehen.

»Warum bist du jetzt wirklich hier hereingeschneit, wenn ich das mal direkt fragen darf?«

Er stand auf, ging in die Küche. Ich dachte, er würde ins Bad gehen, aber anscheinend gefiel es ihm hier, oder er war schlecht erzogen. Er kam mit zwei Dosen Bier in der Hand zurück.

»Das ist mal ein Kühlschrank, der mir gefällt. Sind aber die letzten hier, danach müssen wir uns den Weißwein vornehmen. Hast du Ahnung von Wein? Ich überhaupt nicht, mein Vater...« Ich unterbrach ihn schon wieder, aber ich kannte Raoul nicht einmal besonders gut, ich wollte jetzt nichts über seine Verwandten hören.

»Du bist hier, weil...«, sagte ich.

»Ich bin hier, weil. Ja, warum bin ich hier? Weil es eine schöne Sommernacht ist? Weil man ja irgendwo sein muss? Weil ich heimlich doch Leonardo di Caprio sein möchte?«

»Jetzt komm endlich auf den Punkt. Ich habe dich was gefragt, ich möchte gern eine Antwort, wenn du keine hast, würde ich gern die Nacht beenden.«

»Schon gut, kein Problem. Na ja, du hast da, nach diesem Zwischenfall nichts mehr gesagt, und ich dachte mir, vielleicht bist du ein bisschen verstört, und dann dachte ich, ich schaue noch mal kurz nach dir.« Genau, und um das zu tun, hast du vorher drei Bier gekippt, die du natürlich nicht getrunken hast, weil du weißt, dass du dich waschlappig aufgeführt und jetzt Angst hast, dass ich dich als genau so einen Waschlappen ansehen würde, das hast du nur gemacht, weil du ein mitfühlender Mann bist, der sich um eine kleine Werbestrategin Sorgen macht, die ihm heute zusammen mit seinem Geschäftsführer den nervösen Hintern gerettet hat.

»So war das also. Alles gut, mir geht es gut. Und dir? Geht es dir auch gut? Was hast du noch vor heute? Oder fährst du direkt nach Hause?« Deutlicher ging es ja wohl kaum.

Aber Raoul kapierte es nicht. Sondern erzählte mir von seinem Drehbuch, an dem er jede Nacht arbeiten würde. Über den sagenhaften Kunstdieb, der tagsüber Manager eines internationalen und so weiter. Von den Frauen, die darin vorkamen. Raoul entblödete sich nicht, mir schon seine Besetzungsliste anzuvertrauen. Julia Roberts konnte sich schon auf was gefasst machen. Hugh Grant auch. Wenn ich mich recht erinnerte, hatten wir diese Konstellation schon vor vier Jahren, mit Schauspielerin und Buchhändler, gehabt. Jetzt also Kunstdiebmanager und Polizistinnensexmaus. Raoul redete. Zwischendurch holte er die Flasche Weißwein, und ich wusste, ich würde ihn hier nicht rauskriegen. Nicht bevor er sturzbetrunken war. Also wartete ich auf diesen Zustand. Aber er trat nicht ein, also er trat vielleicht ein, aber ich war zu müde, und so tat ich, was naheliegend, aber falsch war. Denn irgendwann stand ich auf, holte aus einem Bettkasten Kopfkissen, Laken und eine Decke, platzierte das auf dem Sofa und stellte sogar eine Flasche Mineralwasser daneben. Raoul war zu groß für das Sofa. Aber in mein Bett kam er nicht. Und ich nicht auf das Sofa. Jeder wählt sein Schicksal, Raoul hatte seines gewählt. Das Eins-neunzig-Sofa im Wohnzimmer.

»Raoul, ich kann nicht mehr, ich gehe jetzt ins Bett. Deins ist im Wohnzimmer. Ich lege dir eine Zahnbürste raus. Wenn du sonst was brauchst, du kennst dich ja aus, also, du wirst es schon finden. Gute Nacht.«

»Gute Nacht. Ich bleibe hier noch ein bisschen. Ich bin auch ganz leise. Schlaf gut, Iris.«

Ganz leise, ich konnte mir schon vorstellen, wie er durch die Plattenbauwohnung torkeln und überall anstoßen würde. Allein die Türhöhe würde ihm schon Schwierigkeiten machen, er konnte also in der Breite und in der Höhe Lärm machen. Nun gut, ich ging ins Bett, es war zwei Uhr, auf den Balkons gegenüber schliefen sie schon, die Glücklichen.

Mein rotleuchtender Digitalwecker zeigte 4:27 Uhr an.

»Finger weg, kein Körperkontakt«, vier Worte, klare Anweisung, dann sollte er doch neben mir schlafen. Würde ich wenigstens früh aufwachen.

Drei Stunden und zehn Minuten später. Er sah mich an. Ich trug ein T-Shirt. Er schaute auf meine Arme. Fünf feine, vernarbte Schnitte auf dem rechten Arm, den linken konnte er nicht sehen. Jetzt nicht. Der linke Arm sah für einen Außenstehenden verheerend aus. Ich wusste nicht, was er alles gesehen hatte.

»Verschwinde, sofort.«

Er stand auf, Boxershorts, nackter Oberkörper. So jung und schon so fett. Regisseur werden die, die nicht Schauspieler werden können, aber die Schauspielerinnen haben wollen. Ich drehte mich um, wollte ihn nicht sehen. Vor allem wollte ich nichts von ihm hören. Und endlich einmal hielt der sanfte, große Raoul seine Klappe. Ging aus dem Zimmer, schloss die Tür mit dem hässlich gewellten Glaseinsatz und zog kurz darauf die Wohnungstür hinter sich zu. Ich stand auf, ging ins Bad, nahm seine Zahnbürste und warf sie in den Müll. Dann legte ich mich wieder hin und konnte nicht schlafen. Was hatte er gesehen? Was hatte er sich dabei gedacht? Kurz schätzte ich es so ein, dass wir jetzt einfach quitt wären. Aber ein Texter, der einen Porsche fährt, hochfliegenden Müll erzählt und ein Waschlappen ist? Nicht gut, gar nicht gut.

Ich musste ohnehin aufstehen.

Ich hatte einen Kater und ein schlechtes Gefühl, die schlimmste Kombination. Das hätte nicht passieren müssen, ich hatte nicht damit gerechnet, ich hatte nicht daran gedacht, dass es zu einer morgendlichen Situation kommen könnte, in der er meine Arme sah. Ich war selbst schuld, ich hatte nicht aufgepasst.

Endlich Urteilsverkündung. Also natürlich erst die Plädoyers, dann Beratung, dann Urteil. Thierry Gaillard hatte wieder das blau-weiße Polohemd an. Alle sahen aus wie immer. Die Plädoyers fassten zusammen, was an fünf Verhandlungstagen so alles in diesem Raum gesagt worden war. Es sorgte nicht mehr für Empörung. So war es eben gewesen, vielleicht auch ein wenig anders. Der eine wollte Sicherungsverwahrung, die andere Milde und Knast. Als das Urteil verkündet wurde – passierte nichts. 3 Jahre und 6 Monate. Plus eine Entziehungskur nach §64 und, wenn die Therapie nicht erfolgreich sein sollte, Sicherungsverwahrung. Für Martina gab es 2 Jahre und 8 Monate, für die obdachlose Karin 1 Jahr und 10 Monate. Das erschloss sich mir nicht ganz, aber was stand, war das Ergebnis, da wurden die beiden Strafen zusammengezählt, und dann hieß es eben 3 Jahre und 6 Monate, die einzelnen Fälle, der Fall von Martina und der von Karin, die waren jetzt schon Geschichte. 3 Jahre und 6 Monate für – Taten nach Paragraphen. Das war's. Darum ging es hier. Thierry Gaillard wurde abgeführt, und er sah dabei aus, als hätte seine Lieblingsfußballmannschaft gerade 1:1 gegen einen guten Gegner gespielt. Nicht schlecht, hätte aber auch besser laufen können. War das jetzt gerecht? Ich hatte keine Ahnung.

Später. Nacht. Endlich Nacht, nur dadurch waren die Tage ja noch erträglich, dass es irgendwann Nacht wurde und damit alles erträglich und auf diese verträgliche Weise weich, es war einfach nur Nacht, und man saß einfach nur da und schaute in den Himmel oder gegen Häuser, aber man konnte nichts tun, und nichts wurde einem getan, die Gedanken konnten machen, was sie wollten, und wenn sie es nicht taten, dann ging das Leben auch weiter, aber selbst wenn sie es taten, dann war alles so unverbindlich, Gedanken sind Kissen, man nimmt sie, wie man sie braucht, und manchmal eben auch gar nicht. Man konnte die Musik leise oder laut drehen, man konnte an die Ecke des Balkons gehen und sich den Wind auf die Stirn pusten lassen, man konnte aber auch in seiner Ecke bleiben und so spielen, als wäre es einfach eine schöne Sommernacht, dabei war es einfach eine ganz normale Sommernacht, aber wenn man wollte, dann war sie eben schön, in der Nacht hatte man alles in der Hand, es sei denn, man dachte an Dinge, die mit Menschen zu tun hatten, aber das sollte man nachts nicht tun, denn die Menschen zerstörten auch noch die schönste Sommernacht, die man sich so einbildete zwischen seinen beiden abstehenden Ohren und ausmalte vor seinen beiden blauen Augen und die fast spürbar war zwischen den beiden Händen. Es war Nacht, und es war Sommer, und es war Zeit für ein weiteres Bier und den siebten Gedanken, es ging alles weiter, das war der Trost, es ging alles weiter, und das war schon eine eigenartige Weise des Lebens, einem Trost zu spenden. Und morgen würde schon wieder ein Tag sein, aber bis dahin war es noch ein Stück und bis dahin konnte man sich ausmalen, wie das wäre, ein Leben nur in der Nacht, wie das wäre, sich nie zeigen zu müssen, sondern immer auf seinem Balkon sitzen zu können, unerkannt von allem, nur je nach Laune vielleicht einmal in die Windecke zu wechseln und ansonsten zu rauchen, zu trinken, den Geräuschen der Stadt zuzuhören, das Vibrieren ihrer Lichter zu verfolgen. Wäre das etwas?

Ich hatte Lenas Artikel verpasst. Was sie mir kurz übel nahm, weil es ein großer Artikel war, ich war davon ausgegangen, es hätte sich nur um so eine kleine Meldung gehandelt, ich wusste ja noch nicht einmal, in was für einer Zeitung er erscheinen sollte, als ich ihr das alles erklärt hatte, war sie auch schon nicht mehr sauer, sondern sagte, ich könne ihn mir ja noch im Internet anschauen, wenn ich schon nicht und so weiter, und ansonsten sei ihr da was eingefallen. Sie selbst schreibe unter anderem für so ein Magazin, das vierzehntägig erscheine, und das wäre vielleicht genau das Richtige, um so eine Art Best-of aus meinen Gerichtsbesuchen zu schreiben. Schreiben. Was für eine fantastische Idee, aber ich war natürlich nicht darauf gekommen, ich war einfach davon ausgegangen, ich ginge da, wie zig andere gelangweilte Berliner, zu Prozessen und schaute mir das an und damit hätte sich die Sache. Aber Lena, der gegenüber ich dieses merkwürdige Hobby vielleicht mit sieben Sätzen erwähnt hatte, die dachte gleich weiter und sorgte dann auch noch für die entsprechenden Kontakte. Christopher. Vielleicht auch Christofer, das zu fragen war mir nicht rechtzeitig eingefallen. Sie gab mir seine Nummer, ich sollte da schnell anrufen, und dann sollte ich sie schnell anrufen, und dann würden wir mal ganz in Ruhe essen gehen, und es gäbe so viel und. Lena ging nicht durchs Leben, Lena katapultierte sich durchs Leben. Ich kroch die ganze Zeit in mir selbst herum und erlebte nur idiotisches Zeug, Lena lebte in Berlin, mit Berlin, und zwar immer auf der linken Fahrbahnspur. Ich notierte mir Christophers, Christofers Nummer und versprach, sie umgehend wieder anzurufen.

Wir trafen uns gleich am Nachmittag, Christopher, mit ph, wie ich inzwischen herausgefunden hatte, war am Telefon kurz gewesen, er wusste, worum es ging, wollte mich aber kennen lernen, sehen. Gefiel mir. Ich deutete es als Zeichen, dass da jemand eine ähnliche Abneigung gegenüber modernen Kommunikationsmitteln hegte wie ich. Natürlich gibt es viele schlimme Dinge in der Welt. Aber wenn man mich gefragt hätte, wäre bei mir unter den »10 Dingen, die man abschaffen sollte« das Telefon weit vorn gewesen. Eigentlich bezog sich das nur aufs Handy, aber an schlechten Tagen auch auf das ganze Medium. Das Telefon war für mich wie so viele technische Produkte: ein drittes Bein. Man denkt, man wird dadurch schneller, tatsächlich stolpert man aber permanent. Das galt für Computer und ihre so fulminanten Programme, die laufend abstürzten beziehungsweise dafür sorgten, dass sich ein Haufen Stümper zu Höherem berufen fühlte oder auch dafür, dass die Menschen nur noch zu denken wagten, was auch mit Powerpoint oder Grafikprogrammen umsetzbar war. Nun, Christopher vertraute jedenfalls nicht auf meine Telefonstimme und das, was ich ihm so kurz zu meinen Gerichtsbesuchen sagte. Er unterbrach mich vielmehr und meinte, das sollte ich ihm doch besser persönlich erzählen. Was mich vor die Frage stellte, was ich Christopher anbieten wollte. Aber was sollte ich auch schon sagen? Wenn ich für jede Ausgabe der Zeitung etwas schreiben sollte, also alle zwei Wochen etwas, dann waren das pro Geschichte – in Anbetracht des Etats, den ich ja jetzt wohl betreuen sollte – maximal vier Verhandlungstage, eher drei. Landgerichtstermine dauerten immer länger Amtsgerichtstermine konnten auch innerhalb von 45 Minuten Stoff liefern. Stoff liefern, das wäre es. Stoff, ziemlich zynisch in Anbetracht dessen, dass es für die meisten Angeklagten, so unwichtig ihr Fall auch im Weltgeschehen sein mochte, um etwas sehr Wichtiges ging. Ich formulierte innerlich nicht, was ich Christopher sagen könnte. Denn wenn man einmal etwas innerlich für sich selbst schon ausgesprochen hatte, kam es einem im wirklichen Gespräch wie eine langweilige Wiederholung vor, so langweilig wie ein Kurzkrimi, den man noch einmal sah.

Die Redaktion saß in der Münzstraße. Ich nahm also die U-Bahn bis Alexanderplatz, stieg dort in die U8 um, fuhr eine Station bis Weinmeisterstraße und lief die hundert Meter zu Fuß. Ein Hinterhof, in dem ausschließlich Medienunternehmen saßen. Wenn man sich auf das Dach stellte, hätte man einen Stein in die Panoramafenster von Marcs Agentur oberhalb des Goethe-Institutes werfen können. Christophers Redaktion war aber im zweiten Stock, also keine Anschlaggefahr meinerseits, warum auch. Wieder ein Empfangstresen. Wieder eine junge Frau.

»Iris, stimmt's?«

Ich nickte. Entweder waren die hier sehr gut organisiert oder es kam nur alle halbe Jahre mal jemand vorbei.

»Christopher telefoniert gerade noch, setz dich doch, dauert höchstens noch vier Minuten. Ich bin übrigens Ana.«

Vier Minuten? Das klang doch nach sehr gut organisiert. Ich hatte bisher kein Wort gesagt. Setzte mich auf das olivfarbene Sofa und schaute auf den Glastisch. Es lag nichts darauf, es gab hier nichts, womit man sich ablenken, die Wartezeit überbrücken konnte. In Agenturen lagen zumindest immer einige Zeitungen, die man durchblättern konnte, ohne etwas wahrzunehmen. Hier hingen noch nicht einmal Bilder an den Wänden. Ich schaute auf den Glastisch, ich schaute zum Empfangstresen, ich schaute auf den Glastisch. Das waren jetzt doch schon bestimmt sieben Minuten. Doch nicht so ganz im Bilde, was Christopher machte. Dann ging die hellblonde Frau, Ana, in ein Zimmer gleich rechts. Kam zurück.

»Okay?«

Worauf sich das jetzt auch immer beziehen sollte. Ich nickte, stand auf und ging in das Zimmer. So hatte ich die Frage verstanden. Schien richtig zu sein, denn Ana lächelte, und Christopher lächelte auch.

»Hat ein bisschen länger gedauert, tut mir leid, meine Mutter, es hört einfach nicht auf.«

Ich nickte wieder und lächelte ebenfalls. Wenn mir plötzlich die Stimme geraubt worden wäre, es wäre nicht weiter aufgefallen. Ich setzte mich auf den gelb bezogenen Vitra-Stuhl von Eames und sagte immer noch nichts. Das übernahm Christopher.

»So. Gericht. Boomt ja gerade. All diese Shows da, guckst du die an?«

Ich schüttelte den Kopf.

»Wird ja wohl auch nichts mit der Realität zu tun haben, diese ganzen Spontanzeugen, die hinter dem Massenmörder standen und denen das gerade während der Verhandlung wieder einfällt. Also, Lena hat gesagt, du gehst ab und zu ins Gericht und du könntest da so eine Kolumne für uns schreiben, das ist ja erst einmal nicht spektakulär. Kolumne, klar, heißt also nicht, berichten, was du gesehen hast, sondern dem Ganzen einen Dreh geben. Du kennst unser Blatt, du weißt, wie hier sonst Artikel geschrieben werden. Weißt du doch, oder? Klar weißt du das, denn was Lena sonst noch gesagt hat, war, dass du was mit Werbung machst. Und wenn du mich jetzt davon überzeugen willst, dass uns deine Artikel gerade noch gefehlt haben, dann hast du die Zeitung gelesen, du hast Erkundigungen über mich eingezogen, du kennst unsere Zielgruppe, du weißt also, worauf es hinauslaufen muss, stimmt's?«

Ich nickte. Obwohl es nicht so ganz stimmte, aber es hätte stimmen sollen, tatsächlich hatte ich mich nicht vorbereitet, sondern wieder einmal darüber sinniert, was ich zu dem Termin am besten anziehen sollte. Aber das gab man nicht vor Kunden zu, und genau das war Christopher ja, ein potenzieller Kunde.

»Rede ich zu viel? Passiert mir immer wieder nach Telefonaten mit meiner Mutter. Wenn ich dreißig Minuten lang nicht zu Wort komme, obwohl ich die ganze Zeit widersprechen will, muss ich hinterher das ganze Verbalquantum schnell loswerden, sonst bekomme ich so eine Art Halsschmerzen. Aber jetzt, bitte, rede du. Was soll das werden?«

Ich schaute ihm in die Augen. Andere gucken an die Decke, wenn sie improvisieren sollen, manche knapp links, manche knapp rechts am Gesprächspartner vorbei. Das hatte was zu bedeuten, entweder schaute man links vorbei, wenn man sich an etwas erinnerte, und rechts, wenn man improvisieren sollte, oder andersherum. Ich glaube, an die Decke schauten die, die gar keine Ahnung hatten und daraus auch keinen Ausweg für möglich hielten. Ich schaute immer in die Augen und redete los. Hinterher hatte ich zumeist ein paar Sätze zusammen, an die Augenfarbe konnte ich mich aber nicht erinnern.

Ich stellte erst einmal klar, was ich beruflich machte. Dann, warum ich ins Gericht ging. Es war nur die halbe Wahrheit, aber für jemanden, der mich nicht kannte, sollte sie reichen. Ich erzählte ihm, wie ich mir eine Kolumne vorstellte, mit welchem Inhalt, in welcher Tonalität. Klar war, dass es nicht um Fälle mit vielen Verhandlungstagen gehen konnte, höchstens im Ausnahmefall. Es ging also um Vergehen, Bagatellgeschichten, dazu ein paar Brückenschläge, was das mit dem Leben der Leser zu tun haben konnte.

Christopher nickte zwischendurch, ich merkte es daran, dass die Augen, an denen sich mein Blick festgesaugt hatte, leicht nach oben und unten gingen.

»Hast du so was schon mal gemacht, geschrieben?«

Ich wollte diesen Job. Ich durfte nicht ehrlich sein. Ich musste ehrlich sein, er würde es sowieso herausfinden.

»Nein. Nie. Ich will es nur gern.«

Er nickte wieder.

»Zumindest kommst du mir nicht mit Schülerzeitungserfahrung. Trotzdem, Risiko. Wir machen es so: In einer Woche ist eine Mail mit deinem ersten Artikel auf meinem Computer. Maximal 4000 Anschläge. Wenn er gut ist, probieren wir es. Wenn nicht, hast du keinen Job und Lena ein Problem. Denn dann muss die das machen. Die Idee gefällt mir nämlich. Die Geldgeschichten klärst du mit jemand anderem. Frag Ana mal. Alles klar?«

Ich hatte genug geredet und nickte nur. Wir verabschiedeten uns. Sollte ich jetzt gleich zu Ana gehen und sie fragen oder erst einmal abliefern? Ich würde erst einmal abliefern. Vielleicht bekam ich es ja auch wirklich nicht hin. Allerdings fiel mir erst vor Christophers Zimmer ein, dass ich seine Mail-Adresse nicht hatte. Und er telefonierte schon wieder. Also ging ich zum Empfangstresen und fragte Ana danach.

»Du sollst ihm bestimmt einen Probeartikel schicken, da machen wir es am besten so, ich gebe dir meine Adresse, und dann drucke ich es aus und lege es ihm auf den Schreibtisch. Das ist der sicherste Weg, dass er es sofort liest. Hier«, sie gab mir eine Visitenkarte von sich. »Und weißt du, was noch gut wäre? Gut wäre, wenn du morgen auf eine ganz bestimmte

Party kommen würdest. Du bist doch eine Freundin von Lena, oder? Dann geh doch mit ihr zusammen, und du lernst ein paar Leute besser kennen, schadet nicht in diesem Beruf. Ich schreibe dir die Adresse auf, falls du Lena nicht mehr erreichst, aber Lena wird sicher da sein, also keine Angst, du wirst nicht allein sein, mich kennst du ja auch schon. Und wenn Christopher sich morgen nicht an dich erinnert, mach dir nichts daraus, er schaut den Menschen immer nur in die Augen. Er kann zu jedem Namen die Augenfarbe sagen, aber er hat keine Ahnung, ob die Person 25 oder 55 ist.«

Ich schaute Ana an und würde bestimmt nicht vergessen, dass sie sehr blaue Augen hatte und bestimmt nicht älter als 30 war.

»Danke, bis morgen dann.« Mehr fiel mir nicht ein.

Ich verpasste knapp die U-Bahn, aber um diese Zeit fuhr die U8 ohnehin im 5-Minuten-Takt. Setzte mich auf eine Bank und schaute mich in dem kargen Bahnhof um. Hier war es anders als etwa im U-Bahnhof Alexanderplatz, wo es noch Punks gab, die ihre Hunde auch mal nicht im Griff hatten, weil diese sich nicht immer ihrer betrunkenen Lethargie anpassen wollten. Wo es zwar auch all das Übliche gab, aber doch ein wenig verwahrloster, vergrauter, betrunkener und verzweifelter. Nicht nur im Extremen, sondern auch bei den Leuten, die vielleicht auf dem Weg zur Arbeit oder nach Hause oder in den nächsten Second-Hand-Shop waren, um Babykleidung zu kaufen. Rund um die Weltuhr und in den U-Bahn-Gängen, die Kellergewölben glichen, liefen Menschen, die nicht nur eine Spur langsamer, sondern auch deformierter, schlicht körperlich deformierter waren, Menschen, denen das seelische Leid ins Gesicht oder auf den Bauch oder in die lieblos angezogenen Kleider geschrieben stand. Dort hatte ich oft das Gefühl, einer könnte eine Waffe zücken oder einfach eine leere

Flasche zur Waffe machen und damit wahllos auf alles losgehen, weil alles schuld war.

Hier dagegen war es ganz anders: Das hier war definitiv eine der Stationen, in denen sich überproportional viele Menschen aufhielten, die nichts Langlebiges herstellten. Menschen, die mit Buchstaben und Farben, mit Linien und Schriftgrößen, mit Zeichnungen und Tönen umgingen. Die grauen Wände standen seit Jahrzehnten und würden es noch Jahrzehnte tun. Wenn all die Clips, Flyer, Jingles und Plakate schon längst verflogen, entsorgt oder nie wieder angerührt archiviert wären. Hier saßen Menschen, die sich für Ideen begeisterten oder gerade völlig am Boden waren, weil ihre Ideen abgelehnt worden waren, nichtige Ideen, die für den Einzelnen so viel bedeuteten. Es passte alles nicht zusammen, das, was blieb, war so grau, und das, was kurz aufwühlte, war bunt und ganz klein, ganz individuell. Ich würde jetzt, vielleicht, demnächst eine Kolumne schreiben. Etwas, das ich nie in meinem Leben beabsichtigt hatte, was mir aber in diesem Moment, hier, wie etwas erschien, auf das ich die ganze Zeit gewartet hatte, als wäre gerade eine Tür zu einem Gang aufgemacht worden, von dem ich bisher überhaupt keine Ahnung gehabt hatte, dabei war er so – schön.

Zu Hause rief ich Lena an. Mail-Box. Ich sagte ihr, alles sei gut verlaufen und wir würden uns morgen auf der Party sehen, sie solle mich noch einmal anrufen, wo wir uns träfen.

Es war mir ganz recht, Lena nicht erreicht zu haben, denn sicherlich hätte sie mich gefragt, wie ich Christopher fände und wie ich das jetzt angehen würde, und womöglich hätte sie noch meine Einschätzung zu Ana wissen wollen. Darüber wollte ich aber erst einmal selbst in Ruhe nachdenken. Mein Anrufbeantworter blinkte. Meine Mutter, Christian und Raoul. Meine Mutter würde ich erst abends zurückrufen, Christian sofort. Er wollte aber nur ein Chart gemailt bekommen, machte ich. Raoul wollte ich nicht zurückrufen. Er hatte nicht gesagt, worum es ging. Wenn er was wollte, sollte er schon selbst die Initiative ergreifen, im Augenblick hatte ich wirklich genug von ihm. Wenn ich an das dachte, was er da auf meinem Arm gesehen hatte, wollte ich ihn erst recht nicht sprechen. Er gab mir ein schlechtes Gefühl, er war zwar immer nett zu mir, aber trotzdem gab er mir das Gefühl, es nur aus einem bestimmten Grund zu sein, einem Grund jedoch, den ich bisher nicht hundertprozentig ausgemacht hatte.

Es war noch ein wenig früh, aber ich zog mir die Sportsachen an und setzte mich aufs Trainingsfahrrad. Hörte dabei eine alte Sakamoto-CD und fuhr zügig vor mich hin, ohne der Reichstagskuppel auch nur einen Zentimeter näher zu kommen. Die leere Zeit. Die leere Zeit, in der ich nichts dachte, sondern nur auf den Monitor guckte und der Musik zuhörte. Und in der sich meine Muskeln anstrengten, mein Blut schneller zirkulierte, Stoffe ausgeschüttet wurden, von denen ich nicht einmal den Namen kannte, sich Dinge in meinem Körper taten, die ich nie sehen würde, bei denen ich einfach nur den Wissenschaftsreportagen vertraute, die angeblich genau wussten, dass das alles enorm gut für mich war.

Ich duschte und zog mir einen dünnen Kaschmirpullover über. Der zwar eigentlich zu warm war, aber sich so gut anfühlte. Immer noch Sommer in Berlin. Vielleicht wurde es ein guter Sommer, vielleicht wurde es noch ein richtig guter Sommer.

Ich schob einen Sessel ans Fenster und öffnete es. Eine Konsequenz aus dem Gespräch mit Christopher war, jetzt ins Amtsgericht gehen zu müssen. Nicht mehr freiwillig, sondern mit einem Ziel. Innerhalb dieser einen Woche, die mir zur Verfügung stand, möglichst viele Fälle zu sammeln und dann zu Hause zu versuchen, sie so aufzubereiten, wie ich es Christopher vorgeschlagen hatte. Interessierte mich das überhaupt? Ja. Amtsgericht bedeutete, Strafe bis maximal zwei Jahre, wenn es ein Schöffengericht war nicht mehr als vier Jahre. Glaubte ich jedenfalls. Ich musste nachgucken. Eigentlich wusste ich gar nichts über Zuständigkeiten. Ich sah immer nur die Täter und dann noch die Geschädigten. Die Zeugen kaum. Von dem ganzen bürokratischen Hintergrund hatte ich keine Ahnung. Sollte ich aber. Eine der Spruchweisheiten meiner Großmutter besagte ja, nichts auf morgen zu verschieben, also wollte ich mich gleich an den Computer setzen und alles eruieren, was zu meinem neuen Job gehörte. Denn im Grunde wäre ich jetzt Gerichtsreporterin. Gerichtskolumnistin. In spe. Mit Glück. Bekam ich von Christopher einen Presseausweis? Das würde mir gefallen. Ein Presseausweis bedeutete: Die normalen Regeln gelten nicht, ich darf alles sehen und hören, und zwar von der ersten Reihe aus. Und danach schreibe oder sage ich meine Meinung darüber. Also strengt euch an. Ein Presseausweis, das war noch besser als diese klassische Filmszene, wenn jemand ruft: »Ist ein Arzt hier, wir brauchen einen Arzt!«, und jemand erhebt sich langsam, weil er eigentlich in Ruhe den Flug oder was auch immer genießen wollte und nicht schon wieder ein Menschenleben retten. Was er dann doch macht und sich dadurch endgültig ganz oben auf der Liste der Guten eingetragen hat. Journalistin, das hatte nun wirklich mehr Flair als Werbestrategin, den Titel trug inzwischen jede dritte BWL-Studentin.

Ich ging ins Arbeitszimmer, das noch immer eine Temperatur von 27 Grad hatte, und guckte ins Internet. Strafprozessordnung. Ich sollte mir eines von diesen weißen Beck-Gesetzesbüchern kaufen. Es gefiel mir, es gefiel mir sehr, ich könnte jetzt noch in die Buchhandlung in der Friedrichstraße gehen, die bis 22 Uhr geöffnet hatte, ja, das würde ich tun. Ich tauschte meine kurze Hose gegen eine Jeans, den Kaschmirpullover behielt ich an. Ich startete die mintgrüne Vespa und fuhr los. Das Gespräch, das Trainieren, das Duschen, der Fahrtwind, die Aussicht auf meinen neuen Job, sogar auf die Gesetzestexte: Ich zog einen Schlenker auf die Busspur, um noch schneller am Ziel zu sein.

Ich kaufte ein Buch über Strafrecht und eines, in dem die Strafprozessordnung abgehandelt wurde. Dazu ein Heftchen, das »Strafrecht für Anfänger« hieß. Damit saß ich dann auf meinem Balkon, von dem man alles sehen konnte, auf dem man aber nicht gesehen wurde. Und tauchte in diese Welt, in der ich mich jetzt schon seit einiger Zeit bewegte, deren Sprache ich aber nicht sprach. Ich kannte die wichtigsten Vokabeln, aber erst jetzt, beim Lesen, wurde mir bewusst, mich auf einem Kontinent zu befinden. Es war ein faszinierendes System, durchgeregelt bis ins Detail hinsichtlich des Vorgehens und der Konsequenzen, der Tatbestände und daraus resultierenden Zahlen. Das Ganze hier sollte das, was wir so lapidar als Recht oder Unrecht bezeichneten, in Bahnen lenken. Das riesige Meer des Bösen wurde in haarnadelfeine Kanäle, Adern geleitet, damit das Herz der Gesellschaft weiter schlagen konnte. Handlung, Tat, Rechtswidrigkeit, Schuld – schon nach den ersten acht Seiten im »Strafrecht für Anfänger« hatte ich genug, um zwei Wochen darüber nachzudenken. Die Vorstellung, die Welt so zu sehen. Es ging nicht um Hoffnungen, Wünsche, Empfindungen. Es ging um ein mathematisch anmutendes System, vielleicht um Physik. Wenn a, dann b. Plus die Umstände. Es war – aufregend.

Gegen halb zwölf legte ich die Bücher weg. Lena hatte nicht zurückgerufen. Ich überlegte, was sie jetzt wohl machte. Sie war unterwegs, natürlich war sie unterwegs, dazu auch noch so beschäftigt, mich jetzt nicht zurückrufen zu können. Jeder Mensch hat eine herausragende Eigenschaft, eine, die so offensichtlich oder charakteristisch ist, dass wir sie als erste mit ihm in Verbindung bringen. In der Werbung nannte man das einen USP, wenn es eine einzigartige Eigenschaft war, eine, die diesen Menschen von allen vergleichbaren unterschied. Manche Menschen, in der Werbung Produkte, hatten das nicht, aber sie hatten mindestens einen Vorteil, einen Benefit. Ich ging meinen Bekanntenkreis durch und versah die Menschen mit USPs, mit ihren jeweiligen Alleinstellungsmerkmalen innerhalb meines Bekanntenkreises. Lenas USP war ihre Lebendigkeit. Ich glaube, das war die Eigenschaft, die Lenas Freunde und auch mich am meisten für sie einnahm. Sie war so offensichtlich lebendig, immer geschah etwas, immer bewegte sie sich. Der USP meines Bruders war seine Souveränität. Eine Bekannte von mir war herausragend nett. Das klingt zwar nach einem eher weichen USP, aber es gibt nicht viele Menschen, die immer und zu allen nett sind, darum war es ein starker USP. Einer anderen Bekannten wies ich als USP ihre Schnelligkeit zu. Schnelligkeit bedeutete auch, sich problemlos auf neue Konstellationen einlassen zu können, schnell zu denken, schnell zu handeln, schnell zu erfühlen. Raouls USP war schwammig und damit eigentlich gar keiner, vielleicht Gelassenheit, vielleicht Verbindlichkeit. Ich kannte als USP Intelligenz, Schönheit, Humor und eine unschlagbare Top-Spin-Vorhand in meinem Bekanntenkreis. Welche USPs hätten die Menschen, denen ich in Zukunft am Amtsgericht meine Aufmerksamkeit widmen würde? Denn es gab negative USPs, selbstverständlich, nur sind das nicht die Menschen, mit denen wir uns freiwillig intensiver beschäftigen. Mir fielen ein paar Menschen ein, denen ich eher negative Eigenschaften zugeschrieben hätte, rattige Chefs, servile Kontakter, unsympathische Kunden, arrogante Kreativ-Direktoren. Aber all diese hatte ich nicht genug kennen gelernt, weil ich es nicht wollte. Zu Hause waren sie vielleicht wundervolle Menschen, dann handelte es sich aber auch gar nicht um einen USP, sondern lediglich um eine Produkteigenschaft. Was war mein USP? Früher sicher mal meine Klarheit, heute eher meine Unauffälligkeit. Das war vielleicht ein guter USP für ein Hörgerät, aber nicht für einen Menschen. Das ließ sich auf lange Sicht nicht vermarkten. Ich musste mich ändern. Es ging nicht nur um Kleidung, ich musste mich selbst als Produkt schärfen. Es ging zum Beispiel nicht mehr, dass ich kaum redete. Ich brauchte eine Botschaft, eine Botschaft, die nichts mit meinem Fachwissen zu tun hatte. Wer wollte ich sein? Dazu müsste ich vielleicht erst einmal wissen, wer ich war, hier und jetzt, in diesem Sommer 2003. Nicht vor zwei Jahren, sondern in diesem Augenblick. Ich konnte doch daran drehen. Ich entwarf solche Szenarien für Produkte, warum nicht für mich? Dahinter steckte doch dieser Kinderglaube, man käme auf die Welt und alles wäre schon entschieden, die Gene, das Schicksal, aus all dem würde sich mein Leben konfigurieren. Aber das war schließlich nicht so. Ich war ein Produkt unter sechs Milliarden, ich konnte sein, wer ich wollte.

Die Lederschwulen unter mir spielten Beth Gibbons, die ganze CD ein einziges melancholisches Lied, vorgetragen mit brüchiger Stimme. Ich holte mir aus dem Kühlschrank die von Raoul angebrochene, nein, zur Hälfte geleerte Flasche Weißwein. Rechts hinten, war das Wedding?, ging ein Feuerwerk hoch. Ich hatte meine Mutter nicht angerufen. Morgen Vormittag, das reichte, jetzt war es ohnehin zu spät. Trotzdem hatte ich ein schlechtes Gewissen. Mütter machten sich immer Sorgen, wenn man sich nicht umgehend meldete. Dabei sollten sich Mütter keine Sorgen machen; achtzehn Jahre Betreuung genügten, auch wenn Mütter das nie einsehen würden. Was war eigentlich mit Mario? Völlig weg, er für mich, ich offensichtlich auch für ihn. Wieder so eine Episode, an die ich mich in zehn Jahren vielleicht gar nicht mehr erinnern würde. Merkwürdig, welchen Dingen wir momentan ungeheures Gewicht beimessen, um dann festzustellen, es war genauso unwichtig wie der Kauf eines Blazers, den man nach zwei Jahren wieder aussortiert, weil er unmodern geworden war. Ein Uhr nachts. Beth Gibbons sang nicht mehr, das Feuerwerk war schon lange vorbei, ich goss den letzten Zentimeter der Weinflasche in mein Glas. Das Telefon klingelte. Ich schaute auf das Display, kannte die Nummer nicht. Hörte das Piepen, gleich würde der Anrufende sprechen, wenn es Lena war, könnte ich immer noch abnehmen.

»Iris, hier ist Raoul«, im Hintergrund waren Kneipengeräusche zu hören.

»Iris, ich muss mit dir reden. Ruf mich morgen auf meinem Handy an. Nummer hast du ja. Ruf an, oder ich …« Der Rest war nicht zu verstehen.

Er klang fest, das war nicht der gelassene oder verbindliche Raoul, wie ich ihn bisher kennen gelernt hatte. Raoul wollte was. Er verknüpfte es mit einer Drohung, allerdings mit einer Drohung, die ich nicht verstanden hatte. Das auf dem Display war nicht seine Handy-Nummer gewesen, anscheinend hatte er es nicht dabei oder in seinem Porsche liegen lassen oder versenkt, was wusste ich, es hatte also keinen Sinn, ihn darauf anzurufen. Die Verbindung klang wie ein Telefon in einer Kneipe, und da würde ich es bestimmt nicht versuchen. Trotzdem war ich beunruhigt. Was für ein merkwürdiger Tag. Wochenlang hat man nichts zu tun und ist geneigt, die Klingeltonnummern auf Viva auswendig zu lernen, dann passieren zwei oder drei Dinge, und man ist so verwirrt, dass man nicht einschlafen kann. Ich schon, ich lag im Bett und wollte mir noch die Blur-CD anhören, aber ich schaffte es gerade noch bis zum zweiten Lied, da schoben sich schon Bilder von schwarzen Roben und Listen mit USPs vor mein inneres Auge. Morgen, morgen würde ich sehr viel mehr wissen. Morgen.

Um halb neun rief Lena an. War man vor zehntausend Jahren noch darauf konditioniert, bei einem Astknacken aufzuspringen und wegzulaufen, um dem Säbelzahntiger zu entgehen, so löste jetzt das Klingeln eines Telefons diesen Reflex aus; es könnte ja etwas Wichtiges sein.

»Hallo«, sagte ich, noch halb im Traum.

»Lena! Habe ich dich geweckt? Ich komme gerade nach Hause, und bevor ich jetzt noch mal kurz in mein Bett gehe, wollte ich dich anrufen. Wie war es mit Christopher? Du kommst zu der Party, dann ist es wohl gut gelaufen, oder? Ich rede zu viel, ich weiß, was für eine Nacht, nun sag schon, Iris.«

»Ja. Also ja, ich glaube, es ist mit Christopher ganz gut gelaufen, und ja, ich komme wohl zur Party, und ja, du hast mich geweckt, aber das ist nicht schlimm.«

»Doch, ist es, aber ich gehe irgendwie immer davon aus, alle Menschen haben denselben Biorhythmus wie ich. Gut, wir, also Phil und ich, holen dich um halb neun, nein, um halb zehn ab, vorher ist da sowieso nie was los, und dann reden wir über alles, wenn wir zur Abwechslung mal dazu kommen, das wird nett, das wird richtig nett, schlaf dich aus, die Nacht wird lang!«

Ich startete wieder die Blur-CD, aber ich kam abermals wach nicht über das zweite Lied hinaus. Als ich eine Stunde später wieder aufwachte, schaltete ich auf Radio um, und die Werbung zusammen mit den Verkehrshinweisen schaffte es, mich aus dem Bett zu treiben. Im Radio sagten sie für heute 35 Grad voraus. Ich duschte und zog mir ein dunkelgrünes Polohemd ohne langärmliges T-Shirt darunter an, dazu Shorts, was sollte es, hier nahm mich ohnehin kein Mensch wahr. Ich musste telefonieren und einkaufen und ansonsten musste ich gar nichts, an meinem product design konnte ich auch noch heute Nachmittag arbeiten. Ich wollte das Notwendige erledigen und dann wieder in den Strafrechtssachen lesen, um für heute Abend vorbereitet zu sein, falls ich Christopher traf und der mich etwas fragte. In dem Zusammenhang fiel mir ein, mir im Zeitungsladen mal nicht nur Zeitschriften für Männermode und Kippen zu kaufen, sondern auch dieses Stadtmagazin, denn da hatte ich ja gestern schon eine blöde Lücke – ich wollte für ein Blatt schreiben, das ich noch nie bewusst gelesen hatte.

Also ging ich zum Zeitungsladen, und dann fuhr ich noch zu Getränke Hoffmann. Ich kaufte ein, was ich zu brauchen meinte, und wünschte mir einmal mehr, nicht nur eine Vespa, sondern einen BMW-Kombi zu haben. Auf dem Rückweg bog ich dann aber nicht links, nach Hause, ab, sondern nach rechts, Richtung Kreuzberg. Ich fuhr einfach, ohne Zweck, die Straßen entlang und spürte den Fahrtwind, ich zog mit der rechten Hand den Gasgriff weiter auf, bremste beidhändig, bewegte mich mit meiner kleinen Maschine durch Berlin, einen Rucksack voller verpackter Flüssigkeit auf dem Rücken, die blaugläserne Oakley-Brille auf der Nase, spürte den Wind unter dem Polohemd, nur für mich, einfach, weil mir danach war. Diesen Teil Kreuzbergs kannte ich nur aus den Stunden, wenn die Sonne bereits untergegangen war. Tagsüber hatte er nichts mehr von seinem verwegenen Charakter. Rund um die Oranienstraße war es chaotisch, zu viele Autos, die in zweiter Reihe parkten und etwas für die merkwürdigen Einzelhandelsgeschäfte ausluden. Die Menschen waren in einer etwas anderen Variante so grau wie überall, Kinderwagen wurden geschoben, schwere Plastiktüten von ohnehin gekrümmt laufenden, übergewichtigen älteren Frauen getragen. Um das Planufer herum sah es aus wie in einem eigentlich sogar besonders schönen, aber schlicht gutbürgerlichen Stadtteil, ich hätte auch in Hamburg oder München sein können. Wobei in Hamburg die Häuser eine Etage weniger hatten, München stellte ich mir einfach nur so vor, keine Ahnung, wie die gutbürgerlichen Viertel von München aussahen. Wahrscheinlich resultierten achtzig Prozent meiner Kenntnisse vom Hörensagen, ach was, mehr. Wusste ich wirklich, dass Daten durch Glasfaserkabel von A nach B geleitet wurden, oder hatte ich das nur gehört und mangels Gegenbeweis geglaubt? Wusste ich wirklich, dass Kurt Cobain sich erschossen hatte, oder stand das so nur in der Zeitung? Über manche Dinge wußte ich schlicht gar nichts; sie funktionierten. Zum Beispiel der Motor meiner Vespa. Oder das Telefonieren. Ich hatte keine Vorstellung davon, was passierte, wenn Menschen sich verliebten, aber sie taten es ununterbrochen, das reichte. Ich sollte mehr nach dem Warum fragen, aber ich würde es nicht tun.

Nach nicht einmal einer halben Stunde stellte ich den Roller wieder vor dem Plattenbau ab, in dem ich lebte, vor diesem riesigen Haus, an dem ein kleines Schild klebte, das aussagte, mir hier begegnen zu können, das aussagte, dass so adressierte Briefe mich erreichen würden. Drückte auf den zentralen Liftknopf, es dauerte, ein unangenehm aussehender Mann, den ich keinem Stockwerk zuordnen konnte, und eine rotgefärbte Frau stiegen mitsamt einer Stehlampe aus, was hatten die denn jetzt vor? Ich fuhr mit zwei weiteren Männern nach oben. Einer, jung und aufgeschwemmt, mit einem gelben Puma-T-Shirt und einem Augenbrauenpiercing, stieg in der elften Etage aus. Der andere, Surfer-Shorts und Nike-Schuhe, dunkelbraune Locken und mir ebenfalls nicht bekannt, drückte auf die 22. War selten, nicht die Letzte zu sein, die ausstieg. Ich wollte schon anfangen einzuschätzen, wer er war, was er hier machte, ob er hier wohnte oder nur jemanden besuchte, aber mir fiel es rechtzeitig auf, so nicht, so geht man nicht durch die Welt, auch nicht, wenn man gerade ein paar Seiten in »Strafrecht für Anfänger« gelesen hat. Das wäre kein fragendes, sondern ein verdächtigendes Warum gewesen. Und die spannendere Frage wäre ohnehin gewesen, ob er umgekehrt eine korrekte Einschätzung hätte abgeben können, was sich in meinem Rucksack befand. Sah man mir an, wie ich lebte? Sah man mir an, was ich dachte und fühlte und tat? Ich wusste es nicht, und wenn ich ehrlich war, wollte ich es auch gar nicht wissen, vor allem aber wollte ich keine positive Antwort darauf haben.

Ich rief meine Mutter an, und wir unterhielten uns eine halbe Stunde. Wobei sich Telefonate mit Müttern ja anscheinend wirklich immer gleich gestalten, man hört gern zu, erzählt von sich selbst vier Sätze, dann hört man wieder zu. Ich hatte Lust, sie zu besuchen. Mal wieder ein langes Wochenende bei meinen Eltern zu verbringen. Ich würde meinen Bruder anrufen und mit der Kleinfamilie einen Termin ausmachen. Raus aus der Zeit, durchschlafen, die Ruhe genießen, ein richtig schönes langes Wochenende, vielleicht in zwei Wochen, erst musste ich den Probeartikel für Christopher schreiben, aber dann, vielleicht von Freitag bis Montag? Allerdings lagen mir feste Termine nicht wirklich. Feste Termine belasteten mich. Ich würde darum lieber meinen Bruder in anderthalb Wochen anrufen und ihn fragen, was er von einer spontanen Reise zu meinen Eltern hielte. Neben seinem USP Souveränität hatte mein Bruder auch noch den Benefit Flexibilität. Ich würde ihn beim nächsten Babysitting danach fragen. Ich trug das so in meinen Terminplaner ein. Und hoffte, dieser Terminplaner würde wirklich nie gefunden werden. Es standen fast nur idiotische Sachen darin. Ich machte mir inzwischen für jeden Mist Notizen. In meinem Terminplaner standen auch Kochrezepte, es standen Sendetermine von Filmen darin, die ich mir im Fernsehen anschauen wollte, und Sätze, die ich bei Telefonaten unbedingt sagen wollte. Es gibt Menschen, die ordnen die Seiten ihres Terminplans nach Ablauf des Jahres in einen Ordner ein. Würde mir nie in den Sinn kommen. Ich wollte nicht, dass jemand meine skurrilen Eintragungen nach meinem Ableben nachlesen könnte. Lena hatte mir mal gesagt, sie würde sich so scheuen, Sexspielzeug zu kaufen, weil sie die Befürchtung hatte, mit neunzig vom Schaukelstuhl zu kippen und ihre Kinder und Kindeskinder würden das Zeug dann in ihrem Nachlass finden. Den Gedanken konnte ich bestens verstehen, wenn er vielleicht auch paranoid war, abgesehen davon, dass es einem nun wirklich ausgesprochen egal sein konnte, wer was fand, wenn man selbst schon zwei Meter unter der krumeligen Erde lag. Geschenkt. Ich trug ein, meinem Bruder vorzuschlagen, gemeinsam nach Bremen zu fahren, und das würde niemand finden, das würde am Ende des Jahres in dem Müllschlucker landen, einundzwanzig Stockwerke nach unten katapultiert und dann von der Berliner Stadtreinigung abtransportiert werden.

Raoul. Ich hatte keine Lust, ihn anzurufen, aber nach dieser Kneipenansage sollte ich es vielleicht besser jetzt gleich tun, im Zweifelsfall war er verkatert und reumütig, und das Ganze würde sich als harmlos herausstellen. Ich nahm das Handy, drückte auf seine Nummer.

»Ja«, das klang nicht gut, er war verschlafen, zumindest aber nicht gerade mit seinem offenen Porsche durch Schöneberg gefahren.

»Iris hier, du hast mich gestern angerufen. Was gibt's?«

»Iris, ja, klar. Was ich wollte, war …« Er hustete. »Also was ich wollte, war… Wir müssen uns treffen. Dringend. Oder am Telefon? Nein. Wir müssen uns treffen. Du kommst ins Sale. In zwei Stunden.«

»Ich komme ins Sale in zwei Stunden? Alles klar bei dir? Warum sollte ich das tun? Wenn es um den Job geht, dann schick mir eine Mail, wenn es um was anderes geht, dann sagst du es mir gefälligst am Telefon. Raoul, was ist los?«

»Ist doch egal, ich weiß nicht, ist doch jetzt egal. Ich will, dass du in zwei Stunden im Sale bist, und es ist wichtig, und wenn du nicht kommst, dann hast du ein Problem.«

»Sag mal, mir reicht das jetzt mit deinen Andeutungen. Sind wir hier in einer Gameshow?«

»In zwei Stunden im Sale.« Er legte auf, besser gesagt, er drückte mich aus.

Ich überlegte, was er von mir wollen könnte. Es hatte nichts mit dem Job zu tun. Es hatte mit der Nacht bei mir zu tun, sonst würde er nicht so herumdrucksen. Gut, keine Antwort auf diese Frage.

Raoul war schon da. Saß innen, obwohl ich durch den Schlauch des Sale e Tabacchi sehen konnte, dass auf der Terrasse noch Platz war. Im Fernseher über der Bar lief Baseball, keiner schaute hin, noch nicht einmal die Kellner, die sich gern mit allem Möglichen beschäftigten, außer mit den Gästen. Raoul wollte offensichtlich Diskretion. Er guckte auf die Tischplatte und zupfte an der Nagelhaut seines linken Zeigefingers. Nervös also. Die Sonnenbrille lag auf dem Tisch, der Autoschlüssel daneben, vor dem großen Mann stand ein kleines, schmales Glas Cola mit Zitronenscheibe, fast leer. Er war wohl schon länger hier oder hatte nach der Kneipennacht immensen Durst. Ich zog den Stuhl zurück und setzte mich.

»So, da bin ich, was für eine Art von Treffen haben wir hier? Geschäftlich, privat, was ist los?«

Er schaute mich kurz an und dann wieder auf die Tischplatte. Kein Lächeln. Nicht gut.

»Willst du was trinken, ich bestelle dir was, Apfelschorle vielleicht«, fragte er, und spätestens jetzt wusste ich, er fühlte sich wie ein Mann in schwerer Mission, war es nicht so, dass er die Entscheidungen fällte und nicht lange fragte, sondern einfach handelte?

»Die Apfelschorle kommt, wenn der Kellner es will. Mach dir mal darum keine Sorgen. Was ist, Raoul? Ich will meinen Samstag nicht bei diesem Italiener verbringen. Ich will auf meinem Balkon sitzen und heute Abend auf eine Party gehen, und wir sehen uns doch ohnehin Montag, was ist also jetzt so dringend?«

Er sortierte die Sonnenbrille und den Schlüssel neu und streifte mit dem aufgepulten Zeigefinger über das mit Wasserperlen benetzte Cola-Glas. Räusperte sich.

»Also, es ist so«, und wie nicht anders zu erwarten, kam genau jetzt der Kellner an den Tisch. Ich bestellte die Apfelschorle, Raoul schien das Phänomen sich vereinigender Wasserperlen auf seinem schmalen Cola-Glas zu ergründen.

»Also diese Nacht da vorgestern bei dir, ich habe darüber nachgedacht.«

»Und was ist dabei herausgekommen? Raoul, wenn du in der Geschwindigkeit weitermachst, sind wir um Mitternacht bei deinem zehnten Satz, und ich weiß immer noch nicht, was du willst. Was war mit der Nacht, was sind deine Konsequenzen daraus?«

»Es ist so, ich weiß jetzt etwas, und ich finde, du bist mir was schuldig, weil immerhin habe ich dich in den Job gebracht und außerdem ...«

»Und außerdem«, unterbrach ich ihn, »worum geht es jetzt, die Nacht, als du einfach zu mir in die Wohnung gekommen bist, einfach meinen Wein getrunken und dann einfach deinen Körper in mein Bett gelegt hast oder um den Job?«

Der Kellner brachte die Apfelschorle, wieder dreißig Sekunden Bedenkzeit für Raoul, denn nicht nur waren die Kellner hier desinteressiert, wenn sie sich dann mal einer Aufgabe angenommen hatten, zogen sie diese auch noch in die Länge. Kein Wunder, hier so überproportional viel Zeit pro Besuch zu verbringen, die Kellner taten alles dazu, aus einer halben Stunde zwei zu machen.

»Du hast ein Problem, Iris. Ich habe es gesehen. Ich weiß, worum es hier geht. Dafür muss ich mir keine Talkshows angucken, das Thema grassiert rauf und runter.«

Grassiert rauf und runter? Was war das denn für ein Ausdruck? Aber mein Gefühl wurde nicht besser. Es ging nicht um eine Liebeserklärung, es ging nicht darum, dass Raoul meinen Balkon so einladend gefunden hatte und in Zukunft immer seine Abende dort verbringen wollte, es ging auch nicht um den Job an sich.

»Also«, er atmete nicht tief durch, wie man es macht, bevor man zu einem Hochsprung oder einer rhetorisch ausgefeilten Rede vor großem Publikum ansetzt, er nahm vielmehr seinen Restatem mit und versuchte, möglichst schnell alle Worte, die er sich vorgenommen hatte, darin unterzubringen.

»Also, ich will die Hälfte, die Hälfte von deinem Agenturhonorar, wenn nicht«, da ging ihm schon der Atem aus. Er trank die Pfütze aus seinem Cola-Glas. Ich nahm meine Apfelschorle in die Hand, setzte sie aber wieder ab. Raoul würde nicht weiterreden, er wollte die erste Reaktion auf seinen ersten Satz, Halbsatz.

»Was, wenn nicht? Bist du noch ganz dicht?«

»Ich?«, das schien das richtige Stichwort gewesen zu sein. »Ich bin völlig dicht. Du bist es nicht, keiner weiß es, aber ich weiß es. Ich habe einfach mal eins und eins zusammengezählt. Dein Auftritt, als wir uns letztes Jahr wiedergesehen haben, als du da so völlig neben der Spur auf der Agenturparty gewesen bist. Keiner hat es bemerkt, du warst sehr charmant, aber ich wusste damals schon, da stimmt was nicht. Dann diese langärmeligen T-Shirts, obwohl wir alle fast umkommen bei der Hitze, heute trägst du schon wieder eins, deine Reaktion nach diesem kleinen Zwischenfall mit dem Bubi da im Auto, und zum Schluss habe ich dich gesehen, ich habe deine Arme gesehen, ich habe, du weißt schon, ich habe es gesehen. Ich habe dich in den Kaufhausjob gebracht. Du hast es gut gemacht, das ist gar nicht das Thema, aber wie lange wirst du es noch gut machen? Jemand wie du, der so labil ist, der psychisch einfach völlig neben der Spur ist, du reißt mich da mit rein, ich will eine Risikobeteiligung.«

Mein Kopf fühlte sich metallisch an. Trotzdem musste ich jetzt etwas sagen. Dieser miese kleine Wicht.

»Risikobeteiligung. Talkshow. Hörst du dir selbst mal zu? Nein, Raoul, das läuft nicht. Nein. Ich mache meinen Job für die Agentur, und was ich privat mache oder nicht, das geht niemanden etwas an, nicht die Agentur, nicht Christian, vor allem aber nicht dich.«

»Doch!« Er sagte es wie ein störrisches Kind, ein sehr großes störrisches Kind mit tiefer Stimme.

»Ich sage aber nein. Wenn du dir deinen Porsche nicht mehr leisten kannst, dann frage deinen Papa oder schreibe bessere Texte, ich finanziere dir den jedenfalls nicht, nur weil du was gesehen haben willst.«

»Ich habe etwas gesehen. Etwas Eindeutiges. Und wenn ich das weitergebe, dann war es das mit deinen Strategien. Dann bucht dich niemand mehr. Dann hast du dein Image weg: das Wrack. Die Frau, die sich schneidet wie ein liebeskranker Teenager, meine kleine Schwester ...«

Ich unterbrach ihn schon wieder, aber es reichte. »Deine kleine Schwester ist mir scheißegal. Du willst mich erpressen. Spinnst du? Wenn ich das meinerseits erzählen würde, wäre es das für dich gewesen.«

»Du würdest dich damit ins eigene Fleisch schneiden, ja, ich weiß, ist ein schlechtes Wortspiel. Ich bin kein großartiger Texter, weiß ich auch. Aber ich weiß, wie das Spiel läuft. Klar kannst du uns beide rauskegeln. Aber einem Texter hat es noch nie geschadet, wenn er auch ein bisschen heftig ist. Aber einer Strategin, einer Frau, die mit ihrer Klarheit und Präzision trumpft, der schadet es ganz gewaltig, wenn sie sich als so eine Borderline-Kandidatin outet. Das war es dann für dich, Iris, und ich weiß zufällig, dass du diesen Job brauchst, du brauchst ihn, ich habe ihn dir verschafft, und jetzt wird der Kuchen etwas kleiner für dich, aber es ist immer noch ein Kuchen.«

Jetzt schaute er wieder auf, er hatte all seine Trümpfe ausgespielt. Und ich musste zugeben, es waren keine schlechten.

»Wie kommst du darauf, ich wäre so angewiesen auf den Job? Ich kann ihn auch einfach schmeißen, dann hat keiner von uns was davon, vor allem aber würde es dem Kunden nicht sonderlich gefallen.«

»Ich habe in deinen Aufzeichnungen gelesen, dem Zeug da, das auf deinem Schreibtisch herumlag, und in deinem Terminplaner. Es gibt Sachen, die sollte man nicht aufschreiben. Außerdem war dein Sofa zu kurz für mich, ich konnte nicht schlafen, aber warum rechtfertige ich mich überhaupt? Ich weiß, was ich weiß, und entweder machst du mit bei diesem Deal oder du bist raus, verstehst du, du bist einfach raus.« Er hob die Hand, und der blöde Kellner kam natürlich sofort. Ich versuchte, schnell nachzudenken. Ja, ich war auf den Job angewiesen. Ja, Raoul kannte zig Leute auf dieser kleinen Berliner Werbeinsel. Ja, er konnte mich unmöglich, zumindest in dieser Branche arbeitslos machen. Der Kellner kam mit einem neuen Glas Cola zurück.

»Okay, Raoul, du bist ein ganz toller Typ. Ich denke darüber nach und gebe dir Ende der Woche Bescheid. So lange kannst du ja wohl noch warten, oder musst du tanken? Dann leihe ich dir natürlich gern was. Du hast in nichts von dem, was du sagst, recht. Aber ich denke trotzdem drüber nach. Wir werden uns schon einigen. Das hier ist die mit Abstand…«

Jetzt unterbrach ich mich selbst. Nahm aus dem Portemonnaie ein 2-Euro-Stück und legte es auf den Tisch. Raoul verfolgte jede meiner Bewegungen. Er war auf der Jagd und wollte sehen, ob sich seine Beute geschlagen auf den Rücken legen, davonstürmen oder ihm die Stirn bieten würde. Keine Beleidigungen. Beleidigungen waren kein probates Mittel bei Jägern, deren Selbstbewusstsein angeknackst war.

»Den Termin nächste Woche machen wir ganz normal, ich will keine Andeutung von dir hören, nichts. Ich weiß, was du willst, und ich werde darauf reagieren, könne wir uns darauf einigen?« Er nickte.

»Iris, ich mache das nicht gern, aber …« Ich wollte gar nicht, dass die Waage wieder kippte.

»Lass es einfach. Bitte keine Erklärungen, es interessiert mich nicht, du interessierst mich nicht. Hast du es nicht einen Deal genannt? Dann benehmen wir uns auch so. Es ist ein Deal unter Feinden, also vergiss es, Raoul.« Ich schlug etwas zu laut auf den Tisch, selbstverständlich schreckte das keinen der Kellner auf. Und ansonsten befand sich an diesem brütend heißen Samstagnachmittag niemand im Innenraum dieses überteuerten italienischen Restaurants. Er schaute mich nicht mehr an, ich lief zum Ausgang, schob die Ärmel meines T-Shirts hoch, holte aus dem Sattelfach meiner Vespa den Helm, trat die Maschine mit dem Kickstarter an und fuhr los. Wieder nicht direkt nach Hause, sondern über die Friedrichstraße und den Potsdamer Platz und raus nach Schöneberg, die ganze Zeit spürte ich, wie sich die Sonne in meine Haut fraß, wie der Fahrtwind nicht kühlte, sondern mich wie eine Abgaswand aus einem LKW weiter erhitzte, ich fuhr bis zum Viktoria-Luise-Platz, einmal um den Kreisel und dann wieder zurück Richtung Mitte, kehrte abermals um, mitten auf der Potsdamer Straße, und fuhr zu meinem Bruder nach Dahlem raus, nicht um zu reden, sondern um mit meinem kleinen Neffen zu spielen, es gibt Situationen, da helfen nur kleine Kinder, um sich klarzumachen, dass das alles nicht so gedacht war.

Erst auf der Rückfahrt fiel mir das Gespräch mit Raoul wieder ein. Von der Clayallee bis zur Leipziger Straße dachte ich an nichts anderes. Es war natürlich völlig offensichtlich, warum er das tat. Er hatte sich finanziell übernommen. Es war keine prinzipielle Boshaftigkeit, es war eine seinem Kontostand geschuldete Niedertracht. Trotzdem musste man erst einmal die Chuzpe haben, jemanden zu erpressen. Und mein Pech war, dass ich den Job, dass ich das Geld wirklich brauchte. Es schien nicht sonderlich wahrscheinlich, Christopher gleich mit meinem Probeartikel so zu überzeugen, dass es auf ein Festgehalt von 2500 Euro, mindestens, hinauslief. Es erschien vielmehr wahrscheinlich, ziemlich viel arbeiten und ziemlich viel Glück haben zu müssen, um mir überhaupt ein anderes Standbein erarbeiten zu können. Raoul saß am längeren Hebel. Ich hatte mich angreifbar gemacht, er hatte es entdeckt, er nutzte es aus. So lief es eben. Er hatte der einen Woche Bedenkzeit nicht widersprochen, also würde ich sie mir auch nehmen. Heute war meine erste Journalistenparty. Und die würde ich mir nicht durch Raouls Erpressernummer versauen lassen.

Wieder ein Abend, an dem ich nicht trainierte. Ich setzte vielleicht nicht gerade Fett an, aber das Ritual fehlte mir, ich hatte ein schlechtes Gewissen und das Gefühl, mir sei etwas genommen worden. Was objektiv nicht stimmte, man konnte sich auch um Mitternacht noch auf ein Trainingsrad setzen, Musik hören und dann auf die erleuchtete Reichstagskuppel zufahren. Trotzdem ärgerte es mich. Alles in mir sehnte sich nach Stabilität, und wenn es sich auch nur an so Kleinigkeiten wie Fahrradfahren, Fernsehsendungen und festen Zeiten für die Nahrungsaufnahme festmachte. Kleine Impulse waren willkommen. Aber dass mich jetzt so ein Mensch wie Raoul so aus dem Tritt brachte, war ärgerlich. Klar, ich würde mein Leben ohnehin umstellen müssen, die Gerichtstermine, die ich von jetzt an professionell wahrnehmen müsste, der Job für die Agentur, das alles würde meinen Rhythmus durchbrechen. Es brachte Geld, aber mein Leben würde ein anderes sein als im vergangenen Jahr oder zumindest als in den letzten zwei Monaten. All das irritierte mich, und es war nicht normal, dass es mich irritierte. Ich hatte mein Leben eingerichtet, als wäre ich bei der Bundeswehr verpflichtet, als hätte ich strengen, wenn auch selbstauferlegten Regeln und Befehlen zu gehorchen, als lebte ich in einer Kaserne, wo ich mich den Anforderungen gefälligst unterwarf. Aber genau so hatte es mir gefallen, nun, vielleicht hatte es mir nicht gerade gefallen, aber es funktionierte halbwegs, und die Aussicht, in Zukunft flexibel sein zu müssen, nicht immer genau zu wissen, was am nächsten Tag, am nächsten Mittwoch, am ersten Mittwoch des nächsten Monats sein würde, war keine Befreiung, sondern bedrohlich. Ich dachte an die Freundin, deren USP die Nettigkeit war. Wer nett sein wollte, musste maximal flexibel sein, flexibel bis zur Lüge. Wahrscheinlich war das der entscheidende Punkt, ich wollte nicht nett und flexibel sein und Anforderungen von außen gerecht werden müssen. Ich wollte mein Leben selbst einrichten, auch wenn das nicht nett für andere war, ich wollte mir nicht vorlügen, es ginge mir gut und ich wäre allzeit bereit, auf die Wünsche und Erwartungen anderer zu reagieren. Ich war es nicht. Noch immer nicht, auch hier nicht, in meinem Eispalast, in dem ich mein Leben eingefroren hatte und aus dem ich mich nur herausbewegte, wenn es nicht zu vermeiden war, weil das die Gefahr mit sich gebracht hätte, dass das schützende Eis schmelzen könnte.

Abends holten Lena und Phil mich ab, und wir fuhren in Lenas Wagen – sie hatten inzwischen einen VW-Käfer – zu der Party.

Unterwegs hielten wir an einer Tankstelle und kauften eine Flasche Prosecco, die wir den Gastgebern mitbringen wollten, eine Tüte Lakritz und drei Schachteln Zigaretten für uns. Schafften es dann trotz Lenas zerrüttetem Orientierungssinn ohne große Umwege ins Paul-Lincke-Ufer. Parkten nur zwölf Häuser weiter. In den Cafés mit Terrasse leuchteten Girlanden, Menschen gingen spazieren, Menschen saßen am Ufer, das Thermometer schien die Biorhythmen außer Kraft gesetzt zu haben.

»Hier ist es«, sagte Lena, und ich erinnerte mich, ja, das war die Hausnummer, die Ana auch auf die Rückseite der Visitenkarte geschrieben hatte.

»Hinterhof, die wirklich wichtigen Dinge finden in Berlin immer im Hinterhof statt«, sagte Lena fröhlich, und ich fühlte einen kleinen Stich, denn damit hatte sie nun in mehr als einer Hinsicht recht. Phil sagte nichts, er hatte offensichtlich wenig Lust, auf diese Party zu gehen. Er war ein schmaler Typ und ganz in Schwarz gekleidet, so, wie man in den späten Achtzigern ausgesehen hatte. Aber vielleicht gab es schon wieder eine Retrowelle, und ich hatte nur nichts davon bemerkt.

»Also, wir gehen da jetzt rein«, sagte Lena »und reden ein bisschen, also ich rede, und Iris lernt ein paar Leute kennen, und Phil steht in der Ecke und sagt nichts, hat aber zum Schluss vier Zettel mit Telefonnummern in der Hosentasche, und so nach einer Stunde vielleicht gehen wir entweder in einen Club oder fahren zu Iris auf den Balkon und trinken noch was oder gehen einfach wieder jeder nach Hause, war das jetzt korrektes Deutsch, mein Gott, ich schreibe für Geld und bekomme nicht einmal mehr die einfachsten Sätze hin.«

»Also, ich habe verstanden, was du meinst, aber ich tue das nur für euch.«

»Das ist sehr freundlich von dir, Phil, vielen Dank.« Lena schaute ihn an mit der Sorte von Blick, die man gern hat.

Daraufhin sah ich ihn auch an, jetzt zum ersten Mal genauer, er war anderthalb Köpfe größer als Lena und wirklich sehr schmal, er bewegte sich, als wären aufeinanderfolgende Schritte für ihn nicht unbedingt etwas Selbstverständliches, als müsste er noch einmal darüber nachdenken, ob es nun wirklich die richtigen Schritte waren, die er dann tat, und in dieser Vorgehensweise lag für mich etwas durchaus Plausibles. Wenn man bedenkt, wie viele Schritte man im Laufe seines Lebens so macht, wie viele Umwege man geht, dann erschien es mir in diesem Moment durchaus sinnvoll, Schritte ebenso ernst zu nehmen wie Sätze.

Ein Backsteingebäude, ein Fabrikgebäude eigentlich. Eines, in das man wohl ein paar Wohnungen, vor allem aber Großraumbüros eingeplant hatte. Wir hatten alle drei keine Ahnung, wer die Party veranstaltete oder was uns erwartete, aber irgendwie war in meiner Vorstellung für diesen Abend ein Designer-Loft, vielleicht auch eine opulente Altbauwohnung vorgesehen. Nicht jedoch ein großer Raum mit Betonboden. Lena ging voran, Phil und ich nebeneinander hinterher. Bereits bei der ersten Stufe war mir klar: vierter Stock, mindestens. Und es war exakt der vierte Stock.

Schon im zweiten Stock hörte man die Musik von White Stripes, die aufstampfenden Bässe, den etwas quietschenden Gesang, die drangsalierende Gitarre. Die Eisentür im vierten Stock stand offen. Was ich sehen konnte, waren Männer, die aussahen wie Brüder von Phil, alle schwarz gekleidet. Die Frauen nahmen sich dagegen merkwürdig bunt aus. Lena, Phil und ich gingen in den riesigen Raum, obwohl hier bestimmt hundert Menschen waren, wirkte er immer noch leer. Es war noch früh, entweder rechnete man mit vierhundert Leuten oder es gab inzwischen auch Designvorschläge für Partys, die besagten, jeder Mensch müsse vier Quadratmeter für sich haben. Auf den ersten Blick kannte ich niemanden. Lena ging zum Ende des Raumes, Phil und ich folgten ihr wortlos. Ich wusste nicht, wie ich mich bewegen sollte, ich fühlte mich beobachtet und in die Kategorie »unbekannt, also uninteressant« eingeordnet. Lena hatte recht, eine halbe Stunde, dann würden wir hoffentlich wieder von hier verschwinden und vielleicht auf meinem Balkon sitzen, etwas trinken und in den Himmel gucken, statt auf Backsteinwände, gegen eine Tonnendecke und einen Betonboden. Einer von Phils optischen Brüdern begrüßte Lena. Phil und ich standen daneben. Er schien uns nicht einmal zu bemerken. Lena stellte uns vor, er schaute uns an und nickte, dann ging er wieder.

»Was ist das denn hier für ein bescheuerter Zoo«, sagte Phil in Lenas Rücken. Sie schaute gerade, was für Getränke auf dem langen Holztisch vor ihr standen.

»Das wird schon. Wir trinken jetzt was, und dann wird es schon. Wie findet ihr die Bilder? Was wollt ihr zu trinken?«

Ich hatte die Bilder überhaupt nicht bemerkt, und was ich trinken wollte, wusste ich auch nicht. Phil schien es ähnlich zu gehen, denn er schaute sich, wie ich, zunächst einmal quer im Raum um, dann auf den Tisch.

»Was denkst du, Iris?«

»Über die Bilder weiß ich noch nicht, die sind zu weit weg, ich muss zum Optiker, ich kann auf so lange Distanzen nicht mehr scharf sehen. Und über die Getränke weiß ich auch nicht, bitte entscheide du für mich.«

»Gut, Lena fährt ja, also kann ich mir das hier angenehmtrinken. Zum sanften Einstieg hätte ich gern ein Bier, wenn es kalt ist, wenn nicht, dann unseren Prosecco, der ist nämlich garantiert kalt. Für Iris bitte dasselbe, nein, doch nicht. Wie ich das hier einschätze, gehört zu diesem riesigen Raum nur so eine geschlechtergetrennte Klokabine. Und da ich nicht möchte, dass Iris sich einfach in zehn Minuten mit Hinweis auf den Bierkonsum in eine Mädchenschlange einreiht und erst in einer Stunde wieder da ist, mich also mit diesen Affen hier allein lässt, bekommt Iris auf jeden Fall nur ein Gläschen Prosecco.«

»Sehr nett, wie du so mitdenkst. Tatsächlich sieht es aber danach aus, als würde ich die ganze Flasche Prosecco sehr schnell trinken, dann geht deine mathematische Formel schon nicht mehr auf«, antwortete ich.

»Auch gut«, Phil grinste, Lena kommentierte es nicht weiter, sondern gab Phil eine Flasche Bier, Budweiser, und goss mir ein Glas Prosecco ein, allerdings nicht aus unserer Flasche. Dafür kannte ich Lena jetzt schon zu lange, ich wusste genau, wenn sich dieser Abend nicht nett gestalten würde, nähme sie den Prosecco einfach wieder mit.

»Kommt, wir gucken uns die Bilder an, und dann entdecken wir auf unserem Rundgang vielleicht jemanden«, sagte Lena, und es klang wie ein Vorschlag, aber sie ging schon los, Phil und ich wieder hinterher, was für eine seltsame Formation, so ließen sich junge Pinguine von den erfahrenen übers Eis führen.

Es waren großartige Bilder, fand ich jedenfalls, die überhaupt nichts von Malerei versteht. Sie waren großzügig und scharf, und in der Werbung würde man sagen, sie waren genau auf den Punkt gebracht. Es waren im Grunde genommen Landschaftsbilder, das wäre wohl die Bezeichnung dafür. Italienische Hafenansichten, so etwas wie Luftaufnahmen zum einen, also so, wie man Städte aus dem Flugzeug sieht, und dann wieder Bilder aus der Perspektive von dreißig Zentimetern über dem Asphalt. Ich mochte jedes einzelne, es waren traumhafte Farben, es war alles ganz konkret und doch so überraschend in seinem Realismus, kein einziges war abstrakt. Am meisten faszinierte mich jedoch das Foto im 4/1-Format, das einfach zwischen den ganzen Ölgemälden hing: ein Pferd mit wehender Mähne mitten auf einer vierspurigen Fahrbahn.

»Von wem sind die Bilder, und von wem ist das Foto«, fragte ich Lena.

»Ist alles von einer Künstlerin. Sie steht da hinten. Frage mich nicht nach ihrem Namen, Caroline, das weiß ich, aber der Nachname? Keine Ahnung, so ein Dutzendname, Meier, Schmidt, Keller, ich komme nicht darauf. Scheint wohl ihre Party zu sein.«

»Party, oder ist das jetzt hier so eine Art Vernissage? Wenn es eine Vernissage ist, dann gehe ich nämlich gleich, ich will nicht in Zusammenhang mit solchen Veranstaltungen gebracht werden. Ich mag die Bilder, aber ich gehe nicht auf Vernissagen.« Phil suchte nun wirklich nach jedem Argument, ob es nun plausibel war oder nicht, um hier baldmöglichst verschwinden zu können.

»Das ist keine Vernissage. Sie ist nicht Malerin oder Fotografin, soweit ich weiß, macht Caroline irgendetwas mit kaputten Unternehmen, die sie wieder auf Vordermann bringen soll, ich weiß es doch auch nicht, ich kenne mich damit nicht aus.«

»Sie malt diese Bilder und macht solche Fotos und treibt sich eigentlich in maroden Schraubenfabriken herum? Warum?«

Ich war erstaunt, fast entsetzt, da hatte jemand offensichtlich ein herausragendes Talent und betrieb es als ein Hobby, wie andere Leute in den Schützenverein gingen oder Münzsammlungen anlegten?

»Scheint so. Aber du hast recht, ich sollte meinen schlanken Körper in Bewegung setzen und ein Interview mit ihr ausmachen«, sagte Lena und ließ uns stehen.

»Du schreibst jetzt auch für das Blatt, für das Lena da manchmal unterwegs ist, oder«, fragte Phil.

»Vielleicht, ist noch nicht ganz klar, ich muss jetzt erst einmal einen Probeartikel abliefern, dann entscheidet der Chef, ob das überhaupt etwas wird.«

»Irgendetwas mit Gerichtsprozessen, stimmt's? Lena hat da was erzählt, du machst eigentlich Werbung, aber gehst regelmäßig ins Gericht. Wie bist du darauf gekommen?«

»Das war mehr Zufall, ich bin einmal hingegangen, und dann fand ich es spannend, also bin ich immer wieder da aufgetaucht, und es interessiert mich einfach.« Mehr wollte ich Phil dazu nicht sagen. Ich hatte Lena nichts von dem Überfall erzählt. Auch sonst niemandem. Es war zu läppisch und zu komplex zugleich. Und was sollte man schon dazu sagen? Tut mir leid für dich, kann ich was für dich tun, ich kenne da einen Arzt, eine Psychologin, einen Anwalt, einen Polizisten, einen Pfarrer – so etwas in der Kategorie würde dabei herauskommen. Ginge mir nicht anders. Man würde sich kurz vorstellen, wie es einem selbst damit ginge, dann die naheliegenden Rettungsanker aufzählen, mehr war nicht drin. Ich wollte niemandem davon erzählen, ich wollte es vergessen. Also wusste auch Lena nichts, und entsprechend Phil. Das war nämlich der nächste Aspekt, man erzählte es jemandem, der erzählte es weiter, und schon konnte man damit rechnen, bei der nächsten Erwähnung seines Namens das Prädikat »Ist das nicht die, die …« gratis mitzubekommen.

»Man kann da einfach so hingehen und sich die schweren Jungs anschauen«, fragte Phil weiter.

»Man kann sich fast alles anschauen. Gehört zu unserem Justizsystem – Unmittelbarkeit und Öffentlichkeit. Es sei denn, es wird zu intim, dann wird die Öffentlichkeit ausgeschlossen.«

»Aber das ist doch alles ziemlich intim, oder? Vielleicht nicht gerade Ladendiebstahl, aber wenn es um Mord oder Vergewaltigung geht oder schon wenn jemand erklären muss, warum er geklaut oder geraubt oder jemanden mit Telefonanrufen terrorisiert hat, wo ist denn da die Grenze?«

»Entscheidet der Richter. Der Rechtsanwalt stellt den Antrag, der Richter entscheidet. Kürzlich musste ich den Saal verlassen, und hinterher habe ich zufällig erfahren: Es wurde von einem Gutachter über den Intelligenzquotienten des Angeklagten geredet. Der war so niedrig, dass man meinte, man würde ihn vor mir bloßstellen.«

»Dummheit ist intim? Gut zu wissen. Bist du auf etwas spezialisiert, also interessiert dich etwas besonders?«

»Nein, ich finde alles spannend. Ich gehe ja nur zum Strafgericht, da ist immer Brisanz drin, Mietstreitigkeiten würden mich schon ziemlich langweilen, aber Verbrechen oder Vergehen, das ist immer interessant.«

»Und denkst du manchmal: Kann ich verstehen, da hätte ich auch zugeschlagen?«

»Ist schon ein paar Mal passiert. Aber jetzt mal zwei Fragen an dich: Was machst du eigentlich, woher kennst du Lena, und noch eine dritte Frage: Kommst du an den Prosecco ran?«

Phil nahm mir das Glas aus der Hand, brachte es gefüllt wieder zurück.

»Zu den anderen beiden Fragen: Ich bin Steuerberater. Und ja, ich weiß, ich sehe nicht aus wie einer. Und Lena habe ich kennen gelernt, als sie in meiner Wohnung vor mir stand. Entschuldige, so sage ich das immer. Ich habe noch eine Eigentumswohnung hier in Berlin, die ich vermiete. Die Vormieterin ist wegen Familiengründung ausgezogen, ich habe also einen Besichtigungstermin annonciert, und da standen dann auf einmal vierzig Menschen in einer siebzig Quadratmeter großen Wohnung. Mir war nur klar, dass ich die Wohnung zu billig anbot und dass ich auf jeden Fall mit Lena abends essen gehen wollte. Der Mietpreis ist geblieben, und sie hat mich am nächsten Tag angerufen und gefragt, ob wir nicht mal essen gehen wollen. Nachdem ich ihr gesagt hatte, sie bekäme die Wohnung.«

Steuerberater. Wäre nicht mein erster Gedanke gewesen.

Hatte Lena nicht was von Musik gesagt? Wahrscheinlich wollte sie nicht, dass ich mir einen typischen Steuerberater an ihrer Seite vorstellte. Ich schaute mich um, wo Lena inzwischen abgeblieben war, es war eine Verlegenheitshandlung, weil mir gut zwanzig Fragen einfielen, die ich Phil gern noch gestellt hätte, ich aber schnell sortieren wollte, welche okay waren und welche nicht. Lena war nur noch zwei Meter entfernt. Und hinter ihr – Ana.

»So, das mit dem Interview ist klar. Phil, ich habe beschlossen, das Auto ist perfekt geparkt, wir fahren mit dem Taxi zurück. Holst du mir bitte auch ein Glas Prosecco?«

Er lächelte und fragte Ana, ob sie auch eines wolle. Sie wollte. Hinter ihr stand ein Mann, von dem ich nicht erkennen konnte, ob er zu ihr gehörte oder zufällig da stand. Phil schaute ihn an, er hob seine Bierflasche. Er gehörte also dazu.

»Hallo.« Ich schaute Ana an und lächelte, aber sie schien mich nicht zu erkennen.

»Stimmt, ihr kennt euch ja aus der Redaktion, ach, was rede ich, Ana hat dir ja erst gesagt, dass du heute hier sein sollst«, füllte Lena die peinliche Pause. Von Ana noch immer keine Reaktion. Was war das denn? Nun gut, ich wandte mich an den Mann hinter Ana.

»Und du bist?«

»Das ist Matthias, mein Freund. Er ist Sanitäter. Er hilft Menschen wirklich.« Okay, sein Name hätte mir schon gereicht. Sonst hätte ich ihn nach seinem Tagebuch gefragt.

»Ana will damit sagen, ich gehöre zwar nicht hierher, aber sie schämt sich nicht für mich, sondern geht damit offensiv um. In meinem letzten Einsatz vor…«, er guckte auf seine Uhr, eine Taucheruhr mit gelbem Stoffarmband und Klettverschluss, »… ziemlich genau einer Stunde ist eine alte Frau auf dem Weg ins Krankenhaus gestorben. Wohnte hier um die Ecke, einmal über den Kanal rüber, dann links, dann wieder rechts, zweiter

Stock. In der Wohnung roch es nach Mottenpulver, und ehrlich gesagt war das Sterben das Beste, was ihr passieren konnte.«

Matthias, ungefähr einsfünfundsiebzig groß, mit einem Kreuz wie ein Möbelpacker und einer nicht sehr schönen Metallbrille, ansonsten genauso in Schwarz gekleidet wie achtzig Prozent der Männer hier, sah uns vielleicht an, wahrscheinlich aber eher haarscharf an uns vorbei. Phil war inzwischen wieder da, reichte Ana und Lena ihre Proseccogläser. Man wächst ja ein wenig in dieser Waldorf-Mentalität auf, alles sagen zu können. Zugleich lernt man als Erwachsener so was wie Höflichkeit und Zurückhaltung. Im Umgang, aber auch in dem, was man wann sagt und was nicht. Matthias war entweder sehr Waldorf oder sehr bestürzt. Ich schätzte ihn auf Anfang dreißig. Wenn er Sanitäter war, dann wahrscheinlich nicht erst seit gestern. Da er aber die herrschende Kleiderordnung befolgte, tippte ich auf etwas anderes: Erschöpfung. So wie Phil seine Gründe zu gehen von der Decke zog, wollte auch Matthias das. Er wollte jetzt vermutlich lieber irgendwo allein mit Ana sitzen und sich nicht in diesem Pulk von inzwischen vielleicht zweihundertfünfzig Leuten, mit denen er über nichts reden konnte, staffageartig hinstellen. Ging man jetzt auf das ein, was er gesagt hatte, oder nicht? Phil nahm mir die Entscheidung ab.

»Ich habe da gerade etwas entdeckt, das muss ich euch zeigen, kommt einfach mit!«

Er schaute uns an, ging dann zu Matthias und zog ihn am Arm. Klar, dass wir mitkamen.

Es gab noch einen Nebenraum. Mir war er bisher nicht aufgefallen, aber ich hatte ja auch die großformatigen Bilder nicht gesehen, war also kein Kriterium. In diesem kleinen Nebenraum war etwas aufgebaut, was von den Drumherumstehenden als »Wodkarutsche« bezeichnet wurde. Ein vielleicht einen Kubikmeter umfassender Eisblock, der schräg auf einer seltsamen Stahlkonstruktion stand und in den eine Rinne gefräst worden war. Darüber eine riesige Wodkaflasche, die sich neigte und ihren Inhalt in die Rinne goss, wenn man an einer Art Schiffstau zog. Die Konsumenten lagen mit dem Kopf auf einem roten Samtkissen, das inzwischen ziemlich durchweicht aussah. Ein schwarz gekleideter Mann stand mit einer orangefarbenen Stoppuhr neben dieser Installation und notierte anscheinend Rinnenrekorde. Matthias reihte sich sofort in die Schlange ein, Ana folgte ihm. Es sah aus, als würden hier Menschen zu einer Fahrt im Kettenkarussell anstehen. Nach einer Minute war Matthias dran. Er zog kurz am Seil und fing das meiste mit seinem Mund auf. Ana hielt länger durch, aber sie lachte dabei, so dass ein Gutteil danebenging. Phil, Lena und ich schauten uns an und schüttelten den Kopf. Ana und Matthias blieben in dem Nebenraum, wir gingen wieder.

»Was ist denn mit Ana? Die tut ja so, als hätte sie mich noch nie gesehen«, fragte ich Lena.

»Bei mir genau das Gleiche. Drogen? Sie ist sonst so offen, aber heute? Und Matthias, der scheint mir ja auch ein wenig neben der Spur zu sein. Wusste gar nicht, dass Ana einen Freund hat. Da drüben ist Christopher, der hat seine Mutter mitgebracht, da müssen wir hin, die ist wirklich zauberhaft. Phil, kommst du mit oder willst du jetzt auch unter die Wodkarutsche? Wenn ja, sage ich dir gleich: Du schläfst heute Nacht alleine.«

Also gingen wir zu Christopher, endlich mal jemand, der nicht schwarz gekleidet und trotzdem männlich war, und seiner Mutter Anne. Einer Frau, vielleicht Ende fünfzig, die sich bestens zu amüsieren schien und sofort redete wie ein Wasserfall. Die Telefonate mit ihr konnte ich mir gut vorstellen. Sie fragte uns einzeln ab, was wir machten und inwiefern wir dadurch mit ihrem Sohn zu tun hätten, in welchem Stadtteil wir wohnten, und zu jeder Adresse konnte sie etwas erzählen.

Und dann stand plötzlich Ana neben mir. »Und, wie findest du es«, fragte sie. Sie sah anders aus als noch vor einer halben Stunde. Nicht betrunken, sondern äußerst klar und eher so, wie ich sie in der Redaktion kennen gelernt hatte.

»Ich kenne hier niemanden, aber es ist wohl ganz nett. Wo ist Matthias?«

»Gegangen. Das war ein harter Tag für ihn heute, er tut immer so, als würde er das alles ganz einfach abstreifen, aber es nimmt ihn mit, das was er über die alte Frau erzählt hat, zum Beispiel. Er war da schon ein paar Mal. Die Frau hatte niemanden, der sich um sie kümmert. Ist ja klar, dass man da überlegt, wie es bei einem selbst mal sein wird. Dieser Wodkaquatsch, das war jetzt genau richtig für ihn. Jetzt kann er wenigstens einschlafen.«

»Und du, wie geht es dir?«

»Hallo Anne«, sie lächelte Christophers Mutter strahlend an. Was für eine Wandlung, wie konnte sich ein Mensch innerhalb einer halben Stunde so schnell verändern? Man kennt es, jemand ist schlecht gelaunt, dann kommt ein netter Satz, und schon dreht sich seine Stimmung um 180 Grad. Aber bei der Ana, die mich vor dreißig Minuten ignoriert hatte, und der, die jetzt neben mir stand, hatte ich das Gefühl, es wären zwei verschiedene Menschen. Ich tauschte einen Blick mit Lena, sie hob nur die rechte Augenbraue, ihr ging es ähnlich wie mir. Ana und Anne gingen durch den Raum und schauten sich die Bilder an.

»Hast du dir schon Gedanken gemacht, worüber du schreiben willst? Halt, kannst du ja gar nicht, das ergibt sich ja erst aus den Fällen, die du dir nächste Woche anguckst, nicht wahr«, fragte Christopher. Das Hemd, jetzt fiel es mir auf. Christopher hatte nicht nur heute ein schönes Hemd an, das war auch bei unserem Gespräch so gewesen. Damals hatte er ein gestreiftes angehabt, aber da er damals die ganze Zeit saß oder ich zu aufgeregt war, fiel mir erst heute, bei dem mittelblauen auf: maßgeschneidert, ganz bestimmt. Unmöglich konnte ein Hemd so perfekt sitzen, wenn es nicht maßgeschneidert war. Darüber hätte ich gern mit ihm geredet. Aber leider hatte er mich nicht nach meiner Meinung zu seinen Hemden, sondern zu meiner Vorgehensweise bezüglich des Jobs für ihn gefragt.

»In der Tageszeitung gibt es immer so kleine Kästen, wo steht, welche interessanten Fälle in der Woche verhandelt werden. Außerdem kann man sich ja so ein bisschen umhören. Aber wahrscheinlich wird es doch durch Zufall entschieden werden. Also hoffe ich einfach mal auf ein paar Kuriositäten.«

»Das wird schon, ich habe ein gutes Gefühl. Mach dir nicht zu viel Stress. Es geht um eine Zeitung, eine Kolumne, ein paar tausend Anschläge. Wenn man sich klarmacht, wie viel schon geschrieben wurde, macht das locker. Wenn man sich klarmacht, dass der eigene Name unter dem Artikel steht und es der Vollidiot, gegen den man nie anstinken konnte, lesen könnte, macht es den Artikel gut.«

»Das ist dein Rezept? Du denkst an deinen Chemielehrer und den blöden Kerl, der dir eine Frau weggeschnappt hat?«

»Nein. Ich schreibe einfach gern. Und am liebsten gut. Ich wollte dir nur das Lampenfieber vor dem ersten Artikel nehmen. Aber genug vom Job. Ich schau mir jetzt mal diese Wodkarutsche an. Kommst du mit?«

Ich schüttelte den Kopf, und während Christopher in Richtung Nebenraum ging, steuerte ich auf Phil, Lena und Anne zu, die vor dem Pferdefoto standen. Doch unterwegs blieb ich hängen, an Ana. »Hast du eine Zigarette für mich? Du kannst dafür aus meinem Glas trinken.«

Sie schaute mich mit einem Blick an, der nicht passte, einem Blick, als wäre ich ein Objekt unter einem Mikroskop, bei dem man feststellen wollte, ob es tatsächlich genau siebenundvierzig Schuppen auf dem Körperpanzer hätte, und einem Blick, der gleichzeitig feststellte, ja, genau so war es. Ich hielt ihr die geöffnete Zigarettenschachtel hin. Das Feuerzeug nahm sie mir aus der Hand. Und dann redete sie. Sie redete die ganze Zeit, nicht unhöflich, nicht monologisierend, sie ging auf all meine Fragen, Nachfragen ein. Aber sie hörte nicht mehr auf zu reden. Sie erzählte mir von Freunden, über Dinge, die ihr wichtig waren, sie schlug riesige Bogen zu Politik und Malerei und erzählte von einem Aufenthalt in Barcelona, es machte für sich genommen alles Sinn, aber ich erkannte den Zusammenhang nicht, vor allem wusste ich nicht, warum sie mir das alles erzählte, aber ich konnte auch nicht weg, ich wollte auch nicht weg, ich starrte sie die ganze Zeit an, und ob jetzt noch dreihundert oder zehn Leute im Raum wären, das war mir vollkommen egal, sie redete im Stehen und im Gehen, und immer wieder kamen wir zu dem Holztisch, holten ein Glas zu trinken, immer nur ein Glas, irgendwann war meine Zigarettenschachtel leer, dann gingen wir ein paar Meter weiter nach rechts, dann hatte Ana plötzlich wieder eine volle Schachtel in der Hand, die sie mir aber gab, denn das schien das Ritual sein zu sollen, sie hielt das Glas und gab es mir unaufgefordert zwischendurch, ich hatte die Zigaretten und bot sie ihr immer wieder an, wenn es mir passend schien. Schließlich saßen wir in einem weiteren Nebenraum auf harten Morrison-Holzstühlen, aber immerhin Stühlen. Es war kurz vor zwei.

»Ana, ich muss jetzt gehen.«

»Ich auch.«

Lena, Phil, Christopher und seine Mutter waren nicht mehr da, jedenfalls fand ich sie in dem Gedränge nicht. Ana umarmte Caroline, ich stand hölzern daneben, dann gingen wir die vier Stockwerke nach unten.

»Wohin musst du«, fragte ich, vielleicht konnten wir zusammen ein Taxi nehmen.

»Ich mache das schon«, antwortete sie. Meinetwegen, sie hatte die Hoheit über das Glas gehabt, sollte sie auch die über das Taxi haben. Ich zündete uns zwei Zigaretten an, während wir das Paul-Lincke-Ufer entlanggingen, Richtung Kottbusser Damm, damit Ana für uns ein Taxi anhielte.

Am Morgen wachte ich dadurch auf, dass mir das Blut aus der Nase lief. Es war neun Uhr dreiundzwanzig, ich hatte Nasenbluten, wusste nicht, warum, vor allem aber war schon ein großer Fleck auf Anas Kopfkissen. Ich stand auf, ging in das kleine, übervolle, aber dennoch ordentliche Bad und versuchte alles, was mir einfiel, damit das Nasenbluten aufhörte. Kaltes Wasser, Kopf zurücklegen. Eine Katze war mir ins Bad gefolgt. Das Nasenbluten war nicht schlimm, es strömte nicht gerade wie die Niagarafälle, aber es war mir peinlich, und es sollte einfach aufhören. Ich nahm einen halben Meter Toilettenpapier, hielt es mir unter die Nase und ging in die Küche. Öffnete den Kühlschrank. Eine Flasche Grapefruitsaft, eine Flasche Sekt, eine Flasche Martini. Punkt. Nichts zu essen. Genau nichts. Ich nahm die Flasche Saft, weil ich aber das Papier immer noch unter die Nase hielt, wollte ich jetzt nicht auch noch mit einem Glas Akrobatik betreiben, also öffnete ich die Flasche einhändig und trank direkt daraus. Gut. Dann zurück ins Schlafzimmer, es war ein riesiges Bett, bestimmt zwei Meter zwanzig breit. Ana lag darin so verloren, ganz hell und leicht, nur auf dem Kopfkissen war ein dunkelroter Fleck. Ich wollte weg. Zog meine Sachen an, bitte nicht aufwachen, Ana, bitte jetzt nicht aufwachen. Die Katze miaute, und das erschien mir als der größte Gefahrenpunkt, Katzenbesitzerinnen waren wie Mütter. Wenn deren Kinder schrien, wachten sie sofort auf, egal, was sie vorher durchgemacht hatten; Katzenbesitzer waren genauso auf diese bestimmte Frequenz geeicht. Aber Ana schlief weiter. Sollte ich einen Zettel schreiben? Aber was sollte ich schreiben? Außerdem sah ich keinen Zettel. Ich ging. Ich würde sie anrufen oder ihr zumindest eine SMS schicken. Auf der Straße schaute ich mich um, es wurde schon wieder warm. Würde das irgendwann aufhören? Wir hatten Ende August, und es war noch immer so heiß, nein, es war normal, dass es Ende August so heiß war, aber es lag in der Luft, dass dieser Sommer noch lange nicht aufhören wollte, dass er nicht enden wollte, egal, was noch alles passierte, dieser Sommer würde immer weitermachen. Immerhin wusste ich schnell, wo ich war. Mit der U7 bis Mehringdamm, dann in die U6 bis Stadtmitte. Wahrscheinlich sah ich aus wie ein Boxer in der elften Runde, aber wer sah nicht so aus, an einem Sonntagmorgen um Viertel vor zehn in Berlin in der U-Bahn?

Nichts hatte sich in meiner Wohnung verändert, kein blinkender Anrufbeantworter, keine neuen Mails. Alles stand noch so da, wie ich es zusammen mit Lena und Phil vor gut dreizehn Stunden verlassen hatte. Ich setzte mich auf den Balkon in den Schatten, rauchte eine Zigarette, die nicht schmeckte, trank eine Cola, die zu kalt war. Warum passierten mir solche Nächte? Was hatten sie zu bedeuten? Keine Antwort darauf, nicht jetzt. Ich ging zurück in mein Arbeitszimmer. Neben dem Computer lag eine Notiz »Raoul anrufen«. Ich hatte es völlig vergessen, diesen ganzen unerfreulichen Auftritt. Und ich würde mich auch jetzt nicht darum kümmern. Sondern schlafen, bis die Sonne wieder auf den Balkon schien. Zumindest aber bis der Presseclub in der ARD begann, es gibt Rituale, an denen man unbedingt festhalten sollte.

Ich wurde um kurz vor zwölf wach, auch ohne Sonne, pünktlich zum Presseclub. Machte mir einen Kaffee und schaltete den Fernseher ein. Aber nach nicht einmal fünf Minuten schaltete ich um auf MTV. Ich wollte nicht fünf Männer, die eine dezidierte Meinung hatten. Ich wollte Menschen, die mit einer Gitarre in der Hand auf einem Berg standen und ihre Botschaft ins Tal rockten. Diese Mode war aber seit zehn Jahren vorbei. Ich sah Menschen, die mit einer Zeichenblockgroßen Rasierklinge Linien, nein Zebrastreifen von Koks zurechthackten, und eine Frau sang dazu, dass sie gerade das Verlangen spüre, wieder nach Hause zu gehen, dann explodierte in einem Tigermaul ein Feuerwerk, und heraus kam eine zweite Sängerin, die mit ihrer Stimme Häuser explodieren ließ, meinetwegen. Ich versuchte, den gestrigen Abend zu rekapitulieren, vor allem aber versuchte ich nachzuvollziehen, wie sich das mit Ana entwickelt hatte. Dieser merkwürdige Sog, in den sie mich hineingezogen hatte, als wäre alles schon entschieden, als sie mit ihrem Glas vor mir aufgetaucht war. Ich hatte nur reagiert, den ganzen Abend hatte ich nur reagiert, aber Ana, diese schmale Person mit den akkurat geschnittenen hellblonden Haaren und den großen blauen Augen, dieser Mensch, mit dem ich vor gestern vielleicht fünf Sätze gewechselt hatte, dem war es ganz leicht gefallen, mich von hier nach dort und dann in ihre Wohnung zu führen, ich war einfach mitgekommen, sie hatte sich, auch wenn nichts passiert war, in meinen Kopf gesetzt als ein fragiles Wesen, das in mir – wie bestimmt in vielen Menschen – das Bedürfnis auslöste, sie in Schutz zu nehmen, zu beschützen; dabei hatte sie die ganze Zeit bestimmt, was passierte. Sie hatte mich auf die Party eingeladen, sie hatte bestimmt, wo ich die Party beendete. Ich hatte mich nicht gewehrt, sondern alles brav so befolgt, wie Ana es für mich vorgesehen hatte. Was war mit Matthias, welche Rolle spielte er in ihrem Leben? Warum kannte niemand Ana, denn das war mein Eindruck gewesen, als sich Ana und Christopher gegenüberstanden, auch er kannte sie nicht. War aber wohl daran gewohnt, nie recht zu wissen, woran er mit ihr war, es war kein Entsetzen in seinem Blick, sie erst in der einen und dann in der anderen Stimmung zu sehen. Und wie sollte ich mich jetzt verhalten? Wir würden uns wieder begegnen, spätestens Freitag, wenn ich den Artikel bei Christopher ablieferte. Würde Ana ihm vorher von mir erzählen? Ich hatte das Gefühl, in einer fremden Stadt die Orientierung verloren zu haben. Ich hatte das Gefühl, immer wieder in Situationen gezwungen zu werden, in Konstellationen, in denen andere entschieden, ob nun Ana oder Raoul, was ich tun sollte. Ich hatte das Gefühl, mir wurden keine Fragen mehr gestellt, sondern nur noch Antworten gegeben. Es ist normal, Dinge machen zu müssen, sich Anforderungen und Ansprüchen zu beugen. Man musste Miete zahlen, also musste man Geld verdienen, also musste man Aufträge annehmen, also musste man Sachen machen, die dazu führten, den Auftrag zu erfüllen, das Geld zu verdienen, die Miete bezahlen zu können. Raoul war eine einfache Geschichte. Er wollte Geld, er sah eine Möglichkeit, es von mir zu bekommen, ich würde es zahlen. In diesem Moment, wo die Sonne noch nicht einmal auf dem Balkon war, wo auf MTV seltsame Clips liefen, die ich stumm geschaltet hatte, wusste ich: Ich würde zahlen. Ich würde verhandeln, aber zahlen. Was blieb mir denn auch anderes übrig? Mich hinstellen und der Welt verkünden: Ja, ich schneide mir ab und zu die Haut auf, weil ich sonst das Gefühl habe, zu im- oder explodieren, aber deswegen bin ich in meinem Job immer noch gut? Ganz sicher nicht. Vor einem Kunden, einem Auftraggeber darf man nicht einmal weinen. Er darf noch nicht einmal wissen, dass man überhaupt weint. Er darf erst recht nicht wissen, dass man mitunter Blut weint. Raoul hatte einen Trumpf in der Hand, und er spielte ihn aus. Klar, es wäre justiziabel, es war schlichtweg Erpressung. Die aber funktionierte. Mir wäre es lieber gewesen, es handelte sich um Verleumdung, aber das war es nicht, das konnte ich vor mir selbst nicht so darstellen, ich würde es auch vor Christian oder sonst jemandem nicht so darstellen können. Und das wollte ich auch gar nicht. Ich wollte nicht lügen. Ich wollte nur, dass es privat bliebe. Und das würde es, wenn ich Raoul die Hälfte oder gern weniger von meinem Honorar abgäbe. Es würde immer noch reichen, um die Miete zu bezahlen und meinen merkwürdigen Lebenswandel zu finanzieren. Ich wollte keinen Konflikt mit Raoul. Ich wollte überhaupt nichts mehr mit ihm zu tun haben. Ich wollte nicht seine schlechten Texte, und ich wollte nicht überraschende Besuche, ich wollte keine Anrufe, ich wollte nicht einmal hören, wie er meinen Namen aussprach. Ich würde dieses Projekt machen, so autonom wie möglich. In der Zwischenzeit suchte ich mir vielleicht eine Agentur, an die Raouls fette Finger nicht reichten, meinetwegen auch in einer anderen Stadt, und ich würde ausprobieren, ob das Schreiben über andere Gauner als Raoul eine neue Perspektive eröffnen könnte. Was mich zu Christopher brachte – und Ana. Keine Ahnung, warum Ana mich letzte Nacht mit zu sich in die Wohnung genommen hatte. Keine Ahnung, was sie von mir wollte. Und es gab nur einen Weg, das herauszufinden. Ich musste sie wiedersehen, am besten heute, nichts schwelen lassen. Es war eine strategische, vielleicht auch nur eine taktische Maßnahme. Denn die Menschen waren zu neunzig Prozent Klischee, ich war so, meine Freunde waren so, die Menschen, die mir beruflich begegneten, waren so, die Angeklagten waren so. Zu zehn Prozent aber eben nicht. Zahme Texter erpressten, mein Wohnungsnachbar, der ununterbrochen Techno hörte, pflegte liebevoll Topfpflanzen auf seinem Balkon, Phil war Steuerberater, von meinem Steuerberater wiederum wusste ich, dass er bei traurigen Filmen hemmungslos weinte, im realen Leben aber, seiner Angabe nach, nie. Ana war erst freundlich zu mir, dann erkannte sie mich nicht, dann nahm sie mich zu sich nach Hause. Ich wollte wissen, mit was für einem einordenbaren Typ Mensch ich es zu tun hatte. Sicher sein konnte man zwar nie, aber dazu wurden wir wohl auch nicht geboren, sonst hätten wir ja gleich alle im Himmel bleiben und uns Soaps angucken können. Oder Gameshows. Aber eine grobe Struktur, eine erkennbare Linie, eine vage Route, so viel brauchte ich schon.

Die Sonne war da, ich rückte den hellblauen Stuhl in die Ecke, wo ich am meisten von ihr abbekommen würde, setzte meine Oakley-Sonnenbrille auf und las Lektion 8, Unterlassungsdelikte. Und überlegte dabei, wann der günstigste Zeitpunkt wäre, Ana und Raoul anzurufen. Ich schaute auf das Buch »Prozesse, die unsere Welt bewegten«. Und entschied: jetzt. Zuerst Raoul oder Ana? Wenn es sich mit Ana positiv entwickelte, ginge ich stärker in die Verhandlung mit Raoul. Wenn es sich jedoch schlecht gestaltete, hätte ich Raoul gegenüber nicht mehr das Rückgrat. Riefe ich zuerst bei Raoul an und verhandelte ich mit ihm schlecht, wäre ich Ana gegenüber noch unsicherer. Käme ich einigermaßen davon, wäre mir Anas Meinung immer noch wichtig. Wie ging diese Gleichung auf? Ich rief Raoul an. Und während es noch tutete, rechnete ich weiter an der Formel herum.

»Iris, was gibt's?«

»Schöne Frage. Ich schlage vor, wir handeln das jetzt am Telefon ab. Keine Chance, Raoul.«

»Ach ja? Der Preis ist für dich aber höher als der, den ich dir vorgeschlagen habe.«

Ich gebe zu, ein wenig hatte ich darauf gehofft, er hätte von seinem Plan Abstand genommen oder wäre zumindest verkatert und entsprechend leicht weichzuklopfen.

»Du willst Sachen erzählen, von denen du keine Ahnung hast? Na ja, das machst du ja immer, aber leider auch immer ziemlich mittelmäßig, dir glaubt doch keiner. Und das soll ich mit fünfzig Prozent meines Honorars belohnen?«

»Ist mir egal, wie du es beschreibst. Ich will das Geld, du gibst es mir, dafür halte ich meinen eloquenten Mund über deine kleine psychische Kalamität.« Was der Junge doch für Worte kannte.

»Schon einen Vertrag getextet? Raoul, Erpressung ist kein schönes Delikt, das kann weh tun. Falls du es noch nicht weißt, ich gehe gerade sowieso in eine andere Branche. Wenn du es überprüfen willst, gebe ich dir eine Nummer, da kannst du nachfragen, was mein nächster Job ist, und ich rede hier nicht von einem auf zwanzig oder vierzig Stunden begrenzten Auftrag, sondern von einer schönen, langfristigen Sache, die fein bezahlt wird.« Ich würde ihm einfach die Nummer von Phil geben, der würde sich schon was ausdenken. Auf die Idee hätte ich auch vor fünf Minuten kommen können.

»Freut mich zu hören. Wenn du aber trotz deiner spontan aufgetretenen Millionenjobs auch noch den bei Christian und mir machen willst, kostet dich das fünfzig Prozent.«

»Ich gebe dir zehn Prozent, damit du dir mal eine Hose in deiner Größe kaufen kannst, aber nicht mehr.«

Wir einigten uns, wie in so einem idiotischen Hollywood-Gangster-Film, auf fünfundzwanzig Prozent. Legten auf, ohne uns zu verabschieden. Ich setzte mich wieder auf den Balkon, rauchte eine Zigarette, trank eine Cola und hörte nicht auf zu zittern. Keine fünf Minuten später kam ein mit der Hand korrigiertes und unterschriebenes Fax. Korrigiert war die Stelle mit der Prozentzahl sowie dem Betrag. Er kannte also mein Honorar. Ich unterschrieb ebenfalls und schickte das Fax zurück. Ob das jetzt auch nur annähernd rechtsgültig war, würde ich mir von jemandem mal erklären lassen wollen. Wenn auch nicht jetzt. Ana anrufen? Wenn mich das Telefonat ähnlich mitnahm wie das mit Raoul, konnte ich auch gleich vom Balkon springen. Mein Herzschlag während des Falls wäre nicht höher gewesen. Zur Ruhe kommen, auf den Boden kommen.

Fuhr mit dem Lift Richtung Erde, etwas langsamer als ein Fall, setzte mich auf die Vespa, fuhr nach Schöneberg. Ging, schon deutlich entspannter, in ein Lokal am Viktoria-Luise-Platz, setzte mich an einen der wenigen freien Tische. Und bestellte einen Salat mit Meeresfrüchten, ein großes Mineralwasser. Keine Cola light, kein Fertiggericht. Keine Verabredung. Ich saß da und aß und trank und guckte in die Sonne, auf die Menschen rundherum, ich war ganz allein, mir wurde serviert, was ich ausgesucht hatte, ich trank, wann ich wollte, aus dem mir zugedachten Glas, ich spürte, wie hungrig ich war und wie gut dieser frische Salat schmeckte, ich würde dafür einen angemessenen Preis bezahlen, einen Preis, den ich bezahlen wollte. Als ich fertig war, stand ich sofort auf, legte das Geld auf den Tisch, rauchte keine Zigarette mehr, sondern setzte mich wieder auf die Vespa und fuhr zurück. Das waren, ich hatte nicht auf den Tacho geschaut, vielleicht nur sechs Kilometer, aber während ich so fuhr, war ich mit einemmal klar, ich fühlte mich so klar, ich würde mit Ana telefonieren und meine, meine, meine Schlüsse daraus ziehen, ich würde schon morgen ins Gericht gehen, ich würde erst übermorgen in die Agentur gehen, ich würde meine Jobs machen und meine fälligen Überweisungen tätigen, ich würde für das bezahlen, was ich bekam, und ich würde Geld für das bekommen, was ich tat, ich würde nur noch die Menschen sehen, die ich sehen wollte. Und ich saß auf der Vespa und dachte es, und bereits an der nächsten Ampel wusste ich: So läuft es nicht. Doch der Gedanke verflog schon wieder, als mich ein weißer Mercedes schnitt, seit wann gab es wieder weiße Mercedesse, ich zog haarscharf an ihm vorbei nach links, hupte aber nicht, was hätte es auch gebracht, parkte den Roller zwischen der Harley, von der ich nicht wusste, wem sie gehörte, und dem kleinen gelben Fahrrad, von dem ich wusste, dass es einem kleinen asiatischen Mädchen gehörte, fuhr nach oben und ging direkt zum Telefon. Tippte Anas Nummer ein und versuchte, nicht nachzudenken, denn Szenarien, die man sich vorstellt, treffen nie ein. Sie ging sofort ran. »Hallo?«

»Hier ist Iris.«

»Iris? Wie schön. Wie geht es dir?«

Ich wusste keine Antwort darauf. Also sagte ich das Übliche. Und vielleicht stimmte es ja auch.

»Gut. Ich denke, mir geht es gut. Sag einmal, können wir uns heute treffen, ich würde gern mit dir reden. Vielleicht was trinken?«

»Ja, gern, warte, ich muss noch ein paar Dinge machen, aber dann, vielleicht um sieben, nein, besser um acht? Hier bei mir um die Ecke ist ein Lokal. Holst du mich ab?«

»Um acht Uhr, gut, ja, ich bin um acht bei dir. Bis dann.«

»Schön, bis dann.« Sie legte auf. Wieder einmal so eine Kleinigkeit, um die ich mir unnötige Sorgen gemacht hatte. Wobei das ja auch noch nicht klar war, entscheidend wäre das Gespräch heute Abend. Für den Augenblick aber reicht es, dachte ich und setzte mich wieder auf den Balkon. Ich las in den »Prozessen, die die Welt bewegten«, und unten brausten die Berliner, die der Stadt entfliehen wollten, mit offenen Fenstern und aufgedrehten Radios über die sechsspurige Straße.

Als sie auf mein Klingeln öffnete, erkannte ich sie wieder. Wir waren uns vor drei Jahren auf einer Party begegnet. Keiner privaten im Sinne einer Geburtstagsfeier oder von etwas Ähnlichem, sondern einer, zu der nur bestimmte Menschen kommen durften, die ein Codewort und eine Nummer erhielten und sich zu einer bestimmten Zeit an einem bestimmten Ort einfinden sollten. Es war im Prenzlauer Berg, Hufelandstraße, wenn ich mich recht erinnerte. Ich selbst war nicht eingeladen gewesen, sondern hatte Codewort und Nummer von einer Bekannten geschenkt bekommen, wenn man das so bezeichnen wollte. Ich kannte niemanden, tatsächlich war es auch meine erste Bekanntschaft mit einem Darkroom, in den ich aber nur kurz ging, um mich sofort wieder die steile Treppe nach oben zu flüchten. Zu der Zeit trank ich keinen Alkohol; Drogen waren ohnehin kein Thema. Ich verstand die Situation nicht und hatte ein wenig Angst. Aber es war eine exklusive Veranstaltung, zu einer solchen würde ich so schnell nicht wieder Zutritt bekommen. Die Frauen erschienen mir so groß, es waren fast nur Frauen da, auch wenn einige von ihnen wie Männer aussahen. Ich hatte von solchen Partys gehört, wusste aber eben nicht, wie man dazu eingeladen wurde. Wenn ich ehrlich war, wusste ich ohnehin nicht viel über all die Dinge, die sich im Dunklen in Berlin abspielten. Und darum blieb ich trotz meiner Ängstlichkeit da, schaute mir an, wie stumm kommuniziert wurde. Es war eine Frau mit einer großen Narbe auf der Stirn, die mich die Treppen hinunter zu dem Darkroom führte, doch kaum waren wir da, machte ich mich von ihrer Hand frei und ging, lief zurück. Nahm mir eine Cola, die auf einem rührend anmutenden Holztischchen stand; nichtalkoholische Getränke mussten nicht bestellt und bezahlt werden, sie standen auf den Tischen bereit. Und als ich jetzt Ana sah, wie sie im Türrahmen stand, mit einer schwarzen Bluse und einer schmalen, schwarzen Hose, da erinnerte ich mich, sie dort gesehen zu haben. Ich war mir nicht ganz sicher, aber fast, und »fast« war zu wenig, um es anzusprechen, ich würde es herausfinden müssen. Wir gingen in das Lokal, von dem Ana gesprochen hatte, auf dem Weg erzählte sie, abends oft dort zu sein wegen des Gartens, ich hörte nicht genau zu. Worte, die auf dem Weg zu etwas gesprochen werden, das nur hundert Meter entfernt liegt, sind meistens nicht wichtig, zu sehr beschäftigte mich jetzt auch die Frage, ob es eine Antwort auf Anas Verhalten sein könnte, wenn sie tatsächlich die Frau von der Party war.

Sie bestellte uns beiden einen Martini. Ich kannte niemanden, der das tat, also natürlich kannte ich Menschen, die einfach ungefragt für den anderen mitbestellten, ich kannte sie so gut, dass ich ihnen fünfundzwanzig Prozent meines nächsten Honorars abgeben würde. Aber ich kannte niemanden, der sich in ein Lokal setzte und Martini bestellte. Vielleicht hatte ich in einer Bar mal jemanden gesehen, aber nicht in einem Schöneberger Restaurant oder Café oder was auch immer das hier war. Der Kellner schien Ana zu kennen und nicht weiter überrascht zu sein über diese Bestellung, die vielleicht vor zwanzig, dreißig Jahren gang und gäbe war, ansonsten heutzutage doch nur beobachtet wurde, und zwar, wenn man einen James-Bond-Film ansah. Ich mochte keinen Martini, hatte einmal zu viel davon getrunken und das Zeug seitdem nicht wieder angerührt. Neben uns saß eine dieser modernen Kleinfamilien, zwei ältere Elternteile mit einem kleinen Jungen, der in seinem Buggy schlief, während sich die Eltern große Pizzas schmecken ließen und sich vormachten, sie müssten aufgrund der Tatsache, ein Kind zu haben, keine Kompromisse eingehen. Obwohl klar war, was für ein Geschrei es geben würde, wenn sie den Kleinen in einer halben Stunde aus seinem Buggy hieven würden, um ihn in sein Kinderbettchen zu verfrachten. Ana trank, zündete sich eine Zigarette an. Das waren die Startvorbereitungen, es erinnerte mich an das Procedere, wenn eine Rakete ins All geschossen wurde, das Herunterzählen, das Erklären des Kommentators, was sich da abspielte, die Details über die Trägerrakete, den Druck, die Umlaufbahn, wann was gezündet wurde. Was wollte ich? Ich wollte wissen, was das gestern Nacht war, warum es so zustande gekommen war, was das für die Zukunft bedeutete. Ziemlich schwammige Fragen, die ich jetzt plausibel verpacken musste.

Doch dazu kam es nicht. Ich formulierte keine einzige meiner Fragen; ich hörte, genau wie gestern, nur zu. Zwischendurch fragte ich mich, wie so viele Wörter in einen so schmalen Körper passen konnten, so viele Sätze, so viele Geschichten. Und als Nächstes, eine Stunde vielleicht später, fragte ich mich, warum sie mir das alles erzählte. Und vielleicht fünf Minuten später fragte ich mich, warum sie das so teilnahmslos tat. Sie saß da, in ihrem schmalen Körper, mit ihren schwarzen Sachen, sie schaute mich mit diesen Augen an, die so ein wenig die Farbe hatte, wie ich sie aus den Wohnungen im Plattenbau gegenüber kannte, wenn nachts um zwei die Fernseher liefen, aus Angst vor Insekten aber kein Licht eingeschaltet war. Man konnte nicht wissen, was sich diese Menschen da gerade in ihrem Fernseher anschauten, es konnte sowohl das Schauerlichste als auch das Anrührendste der Welt sein, und so ging es mir mit Anas Augen, ich wusste nicht, was sich hinter diesen Augen, in ihrem Kopf oder in ihrem Herzen abspielte, ich tendierte mal zu der einen, mal zu der anderen Deutung, aber was ich wusste, war, dass sie wieder diesen Sog auf mich ausübte, wie ein Staubsauger, ich bemerkte es, aber ich lief nicht weg, ich wollte nicht weglaufen, sei es nun aus Faszination für das Geschehen oder für die Geschichten, ich blieb da auf meinem mit der Zeit unbequem werdenden Metallstuhl sitzen, trank die Martinis, die der Kellner wortlos immer wieder an den Tisch brachte, und ließ mich von Anas Worten und Anas Augen einsaugen.

Ich wachte auf und griff nach der Flasche Mineralwasser, die neben dem Bett stand. Auf meiner Armbanduhr, die auf dem Nachttischchen lag, sah ich, es war erst kurz nach sechs, was macht man an einem Montag um kurz nach sechs? Ana schlief, ihr Körper war von so einer Art Entenflaum überzogen, ganz zart, wie es bei hellblonden Menschen manchmal so ist, sie war dünn, sehr dünn, bestimmt nicht mehr als vierundvierzig Kilo, zu wenig bei einer Körpergröße von knapp einssiebzig, man sah die Rippen und alle anderen Knochen auch, über allen dieser gelbe Flaum, ich schaute sie an, und davon schien sie aufzuwachen. Sie stand sofort auf, sagte kein Wort, ging ins Bad. Ich stand auf, zog mich an, streichelte die schwarzweiße Katze und ging. Es war ein anderes Gehen als am Tag zuvor, ich spürte, wusste, es war Ana recht, dass ich jetzt ging. Es gibt ja so Konstellationen, da sind Menschen für den Tag bestimmt oder eben für die Nacht, in diesem Fall wusste ich, es ging um die Nächte, nur um die Nächte, am Tag würden wir uns nur unverbindlich gegenüberstehen, weniger noch, wir wüssten uns nichts zu sagen, jedenfalls nicht in diesem privaten Raum, in der Redaktion hätten wir beide unsere Rollen, aber da würden wir uns im Zweifelsfall noch nicht einmal zur Begrüßung die Hand geben, nachts war es jedoch etwas ganz anderes. Ich schloss die Tür und musste dabei die Katze zurückdrängen, die anscheinend meinte, sie könnte jetzt mit mir einen Ausflug machen, aber sie gehörte hier hin, ich um diese Uhrzeit nicht mehr. Der Zeitungsladen hatte bereits geöffnet, ich kaufte eine kalte Dose Fanta und eine Schachtel Zigaretten, stieg in die U7 und wusste, das würde ich in nächster Zeit noch öfter tun. Zurück nach Hause, so dachte ich es, und es hatte etwas Angenehmes, etwas Beruhigendes, es gab ganz viel Welt dort draußen, aber es gab auch ein, wenn auch sehr kleines Stück, das nur mir gehörte. In dem es nach mir roch, in dem Dinge standen, die ich für mich gekauft hatte, wo das lag und stand, was mir, nur mir etwas bedeutete.

In der U6 saßen mir zwei Jungs gegenüber, die mit der einen Hand ihr Nutella-Brot hielten und mit der anderen Nachrichten in ihr Handy eintippten. War das jetzt so, kommunizierte man jetzt schon morgens um halb sieben mit seinen Freunden per Handy? Wo wollten diese Jungs hin, für die Schule war es doch noch ein wenig zu früh. Wobei ich mir noch nicht einmal sicher war, ob noch Sommerferien waren, auch wieder so ein Thema, das einen vor zwanzig Jahren unglaublich beschäftigt hatte, jetzt aber nur noch im Hinblick auf die Parkplatzsuche interessant war, da ich mit meiner Vespa aber nicht sonderlich viel Raum in der öffentlichen Parkraumbewirtschaftung einnahm, kümmerte mich auch das nicht mehr. Und wer, bitte schön, hatte ihnen diese Nutella-Brote geschmiert? Verschlafene Mütter, oder hatten sie es selbst getan? Ich tippte auf Letzteres. Und natürlich war ich mir darüber im Klaren, dass ich lieber darüber nachdachte als über die Nacht, die ich mit Ana verbracht hatte, weil mich das in einer Weise verstört hätte, für die ich nicht gerüstet war. Ich hatte die Nacht mit Ana verbracht, so einfach war das in Worten auszudrücken. Ich hatte es nicht entschieden, es war geschehen, folgerichtig und doch absurd. Ich wollte nicht darüber nachdenken, ich wollte es einfach nicht. Ich betrachtete die Menschen, die hier mit mir in dem U-Bahn-Waggon der Berliner Verkehrsbetriebe fuhren, zusammengewürfelt durch Weckerklingeln und Umstände und Temperatur und Verpflichtungen und wie immer die Beweggründe auch hießen. Vielleicht würde ich keinen von ihnen jemals wieder sehen. Vielleicht aber wäre das in Zukunft eine normale Strecke und Fahrzeit für mich, und wir würden uns immer wieder sehen, ich wusste es nicht, aber die Nacht war die Nacht, und jetzt war der Tag, und jetzt hatte ich gefälligst zu entscheiden, ob ich mich mit dem Agenturjob auseinandersetzte oder heute ins Gericht ginge. Ich trank aus der Blechdose, stieg Stadtmitte aus, lief zurück zu meinem Haus und fällte die Entscheidung: Gericht. Wenn ich schon so früh auf war, konnte ich mir auch noch einen Kaffee machen und ein wenig n-tv oder MTV gucken und mich dann auf den Weg nach Moabit machen, um pünktlich zu Verhandlungsbeginn um neun Uhr da zu sein. In den Agenturen meldete ich mich zumeist ohnehin nicht vor elf, weil bis dahin alles sortiert, alle Status-Meetings abgehalten waren.

Also heute Gericht, morgen bis neun Uhr ausschlafen und dann Kontakt mit der Ratte Raoul, nein, mit Christian aufnehmen und weiterarbeiten an meinem Dreiviertelhonorar. Es ärgerte mich nicht mehr sonderlich.

Es war das erste Mal, dass ich nicht einfach so zum Gericht fuhr, sondern weil es zu meinem Job gehörte. Ich würde aufmerksam sein müssen, mir alles merken, um es in den Verhandlungspausen zu notieren. Ohne Presseausweis durfte ich während des Prozesses nicht mitschreiben. Das neobarocke, labyrinthische Gerichtsgebäude war mein Arbeitsplatz, auch wenn ich da reinging wie jeder andere Zuschauer. Ich stand vor der Haupttreppe, lief bis zum ersten Absatz. Drehte mich um und schaute auf die Menschen, die da in der Halle mit den allegorischen Figuren, unter dem Gewölbe, das an ein Kloster erinnerte, standen, und auf die Menschen, die noch in der Schlange vor der Drehtür warteten. Wer war aus welchem Grund hier? Verbarg sich dahinter eine spektakuläre oder eine banale Geschichte? Man konnte es nicht sehen, man sah es den Menschen eben doch nicht an. Ich hatte keinen Anhaltspunkt, in welchem Saal eine für mich brauchbare Geschichte verhandelt werden würde. Also ging ich in den, wo gerade ein Fall aufgerufen wurde. Setzte mich hinter die Holzbrüstung, die den Teil für die Zuschauer von dem eigentlichen Saal trennte. In das Holz hatte jemand »Fight the« geritzt. Weiter war er offensichtlich nicht gekommen. Eine Ladendiebin, die Sportklamotten für 900 Euro bei Karstadt am Hermannplatz geklaut hatte. Danach ein magerer Junkie, der acht Mal schwarzgefahren war. Ein weinender Angestellter, dem man Siegelbruch und leichte Körperverletzung nachwies. Zum Schluss eine Scheinehe. Die Angeklagte, die alles leugnete und der man kein Wort glaubte, wirkte seltsam fröhlich. Die Verhandlung wurde vertagt, es fehlten Zeugen.

Wo war der rote Faden dieses Vormittags? Wie wurde aus diesen einzelnen Fällen eine Geschichte? Oder welcher Fall hatte einen Aspekt, den ich für die Kolumne als Aufhänger nehmen konnte? Das würde jetzt mein Job sein, das würde mein Job werden, wenn ich es hinbekam. Heute war die erste meiner drei Chancen gewesen. Denn drei Mal, hatte ich mir vorgenommen, würde ich ins Gericht fahren, bevor ich meinen Probeartikel schrieb. Drei Chancen mussten ausreichen.

Ich übernachtete wieder bei Ana. Gegen drei Uhr wachte ich auf. Ging in die Küche, um ein Glas Wasser zu trinken. Setzte mich an den Holztisch für vier Personen und rauchte. Ich war nicht mehr müde, wollte Ana nicht stören. Ich war mit der Vespa gekommen, vielleicht sollte ich einfach nach Hause fahren und da den Rest der Nacht verbringen. Auf dem Küchentisch lag Anas Portemonnaie. Eigentlich wollte ich mir nur ihren Personalausweis angucken, ich wusste noch nicht einmal, wann sie Geburtstag hatte. Und zugegeben, ich war neugierig, ich fand es interessant, was Menschen in ihrem Portemonnaie hatten. Ana hatte am 22. September, also demnächst, Geburtstag. Allein das schien meine Schnüffelei zu rechtfertigen. Sie besaß zwei Kreditkarten, und auch ihr Führerschein war in dem Geldbeutel. Ich guckte mir alles an, drückte die Zigarette aus. Ich schaute mir die vier Sachen noch einmal an. Es war immer derselbe Name, natürlich. Aber in vier völlig unterschiedlichen Unterschriften. Die schwarzweiße Katze strich um meine Beine und miaute leise. Natürlich veränderte sich die eigene Unterschrift vielleicht im Laufe der Zeit ein klein wenig. Aber man unterschrieb nicht auf der einen Kreditkarte mit großen, runden Buchstaben und auf der anderen mit einer gestochenen Ameisenhandschrift. Ich holte leise meine Sachen aus Anas Schlafzimmer und verließ ebenso leise die Wohnung. Die Straßen waren leer, und der Fahrtwind war kühl, ich wäre gern ohne Helm gefahren, aber ich wollte nicht angehalten werden, ich wollte so schnell wie möglich nach Hause.

Es war die Pest mit Raoul. Was hatte ich erwartet? So etwas wie Schuldbewusstsein? Nicht in die Augen gucken können? Zurückhaltung? Wenn dem so gewesen wäre, hätte ich mich getäuscht. Doch waren meine Gedanken ohnehin bei Ana, und wenn nicht bei ihr, dann bei meiner Prozessgeschichte, für die ich am Abend vorher dann doch drei erste Entwürfe versucht hatte, die aber alle nichts taugten und gleich wieder gelöscht wurden. Als ich dann den aufgeräumten Raoul sah, in seinen beigefarbenen Shorts und dem dunkelblauen Polohemd sah, das wirkte, als sei es beim Hochseeangeln von Salzwasser verkrustetet worden, kam mir wieder zu Bewusstsein, wie sauer ich auf ihn war. Was ich nicht zeigen durfte, Frauen durften das ohnehin nicht zeigen, Männer waren wütend auf jemanden, Frauen waren zickig, und das stand in der Liste der schlechten Prädikate gleich neben »ritzt sich die Haut auf«. Raoul fläzte sich auf dem schwarzen Corbusier-Sofa über die gesamte Breite, allein das sprach schon gegen die Agentur, dieses Sofa durfte man vielleicht vor zehn Jahren noch mit steuerlichen Abschreibungsargumenten begründen, seitdem aber nicht mehr, in Agenturen, in denen dieses Sofa noch stand, galt auch das Wortspiel als textliche Königsdisziplin. Christian tippte in seinen Blackberry. Keine Ahnung, warum wir hier überhaupt zusammengekommen waren, ich war nicht vorbereitet, ich hatte nicht einmal die Details des Kundengesprächs im Kopf. Christians Büro lag so, dass man einen Ausschnitt von einem Fußballfeld sehen konnte, kleine Jungs, vielleicht sieben oder acht Jahre alt, spielten da vor sich hin, machten wilde Gesten und jubelten, wie sie es bei ihren Vorbildern im Fernsehen oder mit Papi im Stadion gesehen hatten. Wir saßen hier, der eine tippend, der andere grinsend, ich genervt. Es war so ein Meeting, wie man es aus einem merkwürdigen Pflichtgefühl heraus veranstaltete, es gab eigentlich nichts zu besprechen, aber hinterher konnte man sich sagen: Wir haben uns darum gekümmert. Regisseur Christian fasste also, nachdem er seine Blackberry-SOS-Messages abgeschlossen hatte, das Kundengespräch zusammen, dann stellte er fest, was jetzt zu tun wäre, verteilte Aufgaben, das war es schon. Nach einer halben Stunde gingen Raoul und ich wieder aus Christians Büro, wenn der nicht so lange getippt hätte, wäre das Ganze in zehn Minuten erledigt gewesen, besser noch, wir hätten eine simple Telefonkonferenz gemacht, dann hätte ich wenigstens Raouls Gesicht nicht sehen müssen.

»Und, läuft alles gut, oder gab es schlechte Einschnitte in deinem Leben?«, raunte Raoul mir auf dem Gang zu, und ich konnte mir vorstellen, wie er den ganzen Vormittag, wahrscheinlich schon die Nacht zuvor damit verbracht hatte, diesen Satz zu formulieren.

»Schlechte Einschnitte? Scheint, als wären deine Sprachbilder inzwischen auch völlig zerrüttet.«

»Im Gegensatz zu meinem Kontostand«, antwortete er.

»Was für ein gewitztes dickes Kerlchen du doch bist.« Das war falsch, keine Beleidigungen. Ignorieren. Aber das musste man erst einmal schaffen.

»Dick im Geschäft, meine Liebe. Ist jetzt nicht gerade Funkausstellung? Ich muss mir unbedingt die neuen Fernseher anschauen, ich habe da gerade ein bisschen Geld übrig, Honorar für gute Arbeit.«

»Tja, Schatz, musst du noch ein bisschen warten. Schon schlecht, wenn man denkt, man sei auf der Höhe des Geschehens und mittendrin, dabei ist man noch gar nicht an der Reihe.« Wieder nicht gut. Aber Raoul ließ sich nicht aus dem Gleichgewicht bringen.

»Schönen Tag noch, Iris. Wer ist eigentlich dein neuer Auftraggeber? Ich könnte mich mal mit ihm unterhalten und ihm stecken, was für eine wertvolle Kollegin du doch bist.«

Ich antwortete nicht, sondern drückte die Glastür zum Treppenhaus auf, Fluchttür, bloß weg hier, ich wusste inzwischen, wie leicht man auch für eine wahre Aussage wegen Beleidigung vor dem Kadi stehen konnte.

Am Wittenbergplatz stieg ich aus und ging den Tauentzien runter Richtung Hugendubel. In einem Supermarkt hatte ich einmal beobachtet, wie ein Mann seine Waren auf das Fließband stellte. Zuerst kam eine Flasche Schnaps, danach Bierdosen, danach eine Dose Gulaschsuppe, danach so Sachen wie Butter, Joghurt, abgepackter Aufschnitt, Eier. Man konnte ganz klar erkennen, wo seine Prioritäten lagen, man konnte ganz klar erkennen, er war sich nicht so ganz sicher, ob sein Geld reichen würde. Aber das Wichtigste war der Fusel. Vielleicht hatte er die anderen Sachen nur dazugelegt, damit es wie ein normaler Einkauf aussah. Vielleicht brauchte er sie auch. Ich hatte diese Taktik, in Varianten, später noch öfters beobachtet. Junge Männer, die an Kiosken eine Schachtel Zigaretten, zwei Autozeitungen, einen Comic, eine Tageszeitung und ein, nennen wir es: Herrenmagazin kauften. Das Herrenmagazin lag genau in der Mitte des Zeitungsstapels, die Bemerkung, auch noch eine Schachtel Zigaretten haben zu wollen, erfolgte genau nachdem der Verkäufer den Preis der Zeitung, die auf das Herrenmagazin folgte, eingetippt hatte. Vertuschung, sollte der Verkäufer bitte nach der Zigarettenschachtel suchen und ganz schnell vergessen, es mit einem Käufer zu tun zu haben, der einsam in seinem Zimmer saß und sein Liebesleben mit zweidimensionalen FKK-Blondinen bestritt, die nicht einmal von seiner Existenz wussten. So ähnlich ging es mir an diesem Tag auch. Ich schaute mir die belletristischen Neuerscheinungen im Bereich Taschenbuch an, legte dann aber doch vier Klassiker in den braunen Pappkorb,

Haffners »Über die Deutschen« und von Paula Fox »Kalifornische Jahre«, dazu noch von Heym »Die Architekten« und von Roth »Beichte eines Mörders«. Dann ging ich zwei Stockwerke höher, stand vor den Regalen zum Thema Psychologie und suchte mir ein Buch zum Thema Borderline und eines über multiple Persönlichkeiten heraus. An der Kasse im ersten Stock mischte ich die sechs Bücher so, wie es der Typ im Kiosk auch gemacht hätte, nicht aber wie der Mann im Supermarkt, denn die psychologischen Bücher waren die wichtigsten, aber ich legte sie nicht nach ganz oben. Eine Hausfrauenmischung, so nannte man es in der Werbung, bei der Scheinausgabe bei Geldautomaten und beim Aufschlüsseln von Bruttosozialprodukten, alles dabei, ein bunter Strauß, ich war ein ganz normaler Kunde und kaufte unterschiedliche Bücher, trotzdem war ich froh, als ich meine Unterschrift unter den Abbuchungsbeleg gesetzt hatte und wieder aus der Buchhandlung heraus war. Wenn ich schon einmal in der Gegend war, konnte ich mir auch gleich eine neue weiße van-Laack-Bluse und Delikatessen im KaDeWe kaufen. Nachdem ich das mit den Büchern geschafft hatte, wurde ich sogar so ungehemmt, in die Wäscheabteilung im ersten Stock zu gehen, immerhin hatte ich jetzt wieder so etwas wie ein Liebesleben. Wenn ich auch nicht wusste, mit wem. Zur Verfügung standen anscheinend vier Personen, aber wer sie auch immer waren, sie sahen alle wundervoll aus, fühlten sich so an und hatten es bisher geschafft, mich zu faszinieren. Denn trotz aller Irritation, ich wollte Ana wiedersehen, nicht aus Neugier, was es tatsächlich mit den vier Unterschriften auf sich hatte, ich wollte sie einfach wiedersehen und ihr nah sein, im Moment hatte ich das Gefühl, ich käme mit all dem zurecht, es wäre nicht so wichtig.

Im Fahrstuhl fuhr ich mit einer Frau, die ich schon ein paar Mal gesehen hatte, nach oben. Sie wohnte im siebten Stock, und immer fuhr sie zusammen mit ihrem kleinen Sohn, vielleicht so vier Jahre alt. Sie schwitzte und schleppte Einkaufstüten, er trug einen Zweiteiler mit Tierbildern und eine rote Basecap von Polo/Ralph Lauren, hatte, wie ich wusste, Angst vor Hunden, selbst wenn die nur halb so groß waren wie er selbst, also verdammt klein, und er hat blaue Augen, mit denen er mich auch heute im Fahrstuhl musterte, als wäre ich wegen Trickdiebstahls angeklagt. Ich war sonst nicht so, aber dass dieser kleine Inquisitor in der abgefuckten siebten Etage aufwachsen musste, das fand ich gerade vollkommen in Ordnung. Im Fahrstuhl hatte ich das Gefühl, selbst seine Mutter fände ihn scheiße, wenn sie denn mal ehrlich sein dürfte, aber das durfte sie nicht, sie war nun mal Mutter, und da musste man sich mit einem entschuldigenden Grinsen begnügen, statt einfach ehrlich Tag und Nacht in die Kissen zu heulen. Als sie sich aus der Kabine verabschiedete und es da schon nach dieser kurzen Fahrzeit nach Mutter-, Lidl- und Schlaflosigkeitsschweiß roch, verkniff ich mir das »Einen schönen Tag noch«, das man hier so gern sagte, aber das für mich in ihrem Fall ziemlich zynisch geklungen hätte.

Ich wusste nicht, ob ich die Psychologiebücher lesen sollte, bevor ich Ana das nächste Mal begegnete – oder ob ich die Dinge einfach auf mich zukommen lassen und reagieren sollte, ohne diesen ganzen theoretischen Unterbau. Und dann hinterher nachlesen, ob ich auf ein Symptom reagiert hatte oder auf eine ganz normale Situation. Vielleicht sollte ich auch einfach mit dem Borderline-Buch anfangen und schauen, ob das etwas mit mir zu tun hatte? Es hatte etwas mit mir zu tun, ich las es bereits auf Seite 3. Ich legte das Buch weg und nahm mir das Buch von Sebastian Haffner. Ohnehin eine Schande, es nicht schon viel früher gelesen zu haben. Das war die Schande, alles andere war es vielleicht auch, aber besser, sich von oben nach unten zu arbeiten.

Als ich vom Balkon zurück ins Arbeitszimmer kam, sah ich den Anrufbeantworter blinken. Zunächst Ana, die fragte, ob ich am Abend vorbeikommen würde. Kein Erwähnen meiner nächtlichen Flucht. Dann Mario, der sich anscheinend wieder erinnerte, dass es mich einmal in seinem Leben gegeben hatte, und fragte, ob wir nicht was trinken gehen wollten, so gegen elf in einem Laden, dessen Namen ich nicht verstand. War mir bisher gar nicht so aufgefallen, wie undeutlich Mario sprach. Aber wahrscheinlich war er gerade erst aufgestanden, laut Ansage hatte er kurz nach halb vier angerufen. Der dritte Anruf kam von Phil, der vorschlug, zusammen mit Lena und seinem Bruder essen zu gehen. Ich witterte schon Verkupplungsversuche von Lena, aber Phil fügte hinzu, sein Bruder sei Rechtsanwalt, vielleicht wäre das für meinen Job ganz interessant. Ich rief Phil zurück und sagte ihm zu. Ana schickte ich eine SMS, dass es später werden würde, wenn überhaupt, ich würde mich noch einmal melden. Mario rief ich nicht an, er war inzwischen schon so weit weg wie eine Soap, die man jahrelang anschaut, bis das durch so etwas wie Urlaub unterbrochen wird und man, wenn man wieder nach Hause kommt, feststellt, man hat das Gesummse kein Stück vermisst. Dann sucht man sich eine neue Soap aus oder geht in der Zeit auf den Golfplatz und überlegt Abschläge mit Holz drei.

Phil und Michael sahen nicht wie Brüder aus. Michael war fast einen Kopf kleiner als Phil; er war athletischer, hatte blondes Haar und trug Jeans und ein weißes Hemd. Lena verspätete sich, weil sie noch einen Schauspieler interviewen musste, also saß ich mit den beiden Brüdern auf der Terrasse im Prenzlauer Berg. Brüder, auch so eine Konstellation, die ich nicht durchblickte. Michael war der ältere der beiden. Wenn sich Männer in Gruppen schon immer darum schlagen, wer der Stärkste ist, war das bei Brüdern nicht noch extremer? Oder suchte sich jeder seine Nische, der eine konnte eben gut reden, der andere war dafür das Sportass, der eine schleppte die Mädchen ab, der andere erfand die Glühbirne neu? Ich fragte sie, was sollte es, wenn es nicht zum Gesprächsverlauf passte, ich war jetzt fast Journalistin, ich durfte alles fragen, was mir gerade einfiel. Phil antwortete als Erster, Michael ergänzte, fügte einen neuen Aspekt hinzu, dann stieg Phil wieder ein, einen Wortführer gab es also zumindest nicht, warum, war mir auch bald klar: Die beiden hatten noch einen älteren Bruder und drei Schwestern, die so zwischendurch und hinterher geboren waren. Mit der Zwei-Kinder-Familie hatte das nichts mehr zu tun, das klang eher nach einer Art Verein. Wir unterhielten uns über unsere Familien, vornehmlich erzählten die beiden, da gab es ja auch viel mehr Stoff, Lena rief zwischendurch an und teilte mit, sie käme überhaupt nicht mehr, sondern ginge mit dem interviewten Schauspieler noch was trinken. Als Phil meine Blicke auf die Armbanduhr bemerkte, erzählte er Michael von meinem neuen Job, also von dem, den ich vielleicht bekäme.

»Also, wenn du was wissen willst, fachlich, dann ruf mich einfach an. Ansonsten hätte ich aktuell einen Axtmörder im Angebot, er ist nicht wirklich ein Axtmörder, aber es klingt so gut, ein Mann, der seine Frau und seine Geliebte mit einer Axt angegriffen hat. Ist aber nichts passiert, außer dass es jetzt einen heilen Tisch weniger in der Welt gibt.«

»Er hat seine Frau und seine Geliebte gleichzeitig angegriffen, warum das denn?«, fragte Phil. Und genau die Frage stellte ich mir auch, normalerweise entschied man sich doch für eine.

»Er war ein bisschen, sagen wir, aufgeregt. Natürlich unschuldig im Grunde seines Herzens. Und wenn nicht, will ich das auch gar nicht wissen. Obwohl es mir in Anbetracht des Fotos von dem Tisch ein wenig schwer fällt, auf Freispruch zu plädieren. Und in Anbetracht der Axt. Und in Anbetracht meines Mandanten«, antwortete Michael. Er hatte eine Falte, die genau parallel zu seiner rechten Augenbraue verlief, und ich konnte mir vorstellen, die hatte sich da eingefräst, weil er die Augenbraue beim Anhören der Erklärungen seiner Mandanten immer unfreiwillig hochziehen musste.

»Ich weiß nicht, ob ein Fast-Axtmörder zum Auftakt meiner Kolumnenkarriere das Richtige ist. Aber auf das Angebot mit den Fragen und Antworten komme ich gern zurück.«

Wir redeten, so wie Menschen eben miteinander reden, die sich noch nicht kennen, sich aber sympathisch sind und davon ausgehen, sich in Zukunft öfter zu treffen. Nach einer halben Stunde verabschiedete ich mich, setzte mich auf den Roller und fuhr los, winkte den beiden Brüdern, die so unterschiedlich aussahen. Sechs Kinder, nicht schlecht.

Den kürzesten Weg von hier aus zu Ana kannte ich nicht, also nahm ich nur die großen Straßen und fuhr geometrisch, keine Seitenstraßen, sondern mehr oder weniger nur 90-Grad-Winkel.

Die andere Welt, immer gab es eine offizielle Welt und eine geheime, in meinem Privatleben gab es inzwischen vielleicht vier Welten, ich bewegte mich insgesamt in fünf, mit dem Gericht sogar in sechs Welten. Hätte es mich ruhiger oder unruhiger machen sollen, zu wissen oder zumindest zu erahnen, dass Ana sich in mindestens genauso vielen bewegte? Wir unterhielten uns, tranken Martini auf ihrem kleinen Balkon, sie trank Martini, ich nippte daran, hielt mich aber eher an das Wasser. Ich wollte sie aushorchen, das wurde mir schnell klar, deshalb wollte ich nüchtern bleiben, auch wenn ich wieder Gefallen an Martini gefunden hatte, ich wollte herausfinden, was es mit den Unterschriften auf sich hatte. Ob an meiner Vermutung über multiple Persönlichkeit etwas dran war. Oder ob sie ganz einfach nur gern zwischen verschiedenen Rollen wechselte, gern mit unterschiedlichen Identitäten spielte. Oder ob ich mich vollkommen irrte und es eine ganz simple Erklärung gab, eine Erklärung, auf die ich bisher nur nicht gekommen war. Und ich wollte ganz banal nicht viel trinken, um am nächsten Morgen klaren Kopfes ins Gericht zu gehen. Und Michael zu treffen, mit dem ich verabredet hatte, dass wir uns mittags in der Kantine des Gerichts sehen würden.

Ana war angeschlagen. Ich wusste nicht, was sie bis zehn Uhr, also bis zu meinem Eintreffen gemacht hatte. Aber bestimmt nicht nur mit der Katze gespielt. Gegen elf fing sie an zu reden. Warum sie zum Beispiel nicht in meine Wohnung kommen wollte. Weil sie, mit Ausnahme ihres Jobs, nie in den Ostteil der Stadt fuhr. Sie hatte da gelebt, jahrelang. Kurz nach der Wende war ihre Wohnung abgebrannt. Ein Dachgeschoss, in dem sie mit ihrem großen Bruder wohnte. Übrig geblieben waren ihr Bruder und sie. Sonst nichts. Keine Möbel, keine Fotos, nicht die drei Katzen, die sie gehabt hatte. Seitdem fuhr sie da nicht mehr hin, begab sich nicht einmal mehr in den Dunstkreis, machte es an dem ehemaligen Ost-Berlin fest. Warmer Abriss, sagte sie, auch so ein Ausdruck, den ich erst hier in Berlin gehört hatte. Ich fragte sie nicht, warum sie bei ihrem Beruf, also fast täglich, an diesem Grundsatz nicht festhielt. Sie sprach über ihre depressive Mutter, ihren fast verstummten Vater, ihren immer wirrer werdenden Bruder, und es waren alles Sätze, auf die man nichts erwidern konnte, ich zumindest nicht, es erschien mir in der Konzentration der Tragödien so unfassbar, ja fast unglaublich, aber eigentlich war es nichts wirklich Spektakuläres, so was las man in Spiegel-Reportagen immer wieder, aber man las es eben nur, man hörte es nicht von jemandem, mit dem man schon das Bett geteilt hatte. Es waren keine Fast-Axtmörder-Geschichten, trotzdem konnte ich es kaum glauben, ja, ich war mir nicht sicher, ob ich Ana das glauben konnte, ich tat es so halbherzig, aber ich wusste nichts. Um kurz nach zwölf gingen wir ins Bett, ich wusste, heute Nacht würde ich bei ihr bleiben, aber ich wusste nicht, ob ich das weiter wollte. Und das sprach nicht gegen sie, sondern gegen mich.

Wieder wachte ich gegen drei Uhr auf. Ana lag sehr gerade neben mir, nicht in dieser Embryohaltung, wie sie die meisten Menschen einnehmen, wenn sie sich wohl fühlen, wenn sie sich entspannen, auch nicht wie die Menschen, die sich so sicher fühlen, dass sie auf dem Bauch schlafen, keine Angst haben vor Attacken aus dem Hinterhalt, keine Angst vor Knüppeln, Geistern oder was einem sonst so nachts widerfahren kann. Ana lag ausgestreckt auf dem Rücken, beide Arme parallel zum Körper und über der Bettdecke. Sie erinnerte mich ein wenig an einen schlafenden Hund. Von denen nimmt man ja auch an, sie seien gerade im Tiefschlaf, aber sobald es auch nur ein leises Geräusch gibt, sich jemand im Raum auf sie zu bewegt und die immer eingeschaltete Witterung dadurch etwas ins Bewusstsein meldet, öffnen sie mindestens ein Auge, ob es nun elf Uhr morgens oder drei Uhr nachts ist. Allerdings rollen Hunde sich ein, Ana lag da wie ein Messer. Die Gardine vor dem Fenster war nicht zugezogen, Anas Schlafzimmer lag zur Straße, es war nicht ganz dunkel, ich konnte sie etwas mehr als schemenhaft erkennen, ob allerdings ihre Augen geöffnet waren, nachdem ich mich bewegt hatte, konnte ich nicht erkennen, dazu hätte ich mich zu ihr beugen müssen, und davon wäre sie sicherlich aufgewacht, andere Menschen wohl nicht, aber sie sicherlich. Als ich ihr Gesicht anschaute, wurde mir bewusst, wie wenig ich, trotz all der Dinge, die Ana mir von sich oder ihrer Familie erzählt hatte, wirklich wusste, was sich hinter ihrer Stirn abspielte. Sie hatte mir Dinge erzählt, die ich glauben konnte oder auch nicht, aber es war nicht viel mehr wert als eine Presseerklärung von Lidl. Konnte stimmen, konnte aber auch mit der Realität überhaupt nichts zu tun haben, ich wusste es schlichtweg nicht, und vielleicht musste ich das ja auch gar nicht. Ana hatte nicht gefragt, was es mit meinen Narben auf sich hätte, sie hatte sie gesehen, aber nicht gefragt, entweder weil es so eindeutig war, woher diese schmalen weißen Striche und breiteren roten Kratzer stammten, oder aber weil sie der Meinung war, wir hätten diesen Grad der Intimität noch nicht erreicht, oder weil es sie nicht interessierte. Man geht so selbstverständlich davon aus, der normale Gang der Dinge wäre, sich kennen zu lernen, Sympathie füreinander zu entwickeln – und dann alles vom anderen wissen zu wollen. Die Kindheit, die Vergangenheit überhaupt, die Hoffnungen und Träume, die Ängste und Zweifel. Damit man auf alles Rücksicht nehmen und alles verwirklichen kann, damit man viele Überschneidungen mit dem eigenen Leben und dadurch immer mehr Argumente dafür findet, dass eine gemeinsame Zukunft gut wäre. Selbst ob einem ein bestimmtes Buch oder Lied gefallen hat, muss für das Aufgehen der Glücksformel herhalten. Aber vielleicht war das gar nicht so. Vielleicht traf man sich an einem bestimmten Punkt seines Lebens, verbrachte Zeit miteinander und ging wieder auseinander, ohne viel voneinander zu wissen. Die einen glaubten an das Schicksal, über kurz oder lang den Menschen zu finden, der perfekt zu ihnen passte, die anderen eher an eine Art Darwinismus, ob man nun ein Mensch war oder eine Blume, zufällig kam der richtige Windhauch, und dann pflanzte man sich eben fort, zufällig kam der gerade bereite Mensch, dann verbrachte man eben eine kurze oder auch längere Zeit miteinander, zu bedeuten hatte das alles im Weltgeschehen nichts.

Ana schlief nicht. Sie hatte mich die ganze Zeit angeschaut, aber kein Wort gesagt, ich drehte mich um und versuchte zu schlafen. Vor gut drei Stunden hatte sie gesagt, ich würde immer nach Himbeeren riechen, ich, nicht mein Parfum. Vielleicht war da ja doch ein Weg.

Eigentlich hatte ich mir für den nächsten Tag vorgenommen, gezielt zu einem Gerichtstermin zu gehen, zu einem komplexeren Fall. Aber ich hatte mich nicht darum gekümmert. Vielleicht wäre Michaels Fast-Axtmörder interessant gewesen, sicher hätte er, also Michael, nichts dagegen gehabt, wenn ich an seinem Prozess teilnahm. Und er hätte mir sogar noch Hintergrundinformationen liefern können, soweit das irgendwie vertretbar war. Und ein Fast-Axtmörder wäre auch ein Aufhänger für eine Geschichte, für eine Kolumne gewesen. Denn das Gefühl kannte doch wahrscheinlich jeder, einfach einmal zuzuschlagen, in einer Form, die keiner von einem erwarten würde, das war ja gerade das Reizvolle. Die ganze Zeit nahm man sich zusammen, aber dann kam der Punkt, an dem es einem reichte, und dann schlug man eben zu. Mit der Faust oder mit der Axt, gegen seinen Chef, einen erpresserischen Texter-Arsch oder gegen Frau und Geliebte. Aber ich wollte erst einmal sehen, ob ich nicht selbst und ohne Hilfe auf eine andere Geschichte stieß.

Während der nächsten drei Stunden sah ich eine Ladendiebin, die auch noch das Falsche geklaut hatte, weil sie nicht lesen konnte. Einen jungen Typen, der bei einer Anti-Nazi-Demo den Hitler-Gruß gemacht hatte, weil er meinte, er hätte es mit Faschisten zu tun. Er hätte das ironisch gemeint. Man hatte bei ihm 2,7 Promille festgestellt, das erklärte wohl sein Verhalten. Danach unerlaubter Waffenbesitz. Der Angeklagte präsentierte fünf Namen von Menschen, die eigentlich dafür verantwortlich seien, nur er selbst habe mit dem Revolver Kaliber 38, Modell »Undercover«, in seiner Schublade bestimmt nichts zu tun. Es folgte eine leichte Körperverletzung. Dass sie leicht war, lag mit Sicherheit daran, dass der Schläger sich einen Gegner ausgesucht hatte, der zwei Köpfe größer und ehemaliger Eishockey-Nationalspieler war. Zum Schluss ein Mann Anfang zwanzig, der versucht hatte, von einer Bank einen Kredit zu bekommen, indem er Verdienstbescheinigungen fälschte.

Kurz nach zwölf ging ich aus dem Saal, schaltete das Handy ein, rauchte eine Zigarette. Auf den Bänken saßen kichernde Mädchen, drei Jungs hatten sich um einen Aschenbecher gruppiert, sie sahen alle gleich aus, keiner sah aus, als wäre er Kreativ-Director oder meinetwegen auch nur lumpiger Texter in einer Werbeagentur oder Bankangestellter oder Kapitän oder was die Leute sonst so machten. Amtsgericht, das schien mir auch zu heißen, hier zu achtzig Prozent Menschen zu sehen, die in Gegenden wohnten, die nicht als Opener-Bild auf den Internetseiten von Städten gezeigt wurden, wahrscheinlich nicht einmal auf Seite 15 in einem Prospekt. Mein Lieblingssatz aus »Vanilla Sky«, dem Film mit dem mir seit jeher unsympathischen Tom Cruise, war: »Die Zeit ist nicht unser Freund.« Wann immer, in welcher Lebenslage auch immer mir dieser Satz in Erinnerung kam, traf er gerade zu. Im Amtsgericht sowieso.

Das Handy war endlich auf Empfang und hatte die eingegangenen SMS weitergeleitet. Eine war von Michael, der schrieb, er wäre zwischen zwölf und halb eins in der Kantine, einzige Möglichkeit heute. Ich fragte mich durch, da saßen sie also, all die für die Justiz tätigen Menschen. Staatsanwälte hatten ihre weißen Krawatten über die Schulter geworfen, um keine Sauce daraufzukleckern, ansonsten hätte das hier auch der Mittagstisch eines Computerunternehmens sein können. Menschen aßen und tranken, hatten ihre Teller und Gläser auf braunen Tabletts vor sich stehen, bestimmt redete ein Viertel über den immer noch warmen Sommer, ein Viertel über das, was sie gerade in ihren jeweiligen Sälen erlebt hatten, ein Viertel über Privates, und ein Viertel war stumm. Michael saß mit zwei Kollegen an einem Tisch, aber er schaute in dem Moment, als ich ankam, zur Tür, stand sofort auf und kam, mit seinem Tablett in der Hand, auf mich zu.

»Setzen wir uns da hin.« Er deutete mit dem Kopf nach rechts, hielt mit beiden Händen das Tablett fest, ich nickte und folgte ihm an den unbesetzten Tisch.

»Und, schöne Sachen erlebt?«

»Schwer zu sagen, ich muss mich noch einmal neu an das Erzähltempo hier gewöhnen, alle halbe Stunde kommt eine andere Geschichte, das ist nicht wie im Kino, wo eine Geschichte von Anfang bis Ende durcherzählt wird und hinterher weiß man genau, warum was geschehen musste. Hier wissen alle im Raum mehr als ich, ich bin jedenfalls froh, dass zum Schluss nicht das Publikum befragt wird.«

»Hm, kann ich verstehen. Aber du bekommst ein Gespür dafür, da bin ich mir ziemlich sicher, auch wenn du nicht alles weißt. Möchtest du was essen?«

»Nein, nur einen Saft, ich denke, ich hole mir einen Multivitaminsaft.«

Er winkte ab, stand auf und holte ihn für mich.

»Danke. Was war mit deinem Fast-Axtmörder?«

»Sieht nicht so gut aus. Merkwürdigerweise will ihm keiner glauben, es wäre in spontaner geistiger Umnachtung geschehen. Kann natürlich auch mit seinen Vorstrafen zusammenhängen. Der Fall lohnt sich wirklich nicht für dich. Aber mir ist etwas anderes eingefallen. Macht ein Kollege von mir. Könnte sogar sein, dass du zufällig ein paar Hintergrundinformationen bekommst, die du aber selbstverständlich nicht verwendest. Es geht um einen Hochstapler.«

»Hochstapler klingt großartig. Etwa einer von diesen Typen, die Postbote waren und sich jetzt als Herzchirurg durch die Kliniken des Landes treiben lassen, bis nach einem Jahr jemand merkt, dass da was nicht stimmt?«

»Nicht ganz so spektakulär, aber immerhin ein, ich glaube, gelernter Schriftsetzer, der gern mal als Konzern firmiert und richtig viel Geld aus was für Menschen auch immer rausgeleiert hat. Und weißt du, was das einzig Echte an ihm ist?« Er schaute mich strahlend an. Ich schüttelte den Kopf.

»Er ist adelig. Nichts Bedeutendes, aber ein echter ›von‹. Und ich sage dir, Demokratie hin oder her, das war in seinem Geschäft die halbe Miete.« Michael strahlte immer noch, er sah aus, als würde er am liebsten meine Kolumne selbst schreiben, weil das Thema so fein war.

»Das ist perfekt, das ist genau das, wonach ich gesucht habe. Wann ist die Verhandlung?«

»Ja, das ist vielleicht das Problem. Es ist schon morgen. Hast du Zeit?«

Morgen war ich mit Christian verabredet, allerdings nur telefonisch, das konnte ich auch auf den Nachmittag verschieben. Würde ich eben vormittags zum Gericht gehen, mich nachmittags mit Christian absprechen, abends den Artikel schreiben. Freitag war ohnehin Abgabe. Zwar würde ich sicherheitshalber versuchen, aus dem, was ich heute und zuvor gesehen hatte, schon einmal eine Geschichte zu basteln, aber am besten würde sich wahrscheinlich der adlige Hochstapler für meine erste Story eignen.

»Kein Problem, wann fängt es an«, fragte ich.

»Ich frage den Kollegen, ich glaube, es ist auf zehn Uhr angesetzt, aber ich rufe dich heute Abend noch dazu an.«

»Das ist nett. Du kannst nicht zufällig auch dabei sein?«

»Nein, ich habe Mandantentermine in der Kanzlei. Aber wenn du hinterher noch Fragen hast, dann rufst du mich einfach an.« Er sah mich an. »Spielst du eigentlich zufällig Golf?«

»Habe ich mal, aber das ist schon eine Zeitlang her, ich bin auch nicht sonderlich gut.«

»Vielleicht treffen wir uns ja irgendwann mal nur so für ein paar Abschläge auf der Driving-Range da auf dem öffentlichen Golfplatz in Mitte an der Chausseestraße und gehen danach noch was trinken, was meinst du?«

»Danke Michael, ehrlich danke, das wäre, also, gern. Ich muss nur sehen, ob ich meine Golfschläger beim letzten Umzug überhaupt eingepackt habe.«

»Kein Problem, du kannst dir da welche leihen. Also, so machen wir es, ich gebe dir Bescheid, wann und wo morgen der Prozess ist, und wenn du deinen Hochstaplerartikel geschrieben hast, treffen wir uns mal zum Golf, und du erzählst mir, wie's gelaufen ist. Habe ich was vergessen? Wenn, dann besprechen wir das später, ich muss los, mein Mandant sitzt wahrscheinlich schon schweißgebadet im zweiten Stock, bis dann.« Er stand schnell auf, brachte sein Tablett zurück, stürmte fast aus der Kantine. Ich saß weiter da, im Multivitaminsaft waren Fruchtstückchen. Ich ließ ihn stehen und ging langsam hinaus, kein Fall mehr heute, ich würde nach Hause fahren und den Tag genießen, wir hatten die letzten Augusttage, auch dieser Sommer würde demnächst sein Leben aushauchen, auch wenn er bisher stoisch so tat, als könnte das nie und nimmer der Fall sein.

Ana meldete sich nicht. Sonst schickte sie mir zumindest eine SMS oder Mail, heute jedoch nicht. Eigentlich war es nicht wichtig, denn ich hatte ohnehin zu Hause bleiben wollen, um früh schlafen zu gehen und dann am nächsten Tag frisch die Verhandlung gegen den Hochstapler zu verfolgen. Aber weil ich den ganzen Tag nichts von ihr gehört hatte, schrieb ich Ana eine SMS, in der ich fragte, wie es ihr ginge. Sie antwortete, ich solle um halb zwölf zu ihr gekommen. Das passte mir nicht, aber ich schrieb doch »Ja«, fuhr um elf los und nahm meine Sachen fürs Gericht gleich mit. Es würde Ana schon nichts ausmachen, wenn ich am Morgen eine Stunde lang allein in ihrer Wohnung blieb, dachte ich, obwohl ich Zweifel hatte, aber es war vernünftig. Und wenn es sie doch störte, könnte ich immer noch mit ihr die Wohnung verlassen. Sie öffnete die Tür und sah aus wie an dem Abend der Party. Schaute mich an wie einen Vertreter, den man nur reinlässt, weil man gerade nichts Besseres zu tun hat. Am liebsten hätte ich gleich wieder umgedreht, andererseits war das vielleicht der Moment, um der Wahrheit über Ana näher zu kommen. Auch wenn nachts um halb zwölf nicht die ideale Zeit ist, sich auf die Suche nach Wahrheit zu begeben. Wir gingen in das Wohnzimmer, und ich bemerkte, wie Ana auf meine Schuhe sah. Es waren ganz normale Bootsschuhe, nichts an ihnen auszusetzen. Man konnte ihnen sogar zugute halten, dass sie den typischen roten Prada-Streifen auf der Mitte der Zunge hatten, und es waren keine Fakes. Aber Ana blickte gar nicht direkt auf die Schuhe. Sie blickte kurz dahinter. Ich drehte mich um und schaute, ob ich womöglich Dreck mit hereingetragen hätte. Aber da war nichts.

»Ist was nicht in Ordnung, soll ich wieder gehen?«, fragte ich.

»Du kannst tun, was du willst«, antwortete sie und schaute noch immer auf den Teppich.

»Das habe ich nicht gefragt. Was ist denn bloß los?«

»Du kannst gehen, wohin du willst. Du kannst hierbleiben oder weggehen. Nur wenn du gehst, dann bitte nicht über den Teppich.«

Ich schaute mich wieder um, sie hatte die Lampe runtergedimmt. Trotzdem sah man auf dem lachsfarbenen Teppich Spuren. Das Profil meiner Bootsschuhe. Ich schaute Ana an, dann zog ich die Schuhe aus.

»Soll ich den Staubsauger holen?«

»Das mache ich schon.«

Und genau das tat sie, nachts um kurz nach halb zwölf fuhr sie mit dem Staubsauger über die Schuhabdrücke. Mir war nie wirklich aufgefallen, wie außergewöhnlich ordentlich es hier war. Und jetzt wusste ich, es war nicht das Werk einer peniblen Putzfrau, das war Ana selbst. Man fand hier noch nicht einmal Katzenhaare. Ana musste die Hälfte der Zeit in dieser Wohnung mit Staubsaugen verbringen.

Immerhin war sie danach etwas gesprächiger, aber bald wurde sie müde. Sie stand auf, ging ins Bad, kam in ihrem weißen Seidenpyjama zurück, durchquerte das Wohnzimmer, ohne mich anzusehen, und ging ins Schlafzimmer. Die Katze folgte ihr. Ich hatte keine Ahnung vom Umgang mit Katzen, ich kannte bisher nur Menschen mit Hunden, und da war es so, man richtete ihnen einen Schlafplatz irgendwo in der Wohnung, aber bestimmt nicht im Schlafzimmer ein. Anas Katze aber schien keinen Platz zu haben, ich wusste nicht, wo sie schlief. Morgens lag sie mal im Bett, mal streunte sie durch die Wohnung. Ana und ihre Katze gingen also ins Schlafzimmer, ich saß am Wohnzimmertisch. Warum hatte sie gewollt, dass ich noch vorbeikäme? Sie hatte mir kein einziges Zeichen gegeben, mich hierhaben zu wollen. Ich ging an Anas Kühlschrank, um mir noch eine Cola oder einen Saft zu holen, ich wollte Ana jetzt nicht folgen wie ihre Katze. Eine Zigarette noch, etwas trinken, aber dann eben doch in ihr Bett, nicht mehr zu mir nach Hause fahren, das hätte mich bestimmt eine Dreiviertelstunde gekostet. Die Flasche Martini, die am Morgen noch voll war, war halb leer. Und ausnahmsweise war das ganz sicher nicht ich gewesen. An Anas Mund hatte ich den färbenden Rotwein bemerkt. Was war hier wirklich das Problem? Und wann könnte ich es ansprechen. Ich versuchte, mich zu erinnern, aber meiner Einschätzung nach trank Ana nicht extrem viel, nicht krankhaft, exzessiv, gefährlich. Anscheinend war es heute ein bisschen viel, heute ja, aber sonst? Und man hatte nicht so gravierend unterschiedliche Unterschriften, weil man trank, dachte ich, weil Trinken ein Anhaltspunkt auf meiner Suche nach der Wahrheit hätte sein können. Vielleicht trank eine ihrer Persönlichkeiten; vielleicht trank sie in einer ihrer Rollen; vielleicht stimmte auch mal wieder nichts davon.

Ich schloss den Kühlschrank, verzichtete auf die Alibi-Zigarette, ging ins Bad und dann ins Bett. Ana schlief. Oder tat zumindest so. Die Katze hatte sich an ihrem Fußende eingerollt, schaute noch einmal kurz, als ich die Bettdecke hob, hatte aber anscheinend schon akzeptiert, eine Mitbewohnerin zu haben. Die Bettwäsche war weiß, mit zartgelben Blütenblättern. Das passte nicht zu Ana. Ana war weiße oder schwarze Bettwäsche, aber nicht eine, auf der sich zartgelbe florale Motive befanden. Dachte ich zunächst. Oder vielleicht passte es gerade zu Ana? Ich schaute sie an, sie lag wieder wie aufgebahrt da. Wahrscheinlich schlief sie wirklich, sonst hätte sie sich doch auf die Seite gelegt, von mir weggedreht. Ich stellte mir kurz vor, wie es wäre, ihr über den Rücken zu streichen. Sie war so dünn. Wenn ich sie berührte, erschien mir ihr ganzer Körper stimmig, aber wenn ich sie wie jetzt sah, dann sah das nicht gut aus, ihr Körper sah aus wie eine schmale Vase aus hauchdünnem Manufakturporzellan.

Am nächsten Morgen saß Ana bereits vor dem Spiegel ihres Biedermeier-Sekretärs, als ich aufwachte. Meinem Gefühl nach hatte ich nur zwei Stunden geschlafen, aber das täuschte einen ja oft. Ich bewegte mich hörbar, aber Ana ließ mit keinem Blick erkennen, mich gehört zu haben. Auch als sie aus dem Schlafzimmer ging, schaute sie mich nicht an, die Katze allerdings folgte ihr wieder, ich hörte, wie Ana das Katzenfutter in den Napf gab, ich hörte den Kühlschrank klappen, vielleicht eine halbe Minute Pause. Dann die Badezimmertür. Vielleicht fünf Minuten. Ich lag im Bett und guckte an die Decke und versuchte, die Geräusche zu deuten, aber sie waren zu leise. Was oder wen sah Ana, wenn sie sich im Spiegel anschaute? Dann wurde die Wohnungstür geöffnet und wieder zugezogen. Hätte nur noch gefehlt, dass sie sie abschloss. Weil sie es nicht tat, ging ich davon aus, dass Ana sich zumindest unterbewusst daran erinnerte, dass es mich oder sonst jemanden in ihrer Wohnung gab, den sie nicht einschließen sollte.

Ich stand auf, schaltete Receiver und Tuner der Sony-Anlage ein, zappte bis zu Radio Fritz, da spielten sie Franz Ferdinand, und auch wenn ich nicht mehr zur Zielgruppe des Senders gehörte, die Musik gefiel mir immer noch. Ich duschte, und als ich aus dem Bad kam, spielten sie »Life on Mars« von David Bowie, ein Lied, das ich seit Jahren nicht gehört hatte. Ich sang den Refrain mit. Und fand es so, wie ich es als Kind gefunden hatte, wenn ich Pflaumen von dem Baum des griesgrämigen Nachbarn geklaut hatte: frech, aber irgendwie richtig. Nicht wegen der Worte des Refrains, sondern weil ich sie in einer Wohnung sang, in der ich keine Schuhabdrücke auf dem Teppich hinterlassen durfte.

Saal 664. Als der Fall aufgerufen wurde, saßen der Angeklagte und sein Anwalt schon im Saal. Der Hochstapler war aus der Untersuchungshaft durch die verschlungenen Gänge ungesehen in den Saal gebracht worden. Man hatte ihn nicht in der gesicherten Box platziert, sondern auf einem normalen Stuhl im Raum. Michaels Kollege saß hinter ihm, ich wusste nicht, wie er hieß, er war smart, er hätte auch in der Werbung arbeiten können, trotz der Robe war er als jemand erkennbar, der nicht nur die Neue Juristische Wochenzeitung las, sondern gern auch mal die GQ und Men's Health. Ich setzte mich in die Zuschauerreihe, die ebenfalls aus Holz war und nicht, wie bei den Fällen im Amtsgericht, aus Plastikschalen. Zwei Männer saßen mit mir in den Zuschauerreihen, einer wahrscheinlich ein Referendar des Anwalts, den anderen vermochte ich nicht einzuordnen.

Der Angeklagte hieß Ewald von Vogelsang. Die Verlesung der Anklageschrift bekam ich kaum mit, weil mich der Name so irritierte. Wie kamen Eltern darauf, ihrem Kind so einen Namen zu geben? War das Absicht oder Unbedachtheit? Dieser Name musste doch Spott provozieren, man mochte sich nicht vorstellen, wie es dem kleinen Ewald jedes Mal ergangen war, wenn er seinen Namen nannte, man mochte sich nicht vorstellen, wie das für ihn als Schüler war, wie das für ihn war, wenn er einer begehrten Frau seinen Namen sagte. Dieser Name war ein Witz. Allerdings sah Ewald von Vogelsang nicht so aus, als wäre er sich bewusst, welche Heiterkeit allein sein Name bei Juristen auslöste, bei Juristen, die ja immer so stolz auf ihren Wortwitz waren. Der adlige Angeklagte hatte einen ganzen Stapel von Schnellheftern vor sich, ebenso wie sein Anwalt. Von Vogelsang war etwa eins fünfundachtzig groß, dünn und bebrillt, so halbgut angezogen, mit seiner dunklen Hose und dem hellblauen, offenen Hemd und dem gelblichen Sakko aus Baumwolle, das im Laufe der Verhandlung sicherlich Falten werfen würde und außerdem an den Schultern zu breit war, wenn man wollte, konnte man schon das als Hochstapelei interpretieren. Er sah konzentriert aus, mehr wie ein Tennisspieler, der mit all seinen Rackets in der Tasche in einem Stadion auflief und bereit war, aus seinem ganzen technischen und materiellen und mentalen Fundus zu schöpfen. Jemand, der sich minutiös auf ebendiesen Auftritt vorbereitet hatte und jetzt das Introgefasel des Stadionsprechers gar nicht mehr hörte, sondern sich routinemäßig bei der Nennung seines Namens verbeugte, um dann auf den Platz zu gehen und zu zeigen, wer hier der Bessere, der Versiertere, der Stärkere war.

Ich merkte, wie müde ich war, versuchte, mich auf den Fall zu konzentrieren, aber ich schweifte immer wieder ab zu den Schuhabdrücken, zu der Martini-Flasche und zu Formulierungen, die ich für meine Kolumne gebrauchen könnte. Und über diese Formulierungsversuche verpasste ich erst recht, was im Gerichtssaal vor sich ging. Ich hoffte, es würde bald eine Verhandlungspause geben, damit ich einen Schluck Cola trinken, eine Zigarette rauchen und zu meiner Konzentration zurückfinden könnte. Michaels Freund war der Pflichtverteidiger des Herrn von Vogelsang. Und was dieser von jenem hielt, machte er schnell deutlich. Kaum hatte der Staatsanwalt die Anklageschrift verlesen, die einzelnen Fälle des Betrugs und der Urkundenfälschung minutiös aufgeführt, stellte der Angeklagte seinen ersten Antrag. Befangenheit des Richters. Er hatte wohl aus der Untersuchungshaft mehrere Briefe geschrieben, und die Antworten darauf hatten ihm nicht gefallen. Michaels Freund sah resigniert zum Richter, er hob sogar kurz die Hände und ließ sie wieder auf die Tischplatte fallen, während Ewald noch seine Begründung verlas. Dem Richter war signalisiert, der Rechtsanwalt könne nichts für das Verhalten seines Mandanten. Was ich nachvollziehbar fand, aber auch nicht ganz richtig. Ob Pflichtverteidigung oder nicht, er sollte den Delinquenten herausboxen, und jetzt sah es so aus wie bei einem Boxtrainer, der sich schon während der ersten Runde des Kampfes vom Ring weg- und dem Kampfgericht zudreht und sagt: Tut mir leid, er kämpft unfair, er hat zehn Kilo zu viel auf den Rippen, aber an mir liegt es nicht, ich habe im Training alles gegeben, aber er wollte nicht auf mich hören. Der Richter, ein älterer Mann mit kurzem silbergrauem Haar und einer randlosen Brille, hörte dem Angeklagten aufmerksam zu. Befangenheitsantrag also. Nach ungefähr zwölf Minuten war alles gesagt, es wurde eine Pause anberaumt. Zehn Minuten später wurde die Verhandlung fortgesetzt, der Antrag abgelehnt, der Richter mit den gut sichtbaren blauen Augen, die seinem Gesicht etwas belustigt Wirkendes gaben, obwohl er das mit keinem Verziehen des Mundes oder etwas

Ähnlichem unterstrich, begann seine Befragung. Er schaute abwechselnd zu Angeklagtem und Rechtsanwalt. Und immer war es so, dass der Rechtsanwalt begann, Herr von Vogelsang dann aber noch etwas zu ergänzen hatte. Manchmal legte ihm der Verteidiger dabei die Hand auf die Schulter, so dass er sich umdrehte, dann schüttelte der Rechtsanwalt den Kopf, mal wurde ihm gefolgt, meistens aber nicht. So wie von Vogelsang stellte man sich einen Hochstapler vor, er konnte sich mit dem Gegebenen, Angemessenen nicht zufrieden geben, sondern musste immer noch nachlegen, die Dinge auf die Spitze treiben. Fühlte Ewald von Vogelsang sich wirklich unschuldig? Er war es nicht, da war ich mir ziemlich sicher, aber vielleicht war ihm das gar nicht bewusst? Wie würde man selbst in so einer Situation handeln – man macht etwas Falsches, etwas, das einem nicht zusteht. Und dann? Ich fand es nachvollziehbar, sich die Situation so lange zurechtzubiegen, bis man selbst daran glaubte. Wie stünde es denn sonst um das Selbstbild? Wir wollen doch alle nur das Richtige tun, die Wahrheit präzise erkennen und folgerichtig handeln, wir wollen, im ganz christlichen Sinne, gute Menschen sein. Und wenn wir einsehen müssten, es nicht zu sein? Würden wir so lange an der Realität drehen, bis das Bild doch wieder stimmte und wir all das Falsche guten Gewissens und mit einem geraden Blick in den Spiegel weiter tun könnten. Von Vogelsang hatte zumindest ein wenig Einsicht. Aber die Hauptschuld gab er den Banken, seinen Geschäftspartnern und den Umständen. Man sah dem Verteidiger an, wie unzufrieden er mit dem Verlauf des Prozesses war. Wahrscheinlich hatte er seinen Zwangsmandanten zig Mal instruiert, wie er sich zu verhalten habe. Präzise Aussagen zu machen, zu leugnen, was vertretbar zu leugnen wäre, ein bisschen was einzugestehen, so dass das Strafmaß am unteren Ende bliebe. Aber Ewald von Vogelsang blätterte in seinen Schnellheftern, schweifte ab, zitierte bereits Paragraphen, als es noch gar nicht um die ging, er wollte seine Sachkenntnis beweisen, und er wollte in seiner Weitschweifigkeit alle hier um den Finger wickeln. Das hatte draußen funktioniert, vielleicht funktionierte es hier drinnen auch.

Der Fall war vielleicht ein Albtraum für Vogelsangs Anwalt. Aber er war wie gemalt für mich. Ich sah all die Kreativ-Direktoren vor mir, wie sie eine Kampagne verteidigten, die nicht funktionierte. Ich sah mich, wie ich eine Strategie rechtfertigte, im Wissen, eine wichtige Zahl außer Acht gelassen zu haben. Ich sah meinen damals noch sehr kleinen Bruder vor mir, wie er einen Klassenkameraden verhauen hatte, aber alle möglichen Gründe anführte, warum dieser Sven es nun wirklich verdient hatte. Ich sah Politiker vor mir, Menschen, die einen Autounfall verursacht hatten, Fremdgänger, Nazis, patzige Verkäuferinnen, dauernd passierte das, dauernd machten Menschen Dinge, von denen sie oft gleich kurz danach wussten, es war falsch, so zu handeln, aber sie konnten sich nicht hinstellen und sagen: »Tut mir leid, ich habe falsch gehandelt, es war ein einmaliger Ausrutscher, ich werde mich bemühen, es nie wieder zu tun.« Und ich sah Menschen vor mir, die einmal etwas falsch gemacht hatten und es dann konsequent weiter taten. Weil es um Selbstachtung ging und um eine besondere Form der Abhängigkeit, nämlich den Glauben an sich selbst.

So saßen an diesem Spätsommertag 2003 Ewald von Vogelsang und ich gemeinsam in einem Saal, er hatte vielleicht kurz von mir Notiz genommen und sich gefragt, was ich denn da zu suchen hätte, diese Frage aber schnell wieder abgehakt, denn die Antwort war nicht wichtig. Aber ich würde ihn sicherlich nie vergessen, er war der Mann, der mir den Stoff für meine erste Kolumne lieferte. Ob der Artikel nun angenommen werden würde oder nicht, spielte keine Rolle, ich würde mich mit ihm heute Abend noch zwei Stunden beschäftigen, wenn er schon wieder in der Untersuchungshaft und ich in meinem einundzwanzigsten Stock saß. Ich würde indirekt über ihn schreiben, er würde an mich keinen Gedanken verschwenden, sondern vielleicht das Geschehene Revue passieren lassen, vielleicht seine Schnellhefter mit neuer Munition für den nächsten Auftritt füllen.

Um kurz nach zwölf waren insgesamt drei Zeugen gehört worden. Der Richter ordnete eine Unterbrechung an, fortgesetzt würde am nächsten Montag. Von Vogelsangs Anwalt sah erschöpft und genervt aus, der Angeklagte zufrieden, bis der Justizbeamte kam, aber da war ich schon aus der Tür.

In der Redaktion rief ich am späten Freitagvormittag an. Ich hatte zwar Christophers Durchwahl eingetippt, trotzdem ging Ana dran. Wir hatten gestern nicht miteinander gesprochen, noch nicht einmal eine SMS. Ich hatte an sie gedacht, wollte mich aber nicht melden, auch um mich nicht beim Schreiben stören oder mich womöglich wieder auffordern zu lassen, zu ihr zu kommen, um dann mit einer Wand konfrontiert zu werden. Sie hatte sich ebenfalls nicht gemeldet, und ich war mir nicht sicher, ob sie überhaupt an mich gedacht hatte. Dem Telefonat am Freitagmorgen nach: nicht. Christopher sei in einer Besprechung, sagte sie, ob sie ihm etwas ausrichten könne. Ich wolle ihm nur meine Kolumne gern persönlich geben, sagte ich, wann es denn wohl am besten passen würde. Keine Nachfrage, ob ich das Gefühl hätte, der Artikel sei geglückt oder nicht, sondern nur eine kurze Pause, dann sagte sie, um zwei wäre ein guter Zeitpunkt. Das war es. Kein persönliches Wort von ihr, keines von mir. Sie war freundlich, aber so, wie sie zu jedem Anrufer freundlich wäre. Sie machte ihren Job. Sie vermischte nichts, was ja auch richtig war. Aber es fühlte sich trotzdem falsch an.

In der U-Bahn saß ich neben drei Berlin-Touristen, die abwechselnd in einem Buch blätterten, das »Berlin Top 100« hieß. Was waren meine hundert Lieblingsorte in Berlin? Ich hätte eher sagen können, wo ich nicht gern war, aber auch da wäre ich nur auf vielleicht zwölf oder zwanzig Punkte gekommen. Und wohin würde es die Touristen spülen? Offensichtlich zunächst einmal in die Gegend rund um den Hackeschen Markt. Es waren ein Mann und zwei Frauen, eine davon war groß, das auffallendste Kennzeichen ihrer Größe waren jedoch ihre langen, schmalen Hände, die ganze Zeit musste ich mich bemühen, nicht auf diese Hände zu starren. Normalerweise hat man Schwierigkeiten wegzuhören, wenn sich andere Menschen unterhalten. In diesem Fall jedoch zog es meine Blicke immer wieder zu ihren Händen und der unweigerlichen Frage, wie es sich wohl anfühlte, mit diesen langen, schmalen Fingern etwas zu berühren, beziehungsweise was sie alles berührten. Um nicht weiter zu stieren, zog ich aus meinem Rucksack die Kolumne. 4058 Anschläge hatte das Computerprogramm gezählt. Ich hatte das Manuskript um fast tausend Anschläge kürzen müssen, obwohl ich mir schon beim Schreiben Mühe gegeben hatte, mich kurzzufassen. Sonst war es immer mein Problem gewesen, eine klare Strategie in Worten so aufzupumpen, dass dabei Menge entstand, denn viele Worte signalisierten dem Kunden: viele Gedanken. So hatte ich es jedenfalls einmal gelernt. Zwar glaubte ich diese Formel schon seit längerem nicht mehr, aber sie war nach wie vor in meinem Hinterkopf. Man musste eine Strategie auf drei klare Sätze bringen können, aber wenn man das Strategiepapier dem Kunden übergab, waren zwanzig Seiten das Minimum. Inklusive Tabellen und Tortendiagrammen. Von fünf- auf viertausend Anschläge zu kommen war eine Arbeit gewesen, die mich gut eine Stunde gekostet hatte. In etwa so lange, wie ich an dem Artikel selbst geschrieben hatte. Die letzten achtundfünfzig ließ ich dann außer Acht, es war ein Probeartikel, was sollten da schon achtundfünfzig Anschläge zu viel ausmachen? Ein paar Adjektive weniger, kurze Synonyme einsetzen und vielleicht einen Relativsatz streichen, schon wäre man auf 3098. Aber ich wollte Christopher ja auch beweisen, nicht nur eine Geschichte schreiben, sondern sie auch in gute Worte kleiden zu können. Jetzt in der U-Bahn befielen mich allerdings Zweifel. Wenn man schon die äußeren Rahmenbedingungen nicht einhielt – war das nicht ein Zeichen dafür, auch mal zu spät abzuliefern oder eben einfach nicht immer ganz auf den Punkt zu kommen? Fragte ich mich und fand meine Kolumne immer schlechter, je näher ich meinem Ziel kam. Und auf die Begegnung mit Ana freute ich mich auch nicht gerade.

Sie sah so gut aus. Fertigte gerade einen Kurier ab, und der arme Tropf konnte doch gar nichts anderes tun, als sich auf der Stelle in sie zu verlieben. Was mich an Matthias denken ließ, den Sanitäter, von dem ich seit seinem Partyauftritt nichts mehr gesehen oder gehört hatte. Vielleicht sollte ich ihn suchen, mich mit ihm unterhalten, vielleicht war das kein schlechter Gedanke, aber einer ohne unmittelbare Konsequenzen, denn jetzt ging es um meine Kolumne, um mich.

Ana lächelte und sagte, wieder, ich solle mich noch ein wenig gedulden und auf dem olivfarbenen Sofa warten. Sie brachte mir eine Cola light, unaufgefordert, und küsste mich leicht auf die Wange, sagte sonst aber nichts, sondern ging wieder hinter ihren Empfangstresen und telefonierte. Ohne mich anzuschauen.

Christopher kam aus seinem Büro, sah mich, ging auf mich zu und setzte sich neben mich. Heute trug er ein schlichtes weißes Hemd. Es erinnerte mich an die Krawatten der Staatsanwälte und Richter.

»Wie war's?«

Ich wusste nicht, was er genau meinte, also beantwortete

ich alle möglichen Fragen auf einmal, so kurz wie möglich. Interessante Fälle, ganz guter Stoff, schreiben hatte Freude gemacht.

»Aber ich habe 4058 Anschläge, ist das schlimm?«

Es war eine Feiglingfrage, aber sie war mir rausgerutscht. Er sah mich an und grinste.

»Wenn das mein Hauptproblem wäre, wow, ich glücklicher Mensch. Nun zeig mal.«

Ich gab ihm den Artikel, und er las ihn so schnell, das konnte nicht sein, so schnell las kein Mensch. Natürlich war er ein Profi, aber ich hatte Angst, er wäre einer von denen, die sich mal so ein Buch übers Querlesen gekauft hatten und diese Taktik dann auch anwendeten. Mit solchen Menschen hatte ich nur übelste Erfahrungen gemacht. Sie glaubten, sie würden auf einen Blick alles erfassen, und tatsächlich waren sie zwar in Sprinterzeit durch mit dem Text, hatten aber auch nur sechzig Prozent des Inhalts mitbekommen. Von sprachlichen Feinheiten mal ganz abgesehen.

»Ist gut. So ein Wort wie strafbewährt müssen wir ändern, das ist zu hölzern, zu juristisch, das ›sehr‹ in der viertletzten Zeile wird gestrichen, das ist over, aber alles Kleinigkeiten, habe ich dir in drei Minuten geändert, und es ist immer noch dein Artikel. War eine gute Idee von Lena, dich da mit ins Boot zu holen, ich glaube, das funktioniert. Also, das hier war nur der Probelauf. Nächsten Freitag bitte die neuesten Erkenntnisse aus dem Kriminalgericht oder wie immer das jetzt auch heißt, danach im Zwei-Wochen-Rhythmus, das mit dem Geld klärst du, wie gesagt, mit Ana. Schön, Iris, wir probieren es aus, aber ich denke, das wird was.« Er stand schon wieder auf, gab mir die Hand, nahm den Artikel mit. »Und bitte maile mir das noch einmal, ich habe keine Lust, das abtippen zu lassen, klar?«, rief er, während er schon wieder in Richtung seines Büros ging. Kurz vor der Tür drehte er sich noch einmal um.

»Wir brauchen einen Titel dafür. Denkst du dir übers Wochenende einen Titel aus?« Damit verschwand er endgültig. Ich kannte diese Frage. Marc hatte sie mir vor gut einem Jahr in dem Dachgeschoss gestellt, das nur einen Steinwurf von hier entfernt war. Die Frage nach meinem Berufstitel. Ich nickte, mehr war in dem Moment nicht drin. Trank endlich einen Schluck von der Cola light und machte mir tatsächlich Gedanken darüber, ob es in Ordnung wäre, wenn ich sie nicht austrinken würde. Ana telefonierte. Ich stand auf, ging zu ihrem Tresen, sie beendete abrupt das Gespräch, schien privat gewesen zu sein.

»Christopher sagt, du sollst mit mir über mein Honorar für die Kolumne reden.«

»Das muss ich noch einmal mit ihm besprechen, das scheint ja ein Sondermodell zu sein, wenn ich das richtig verstanden habe. Wenn du regelmäßig für uns schreibst, sehen die Konditionen etwas anders aus. Ich setze etwas auf und schicke es dir zu.«

»Sehen wir uns?«, fragte ich, und es schien mir wie die Frage eines Bittstellers, dabei wollte ich sie gar nicht sehen, ich wollte nur – Frieden.

»Nach dem Tai-Chi-Kurs, am besten, du kommst so gegen zehn zu mir.« Ich hatte nicht gewusst, dass sie Tai Chi machte. Ich wusste nicht einmal genau, was Tai Chi war, ich hatte nur ein paar Mal im Tiergarten schattenboxende Menschen gesehen und mir gedacht, das wäre vielleicht Tai Chi und damit das, was alle Welt gerade so machte, um einerseits die eigene Mitte zu finden und andererseits Angreifer niederstrecken zu können. Morgen war Samstag, damit entfiele hoffentlich die morgendliche Spiegelprozedur, wir könnten ausschlafen und einen ganz normalen freien Tag miteinander verbringen. Von der Uhrzeit her passte es heute auch ganz gut. Für sechs hatte ich mich mit Michael auf dem öffentlichen Golfplatz verabredet, danach könnten wir noch eine Kleinigkeit essen gehen, das musste alles ziemlich genau zeitlich passen. Ich beugte mich zu Ana vor, aber sie wich zurück, okay, dann eben der normale Abschied unter Menschen, die sich beruflich getroffen hatten.

Erst als ich in der U-Bahn saß, wurde mir klar, was eben geschehen war: Es hatte geklappt, ich konnte ab jetzt für eine Zeitung schreiben. Das war etwas anderes als die Werbestrategien, die ich für Kunden verfasste, die im Grunde immer nur hören wollten, dass schon alles gut ginge. Ab jetzt schriebe ich für eine Zeitung, die sich Menschen freiwillig kauften, die sie kritisch lasen und dann wieder weglegten. Ein guter Artikel diente immer auch noch der Unterhaltung, man konnte also spielen, man konnte Lesern etwas sagen, was sie nicht erwarteten. Kunden wollten das gar nicht. Die wollten vielleicht hören, nicht nur gut, sondern sogar sehr gut zu sein, aber das war dann auch das Maximum an Überraschungen, das man ihnen zumuten sollte. Vielleicht noch ein Vertriebsweg, auf den sie selbst nicht gekommen waren. Aber der wurde meistens auch nur in der Präsentation verblüfft zur Kenntnis genommen und nach dem zweiten internen Meeting doch als zu gewagt verworfen. Ich würde Sätze schreiben, die nur ich so schrieb, weil nur ich bei diesem oder jenem Prozess gewesen war und daraus eine Geschichte entwickelt hatte. Das war der nächste Nebeneffekt: Das, was ich bisher aus Interesse gemacht hatte, worüber ich zu Hause allein nachgedacht oder was ich vielleicht einmal als Anekdote in ein Gespräch eingeflochten hatte, das wäre jetzt Teil meines Berufs. Und es würde mein Name darunterstehen. In der Werbung bekamen die Kreativen Auszeichnungen, von denen aber nur andere Menschen aus der Branche Notiz nahmen. Unter den Anzeigen oder Plakaten stand ihr Name nicht, er stand nicht im Abspann bei einem Fernsehspot, er wurde im Radio nicht angesagt. Die Namen der Strategen tauchten nirgends auf, noch nicht einmal auf den inzestuösen Werberpartys wurden sie verlesen. Unter meiner Kolumne aber würde mein Name stehen. Was mich zur nächsten Frage brachte: Mein Name oder ein Pseudonym? Nun ginge es nicht um Dinge, derer ich mich schämen müsste, trotzdem erschien mir der Gedanke an ein Pseudonym oder, der deutsche Ausdruck klang noch verlockender, einen Künstlernamen verlockend. Ich hatte Schreiben nie als eine Option für mich betrachtet, aber wer wusste es schon, vielleicht war es eine. Vielleicht würde ich irgendwann nicht mehr nur über Gerichtsverhandlungen schreiben, sondern – andere Dinge. Und für den Anfang war es sicherlich leichter, seine Artikel unter Pseudonym zu veröffentlichen, als zu wissen, die Nachbarin hat sich gerade die Zeitung gekauft, in der dein latent perverser Bericht über Darkrooms in der Berliner Lederszene steht, eigene Erfahrungen inklusive. Und genau diese Nachbarin steht dann neben dir am Briefkasten und guckt, ob du Schmuddelmagazine aus deinem Fach ziehst. Oder die Verkäuferin bei Rossmann zieht deine ec-Karte durch das Gerät, schaut auf den eingestanzten Namen und mustert dich, um herauszufinden, was du mit der Gesichtscreme tatsächlich vorhast. Aber das alles war natürlich nur die halbe Wahrheit. Denn hinter meinen Überlegungen zum Pseudonym steckte auch der Gedanke, wie es wäre, sich eine neue Identität zu erschaffen. Sich selbst einen Namen und eine Biographie zu erfinden, die mit der wirklichen nichts zu tun hatte. Eine, die man schlichtweg selbst gestaltet hatte. Mit all den Erfahrungen, die man schon hatte, aber gleichzeitig noch einmal bei null beginnend, ein Neustart, eine Geburt als Erwachsener. Und ganz am Ende der Gedankenkette stand natürlich – und insofern hatte die Pseudonym-Frage letztlich wieder überhaupt nichts mit diesen pseudophilosophischen Erwägungen über Identität zu tun – einfach der Wunsch, den ganzen alten Scheiß, den ganzen aktuellen Scheiß und den ganzen zukünftigen Scheiß mit einem Schlag hinter sich zu lassen. Ähnlich dem, warum Menschen nach Australien auswanderten und als Argument die Weite des Landes anführten, eigentlich aber meinten, sie konnten diese luftabschnürende Enge ihrer vermasselten Existenz nicht mehr ertragen.

Länge passabel, Richtung katastrophal, Geräusch unbefriedigend, Schmerz im Rücken – das Golfspielen mit Michael am späten Nachmittag war für mich ein mittleres Desaster. Während Michael auf der Driving Range locker durchschwang, die schmalen Asiatinnen mit ihrem klobigen Holz 1 die Bälle über die 100-Meter-Marke zogen und die Männer surrende Geschosse in den Sommerhimmel setzten, lief bei mir so gut wie nichts. Ich fasste zu fest zu, ich war verkrampft, der Schläger lag nicht in meiner Hand, ich umklammerte ihn, die Haltung stimmte nicht oder der Kopf, ich zog nicht richtig auf oder schwang nicht richtig durch. Und selbst wenn ich mir vor dem Schlag alle Anweisungen, wie man einen Abschlag zu machen hatte, ins Gedächtnis rief: Ich bekam es einfach nicht hin. Mein Körper tat nicht, was ich wollte. Die drei gelungenen Schläge waren reiner Zufall, die siebenundfünfzig schlechten die Wahrheit. Auf dem Beachvolleyball-Feld unmittelbar neben dem Abschlagplatz johlten Jungs, und ich hätte gern mit einem von ihnen getauscht, da hätte ich in der Menge untergehen können, warum eigentlich hatte ich nie Mannschaftssportarten gemacht, da fiel die Unzulänglichkeit zwar auch auf, aber nicht gleich auf den ersten Blick. Michael war so höflich, so zu tun, als würde er sich ganz auf seine eigenen Schläge konzentrieren. Und er war es dann auch, der vorschlug, es bei einem Korb zu belassen, obwohl er sicherlich noch Lust auf eine weitere Runde gehabt hätte. Er schlug vor, in einem Lokal noch etwas trinken zu gehen, ich nickte, dabei würde ich sicherlich eine bessere Figur abgeben als beim Golf. Wir gingen zu Michaels Auto, einem dunkelblauen BMW-Kombi, wie ich ihn nur von Familienvätern kannte. Oder eben von Menschen, die viel zu transportieren hatten. Und da Michael Single war, kam nur Letzteres in Betracht.

Er restaurierte und renovierte. Ein Haus in Glienicke, an das er über einen Mandanten gekommen war. Als er den Boden aufriss, waren da Zeitungen als Dämmmaterial, Zeitungen von 1935 mit nationalsozialistischen Aufrufen. Das ganze Haus war in dem Zustand, als hätte man seit 1935 nichts daran gemacht, aber ihm gefiel der Blick auf die Felder, ihm gefielen die vielen Obstbäume, die Pflaumen, Äpfel und Birnen trugen, ihm gefielen die Himbeersträucher und die Scheune, die zu dem Grundstück gehörte, obwohl sie inzwischen durch einen Zaun von den Feldern abgetrennt war und keine Funktion mehr hatte. Jedes Wochenende, und mitunter auch während der Woche, fuhr er nach Glienicke und bastelte an seinem Haus. Schleppte Material heran und machte alles, was ging, selbst. Seit inzwischen vier Jahren. Hatte Blumen angepflanzt, die Zimmer renoviert und das Dach neu decken lassen, eine neue Heizung eingebaut, selbst und unter Schmerzen und Flüchen. Er behauptete, dieses Haus habe ihn seine Beziehung gekostet, da würde er jetzt doch nicht aufgeben. Auch wenn er bisher nur drei Mal dort geschlafen habe – und auch wenn es ihm jedes Mal einfach zu still gewesen wäre und er deshalb nicht habe schlafen können. Warum dieses Haus, das nicht nur Geld und Kraft und Nerven fraß, sondern sogar sein Liebesleben? Er schüttelte den Kopf, es gab keine rationale Begründung, vielleicht war es ja gerade das, was ihn daran reizte. So redeten wir in die Sommernacht, wie an diesem Abend Millionen von Wörtern in die Sommernacht gesprochen wurden, aus Luft und Zungenbewegungen entstandene Laute, und mal verstand sie das Gegenüber und mal nicht, Michael und ich aber verstanden uns, glaube ich, ganz gut. Es war nichts Forderndes in seiner Art, wir saßen zusammen, als würden wir das schon zum x-ten Mal tun, dabei war es unsere erste Verabredung zu zweit. Es war entspannt, wir aßen unsere Salate und tranken Apfelschorle, kein Zwang, sich gegenseitig zu beeindrucken. Ich fragte Michael nach seinem Kollegen, dem Freund, der den Hochstaplerprozess aufgedrückt bekommen hatte. Sie kannten sich vom Studium, beide hatten in Würzburg angefangen und waren dann zusammen nach Berlin gegangen, inzwischen waren sie Partner, das hatte ich nicht gewusst. Paul und Michael hatten gemeinsam eine Kanzlei gegründet, und erst da war ihnen aufgefallen, wie verschieden sie waren, aber es lief jetzt schon seit Jahren, Michael hatte mitunter das Gefühl, die Freundschaft wäre so wichtig, dass man sich beruflich nicht trennte, obwohl es vielleicht vernünftig wäre, aber es lief ja, inzwischen waren sie zu viert. Ich fragte Michael nach Paul, wie er denn so wäre, was ihn als Freund so wertvoll mache und warum er als Kanzleipartner nicht so geeignet sei, als ich eine SMS bekam. Das Handy lag auf dem Tisch, beim Empfang von Nachrichten machte es ein Geräusch, das ein wenig klang, als würde man einen Käfer zertreten. Das musste dringend geändert werden. Michael sah auf mein Handy, ich machte eine entschuldigende Geste und las. Ana fragte, wann ich bei ihr sein würde. Ich steckte das Handy in die Hosentasche.

»Du musst los?«, fragte Michael. Ich dachte kurz, sehr kurz nach.

»Ich will nicht los. Also, ich will nicht da hin. Noch eine Apfelschorle?«

»Weißweinschorle wäre mir lieber, ehrlich gesagt«, erwiderte er.

»Gut, ich gehe rein und bestelle die. Und danach fahren wir nach Hause, ich zumindest werde einfach in mein Bett fallen, und du kannst dann morgen schon um acht beim Baumarkt sein und so Sachen wie Heizmuffen für dein Exilheim kaufen.«

Ich fiel nicht einfach in mein Bett. Ich saß auf dem Balkon und fühlte, wie sich die Erschöpfung immer weiter in meinem Körper ausbreitete, es war nicht die ungewohnte Sportart, es war der ganze Tag. Dieser Tag, mit dem ich so nicht gerechnet hätte, auch wenn ich ihn mir hätte ausmalen können am Abend zuvor, aber das hatte ich nicht getan, so wie wir es zu selten tun, gut, mitunter wird man enttäuscht, wenn man sich die Dinge ausmalt, aber mitunter werden sie dadurch ebenso berechenbarer, oder man kann sich einfach darauf freuen. Ich hatte Angst vor der Abgabe der Kolumne gehabt, eine unbegründete Angst. Ich hatte mir keine Gedanken über das Golfspielen mit Michael gemacht, das sich dann als frustrierend herausgestellt hatte. Aber ich hatte mir auch nicht vorgestellt, wie es wäre, Zeit mit Michael zu verbringen, vollkommen entspannte Zeit, in der man erfuhr, wie er sein Leben lebte, was für Träume er hatte, woran er in seinem Beruf arbeitete und was er in seiner Freizeit machte. Ich saß auf meinem Balkon in vielleicht sechzig Metern über der Straße, und rechts hinten ging ein Feuerwerk hoch wie so oft – was für ein Bezirk war das? Was hatten die Menschen da so explosiv zu feiern? Auf den Balkonen gegenüber saßen Menschen, in den Wohnungen brannten gedimmte Lampen, es war ein Freitagabend in Berlin-Mitte, natürlich löschte da keiner vor zwölf Uhr das Licht, es sei denn, er hatte Besseres zu tun oder nichts mehr zu erwarten, ich saß allein auf meinem Balkon, im Hintergrund lief keine Musik, ich trank einen Multivitaminsaft, der bestimmt schon seit Wochen in meinem Kühlschrank stand. Ich wollte nicht zu Ana, ich wollte nicht lesen, mich nicht um irgendetwas kümmern, nichts interpretieren, vermuten oder rekapitulieren, ich war hier und schaute in den Himmel, und dann war ich müde und ging ins Bett, und die Bettdecke lag kalt auf meiner Haut und formte genau meinen Körper nach, jetzt schlafen, einfach schlafen, dachte ich, nicht weil ich es nicht mehr mit dem Wachsein aufnehmen konnte, sondern weil ich es wollte und es schlicht die richtige Konsequenz war.

Es war kurz nach acht, als ich aufwachte und ein schlechtes Gewissen hatte. Sich gar nicht bei Ana zu melden war nicht richtig gewesen. Eine nette, entschuldigende SMS, das hätte doch schon gereicht. Aber ich hatte es nicht getan, und natürlich hatte das Gründe. Ich überlegte, ob es daran lag, dass ich jetzt den Job bei Christopher in der Tasche hatte und mich nicht mehr mit Ana beschäftigen musste. Aber das war es nicht; es war das Gespräch mit Michael gewesen. Normale Dinge tun, sich normal unterhalten, nicht befürchten, dass etwas kippte. Ich wollte das nicht mehr. Ich müsste die Sache mit Ana zu einem vernünftigen Abschluss bringen, auch gerade aufgrund der beruflichen Verbindung zwischen uns. Die war in Ordnung, aber mehr wollte ich nicht, mehr ging nicht. Ein beflaumter Rücken und diese gemeinsamen Nächte reichten nicht aus. Es war eine Idee gewesen, aber Ideen konnten sich als falsch erweisen. Heute Abend würde ich sie treffen, wenn sie denn in der Stimmung dazu war. Wir würden reden, wenn sie denn in der Stimmung dazu war. Ich würde diese dubiose Liaison beenden, wenn wir denn in der Stimmung dazu waren. Ich musste nachdenken, ich wollte es vorbereiten, ich wollte nicht wieder in eine Situation kommen, auf die ich mich aus Ignoranz oder Ahnungslosigkeit nicht richtig eingestellt hatte – so dass ich dann ins Schwimmen geraten war, unentschieden war. Ich wollte einen klaren Standpunkt finden, ihn vertreten und durchziehen. So sagte man das doch: Ich ziehe es durch. Wenn man weiß, was man will. An diesem Samstag um kurz nach acht wusste ich nicht, was ich wollte, aber ich fühlte es immerhin, und damit war ich bestimmt schon auf dem richtigen Weg, denn die entscheidenden Dinge, die fühlt man erst, und dann denkt man über sie nach, war das nicht so?

Mein Kopf war klar. Ein leichtes Ziehen in den Schultern, das kam von der verkrampften Golfhaltung. Ich stand auf, machte einen Kaffee und schaute auf Eurosport die Aufzeichnungen der Leichtathletik-Weltmeisterschaften in Paris an. Das war Sport. Mir zog es schon nach sechzig Golfabschlägen in der Schulter.

Allmählich wurde die Stadt aus dem umklammernden Griff der Hitze befreit, Tag für Tag gingen die Temperaturen ein wenig herunter, nicht viel, vielleicht ein Grad pro Tag, in den Nächten allerdings war es schon spürbarer. Die Menschen schienen inzwischen auch endgültig die Nase voll zu haben von den täglichen Wärmerekordmeldungen. Es war genug, es war genug mit dieser Hitze, der Sommer konnte jetzt gehen. Ich überlegte, wie es wäre, auf dem Hometrainer im Zimmer zu sitzen und durch eine Scheibe auf den Reichstag zu schauen, es wäre nicht dasselbe. Vielleicht sollte ich mir eines dieser Rudergeräte anschaffen, in das man Strecken einprogrammieren konnte, die man dann virtuell abfuhr, vielleicht sollte ich aber auch schlichtweg wieder echten Sport machen, vielleicht sollte ich das auch alles lassen, wen interessierte schon wirklich der Zustand meines Körpers, mich nicht, Ana nicht und der Mensch, der auf Ana folgen würde – und es würde einer folgen, das wusste ich, es würde irgendwann einer folgen –, der sollte sich mit dem zufrieden geben, was er bekam. Aber das war eine Souveränität, die man auch nur an den Tag legt, solange man nicht mit der Situation konfrontiert ist, dann ist einem der Körper doch wieder peinlich, man findet zig Entschuldigungen, die man aber nur nebenbei und verschämt anbringt, denn für seinen Körper hat man sich nicht zu schämen, zu dem muss man, wie es so heißt, stehen. Leicht gesagt.

Ich schrubbte den Balkon. Auch etwas, das ich noch nie in meinem Leben getan hatte. Der ganze Schmutz musste von der Straße kommen, anders konnte ich mir das nicht erklären. Oder war der Regen so dreckig? Es hatte ein paar Gewitter gegeben, aber brachten die Schmutz auf Balkons? Irgendwann stand ich mit dem dreckigen Wischmop in der äußersten Ecke und schaute auf die Straße. Es war verlockend. Es war schon tagsüber verlockend und nachts erst recht. Man musste einfach nur den Fuß auf das erste Metallrohr stellen, dann die beiden anderen nehmen, dann stünde man frei und könnte springen. Es kam relativ selten vor, hatte ich mir sagen lassen, es kam erstaunlich selten vor, wie ich fand, dass Menschen sprangen, von ihren Plattenbaubalkonen auf den breiten Bürgersteig. Man musste nicht im einundzwanzigsten Stock wohnen, damit es tödlich wäre. Bei der Besichtigung hatte mir der Mann von der Wohnungsbauvermittlung gesagt, bis in diese Höhe würden die Feuerwehrleitern nicht reichen und der Sprung in ein Tuch der Feuerwehr wäre mehr als riskant. Es reichte wohl schon, wenn man einmal schlichtweg der ganzen Angelegenheit Leben überdrüssig sein sollte, aus dem zehnten Stock zu springen, um sich alles zu brechen und quetschen, was lebensnotwenig war. An diesem Samstagvormittag fühlte ich die Magie nicht, die schon mal von dem Blick nach unten ausgegangen war. Aber trotzdem war es auf eine seltsame Weise tröstlich, die Option zu haben. Es war nichts entschieden, es war nicht entschieden, dieses Leben weiterführen zu müssen, bei Bedarf konnte es jederzeit abgebrochen werden, wie ein Spiel auf der Playstation, man musste nicht auf den Highscore zusteuern oder das Spiel zu Ende bringen und feststellen, es noch nicht einmal in die Score-Liste geschafft zu haben. Wenn man wollte, konnte man die Konsole einfach weglegen, wenn man wollte, konnte man einfach mit diesem Spiel aufhören. Ob es danach nun ein neues gab oder nie wieder eines.

Putzen, einkaufen, lesen. Die typischen Beschäftigungen für einen Samstag. Der Samstag ist da, um sich auf etwas vorzubereiten. Meistens auf die Samstagnacht, manchmal auf die ganze Woche. Samstag, tagsüber, war ein Übergangsstadium. Man freute sich, insbesondere wenn man angestellt war, die ganze Zeit auf diesen ersten freien Tag, der ein einziges Versprechen zu sein schien, dann war er da – und ehrlich gesagt ziemlich langweilig. Seitdem ich von zu Hause ausgezogen war, verbrachte ich den Samstag mit den immer gleichen Ritualen. Der Sonntag hingegen war zumeist ein sehr entspannter Tag, aber da der Montag schon wieder im Raum stand, genoss man ihn mit so einer Schiffbrüchigenmentalität, wie das letzte Stück Brot, nicht wissend, ob man jemals wieder etwas zu essen bekäme.

Am Abend würde Wladimir Klitschko gegen Fabio Moli boxen, das war das so ziemlich Einzige, was ich sicher von diesem Samstag wusste. Ob und wenn ja, wo ich den Kampf sehen würde, und ich wollte ihn sehen, wusste ich nicht. Ich saß auf dem frisch gewischten Balkon, das Telefon neben mir, damit ich es auch hören konnte, wenn es denn klingeln sollte, und gerade weil ich es nicht hörte, wenn es auf meinem nur drei Meter entfernten Schreibtisch lag, wurde mir bewusst, wie laut diese Leipziger Straße war. Ich würde das mit Ana beenden. Heute. Wir würden uns treffen, ich würde es erklären, nur ein wenig, aber ausreichend, und dann nach Hause fahren, den Boxkampf sehen und danach ausgehen. Der Kampf begann um elf, mit dem ganzen Brimborium und einem Sieg von Klitschko in der vielleicht vierten oder maximal sechsten Runde hatte ich Zeit, mich für eine Party in Form zu bringen und dort zu schauen, was ich wollte, vielleicht eben nur schauen, vielleicht etwas anderes, ganz frei, es spielte keine Rolle. Denn die Freiheit, die ich verspürte, wenn ich mir beim Blick von meinem Balkon auf den Bürgersteig Gedanken darüber machte, ob springen nicht eine Option wäre, dieselbe Freiheit spürte ich auch, wenn ich ausging. Es gab ein paar Verpflichtungen, aber es gab auch Freiheiten, und heute würde ich sie nutzen, erst die Pflicht, dann die Kür. Was man sich eben so alles denkt, wenn man allein ist und noch nicht die Stimme des anderen gehört hat.

Sie öffnete die Tür sofort. Sie umklammerte mich, ich hatte diesen Ausdruck immer für übertrieben gehalten, man nahm vielleicht jemanden fest in den Arm oder sagte jemandem, nun ja, was man eben in solchen Momenten sagte. Aber Ana umklammerte mich. Eine Nachbarin und ihr gebrechlicher Mann kamen vorbei, grüßten aber nicht, sondern starrten uns an, ich sah es, weil ich den Kopf aus der Umklammerung nach hinten drehen konnte, nicht so weit, eine mimische Entschuldigung formen zu können, aber das Erstaunen in den Blicken der alten Leute bemerkte ich, Ana ließ nicht los. Ich schob sie in die Wohnung und schloss mit dem Fuß die Tür, die Katze miaute, es schien alles furchtbar durcheinander, obwohl sich Ana nicht bewegte und sich anscheinend die ganze Zeit in diesem Zustand der Erstarrung befunden hatte, der Tisch war verschoben, die Stühle waren es, Dinge lagen am Boden, aber nicht so, als hätte da jemand einen Wutausbruch gehabt, sondern sei einfach zu eckig in seinen Bewegungen gewesen und habe dadurch die Dinge verrückt und umgeworfen. Ich setzte Ana auf das schmale, mit blauem Samt bezogene Sofa und ging vor ihr in die Knie, so dass ich ihr von etwas unterhalb in die Augen blicken konnte. Sie schaute mich an, kurz, aber dann schaute sie wieder weg, sie sah aus, als würde sie gleich erfrieren, ich holte die Bettdecke, weil ich nichts anderes fand, die Katze lief aufgeregt in der Wohnung herum.

»Was ist denn?«, fragte ich, aber es kam keine Antwort, sondern – nichts.

»Was ist passiert?« Auch nicht die richtige Frage.

»Brauchst du etwas?« Aussichtslos, keine Reaktion. Was sollte ich mit ihr machen? Sie ins Krankenhaus bringen? Mit meiner Vespa womöglich? Oder sie den Blicken eines Berliner Taxifahrers, der noch nicht einmal die Tür aufmachte, aussetzen? Und wohin fuhr man mit jemandem wie Ana? In ein Krankenhaus in die Notfallaufnahme, wo neben einem verbrühte Kinder und angeknackste Kerle saßen? In die Psychiatrie? Das musste anders gehen. Ich hob sie hoch. So wie ich meinen kleinen Neffen ins Bett trug, so trug ich sie in ihr Bett. Und sie erschien mir nicht wesentlich schwerer. Sie wehrte sich nicht, sie sagte nichts, sie schaute mich an oder durch mich hindurch. Ich holte aus der Küche ein Glas Wasser. Und suchte die Wohnung nach Spuren, Zeichen ab. Aber da war nichts. Es war alles penibel aufgeräumt, wie immer, bis auf die verschobenen Möbel und die paar Gegenstände, die am Boden lagen, ein Glas, ein Kerzenleuchter, eine Flasche mit durchsichtigem Nagellack. Alles im Umkreis von einem Meter rund um den Esstisch. Verstand ich nicht. Musste sie mir erklären. Wenn sie dann mal wieder mit mir sprechen würde. Als ich mit dem Glas Wasser in das Schlafzimmer zurückkam, hatte sie die Augen geschlossen, aber sie schlief nicht, sah man an ihren verkrampften Händen. Reden? Musik? Ruhe? Ich saß auf der Bettkante und schaute sie an. In ihrem Kühlschrank war nichts. Und ich ging nicht davon aus, mit Ana heute noch essen gehen zu können. Noch nicht einmal Cola war da, seit sie mich kannte, besorgte sie Cola, eine Dose, für morgens. Also ging ich davon aus, dass sie sich schon seit gestern in diesem Zustand befand. Und ich hatte mich nicht gemeldet, weil das Golfspielen mit Michael so entspannt war. Dabei hätte sie mich gebraucht. Zwanzig Minuten hockte ich neben ihr, und noch immer sagte sie nichts, bewegte sie sich nicht. Ich musste hier raus, kurz nur, denn ich hielt das nicht nur nicht aus, und ich würde hier auch keinen klaren Gedanken fassen können, ich würde glatt die nächsten acht Stunden neben ihr sitzen, und nichts würde sich tun. Ich musste etwas zu essen und zu trinken besorgen und einen Plan machen. Ich sagte es Ana, aber sie reagierte nicht. Die Katze war inzwischen mal wieder am Fußende des Bettes angelangt, gut so, sollte sie doch mit ihrem kleinen Katzenkörper Ana ein wenig Wärme geben, ich nahm den Wohnungsschlüssel, der an einem Haken neben der Tür hing, und ging.

Was war das Richtige für Menschen in Anas Situation? Was war das für eine Situation? Ich konnte nur einkaufen, etwas anderes fiel mir nicht ein. Als ich mit zwei Tüten von dem Spätkauf bei ihr um die Ecke zurückkam, lag Ana unverändert da. Ich trug die Sachen in die Küche, räumte sie ordentlich ein und ging zurück ins Schlafzimmer. Und steckte mir eine Zigarette an. Das musste sie doch aufregen, in ihrem Schlafzimmer durfte nicht geraucht werden, überall sonst, aber nicht da. Sie reagierte nicht. Also fing ich an zu reden. Über den gestrigen Abend und warum ich mich nicht gemeldet hätte, über das Gespräch mit Christopher, über das Golfspielen im Allgemeinen und mit Michael im Besonderen, über den Boxkampf am Abend. Keine Reaktion. Wann hatte ich das letzte Mal eine Stunde am Stück geredet?

Ich ging auf die Toilette, um in den Spiegel zu schauen und mir eine neue Taktik zu überlegen. Als ich wieder aus dem Bad kam, stand Ana in der Küche und rührte in einem Topf. Daneben standen eine geöffnete Konservendose Tomatensuppe und eine Flasche Prosecco. Die ich nicht eingekauft und auch nicht im Kühlschrank bemerkt hatte.

»Geht's dir wieder gut«, fragte ich, aber sie drehte sich nicht zu mir um, sondern rührte in der Tomatensuppe.

»Alles bestens, vielleicht tue ich noch einen Löffel Crème fraîche in die Suppe, schmeckt dann wenigstens ein bisschen nach was, dieses Konservenzeug ist wirklich nichts«, sagte die Frau, die noch vor ein paar Minuten in ihrem Bett gelegen hatte wie in einer Aussegnungshalle.

»Gibst du der Katze was zu fressen? Und uns was zu trinken?«

Ich nahm eine lilafarbene Whiskas-Dose aus dem Regal, öffnete sie, es dauerte länger als notwendig, weil ich nicht gleichzeitig denken und Dosenfutter öffnen konnte. Kratzte das Zeug mit einer Gabel in den Napf, wusch mir die Hände, Ana schaute mich immer noch nicht an, aber ich spürte, ich hatte es falsch gemacht, ich hatte das Procedere der Katzenfütterung falsch vollzogen. Was machte ich hier? Auch wieder so eine Regel, man ging nicht einfach, man sagte seine Meinung, und dann ging man, aber man ging nicht wortlos.

»Was war denn das da eben?«

»Was meinst du?«

»Du hast nicht geredet, du lagst einfach da, du hast nicht reagiert, ich finde, das ist ein Verhalten, das man schon einmal erklären könnte.«

Jetzt schaute sie mich endlich an.

»Ich habe mich nicht gut gefühlt. Kann ja mal passieren. Aber wie du siehst, es ist alles wieder in Ordnung, kein Grund zur Sorge.« Sie sagte das mit einer Mischung aus Fröhlichkeit und Bestimmtheit. Es waren keine weiteren Fragen erwünscht, aber ich wollte, ich konnte mich nicht darauf einlassen. Ich goss uns zwei Gläser mit Prosecco ein. Zeit gewinnen. Ruhig bleiben.

»Hast du das öfter?« Vor Gericht und unter Eid, mit fünf Zeugen vor der Tür würde man das wohl ehrlich beantworten. Aber in dieser Schöneberger Küche kam Anas Kopfschütteln wenig überraschend.

»Hast du an was Bestimmtes gedacht, ist was passiert?«

»Iris, es war nichts, es war so eine Art Phase, ich habe mich kurz unwohl gefühlt, und jetzt geht es mir wieder gut, wir können uns einen schönen Abend machen oder über eine blöde, kurze Unpässlichkeit diskutieren, aber ehrlich gesagt habe ich dazu keine Lust.«

Kurze Unpässlichkeit, so konnte man das natürlich auch nennen. Man konnte auch einen Tsunami eine kurze geologische Unpässlichkeit nennen.

Ich trank mein Glas halb aus.

»Na gut, dann reden wir nicht mehr darüber. Ich muss mal kurz telefonieren, ich gehe auf den Balkon.«

Natürlich musste ich mit niemandem telefonieren, aber ich musste noch einmal kurz Abstand haben, zumindest acht Meter weit. Ich rief dann doch Michael an, aber es war nur seine Mailbox dran, also redete ich etwas davon, sich vielleicht nächste Woche wieder im Gericht zu treffen, was man eben so sagte, wenn man nicht wusste, was man sagen sollte, dann griff man eben auf etwas Banales, Naheliegendes zurück.

Ana deckte den Tisch und stellte gleichzeitig die umgeworfenen und verschobenen Gegenstände wieder an ihren exakten Platz. Tomatensuppe aus der Dose, aber weiße Stoffservietten, kurze Unpässlichkeit, aber auf den Millimeter ausgerichtete Silberleuchter. Ein schöner Kopf, aber vier Unterschriften. Ich sollte gehen, ich sollte hier nie wieder herkommen, aber ich tat es nicht, und damit war es nicht Anas Fehler, sondern meiner.

Leise russische Musik, die nicht in den Sommerabend passte, aber in diese Wohnung. Ich streichelte die Katze, um nicht die Frau anzuschreien. Ich trank den Prosecco, um nicht die Frau anzuschreien. Ich redete über einen Film, den ich vor Monaten gesehen hatte, um nicht die Frau anzuschreien. Ana hörte zu und fragte nach, und dann erzählte sie von einem Film, wir gingen vom Esstisch auf den Balkon und redeten über Dinge, über die wir uns mit jeder Kneipenbekanntschaft hätten unterhalten können, und bevor in München der Gong zum Boxkampf ertönte, waren wir im Bett, wo sich wieder alles so richtig anfühlte, aber das tut es ja meistens.

Ana musste arbeiten. Das war mir entgangen, sicherlich hatte sie es erwähnt, aber bewusst wurde es mir erst um 6.53 Uhr. Die schwarzweiße Katze lag mit ihrem Kopf in der Biegung zwischen Gesicht und Schulter, aber ich war nicht davon aufgewacht, sondern von dem Durst, der sich inzwischen jeden Morgen einstellte und der wie ein erstickter Erschreckensschrei war: Es fängt schon wieder ein neuer Tag an. Ich öffnete die Augen und bewegte mich vielleicht einen Zentimeter, da wachte auch die Katze auf und stiefelte über die Decke, was ein angenehmes Gefühl ist, sie ging meinen Körper runter, und dann guckte sie sich meine Füße an, kam aber wieder zurück und schaute mir ins Gesicht, legte sich einfach wieder neben mich, auch als ich es wagte, den Kopf weiterzudrehen, blieb sie in ihrer Position. Ich kann es nicht verstehen, wie man ein Ostzimmer zum Schlafzimmer machen kann, es ist immer zu früh, ich finde, Betten gehören nach Norden, meinetwegen auch nach Westen, aber sich dem Tag mutwillig so früh wie möglich auszusetzen, wozu das denn bloß? Ana saß schon an ihrem Schminktisch, sie war sehr konzentriert, denn obwohl sie die Katze und mich bemerkt haben musste, veränderte sie ihre Position nicht, schaute nicht einmal seitlich in den Spiegel, sie machte einfach weiter, und das war auch gut so. Denn an diesem Morgen hatte ich das Gefühl, sie bei einem Ritual zu stören könnte in einem Desaster enden, ich drehte mich wieder zurück und guckte an die Decke, und die Katze schnurrte kurz, ihr war es auch zu früh. An den Geräuschen konnte ich ungefähr festmachen, wie weit Ana schon war, als sie dann den Raum verließ und das schmatzende Öffnen des

Kühlschranks zu vernehmen war, hoffte ich nur, sie nicht vielleicht doch unterbrochen zu haben, aber es folgte das Brodeln der Kaffeemaschine und nicht das Klicken von Eiswürfeln, wie ich es kurz befürchtet hatte, alles in Ordnung. Ich stand auf und die Katze auch, und wir beide gingen ins Bad, ich spülte mir den Mund aus, sie fand mein rechtes Bein attraktiv und schlich darum herum, was in so einem Katzenhirn vorgeht, man weiß ja gar nichts. Ich sah schlimm aus, dabei hatten wir nicht so viel getrunken und, ich zumindest, ganz gut geschlafen. Ich ließ mir kaltes Wasser über die Handgelenke laufen, denn so stand es doch in den Frauenzeitschriften, die ich wegen eines Modekunden, der dann doch nie Aufträge vergab, zuhauf hatte lesen müssen: kaltes Wasser übers Handgelenk laufen lassen und einen Silberlöffel, den man am Abend vorher ins Gefrierfach gelegt hat, auf die geäderten Augen pressen, schon sieht man wieder aus wie das blühende Leben oder zumindest nicht mehr wie die Plastiktüte neben dem Abfalleimer. Silberlöffel hatte ich hier nicht deponiert, und das Wasser wirkte auch nicht. Ich ging in die Küche, Ana schaute aus dem Fenster, mit dem Kaffeebecher in der Hand, sie bemerkte mich gar nicht, oder sie wollte mich nicht bemerken, war mir auch recht, mit einem seltsam traumfedernden Gang holte ich mir aus dem Schlafzimmer eines der Herrenhemden, die Ana für welche ihrer Persönlichkeiten auch immer besaß, vielleicht waren sie auch von Matthias, was wusste ich. Ging zurück in die Küche, sagte ihren Namen, und es dauerte auch nicht besonders lange, bis sie sich umdrehte. Und lächelte. Aber alles keine Sicherheiten, inzwischen ahnte ich, das war die Art von Verhaltensweise, die man mit ein wenig Routine auch noch unter den widrigsten Umständen hinkriegte, es sei denn, man war kurz unpässlich. Ebenso routiniert die folgenden Sätze, die direkt einem Ratgeber für Smalltalk entstammen konnten, sie gaben keinerlei Aufschluss über ihren Zustand, diese

Sätze wie: Gut geschlafen? Wird noch mal warm heute. Magst du der Katze was zu fressen geben? Ich muss heute wahrscheinlich den ganzen Tag arbeiten, ist viel liegen geblieben. Hast du was vor? Ich antwortete ihr auf die Fragen, und ich kommentierte ihre Feststellungen, ob irgendetwas davon bei ihr ankam, entzog sich meiner Kenntnis, das war der Unterschied seit gestern, ich wusste plötzlich, alles was Ana betraf, entzog sich meiner Kenntnis. Es konnte sein, dass sie mir das Hemd aufknöpfte. Oder mir den Kaffee darauf schüttete. Ich war nicht einmal sicher, und das klingt so melodramatisch, aber was kann ich denn dafür, wenn das Leben nun mal so ist, dieses schlüpfrige kleine Leben, dass diese Ratgebersätze zwischen Ana und mir die letzten wären, die wir wechseln würden, weil Ana sich dazu entschlossen hatte, nicht mehr mit mir zu reden oder sich die Pulsadern aufzuschneiden, zu zerfetzen oder rauszuschneiden oder sich gleich den ganzen Arm abzutrennen oder genau das mit mir anzustellen. Es entzog sich nicht nur meiner Kenntnis, es entzog sich meiner Ahnung, meinem Vorstellungsvermögen. Ana ging zur Wohnungstür, die Katze und ich folgten ihr, ich zwang sie in meine Umarmung, obwohl sie schon halb weg war, sie sagte zu mir: »Danke für die Nacht, ich hasse deine Augen.« Eins davon war gelogen, aber ich wusste nicht, was.

Michael hatte zurückgerufen, auf das Handy hatte ich nicht mehr geachtet, bemerkte die Sprachnachricht erst, als ich wieder zu Hause war. Er schlug vor, sich am Abend mit Phil und Lena zu treffen. Ich wollte jetzt nicht mit ihm reden, andererseits wollte ich auch allem vorbauen, was mich abends dazu treiben könnte, wieder nach Schöneberg zu fahren, also schickte ich eine SMS, in der ich zusagte. Klitschko hatte im »Kampf der Giganten« nach 109 Sekunden gegen Fabio Moli gewonnen, ein Skandalkampf, so stand es im Videotext. Das mit dem Kampf war mir recht, hatte ich also nichts verpasst, in den Nachrichten würden sie quasi die Hälfte des Kampfes, nämlich das Ende, übertragen. Aber langsam glaubte ich an eine Art journalistischen Virus, der XXL hieß und dafür sorgte, dass noch jede Nebensächlichkeit des Weltgeschehens aufgepumpt und in Dimensionen getrieben wurde, die einem das Gefühl gaben, in einer unglaublich aufregenden Zeit zu leben. Wir hatten 2003, und Menschen machten sich Sorgen um die in diesem Jahr wahrscheinlich nicht so massenhaft sprießenden Pilze oder um die seltsame rot-grüne Regierung oder um ihren Arbeitsplatz oder oder oder. War das alles so langweilig, dass man einen Boxkampf, an den sich in fünf Jahren niemand mehr würde erinnern können, als Skandal deklarieren und ganz oben in den Nachrichten bringen musste? Egal, es war so vollkommen egal, vor kurzem hatte ich eine Todesanzeige bekommen, ein Mensch, den ich nicht besonders gut kannte, der Vater einer Freundin meiner Mutter, auf deren Seegrundstück wir uns als Kinder ein paar Mal herumtreiben durften. Der Mann war Jahrgang 1913. Was sagten solche Menschen, wie hätte dieser Mann die Schlagzeilen in der Tageszeitung empfunden? Vier politische Systeme, drei Währungen, zwei Weltkriege, Flucht, Wirtschaftswunder, das ganze Programm. Ich zählte die Cola-Dosen in meiner Küche, die neue Dosenpfandverordnung hatte es kompliziert gemacht, die Dosen zurückzugeben, das war mein aktuelles politisches Problem, und dabei hatte ich die dafür verantwortlichen Spinner auch noch gewählt. Höchste Zeit, mal wieder meinen Neffen zu besuchen, die einzige Chance, die Zukunft nicht als ein nasses Handtuch zu begreifen, sondern als seidenen Stoff, in dem Brillanten lagen.

Es war nett gewesen mit Lena, Phil und Michael, stellte ich fest, als ich kurz nach elf wieder nach Hause kam, aber an viel mehr konnte ich mich auch nicht erinnern. Wir waren im Treptower Park spazieren gewesen, hatten dann auf der Insel der Jugend schlecht gegessen, uns aber offensichtlich ganz gut unterhalten, sonst wäre es nicht so spät geworden. Michael hatte mich abgeholt und nach Hause gebracht, wir waren für nächste Woche im Gericht verabredet. Aber tatsächlich hatte ich nicht viel von den Gesprächen mitbekommen. Ich hatte die ganze Zeit an Ana gedacht und mir überlegt, was sie wohl machte, ob sie wieder unpässlich gewesen war oder einfach nur gearbeitet hatte und sich vielleicht noch mit Freundinnen traf, ich hatte mir sogar Gedanken über ihre Katze gemacht, ob wohl jemand da wäre, der diese hässlichen Whiskas-Dosen für sie aufmachen würde. Hatte Ana ihre Aussetzer auch beim Job? Wusste Christopher etwas, und wenn ja, könnte ich ihn fragen? Ich konnte wohl nicht, ich sollte wohl auch nicht. Und ich wollte auch nicht. Es ging vorbei, es war der letzte Tag im August, es ging vorbei, ich stand auf dem Balkon und fühlte, wie es kälter wurde, so war das doch immer meteorologisch, so waren die Sommer doch, erst die Hitze, dann wurde es kühler, und dann kam ein letztes Aufbäumen, bevor sich der Sommer geschlagen gab, so schnell wie Fabio Moli.

Der Gedanke an Ana verließ mich den ganzen Montag nicht, er marschierte in meinem Gehirn herum, immer nur kurz, während ich arbeitete, während ich einkaufte, ich ließ ihn nie ganz zu, aber ich schaute ungewöhnlich oft auf das Handy, rief meine Mails öfter ab. Nichts. Beim Klingeln des Telefons guckte ich, ob es ihre Nummer wäre. Dabei wollte ich nicht mit ihr sprechen; ich hätte doch nicht die Fragen stellen können, die mich interessierten. Sie meldete sich ohnehin nicht. Wir waren in derselben Stadt, Luftlinie nur ein paar Kilometer voneinander entfernt, wir waren uns viel näher als 99,9% aller anderen Erdbewohner. Ich saß bis gegen Mitternacht auf dem Balkon, die beiden Telefone neben mir. Las erst in meinen neuen Journalistenbüchern und traute mich dann nicht, Musik zu hören, um Anas Anruf nicht zu verpassen, den Anruf, den ich nicht wollte. Das Powerbook auf den Knien, saß ich schließlich in dem blauen Sonnenstuhl und versuchte, etwas Allgemeines über das Gericht zu schreiben, das Gebäude, die Atmosphäre, die Roben, all das, was einem schon beim bloßen Anblick oder auf den ersten Eindruck Respekt, ja Angst einflößte und einen sich so klein fühlen ließ, dass man daraufhin die Dinge nur noch geschehen ließ, machtlos, ausgeliefert, gefangen bereits in einem System, das man nicht verstand.

Kein Ton von Ana. Ich hätte in der Redaktion anrufen und nachfragen können, was denn jetzt mit dem Vorschlag zur Bezahlung wäre. Ich hätte auch auf jeden Vorwand verzichten und einfach fragen können, wie es ihr ginge. Aber noch wollte ich nicht den ersten Zug machen, noch wollte ich warten, ob sich Ana nicht doch von sich aus melden würde. Mittags piepste dann endlich das Sony Ericsson. Aber es war nicht Ana, sondern Marie, eine Grafikerin, mit der ich früher des Öfteren zusammengearbeitet hatte. Sie hatte mir eine SMS geschickt: »18.30 vortrag lichterfeld stilwerk?« Und ich hatte auf die 5 und die 2 gedrückt. Das erschien mir dann aber doch zu wenig, also hatte ich noch ein »Hole Dich um 18.10 ab« hinzugefügt. Groß-/Kleinschreibung, diese altmodische Höflichkeitsgeste. Ich mag SMS nicht, Handy ist schon die Pest, aber SMS, das ist nicht nur die Sprache der Feigen, das ist das Treten eines Pestkranken. Aber das heißt natürlich nicht, dass ich nicht trotzdem dauernd per SMS kommuniziere.

Lichterfeld war einer der bekanntesten Medienmänner der Republik, das stilwerk war ein Komplex in Charlottenburg, in dem viele Einrichtungsläden untergebracht waren. Wenn man wollte, konnte man sein ganzes Haus mit Dingen aus dem stilwerk bestücken, vom Parkett übers Bad, von der bulthaup-Küche über den Bechstein-Flügel, den Bang-&-Olufsen-Fernseher und das Minotti-Sofa bis zu Salzfässchen, Abfalleimern, Kissenbezügen und Verlobungsringen, die man schon mal in Champagnerflöten deponieren konnte. Das stilwerk gab es in Berlin und Hamburg, und überall hatte man das Gefühl, dass sie seit fünf Jahren die Ausstellungsstücke nicht ausgetauscht hatten, so ähnlich sah sich das alles, aber was waren schon fünf Jahre in einem Einrichtungsleben, wenn ein Sofa nicht mal fünf Jahre seine ästhetische Akzeptanz behielt, dann legte man dafür auch nicht 8000 Euro hin oder was immer das auch kostete. In der fünften, der obersten Etage des stilwerks gab es einen Raum, den man für Vorträge oder Partys mieten konnte. Außerdem eine Dachterrasse, von der aus man angeblich einen wundervollen Blick hatte. Konnte ich nicht beurteilen, denn wann immer ich da gewesen war, hatte jemand die Tür verriegelt. Marie war ebenfalls ganz wundervoll, glaubte ich. Jedenfalls sah sie so aus, obwohl ich mich eigentlich nur noch an ihre braunen Augen und die schönen Zähne erinnern konnte. Und braune Augen gehörten nicht zu dem, was ich attraktiv fand, sonst.

Um 18.09 Uhr stand ich vor ihrer Haustür, klingelte.

»Ich komme runter!«

Schade, ich hätte gern ihre Wohnung gesehen. Zwei Minuten später stand sie neben mir. Und gab mir als Erstes ihre neue Visitenkarte. Was ich merkwürdig fand, immerhin hatte ich ihre Handy-Nummer und kannte ihre Adresse. Bis ich bemerkte, dass es sich um ihre Jobkarte handelte. Neuer Titel. Kreativ-Direktorin. Glückwunsch. Ich zollte mimisch meinen Respekt, dann gingen wir. Langsam. Sie hatte einen Hexenschuss. Die Fahrt mit der S-Bahn war grauenhaft, immer noch Feierabendverkehr, wir mussten stehen, weil sie sich mit dem Rückenproblem nicht setzen wollte. Wir fuhren bis Savignyplatz und liefen den Rest zu Fuß. Langsam. Sie erzählte, dass sie sich den Hexenschuss bei einem Symposium über politische Philosophie eingehandelt hatte, stundenlanges Sitzen auf harten Stühlen. Ich wusste nichts über politische Philosophie. Sie nannte Namen. Außer Sartre kannte ich keinen. Von Sartre wusste ich nur, dass er trotz seines grotesken Augenfehlers alle Frauen haben konnte und der Titel seines Hauptwerkes so ähnlich klang wie der von Heideggers »Sein und Zeit«. Ich erzählte von einem Gerichtsfall, bei dem ein Mann Teppiche geklaut und am Tatort einen Zettel verloren hatte, auf dem sein Name und der nächste Behandlungstermin beim Zahnarzt standen. Ich wusste nicht, warum ich es erzählte. Drei Meter vor dem stilwerk fragte mich Marie nach meinem Audio-Logo. Ich ahnte, worum es ging. Networking. Aber ich hatte keins, weder ein Netz, an dem ich arbeiten konnte, noch ein Audio-Logo. Ich hatte noch nicht einmal eine Visitenkarte, weil ich immer dachte, ich würde sowieso demnächst wieder umziehen, da lohnten sich die Druckkosten nicht. Denn gibt es etwas Peinlicheres, als auf einer Visitenkarte die Hälfte der Informationen durchstreichen zu müssen, um sie auf den aktuellen Stand zu bringen? Dann doch lieber gar keine. War aber offensichtlich ein Fehler, wie mir Maries Blick aus zwei wirklich sehr schönen braunen Augen signalisierte. Machte aber nichts, denn die Sache mit dem Audio-Logo hatte mich ohnehin disqualifiziert.

Im stilwerk gingen wir wortlos zu den gläsernen Fahrstühlen. Stiegen ein. Just als sich die Türen schlossen, versuchte ein Mann mit Krücken, noch hineinzukommen. Die Türen drückten die Krücken, die lederbesetzte Handhalterungen hatten, zusammen. Marie rettete ihn, indem sie auf die Taste mit den beiden auseinanderzeigenden Pfeilen drückte. Jemand mit Hexenschuss, jemand mit Krücken, jemand ohne Audio-Logo, grandiose Fahrstuhlbesatzung. Ich schaute mir den Mann an und wusste, er würde eine unmögliche Frage stellen. So war es doch immer, die Gebeutelten, die, die anscheinend sowieso nur noch wenig zu verlieren hatten, die stellten die Fragen. Und demonstrierten damit dem Gefragten: So schnell kann es gehen, eine Frage, schon bricht es dir das Rückgrat.

Ich besorgte Marie ein Bier und ein Wasser, mir nur ein Wasser, denn ein Wassertrinker ist ein moralischer Mensch, einer mit Grundsätzen, wenn auch ohne Audio-Logo und Visitenkarte. Sie lächelte. Gut. Wir rauchten vor dem Vortragsraum eine Zigarette. Sie wies mich auf die wundervolle Aussicht hin, aber als ich sie fragte, wann sie denn das letzte Mal auf der Terrasse gewesen sei, begann der Vortrag. Sie ging sehr gerade. Ein japanisches Pflaster klebte auf ihrem sehr geraden Rücken, auf ihrer sicherlich sehr glatten Haut, unter dem schmal geschnittenen, schwarzen Blazer. Ein Mann, der, hätte er ein Lederoutfit getragen, sicherlich ein Kandidat für die »Blue Boys Bar« in der Eisenacher Straße gewesen wäre, sprach die einführenden Worte. Er sah nett aus, er sprach nett, er machte seine Sache gut, so will man begrüßt und eingeleitet werden. In dem Raum saßen vielleicht achtzig Menschen auf Holzstühlen. Marie und ich standen an einem Bistrotisch. Der Hexenschuss. Klar, neunzig Minuten sitzen, das wäre trotz japanischen Pflasters kaum auszuhalten.

Dann ging Herr Lichterfeld hinter das Rednerpult, zog ein Manuskript hervor und versprach, sich nicht daran zu halten. Er setzte eine schmale, schwarze Hornbrille auf, und jetzt sah er wirklich wie ein Medienmensch aus, ein erfolgreicher, in die Jahre gekommener Medienmensch, der immer noch gerissen genug ist, etwas zu stemmen, etwas klarzumachen, die Jungchen über den Tisch zu ziehen, ja, ja, er war ein potenter Typ, mit seinem offenen weißen Hemd, dem dunkelblauen Sakko, der Jeans und der Hornbrille, den kurz geschorenen weißen Haaren. Und dann erzählte Wolfgang W. Lichterfeld. Von seiner wilden Jugend, den Demos in so einer westdeutschen Kleinstadt, seinen Stich-, Brand-, Schuss- und anderen Verletzungen. Er erzählte, wen er alles kannte. Bekannte Namen, nur waren die fast alle schon außer Dienst, zurückgetreten, ausgewandert, jedenfalls nicht mehr auf der aktuellen Bildfläche. Herr Lichterfeld erzählte von seinem profunden Wissen der marxistischen Lehre und der maoistischen Grundhaltung, wie er dann, quasi aus einer philosophischen Weiterentwicklung der sozialistischen Thesen heraus, in die zweitgrößte Unternehmensberatergruppe der Welt eingestiegen war, dann von der größten abgeworben wurde, um schließlich einen maroden Betrieb aufzukaufen, den er zu einem der bedeutendsten Medienunternehmen des Landes machte. Lichterfeld war nicht schlecht und nicht gut, er war okay, er erntete weniger Lacher, als er wohl erwartet hatte und viel weniger Bewunderung, als er wohl meinte, verdient zu haben. Während seines Vortrags zog eine fette Fliege unter der Decke des Vortragsraumes ihre Bahnen. Da unten ein gefühlter IQ von 10 000, da oben eine fette Fliege, die sich anscheinend prächtig amüsierte. Kurz vor Schluss des Vortrags hörte man, wie eine Feuerwehr oder ein Krankenwagen das Signalhorn aufheulen ließen. Irgendjemandem ging es gerade richtig schlecht, während wir hier saßen, standen, uns die Prahlereien eines gut gekleideten alten Sackes anhörten. Nach dem Schluss: Noch Fragen? Und wer wankte zum Mikrofon? Genau, Krücken-Mann aus dem Fahrstuhl. Warf Lichterfeld vor, dass er jetzt so ein Kapitalist war, obwohl er doch eigentlich – da hätte man ihm den Mikroständer schon in die Kniekehlen hauen mögen. Drei weitere Fragen plätscherten noch herein, dann war es das. Erst jetzt fiel mir auf, dass ich Marie nicht anzugucken gewagt hatte. Nun sah ich: Sie hatte mitgeschrieben. Drei Seiten, mit schwarzem Ballpen. Schöne Schrift. Wir schauten uns an. Sie sagte, sie müsse gehen, sie habe noch einen Jobtermin um halb neun, gleich in der Nähe, Ludwigkirchplatz, ich solle doch noch bleiben, wäre doch mein Thema. Was jetzt genau? Immerhin so viel verstand ich, auf meine höfliche Begleitung zumindest bis zum Taxi legte sie keinerlei Wert. Sie gab mir zum Abschied die Hand. Ich ging an den kleinen Tresen und bestellte mir zwei Bier. Lichterfeld war von zwei dunkelhaarigen Mittvierzigerinnen in Beschlag genommen. Ich trank ein Bier so schnell es ging, das andere nahm ich mit vor den Saal und rauchte. Alle Raucher hier hatten auch ein Bier dabei. Aber wir redeten nicht. Geredet haben wir erst nach dem dritten. Irgendwann stand ich mit einem der Raucher auf der Dachterrasse, er kannte da einen Trick. Wundervolle Aussicht. Ich zerriss Maries Visitenkarte und warf sie über die Brüstungspflanzen. Ein Stück blieb hängen. Darauf stand ihre Job-Telefon-nummer. Ich steckte den Fetzen in meine rechte Hosentasche und ging. Man soll solche Zeichen ernst nehmen, das wusste ich, das war meine Art von Networking.

Es ging mir nicht gut. Ich spürte, wie sich in mir etwas verschob. Das Zeichen kannte ich. Es stellte sich immer wieder ein, kurz bevor ich glaubte, meine Wohnung nicht mehr verlassen zu können. Zunächst dachte ich, ich wolle sie nie mehr verlassen, dann merkte ich, dass es gar nicht mehr meine Entscheidung war. Es schlich sich an, nistete sich ein. Als wäre mein Körper ein besetztes Haus, eigentlich einem ganz anderen Zweck zugedacht, aber dann kamen Menschen, zogen ein, machten, was sie wollten, ich war nur das Gemäuer, ich konnte mich nicht wehren. Ich hatte einfach nur Angst. Vor Menschen, vor Autos, vor der Nacht, vor meiner Wohnung, vor mir, vor jedem unvermittelten Geräusch, vor dem Telefon, vor dem Wecker, vor Dingen, die passieren könnten, und vor Dingen, die ich tun könnte. Mal war die Zeitspanne von diesem Gefühl der Fragilität bis zu dem der schraubenden Angst kurz, zwei Stunden nur, mal waren es aber auch zwei Tage. Ich konnte dem begegnen, es gab Mechanismen. Eben nicht zu Hause bleiben, Menschen treffen, auch wenn es anstrengend war, rausgehen. Auf keinen Fall Filme sehen oder Musik hören. Instinktiv zog es mich zu Dingen, die meine Angst, die Verzweiflung unterstützten, ihr quasi eine Begründung, ein »gutes Argument« gaben. Am besten hätte ich mich bei meinem Bruder einquartiert, wäre mit dem Kleinen spazieren gegangen. Aber nicht jetzt, nicht in dieser Situation, ich wusste doch, wie ich mich zu verhalten hatte, ich könnte weiter an dem Agenturprojekt arbeiten und es vielleicht schneller zum Abschluss bringen. Ich konnte ins Gericht gehen, mit Michael zusammen. Ich konnte mit der Vespa durch die Stadt fahren und die Angst wegwehen lassen. All das war möglich. Ich würde das allein schaffen.

Was schon lange fällig war: Zwei Dokumente anlegen. Eines, in dem ich mir die wichtigsten Begriffe im Strafrecht und deren Definitionen notierte. Und ein ähnliches für Journalismus. Mit der Juraliste fing ich an. Das war eine ganz einfache Arbeit, bei der kein Raum für Phantasie war. §153a? Schöffengericht, wann? Ab wann nicht mehr Amts-, sondern Landgericht? Alles genau festgesteckt. Klare Begriffe, fundiertes Terrain. Ich schrieb und las, machte mir zwischendurch immer wieder Tee, aber versuchte auch, dabei nicht abzuschweifen. Gerade den Weg gehen, darauf kam es an.

Als Ana mir eine SMS schickte, auf welcher Party sie war und welchen Code man eingeben musste, saß ich gerade auf dem Balkon, trank aus einer Flasche Bier, rauchte dazu und schaute auf die bedrohliche Lichtinstallation, die jemand Unter den Linden platziert hatte, um was auch immer auszusagen.

Ich duschte, rasierte um die drei kleinen, frischen Wunden

herum und zog Kleider an, von denen ich wusste, Ana mochte sie, ab und zu ließ sie sich ja dann doch dazu hinreißen, mal was Nettes zu sagen, und wenn auch nicht über mich, dann über genau dieses Hemd und diese Hose und diese Schuhe. Ich cremte meine Schnitte mit Penaten »schützt und beruhigt« ein, vor allem den über dem linken Handgelenkknöchel, ein echter Ausrutscher, wenn man das so ausdrücken darf, denn er machte es schwierig, die Hand in die Hosentasche zu stecken, wie ich es gern tue, wenn ich unsicher bin, und auf Partys bin ich das, zumindest die erste halbe Stunde lang, immer, na ja, auch eine Frage des Promillegehalts. Und entsprechend trank ich noch ein wenig Bier, würde ohnehin keinem auffallen, so spät wie ich auf die Party kam, und rauchte noch eine in den Himmel, der stoisch den Gendarmenmarkt wie die Plattenbauten, mich und meinen kleinen Neffen, ja alle acht Wohnungen, in denen ich in Berlin in den letzten Jahren mal zu Hause war, der einen ruhelosen Maler und die tieftraurigen Hausfrauen, der den Reichstag und die Bushaltestelle für den 146er und so weiter und so fort, der also all das mit einer gelassenen Güte betrachtete und unter sich bedeckte.

In der U2 saß mir schräg gegenüber eine hellblonde Frau, deren gramgestaltete Stirnfurchen im Kontrast zu ihren lila bemalten Fußnägeln standen. Sie schaute mich nicht an, obwohl man in den Waggons über kurz oder lang doch immer den Blick seines Gegenüber streift, aber sie schaute nur auf ihre Handtasche, und dann klingelte es auch darin, und sie fragte: »Wie geht es dir?« und dann: »Ich mich auch um dich«, und in solchen Sätzen war nun wirklich alles drin, dass sich der eine um den anderen Sorgen machte, war nun die geringste der Erkenntnisse, aber warum? Ich war dann aber schon wieder abgelenkt, denn im Nachbarwaggon stiegen ein Mann von bestimmt 200 Kilo und einer mit einer Sahara-Basecap ein, der gegen die obere Haltestange knallte. Auf dem

Bahnsteig blies ein dünner Mann auf der Mundharmonika »Hänschen klein«. Ich hielt meine rote Plastiktüte, die eine Geschenkimprovisation verdeckte, eine Flasche Roséwein und eine Tafel Kinderschokolade, fest in der linken, schwitzenden Hand, das war vorgestern das erste Mal gewesen, dass ich Roséwein gekauft hatte, damit kannte ich mich gar nicht aus, aber ich wollte Roséwein kaufen, auch wenn ich da noch nicht wusste, wofür eigentlich, anscheinend hat man doch immer eine Ahnung, dass etwas auf einen zukommt, für das man Rüstzeug braucht, es war eine instinktive Handlung, wenn auch aus dem falschen Motiv heraus, denn eigentlich hatte ich die Flasche für mich selbst gekauft, aber dann war Anas SMS gekommen, und jetzt war sie eben für jemand anderen. Meinetwegen. Jedenfalls war ich wie ein halbblinder Idiot durch den Supermarkt gelaufen und hatte dann einfach den teuersten Roséwein genommen, es gibt so vieles, von dem ich keine Ahnung habe. Bülowstraße stieg ich aus und ging dann noch die paar Schritte, es war voll auf der Straße, ich bekam schon wieder Angst, schaffte es gerade so, eine vierköpfige muslimische Familie zu umkurven, musste aber zum Glück nicht den zwölfstelligen Code in die Haustür eingeben, weil ein Nachlässiger verabsäumt hatte, sie zu schließen, danach wurde es aber erst recht schwierig, denn der Weg zum Garten war nicht ausgeleuchtet, und wie ich mich so nachtblind vorwärtstastete, machte ich bestimmt den Eindruck »fünfzehn Bier später«, aber immerhin stolperte ich nicht und schaffte es wohl weitgehend unbemerkt in den Garten, und auf einer Bank saß Ana, so gerade wie nur sie sitzt, und ich brachte an Begrüßungen zustande, was machbar war, aber dann nahm Ana sich schon meiner an, und sie tat es so, wie sie es nie tut, wenn wir allein sind, nämlich mit einer Mischung aus Besitzerstolz und Mütterlichkeit, sie rückte mir einen Stuhl nahe genug an den Tisch heran und holte mir ein Beck's aus der im

Garten aufgestellten Badewanne und öffnete es, und eigentlich hätte es nur noch gefehlt, dass sie mir mit einem der Plastiklöffel Torte in den Mund geschaufelt hätte. Aber das tat sie natürlich nicht, sie wusste ja, ich mochte keine Torte, und schon gar nicht zusammen mit Beck's. Als ich jedoch nach einer Stunde auf die Toilette ging, sah ich sie, als ich zurückkam, neben einem Vollidioten im rotgeblümten Hemd, der ihr einen dieser Achtziger-Campari-O-Saft mischte, und worauf das Schwergewicht lag, das war klar. Ana redete, als wäre sie noch im Job, und lächelte, und ihr hellblondes Haar war für mich im Dunkel wie eine Leuchtboje auf offener See, ich setzte mich wieder und redete mit niemandem, sondern sah in den Himmel und trank Beck's und schaute Ana an und rauchte und schaute die Gastgeberin an, die mich mit einem Blick bedachte, der zwischen Neugier und Mitleid schwankte. Es war immer noch warm in diesem Hinterhof, zudem kein Geräusch von der Stadt zu hören, und ich stellte mir kurz vor, immer hierzubleiben, einfach sitzen zu bleiben, und über mir würden die Tageszeiten ihren Wettlauf veranstalten und dann die Jahreszeiten, aber ich säße hier, und die Vorstellung war tröstlich, denn theoretisch hätte ich es ja machen können, und spätestens in zwei Monaten hätte mich die Gastgeberin sicherlich in ihre Wohnung geholt, Tee gekocht und ein weißes Kissen aufgeschüttelt, mir eine Zigarette gedreht und mich dann gefragt, was ich denn von einer heißen Badewanne hielte. Und weil ich dann doch zu alt bin, um an das Wundervolle zu glauben, stand ich irgendwann auf, aber das war der falsche Ablauf, erst verkündet man sein Gehen, dann steht man auf, aber ich wollte mich nicht noch einmal hinsetzen, und so sagte ich in dieser rheumatischen Haltung zu Ana hinuntergebückt, dass ich jetzt gern gehen würde, davon ausgehend, sie erhöbe sich ebenfalls, und dann würden wir eben zu ihr gehen und das tun, was wir immer so taten, die Katze wäre auch erfreut, aber Ana nahm meine rechte Hand, was seltsam war, denn normalerweise hätte sie als Rechtshänderin instinktiv meine linke Hand nehmen müssen, aber sie nahm die rechte und sagte, sie wolle noch etwas mit mir besprechen, und ich sagte, gut, dann stand sie auf, zog unsere beiden weißen Holzstühlchen zwei Meter vom Geschehen weg, und dann holte sie sich einen neuen Campari bei dem Mann mit dem roten Hemd und ein Beck's aus der Badewanne, öffnete es aber nicht, und ich stand noch immer wie ein Fallschirmspringer in dem Garten, Ana drückte mich auf einen der Stühle und setzte sich auf den anderen und schien gar nicht zu bemerken, wie idiotisch es ist, jemandem eine geschlossene Bierflasche in die Hand zu drücken, und dann fing sie an zu reden, und ich versuchte die ganze Zeit, ihr gleichzeitig zuzuhören und die Beck's-Flasche mit einem roten Wegwerffeuerzeug zu öffnen, selbst als ich Ana Feuer für ihre Philip-Morris-light-Zigarette geben sollte, bemerkte sie nicht, wie ich mich mit dem Kronkorken abmühte, und sie redete darüber, bei ihrer Frauenärztin gewesen zu sein und gutartige Tumore zu haben, die entfernt werden müssten, und es wäre nicht klar, was das für Folgen haben würde, und ich verabschiedete mich davon, mit dem Feuerzeug den Deckel aufstemmen zu können, sondern machte es so, wie ich es beherrsche, auch wenn es sehr unelegant ist, ich hielt die Flasche einfach an die Vorderkante des Stühlchens und haute mit dem Handballen auf den Verschluss, und prompt ging er auf, meine Großmutter sagte in ähnlichen Fällen »Gelernt ist gelernt«, und das sagte ich mir innerlich auch, ich trank schnell und in großen Zügen, es war mir egal, ob mich die Gastgeberin dabei beobachtete, was sie wahrscheinlich tat, und wenn tatsächlich, dann würde sie mir in Zukunft wohl nie ein Kissen aufschütteln, aber das war jetzt auch nicht so wichtig, ich zündete mir eine Zigarette an, und dann endlich konnte ich mich auf das konzentrieren, was Ana mir zu erzählen versuchte. Das mit der Untersuchung hatte ich ja noch mitbekommen, aber dann sagte sie, sie wolle wieder zu ihren Eltern ziehen, weil ihr Vater vielleicht dieses Jahr nicht überleben würde, und mit der offenen Flasche in der rechten Hand und der Zigarette zwischen dem linken Zeige- und Mittelfinger fragte ich sie, ob sie sich das wirklich überlegt habe, aber sie meinte, es gebe Dinge, da bekomme man nur eine Chance, und das Begleiten ihres sterbenden Vaters sei so eine. Nun gut. Ich sagte, wenn du das willst, ich helfe dir gern bei der Wohnungssuche, aber das wollte sie natürlich nicht, ich verstand nicht, was sie überhaupt von mir wollte, denn sie fragte mich dann über meinen Neffen aus und ab wann Kinder laufen und sprechen können und ab wann sie richtige Schuhe tragen. Ich erzählte ihr alles, was ich bisher so bei dem Kleinen festgestellt hatte, und sie hörte interessiert zu. Und dann fragte sie, ob ich mir vorstellen könne, mit ihr ein Kind großzuziehen, und dann schaute ich sie an, drückte meine zur Hälfte gerauchte Zigarette in dem trockenen Gras sorgfältig aus und ging zur Gastgeberin, sagte ihr das obligatorische »Danke für den Abend und mach's gut«, also das Unverbindlichste der Welt, nahm meine Beck's-Flasche mit und ging nachtblind aus dem Garten, trank vor der Altglastonne das letzte Drittel aus der Flasche, so schnell es ging, entsorgte sie, und das Scheppern des Glases in dem Container war das lauteste Geräusch des Abends.

Die U2 lief gerade ein, als ich mein Ticket gelöst hatte, es gibt Zeiten, da bin ich für jedes profane Zeichen dankbar, ich fuhr die sechs Stationen, ohne auf jemanden zu achten, ich fuhr weg, vielleicht floh ich, ich fuhr nach Hause, man kann die Dinge sehen, wie man will.

Es war keine Lösung gewesen, es war nie eine Lösung, es war als Ablenkung gedacht gewesen: die Menschen, die Nacht, das Bier. Zu der Party zu gehen war ein Fehler gewesen. Ana war jetzt weg. Sie war endgültig aus meinem Leben raus. Auf unspektakuläre Weise, aber endgültig. Ich hatte mich nicht von ihr verabschiedet, ich hatte sie verloren. Auch wenn ich mich letztendlich umgedreht und die Schritte von ihr weg gemacht hatte, eigentlich war sie gegangen, mit ihren Worten hatte sie sich entfernt, ich stand immer noch da. Ana, die mich mal umklammert und mich dann links liegen gelassen hatte; die mich zu sich gezogen und dann wieder weggestoßen hatte; Ana, die zurück zu ihren Eltern und gleichzeitig ein Kind mit mir großziehen wollte; Ana, dieser Stein, der je nach Licht immer anders glänzte. Ich musste gehen, weil sie mich sonst mit sich gerissen hätte, wohin auch immer. Ich konnte mich nicht verabschieden, weil ich wegrennen musste. Ich durfte sie nicht wiedersehen. Konnte sie nie wiedersehen. Würde sie nie wiedersehen. Ich würde ihr Geheimnis nicht aufdecken, wenn es denn eines gab. Der Sog, ich hatte ihn abgestellt. Indem endlich ich mich einfach einmal umgedreht hatte. Es war das letzte Mal, das wusste ich in diesem Augenblick, das letzte Mal, dass ich neben Ana gesessen hatte, dass ich mit ihr gesprochen hatte. Ich wusste es einfach.

Mit der Party hatte ich alles schlimmer gemacht, wo ich es doch allein schaffen wollte, ich hatte der Angst nur neues Futter gegeben, diesem Tier, das da bereits im Gestrüpp die Zähne fletschte, ich hatte es nur noch hungriger gemacht. Es würde nicht gut ausgehen, ich spürte es, die Welle baute sich auf, und sie würde brechen. Die Frage war lediglich, ob ich direkt darunterstand oder nur einen Ausläufer abbekommen würde.

Vor der Verhandlung erzählte mir Michael von seiner letzten Freundin. Auslöser war eine SMS von ihr, in der sie ihn zu einem Essen einlud, was ihm völlig absurd erschien, sie hatten sich so lange nicht gesehen, nicht miteinander gesprochen, und jetzt kam da so eine lapidare SMS, als wäre man erst letzte Woche lachend auseinandergegangen. Ich fragte nach, wie denn seine Freundin sonst so sei, was sie mache, wo sie sich kennen gelernt hätten. Drei Fragen auf einmal, dann würde er vielleicht bis zu Prozessbeginn reden, denn dazu fühlte ich mich nicht in der Lage, der Schwindel war da, das Gefühl eines Surrens, nicht der Ton, sondern wie wenn etwas surrt, man aber nicht die Quelle dieses Geräuschs ausmachen kann und deshalb die ganze Zeit irritiert ist.

Michael fing sofort an zu reden. Als wir uns vor dem Saal 456 begrüßten, hatte er mich kurz ein wenig prüfend angeschaut. Glaubte ich. Aber ich war schon in dem Stadium, wo ich bei jedem Blick das Gefühl hatte, er wäre entweder prüfend oder abschätzig oder bedrohlich. Zum Glück kam gleich der SMS-Ton aus Michaels Handy.

»Michaela, bitte keine Anspielung wegen des Namens, ich kenne sie alle, ist Tischlerin. Auch dazu bitte kein Kommentar, ich kenne sie alle. Wir haben uns kennen gelernt, als ich in die Pathologie musste, frag mich nicht, warum, das erzähle ich dir ein anderes Mal, wenn du da juristisches Interesse hast. Es war jedenfalls mitten in der Nacht, die hatten gerade die Obduktion gemacht. Du hast so was hoffentlich noch nie erlebt.«

Ich schüttelte den Kopf. Pathologie, Obduktion, nicht gerade die Stichworte, die ich hatte hören wollen. Eine gemeinsame Bootsfahrt in den Sonnenuntergang, etwas in der Art hatte ich mir erhofft.

»Der Geruch ist grauenhaft. Die Leiche war nicht mehr, hm, taufrisch, bei der Obduktion sind dann die ganzen Gase entwichen, und ich bin nun kein besonders empfindlicher Mensch, aber diese Frauenleiche und der Geruch, das war mir eindeutig zu viel, um es einfach mit nach Hause zu nehmen. Also ging ich in einen Club, der bei mir in der Nähe war, und da traf ich sie. Wahrscheinlich lag es an dem, was davor war, aber ich ging einfach auf sie zu und fragte sie, ob wir nicht etwas trinken und ein bisschen reden wollten. Hinterher hat sie mir erzählt, sie habe mich zunächst mit jemandem verwechselt, den sie von einer Party zu kennen meinte. Sie wollte einfach nicht unhöflich sein. Und erst am Schluss fragte sie: Sag mal, woher kennen wir uns? Aber da war es auch schon egal. Wir trafen uns gleich am nächsten Tag wieder und zogen nach zwei Monaten zusammen, und nach anderthalb Jahren war es aus. Übrigens meine Theorie, man hält es mit jedem halbwegs sympathischen Menschen anderthalb Jahre aus, dann zeigt sich, ob es eine Beziehung wird oder nur eine Episode war, also bei uns war es eine Episode. Und du? Was ist mit deinem Liebesleben?«

Zum Glück kam in diesem Moment die Richterin an uns vorbei und ging in ihren Saal.

»Wo steckt denn mein Mandant? Mein Gott, ich rede, dabei bin ich zum Arbeiten hier. Entschuldige, ich muss kurz telefonieren, ich fürchte, mein Mandant hat den Termin platzen lassen – wäre nicht das erste Mal.«

Er war schon im Gehen begriffen, aber ich rief ihm nach, es war mir wichtig: »Michael, hast du heute Abend vielleicht Zeit für ein paar Abschläge? Das wäre ganz gut, glaube ich.«

Er drehte sich wieder zu mir.

»Ja, gern, machen wir.« Er schaute mich wieder so an wie bei unserer Begrüßung. »Manchmal ist es ganz gut, einfach auf so kleine Bälle zu hauen und sich dabei zum Beispiel ganz bestimmte Gesichter vorzustellen. Bis heute Abend.«

Er ging Richtung Anwaltszimmer, ich stand ein bisschen verloren auf dem Gang herum, rauchte erst einmal eine Zigarette und überlegte, was ich tun sollte, nachdem aus Michaels Verhandlung, die ich mir hatte ansehen wollen, offensichtlich nichts wurde. Ich konnte mich in ein Café setzen, um die Ecke gab es eines, in dem sich Verteidiger, Staatsanwälte und auch

Richter trafen, meistens zu Mittag, aber auch während Verhandlungspausen. Ich konnte mich dazusetzen und ein wenig lauschen, worüber diese Menschen so redeten. Außerdem würde ich ein paar der letzten Sonnenstrahlen einfangen können, denn zwar war für morgen noch einmal ein Aufschwung des Sommers prognostiziert, aber gleich versehen mit dem Hinweis, das wäre es dann wohl gewesen, ab dem Wochenende würden die Temperaturen spürbar fallen, sogar von Regen war die Rede. Ein wenig Sonne also und ein wenig Zuhören, einen Kaffee trinken, eine Gerichtsreporterin bei der Hintergrundrecherche. Aber wenn ich an meine Kolumne dachte, war mir klar, es wäre wichtiger, Stoff zu sammeln, konkrete Fälle. Erst musste ich Geschichten in petto haben, bevor ich mir den Recherche-Luxus leisten konnte. Kühles Pflichtbewusstsein also, wie man es uns gelehrt hatte, erst die Arbeit, dann das Vergnügen, erst die Pflicht, dann die Kür, vor den Erfolg haben die Götter den Schweiß gesetzt, die ganzen preußischen Spruchweisheiten und Redewendungen. Ich wollte das Richtige tun, und ich beging zum x-ten Mal einen Fehler, einen völlig unverschuldeten, ich tappte schlichtweg in die Falle des Schicksals, ich konnte diese Falle nicht sehen, ich wäre ihr entgangen, wenn ich mich für den Luxus, die Sonne und den Kaffee entschieden hätte. Aber ich entschied mich für das Gewöhnliche, den Schweiß und das Gericht in der Turmstraße.

In dem Saal, vor dem ich stand, hatte die Verhandlung bereits begonnen, zwei Frauen warteten noch, aber sie redeten und tranken Apfelschorle aus Flaschen mit Aldi-Etikett, waren sicher Zeuginnen. Ich ging den Gang hinunter, vorbei an der gläsernen Kabine, in der zwei Justizvollzugsbeamte saßen und gebannt auf einen Monitor schauten. Der erste Saal auf der anderen Seite des Ganges war leer, der Terminplan durchgestrichen, sah nach Sommergrippe des Richters aus. Im zweiten saß auf den ersten Blick nur ein junger Mann, der Zeitung las. Ich ging durch die Warteecke und schaute auf den Terminplan. Der nächste Fall würde gleich aufgerufen werden. Benjamin Beierle. Angesetzt für eine halbe Stunde. Ich ging zu der Bank, auf der auch der Zeitungsleser saß, und dachte noch, da haben sich die Eltern für eine schöne Alliteration beim Namen ihres schwäbischen Bübchens entschieden, vielleicht war er aber auch nur der Jüngste in der Familie. Dann kam dieser Mensch um die Ecke, drückte seine Zigarette in einer Keksdose »Danish Cookies« aus und setzte sich uns gegenüber. Er blickte auf den Boden, ich musterte ihn verstohlen, er war sicherlich der Angeklagte, ich wollte nicht voyeuristisch sein, obwohl ich es natürlich war, und als er den Kopf langsam hob, schaute ich schnell weg. Dann tat ich so, als würde ich noch einmal Richtung Terminplan sehen, obwohl ich den auf diese Entfernung unmöglich entziffern könnte, nur um Benjamin mit meinem Blick streifen zu können. Im Saal würde er mit dem Rücken zu mir sitzen, es gab also nur zwei Chancen, sein Gesicht zu mustern, jetzt und wenn er wieder rausging. Ich kannte ihn. Ich kannte ihn seit über einem Jahr. Er war der Mensch, der in ein paar Minuten mehr Spuren bei mir hinterlassen hatte als jeder andere. Er hieß nicht David, er hieß Benjamin. Es war kein fränkischer Dialekt gewesen, es war vermutlich ein schwäbischer. Und kurz dachte ich, zum Glück hast du keine Aussage bei der Polizei gemacht, du hättest sie auf die völlig falsche Fährte geführt. Dann schaute ich ihn wieder an. Guckte weg. Schaute ihn wieder an. Er mich nicht. Sein Gesicht war schon wieder dem Boden zugewandt, war ja auch interessanter als ich, war ja auch die Perspektive, die er gern mal einnahm, etwas am Boden betrachten. Fahrstuhl, Fallgeschwindigkeit, Kreuzberg, Gin, Zigarettenglühen, Taxi am Ende der Straße, Fahrrad ohne Sattel, das Blut, der Stein, die Stille. Ich kannte dieses Zittern nicht. Es war nicht körperlich, es war, als würde mein Inneres einmal durcheinandergewirbelt von einer heftigen Böe, dann senkte sich alles wieder an seinen Platz, dann wurde es von der nächsten Böe zerwirbelt, ich spürte mein Herz schlagen, ich hörte den Ton, ich fühlte meinen Magen, ich konnte ihm zuhören, und ich konnte fühlen, wie er sich hob und senkte, ich fühlte, wie mein Gehirn langsamer wurde, wie es in eine Art Ruhezustand, wie ich es vom Computer kannte, ging, ich fühlte, wie meine Füße auf dem Linoleumboden trippelten, aber ich konnte nicht aufhören, der Zeitungsleser sah mich unwirsch an, Benjamin sah mich an, aber er sah mich an, wie man die verwirrten Menschen auf der Straße anschaut, nicht so wie jemanden, den man erkennt. Er erkannte mich nicht. Er hatte keine Ahnung, wer ich war. Ich war ein unwichtiges Detail in seinem Leben, eines, an das man sich nicht erinnert, so wie man sich nicht daran erinnert, ob die Socken des Gesprächsteilnehmers vor zwei Monaten grau oder schwarz waren. Benjamin saß da und wartete, dass sein Prozess aufgerufen würde, anscheinend war auch das so läppisch, dass er glaubte, ohne Anwalt auskommen zu können, er scharrte mit seinen Turnschuhen auf dem Boden, zeichnete dann kleine Kreise. Der Fall wurde aufgerufen. Ich musste da rein. Es war vielleicht meine einzige Chance zu erfahren, wer mir … wer verantwortlich … Ich ging, ich ging wie aufgezogen, ich streifte den Türrahmen, setzte mich in die erste Reihe, jetzt kühl bleiben, zuhören, die beste Perspektive hätte ich noch von dem Platz ganz links. Es war ein Richter, ein Mann mit einer Halbglatze und einer Metallbrille, ungefähr so alt wie ich und Benjamin. Benjamin Beierle gab seine Personalien an. Geboren am. Es knallte kurz in meinem Kopf, dann rauschte es, das Blut rauschte in meinem Kopf, alles Blut, das in mir war, das ich immer wieder aus mir hatte heraustropfen lassen, floss aus meinem Gehirn nach unten, so dass ich mich an der orangenen Plastikschale des Sitzes festhalten musste. Er hatte am selben Tag Geburtstag wie ich. Er war genau am selben Tag ein paar hundert Kilometer entfernt zur Welt gekommen. Benjamin Beierle und ich waren astrologisch gleich. Warum verwirrte mich das so? Weil es eine Verwandtschaft schuf? Was sagte das schon aus? Zig Menschen waren am selben Tag geboren wie ich. Zig Menschen, aber auch der Mensch, der mich in einen verfickten Kreuzberger Hinterhof gezerrt, mich verletzt und ausgeraubt hatte. Dieses Stück Scheiße saß da gelassen auf seinem Stuhl, ich konnte von hinten auf seine kurz geschnittenen Haare, auf den ausrasierten Nacken, auf den von einem weißen Hemd bedeckten Rücken schauen. Ein weißes Hemd, ein ausrasierter Nacken, das war doch alles Hohn, das war doch alles – ich hörte der Anklage zu. Diebstahl geringwertiger Sachen. Er hatte eine Uhr bei Karstadt am Hermannplatz geklaut, 79,95 Euro. Deswegen stand er vor Gericht, saß er lässig vor Gericht. Nicht wegen Körperverletzung, Raub, Derangieren eines Lebens. Eine gelbe Festina-Uhr, darum ging es, das wurde ihm zur Last gelegt. Und er probierte es erst noch mit Irrtum und dem ganzen Scheiß, den ich im Strafrecht für Anfänger gelesen hatte, gab dann aber zu, das sei wohl alles etwas unglücklich gelaufen, es tue ihm auch leid, er habe da einen schlechten Tag gehabt, die Uhr sei für seinen Bruder gewesen, zum Geburtstag, aber Ende des Monats, kein Geld mehr, dumme Idee, spontan eingesteckt, reflexartig. Einen schlechten Tag gehabt. Kannte ich, das Gefühl. Das hier war läppisch, sein Geständnis, was es dann ja wohl schlussendlich war, würde strafmildernd angerechnet werden. Interessant jetzt nur noch sein Vorstrafenregister. Eine Betäubungsmittelgeschichte, drei Jahre her. Das war es. Sonst nichts. Ein fast unbeschriebenes Blatt. Entweder war er im Grunde tatsächlich ein harmloser Kerl, der nur zwischendurch mal einen schlechten Tag hatte und dann Frauen überfiel oder billige Uhren klaute. Oder er war immer davongekommen. Der Richter fragte Benjamin Beierle nach dessen persönlichen Lebensverhältnissen, so hieß das. Bei der Abfrage der Personalien hatte er schon angegeben, unverheiratet zu sein. Jetzt fügte er hinzu, nein, Kinder gebe es keine. Von Beruf sei er Hausmeister. Der Zeuge, der Kaufhausdetektiv, wurde mit Dank entlassen. Der Amtsanwalt beantragte 30 Tagessätze à 20 Euro. Der Richter und die Protokollführerin verschwanden in den Besprechungsraum. Keiner sprach. Benjamin blieb ganz ruhig sitzen, schaute sich nicht um, warum auch. Was sollte ich tun? Aufspringen und schreien: Der Kerl hat mich niedergeschlagen und ausgeraubt, der hatte ein Messer, und ich habe geblutet, und das reicht ja wohl? Steckt ihn ins Gefängnis, sofort, und lasst ihn nie wieder raus? Vergesst diese Scheißuhr, der hat nicht eine Uhr geklaut, der klaut einem alles? Sollte ich nach vorne gehen, ihn an den Schultern packen und ihn zwingen, sich an mich zu erinnern? Gar nichts, ich konnte gar nichts machen. Ich hatte keine Beweise. Ich saß in dieser Zuschauerreihe und sah den Kreuzberger Hinterhof vor mir, und ich spürte nicht den Schmerz von damals und dachte an nichts, was danach gekommen war, ich sah nur diesen Abend wie einen Film wieder vor mir, einen Film, in dem man die Szenen falsch zusammengeschnitten hatte, jetzt rauschte nichts mehr, es war alles ganz ruhig, in dem Saal, in mir, draußen waren Bauarbeiten, die Tür des Besprechungszimmers ging wieder auf, der Richter und die Protokollführerin kamen wieder herein, alle standen auf. Im Namen des Volkes 20 Tagessätze à 20 Euro. Eine kurze Belehrung, dann ging Benjamin Beierle. Er schaute mich nicht an, er ging einfach raus. Ich folgte ihm. Er zündete sich eine Zigarette an, lief den Gang hinunter, Richtung Ausgang. Er war es. Das Gesicht, die Figur, der Gang. Benjamin Beierle ging mit 30 Tagessätzen à 20 Euro durch die Drehtür, raus in den Spätsommertag. 600 Euro. Ein Burberry-Mantel, ein iPod und eine Playstation, ein Abend zu viert in einem Sterne-Restaurant. Der Preis, den ich für fünf Stunden Arbeit verlangte. Das neueste Nokia-Handy ohne Vertrag. Nichts. Er wohnte in Neukölln. Ich kannte seine Adresse. Ich kannte seinen Job. Ich wusste sogar, wann er Geburtstag hatte, und würde das Datum nie vergessen. Ich konnte in Zukunft auf meinen und seinen Geburtstag mit einem Glas anstoßen. Ich konnte mich rächen. Oder ich konnte versuchen, ihn dranzukriegen. Ich musste mit Michael sprechen. Es musste einen Weg geben, den Ladendieb Benjamin für das vor Gericht zu stellen, was er wirklich angerichtet hatte. Wo nicht bloß irgendein Kaufhauskonzern, der ein bisschen Schwierigkeiten mit seinem Aktienkurs hatte, geschädigt worden war. Benjamin Beierle stand an der Bushaltestelle. Wartete wohl auf den 123er. Ich stand drei Meter von ihm entfernt und schaute ihn an. Er telefonierte. Verkündete sein Urteil. »Alles gut gegangen«, sagte er, er komme gleich. Alles gut gegangen. Ich wollte auf ihn zugehen, ihm sagen, dass ich ihn erkannt hatte, dass ich alles wüsste, dass ich ihn kriegen würde. Aber ich stand nur da, mein Herzschlag wurde wieder lauter, ich schaute nach links, der Bus kam, jetzt, ich musste jetzt zu ihm gehen, ich durfte ihn nicht schon wieder einfach so davonkommen lassen, ich musste. Ich blieb stehen. Sah zu, wie Benjamin Beierle in den Bus einstieg, sein Ticket vorzeigte, sich hinsetzte und schon wieder mit seinem Handy beschäftigt war. Der Bus fuhr an, Benjamin schaute nicht nach draußen, er hatte mich nicht registriert, ich spielte keine Rolle in seinem Leben, wahrscheinlich konnte er sich wirklich noch nicht einmal an mich erinnern. Bestimmt daran, jemanden überfallen zu haben, aber wer das war, da käme ein Schulterzucken und die Erklärung, er habe einen schlechten Tag gehabt. Und die Mutter Geburtstag und kein Geld für ein Geschenk. Jetzt sah ich nur noch seinen Hinterkopf. Er war es nicht. Er konnte es nicht sein. Ich hatte mich geirrt. Solche

Zufälle gab es nicht. Es war eine Verwechslung. Er war es bestimmt nicht. Ich war diesem Menschen noch nie vorher begegnet. So funktionierte die Wahrheit nicht. Die Wahrheit hieß nicht einfach Benjamin Beierle und war ein Neuköllner Hausmeister, der mal bei Karstadt eine Uhr mitgehen ließ oder ein paar Joints rauchte. Er war nicht der Mann, er war irgendein Mann. Wahrscheinlich.

Ich steckte mir eine Zigarette an, sie fiel mir aus der Hand, ich wollte etwas trinken, es tropfte auf mein Hemd, ich wollte gehen, aber ich spürte den Boden nicht, es war, als würde das Gefühl für meine Beine in Höhe der Knie enden, ich erinnerte mich, wie man ging, und lief über die Straße wie ein Käfer, dem man zwei Beine ausgerissen hatte. Nicht mehr andere Fälle angucken, nur nach Hause, einschließen, wegschließen, nicht mehr rausgehen, nicht mehr Golf spielen, nur nachdenken, zur Ruhe kommen, analysieren und erholen und handeln, irgendwann wieder handeln, wenn die Zeit dazu war, jetzt war sie es nicht, jetzt galt es, die Dinge einzuordnen, Klarheit zu schaffen, Sicherheit zu schaffen, das Fundament abzusichern.

Ich räumte die Wohnung auf, sehr präzise, saugte die Fußbodenleisten, wischte die Schränke aus, bügelte auf Kante und legte alle Kleider im Schrank ordentlich zusammen. Benutzte alle Putzmittel, die da waren. Es war nicht ganz einfach, denn das Zittern hörte nicht auf, ich musste vorsichtig und präzise sein, Präzision ohnehin das Wichtigste, nichts vergessen. Schaltete das Handy aus, zog den Telefonstecker aus der Buchse, nicht gestört werden, ich durfte nicht gestört werden. Keine Musik, kein Fernsehen, nur das Geräusch des Atmens und des Säuberns, auch das so leise wie möglich, behutsam aber präzise. Es war Nachmittag, als ich fertig war. Setzte mich an den Schreibtisch und machte eine Liste, was ich bräuchte, um bis Sonntag nicht mehr aus dem Haus gehen zu müssen. Drei Tage raus aus der Welt. Dann neu entscheiden. Die Liste würde mir helfen: klare Vorstellungen, Auftrag und Ausführung. Ich listete die Geschäfte auf. Es war nicht viel, was man für drei Tage brauchte, das passte in einen normalen Rucksack, aber ich wollte gerüstet sein. Ich würde es in zwei Etappen erledigen. Eine fünfzehnminütige Pause dazwischen. Eventuell musste ich die Kleidung wechseln, eventuell musste ich mich kurz hinlegen, eventuell musste ich etwas tun, auf das ich jetzt noch nicht vorbereitet war, was immer es sein mochte, ich hatte fünfzehn Minuten dafür. Erste Etappe: Meyer-Beck für Nahrungsmittel, Zigarettenladen und dann der Drogeriemarkt, diese Reihenfolge, diese Geschäfte. Keine Abweichungen. Getränkebestand checken. Noch drei Flaschen Cola auf dem kleinen Nord-Balkon. Zu wenig. Weit entfernt stieg ein Flugzeug in den Himmel. Wohin auch immer. Ich nahm den Rucksack, stopfte die gebrauchten Putztücher in eine Plastiktüte, steckte das Portemonnaie ein, nahm den wertvollen Schlüssel, verließ die Wohnung, warf die Plastiktüte in den Müllschlucker, fühlte das Ansaugen, hörte, wie die Tüte mit dem Dreck aus meiner Wohnung in den Keller fiel. Die Öffnung des Müllschluckers war zu klein. Wofür auch immer. Im elften Stock stieg ein Ehepaar zu. Guten Tag, Mundwinkel leicht nach oben, wegschauen, ging doch. Aussteigen, die große Glastür aufmachen, Meyer-Beck, Zigarettenladen, Drogeriemarkt. Ganz einfach. Die Liste abhaken. Die Truppen aufstellen. Kein Problem, es war nicht schwer, sich in der Welt zu bewegen, wenn man wusste, was man wollte. Wenn man sich an die Fakten hielt. Etappe eins, fünfzehnminütige Pause, Etappe zwei, Ziel erreicht. Nicht nachdenken, nicht darüber nachdenken, was noch vor einem lag, sondern in dem Moment handeln. Noch Fragen? Keine weiteren Fragen, danke.

Die Schlagzeilen des Tages im stumm geschalteten Fernseh-Videotext. Im UN-Gebäude darf nicht mehr geraucht werden, 6 Tote bei Attentat im Nordkaukasus, positive Bilanz bei Funkausstellung, Arbeitslosigkeit mit 4,34 Millionen auf Rekordhöhe, Dax mit 3647 Punkten Jahreshoch, Regen bei den US-Open, Filmfestival in Berlin. Berliner Ladendieb zu 30 Tagessätzen verurteilt stand nicht da.

Ich schlief in der Ecke des Arbeitszimmers ein. Um mich ein Aschenbecher, eine halbleere Flasche Weißwein, die kaum angerührte Plastikschale des Fertiggerichts von Sonnen-Bassermann, ein unbeschriebener Block. Es musste gegen zwei Uhr nachts gewesen sein, als ich einschlief, denn durch die gekippte Balkontür rauschte der Straßenlärm nur noch leise nach oben. Vielleicht war es auch vier oder sechs, die Zeit war nicht das Kriterium, der Ort war es nicht, ich kannte das Kriterium nicht.

Der Cutter ist nicht gut, das ganze Modell zu billig, was soll man schon von einem Cutter mit einem Plastikgriff erwarten, entsprechend auch die Klinge, damit kann man vielleicht ein Meer teilen, aber keine feige Ader. Das angeschliffene Metall holpert durch die Haut. Fast widerwillig kommt das Blut, zeichnet sich zunächst nur entlang der gezogenen Linie ab, dann bildet sich ein Blutstropfen, dann noch einer. Es tut weh, aber das ist gut so. Was für ein lächerlicher Schnitt. Wer ist schuld, der Cutter oder du? Allmählich kommt das Blut, entlang des Schnittes bilden sich zwei rosafarbene, wie soll man es nennen, Begrenzungen. Gartenzäune, die signalisieren: Grundstück bitte nicht mehr betreten. Als würden Verbotsanweisungen noch etwas gelten. Die Blutstropfen sehen ein wenig aus wie Krokodilsaugen. Oder die von Kaimanen? Sie sehen einfach aus wie die Zutaten einer ordinären Wunde. Einer kleinen Wunde. Zwar gezielt gesetzt, aber lächerlich. So viel Haut, so wenig Blut. Du nimmst den billigen Cutter, beißt die Zähne zusammen und ziehst nach. Fährst von außen in die

Wunde rein, schließt dabei die Augen. Wenn die Klinge in das schon geöffnete Fleisch geht, fühlt es sich eklig an. In der Wunde herumzufuhrwerken erinnert dich seltsamerweise an das Ausnehmen eines Fisches oder eine Operation, bei der ein Chirurg mit den Händen zwischen die Organe gleitet. Du schaust auf die Wunde, bei der sich nicht viel tut, und dann aus dem Fenster in den Himmel, im Vergleich zu dem Geschehen da oben ist das Blut rasant. Zeit, ein Papiertuch auf den Spalt zu legen, anzudrücken, abzutupfen. Jetzt sieht es wieder aus, als hätte eine Porzellanfigur einen Riss. Kaum zu sehen. Drei kleine Tropfen auf einer roten Linie. Es sieht aus wie Leuchtdioden an einem elektronischem Gerät. Das hier ist läppisch. Man muss schon mit Ernst bei der Sache sein, aber du bist nicht konzentriert, du bist einfach nur kaputt, und das reicht nicht. Und genau darum musst du weitermachen, es ist das Einzige, was jetzt richtig ist, und dann geht es plötzlich, der Wall ist durchbrochen, wie bei diesen Fluten im Jahr zuvor, jetzt ist es nicht mehr aufzuhalten, und du bist beides, du bist der Wall, der bricht, und du bist die Flut, du kannst nicht anders, du hast diese Kraft, die sich nicht aufhalten lässt. Es lässt los, und du kannst nur zuschauen, was du da mit dir machst.

Ich hatte Schwierigkeiten mit der Orientierung. Ich spürte, wie sich ein merkwürdiger Geruch aus mir schlich, mühelos das Incense Ouarzazate von Comme des Garçons überwindend. Ich fühlte, wie das Blut meinen rechten Unterarm hinablief. Ich vernahm das Klopfen in meinem Kopf. In meinem leeren, hallenden Kopf. Ich war nicht mehr souverän, ich war nicht mehr präzise. Der Schlachtplan war nicht aufgegangen. Irgendwann in der Nacht zuvor oder später am Tag war etwas geschehen, auf das ich nicht angemessen reagiert hatte. Aber ich wusste nicht, was. Ich agierte nicht mehr. Ich war ein blutendes, stinkendes, schmerzgetriebenes, durstiges Wrack, das in einer warmen Spätsommernacht durch die Straßen Berlins taumelte. Genau wusste, was es wollte, aber das nicht bis zur dritten Silbe artikulieren konnte. Das also war der Kern, das war ich, so hatte mich der liebe Gott konzipiert. Als ich von meinem Balkon aus in die schwarzfette Luft einen Satz sagte, einen Satz ohne Sinn, einfach nur Wörter hintereinander, hörte sich meine Stimme tief und richtig an. Genau so sollte sie sein. Ja, das war ich.

Zeit für eine Party. Aber ohne dieses Hemd. Und ohne dieses Blut. Denn Menschen mit blutenden Unterarmen lässt man nicht auf Partys, man steckt sie in weiße Wagen. Zeit für einen weiteren Schnitt, und er fühlt sich so süß an, man musste darauf rauchen, ein Drittel des Zuges zumindest, der Rest musste in den Himmel, ganz hoch, blase ihn zu den Sternen, blase ihn weiter, ja, du wirst nichts verändern auf dieser Welt, aber du wirst sie ein wenig ruinieren, du trägst deinen kleinen, sich summierenden Part zum Ruin bei, in der Flut der Bundesverdienstkreuzvergabe wird das wahrscheinlich nicht berücksichtigt werden, was soll's. Wie schade, dass du nicht mehr Vespa fahren kannst, du wärest schneller als alle, du blutendes Nichts, erinnerst du dich an dieses blöde Rummelgefährt, das dich einmal erst vierzig Meter hochgezogen hat, um dich dann rund über die Stadt zu schleudern? Alle schrien, als hätten sie gerade den Sex ihres Lebens, und du? Sagtest nur den einen Satz immer wieder: Ich mache mich kalt. Was für ein Scheiß. Was für ein blöder Angeber du bist. Dieser lächerliche Satz, das war die Offenbarung, das war dir klar, sobald die Füße wieder auf der Erde standen. Und diese Offenbarung hat dich damals gerade mal vier Euro gekostet, danach wusstest du alles, was du über dich wissen musst, du zweitklassiger Schauspieler mit den B-Movie-Texten. Du hast das T-Shirt des Mannes noch, mit dem du in dieser Nacht zusammen warst und von dem du seitdem nichts mehr gehört hast. Aber es ist das T-Shirt des ersten Opfers nach deiner lausigen Selbsterkenntnis. Schön verstaut in der Kiste, die zum Beweis der Richtigkeit deiner Erinnerungen herangezogen werden kann. Die Kiste mit den Zeugnissen, Dokumenten, Existenznachweisen und eben dem T-Shirt. Aber das war damals, und jetzt ist eine andere Nacht. Kino International, ich bin da mit Marie verabredet, ich muss ins Kino International, kein Taxi, das Geld brauche ich noch, ich gehe und gehe, denn das ist doch eine dieser deutschen Weisheiten: Misstraue jedem Gedanken, der nicht im Gehen gedacht wurde. Oder so ähnlich. Mehr Präzision, ich brauche wieder mehr Präzision. In meinen Gedanken und Schnitten. Per aspera ad astra, haben wir doch in der Schule gelernt, alles ist möglich dem, der da glaubt, haben wir in der Kirche gelernt, drehe das Rad, für jedes Problem gibt es nur eine Lösung, wem willst du was beweisen, erkenne es – und gehe weiter, diese ganzen verschwiemelten Volksweisheiten gehen dir durch den Kopf, dein Denken ist reduziert auf den aktiven Schatz, baby wants to ride, jetzt reicht es nur noch für Liedzeilen, da kommt nichts mehr, da ist nichts mehr zu wollen, das vollzieht sich alles konsequent, und das ist das Stichwort, richtig, es ist alles richtig, was hier geschieht. Gut, jetzt Eintritt zahlen, der Schweiß läuft dir über den Rücken, ein feiner Schweiß, eine feine Schicht, eine beschützende Schicht, es kann dir nichts passieren, du bist immer noch die Handelnde, na, dann schauen wir doch mal, der neue Cutter in der Cerruti-1881-Hose reibt beim Gehen leicht am Oberschenkel. Schneidgerät, unter der Kategorie läuft es im Künstlerbedarfsladen, in den du dich eingeschmuggelt hast und unter falscher Berufsangabe eine Berechtigungskarte erhalten hast. Ein Grafik-Cutter, Olfa SAC-1 mit 30 Grad Winkelklinge, aus rostfreiem Edelstahl, mit Schieberaster und 9-mm-Abbrechklinge. Auch hier ist es heiß, wer hat dieser Hitze die

Tür geöffnet, gut, wenn sie schon einmal da ist, dann öffnen wir ihr doch auch gleich die Adern, das ist Konsequenz, ein Beck's an die Stirn, in den Mund, durch den Körper, nicht die Flasche werfen, nein, hier auf dem kleinen Resopaltisch abstellen, jetzt zur Toilette, Kabine frei, deine Kabine, Cutter raus, reinschneiden, schön, aber nicht genug, eine Linkskurve von Mitte bis Ellbogenbeuge, jetzt andere Seite, tief, nicht tief genug, nachschneiden, tiefer, ja, es tut noch weh, Toilettenpapier darauf, Spülung, mehr trinken, die Nacht ist noch lang, das Beste, was man von einer Nacht sagen kann, das Handy klingelt. Okay, du hast Zeit, die Zeit ist auf deiner Seite, der Cutter, es wird gut, du fühlst es, es wird alles sehr gut, ja. Man sieht dir nichts an, du bist ein etwas derangierter Mensch in einer etwas derangierten Nacht in einer etwas derangierten Stadt. Und die Menschen, die dich hier kennen könnten, sind zu angetrunken für einen zweiten Blick. Du redest kurz, um nicht gefragt zu werden. Denn darauf kommt es an, keine Antworten geben zu müssen, lass die anderen antworten, du bist hier für die Fragen, und es funktioniert, das Beck's immer schön in der linken Hand. Du verabschiedest dich kurz, gehst fünf Sekunden tanzen, um dann die Hand wieder in die Hosentasche gleiten zu lassen, die Klinge zu ertasten, brichst das zweite Teilstück ab, damit der Cutter wieder scharf ist, nimmst auf dem Weg zur Toilette noch den Sekt, den dir eine zu dicke, zu betrunkene Frau in die linke Hand drückt, trinkst im Gehen, zu viel, in der Toilettenkabine tut nichts mehr weh, du ziehst die Klinge tief durch die Wunde, es sprudelt ein bisschen so wie in dem Sekt, Papier darauf, bloß raus hier, nicht in der Kabine zusammenbrechen, denn diese Vision hattest du schon zu oft: auf einer Toilette kollabieren. Eine Cola, du brauchst jetzt eine Cola, an der Bar stehen, lächelnd ordern, alles gut, das bekommst du wieder in den Griff, dann steht Marie neben dir, und dir fällt das Papier heraus, der rechte

Ärmel saugt das Rot auf, nicht gut, so war das nicht gedacht, rot, eigentlich gar nicht deine Farbe, aber du begreifst, das hier ist dein Logo, deine Visitenkarte, und du schaust kurz in Maries braune Augen, und dann trinkst du den Whisky, den der Mann neben dir vor sich stehen hat, legst ihm fast gleichzeitig einen Zehner hin, die Verabredung mit Marie war ein Irrtum, aber einer, den man schnell ausräumen kann, du gehst ein wenig abseits, das hier ist nicht gut, das ist nicht so, wie du dir das vorgestellt hast, hast du dir was vorgestellt? Aber das bekommen wir hin, der Whisky brennt nicht, warum brennt der nicht, ein Whisky brennt immer, du fingerst nach dem Cutter, ziehst noch einmal nach, keiner hat's gesehen, gehst wieder an den Tresen, was treibst du hier, das Blut tropft auf den Boden, jetzt ist es auch schon egal, die Cola kommt, da bestellst du gleich noch einen Whisky für dich, sie steht neben dir mit ihren braunen Augen, und braune Augen findest du immer noch nicht attraktiv, und du fragst sie, was sie will, sie schüttelt den Kopf. Nicht leicht, sich mit einer Hand eine Zigarette aus der Hosentasche zu fingern, sie anzuzünden, zu rauchen, zu trinken, zu denken, zu schneiden, sie legt dir die Hand auf die linke Wange, du trinkst den Whisky in einem Zug, drückst die Zigarette aus, gehst, sie bleibt.

Das hier ist nicht der richtige Ort für irgendwas, du musst weiter, man muss immer weiter, war doch so, man bleibt nicht auf der Stelle stehen und lässt geschehen, was geschieht, man bleibt nicht auf der Stelle stehen und verblutet oder fällt um, man geht immer weiter. Die Treppe ins Erdgeschoss sieht aus wie für Filmstars gemacht, da bist du doch genau richtig, rollst die Ärmel auf und gehst langsam den roten Teppich hinunter, das ist sie also, deine große Rolle, der ganz große Auftritt, nur abwärts, du brillanter Schauspieler. Sie schauen dich an, nein, sie schauen nicht dich an, sie schauen dir auf die Arme, jedenfalls die zwei Frauen, die du siehst, als du schon am Ende der

Treppe bist, sie lassen dich gehen, auch sie kennen die Weisheiten, Reisende soll man nicht aufhalten.

Du stehst wieder auf der Karl-Marx-Allee und schreist in den Nachthimmel, keiner hört hin, wozu auch, du läufst und ziehst noch einmal mit dem Cutter durch das rote Geäst, schreist wieder, nicht wütend, es muss nur raus, die Schreie müssen raus, das Blut muss raus, der ganze Dreck muss raus, du schreist ihn in die Sterne und lässt ihn auf den Boden tropfen, auf diesen gleichgültigen Berliner Boden und gegen den gleichgültigen Welthimmel, es ist sternenklar, und du kannst nicht mehr gehen. Rollst die Ärmel wieder herunter, hältst ein Taxi an, nennst deine Adresse. Nach ein paar hundert Metern entscheidest du dich dann um, nennst Lenas Adresse.

Der Sommer ist vorbei, endlich ist dieser Sommer vorbei.

Sommer 2006

Nacht. Schätze mal, so kurz vor zwei. Eigentlich egal, aber man hat ja so einen Drang, die Welt richtig einzuschätzen, also ich sage, acht Minuten vor zwei. Schaue an die Decke, die Projektionsuhr zeigt an, elf Minuten nach. Aber immerhin zwei. Heiß. Geht jetzt schon seit Wochen so. Jahrhundertsommer sagen sie, aber das sagen sie bereits zum zweiten Mal in diesem Kleinkindjahrhundert. Davor gab es auch noch den Jahrhundertunwettersommer. Warum sagen sie inzwischen nicht Jahrtausendsommer? Könnte doch sein. Erleben werden sie beides nicht mehr, nicht das Ende des Jahrhunderts und nicht das Ende des... geschenkt. Ziehe das T-Shirt und die Shorts an, öffne das Fenster, ein Schluck warme Cola. Nichts ist richtig. Der Mensch in meinem Bett sieht aus wie eine Moorleiche, von der Seite und von oben. Ein Fehler, ich habe einen Fehler gemacht. Ich habe die Situation und den Menschen und mich nicht richtig eingeschätzt, ich habe mir ein falsches Urteil gebildet, ich habe auf Basis eines falschen Urteils konsequent gehandelt, mal wieder. Und jetzt ist mir heiß, ich habe Durst, ich will weg. Nein. Mir ist heiß, ich will kalte Cola, ich will vier Stunden am Stück schlafen, und ich will, dass jemand diese Moorleiche aus meinem Bett schafft. Unsichtbare Hände sollen sie heben, hinaustragen, sie an einen anderen Ort bringen, und wenn ich mir schon was wünschen darf, dann ist das Ganze nie geschehen, dann ist nichts von alledem geschehen, es war nichts, und ich wache auf und bilde mir ein richtiges, das richtige Urteil, handele konsequent, und das Leben ist wieder das Schweizer Präzisionsinstrument, das es zu sein hat, und die Uhr tickt und tickt, und jedes Ticken ist mit einer Idee, einer Handlung, einem Gedanken oder einem Gefühl gefüllt, und alle richtig. Und wo wir gerade die Zeit atomuhrkorrekt einstellen, verändern wir noch mein Gehirn, meinen Körper, meinen Job, meine sozialen Kontakte, meine Wohnung, insbesondere mein Bad, ich hätte gern so eine riesige Dusche, unter der auch ein ganzes Hockeyteam Platz fände, dahinter, feuchtigkeitsdicht durch eine Glasscheibe abgetrennt, einen begehbaren Kleiderschrank. Man steht unter der Dusche und entscheidet sich, ob man nun das weiße Leinenhemd oder doch lieber den dunkelblauen Kaschmirpullover anzieht. Anziehen lässt? Nein, das gehört nicht zu meiner Vorstellung von präzisem Leben. Ebenfalls nicht zu meiner Vorstellung gehört die Erinnerung. Ich will mich an nichts erinnern, bis ich achtzig bin und in meinem exzellent gepolsterten Sessel sitze. Dann lasse ich per Fernbedienung die Schatzkiste mit meinen Erinnerungen herankommen, öffne sie und komme aus dem Staunen nicht mehr heraus, was für ein aufregendes Leben ich geführt habe, damals, als ich jung war. Dann denke ich: Das nenne ich mal ein schönes, aufregendes Leben, hat ja alles irgendwie Sinn gemacht, lächle und fahre mit meinem exzellent gepolsterten Stuhl auf die Wolke, die gerade über der Sophienstraße steht, und segele mit ihr gen Süden, vielleicht nach St. Tropez, und gucke mir den Yachthafen von sehr weit oben an. Aber jetzt muss ich erst einmal die Moorleiche loswerden. Und kalte Cola besorgen. Man kann nicht sagen, dass mein Leben arm an Herausforderungen wäre. Man kann aber auch nicht sagen, dass daraus ein ZDF-Sommermovie gemacht würde, solange dort im Aufsichtsrat noch alles mit rechten Dingen zugeht.

Ich sollte ihn nicht Moorleiche nennen. Vielleicht sah es eben gerade ein wenig danach aus, aber das war das Licht und vielleicht die etwas ungünstige Position und auch die Angst, dass er aufwachen könnte. So ging es mir früher als Kind, immer, wenn ich in das Museum mit den Moorleichen gehen musste, weil dem Lehrer mal wieder nichts Besseres einfiel. Dann hieß es immer: Wir gehen ins Teufelsmoor, wandern ein wenig die Torfkanäle entlang, und hinterher schauen wir uns die Moorleichen an, Brote und was zu trinken nicht vergessen. Und diese Moorleichen sahen nun mal so aus, als würden sie jede Sekunde aufwachen, einen Brocken Moor ausspucken und dann die Hände nach einem ausstrecken. Allerdings vermischt sich da in der Erinnerung vielleicht auch was mit den unzähligen Handwerkern, die beim Bau des Bremer Doms abgestürzt sind und bei denen angeblich die Fingernägel weiterwachsen, ist natürlich völliger Blödsinn, aber Zehnjährigen kann man ja alles einreden und im Übrigen: So viel zur Verlässlichkeit von Erinnerungen. Alex hat jedenfalls nichts von einer Moorleiche. Wenn er wach ist. Was er zurzeit glücklicherweise nicht ist. Tatsächlich habe ich sieben Monate mehr oder weniger auf ihn gewartet, dann kam er endlich aus Neuseeland zurück, und ich konnte das tun, was mir zwei Tage vor seiner Abreise eingefallen war, was ich gerne mit ihm tun würde. Das war gerade die Zeit gewesen, als ein paar Freunde meiner Eltern starben, und die Telefonate mit meiner Mutter waren ein wenig melancholisch, andererseits auch distanziert, denn was soll man schon zum Tod eigentlich fremder Leute sagen, und unterschwellig war die Botschaft dieser Gespräche immer: »Nutze die Zeit« oder: »Ob du etwas bereust, weißt du nur, wenn du es tust« oder: »Das letzte Hemd hat keine Taschen« oder diese Glückskeksermahnung: »Today is the first day of the rest of your life« oder: »So jung kommen wir nie mehr zusammen«. In meinem Fall interpretierte ich das als

»Sex kann auch nicht mehr schaden als kein Sex«. Später einmal habe ich mit Alex darüber gesprochen, und er sagte, bei ihm wäre es ganz genauso gewesen, er ist sechs Jahre älter, da sterben natürlich noch mehr Freunde der Eltern und langsam auch ein paar Gleichaltrige, immer Krebs, alle sterben an Krebs, immer hört man, die Menschen wünschen sich, friedlich einzuschlafen oder in einem schönen Augenblick vom Schlag getroffen zu werden, tatsächlich kenne ich niemanden, bei dem das so gewesen wäre, alle sterben an Krebs, außer die Großmutter meiner Tennispartnerin, die ist mit 96 an einer Lungenentzündung gestorben, aber die hat auch noch nie gemacht, was die anderen taten, sondern ist bis zu ihrer Krankheit jeden Tag mit ihrem Chauffeur durch die Hamburger Elbvororte kutschiert. Nun ja, der Gedanke an Alex ist also im letzten Spätherbst aufgetaucht, und jetzt ist Sommer, die letzten Krebsfreunde sind im April gestorben, danach starb merkwürdigerweise keiner mehr, aber in Alex und mir klang noch die Botschaft des »Was soll's« nach, und so verabredeten wir uns an einem Sonntag um 18 Uhr zu Sex um 21 Uhr und seitdem immer wieder. Ein nüchterner Entschluss, konsequente Ausführung desselben zeitnah. In den achtziger Jahren, im letzten Jahrhundert, als es meines Wissens auch schon Jahrhundertsommer gegeben hat, die mir aber nicht mehr präsent sind, hätte man jemanden wie Alex einen Hardbody genannt, wenn er eine Frau gewesen wäre, der entsprechende Ausdruck für Männer ist mir entfallen. Tatsächlich schwimmt er jeden Tag einen oder drei Kilometer, da habe ich nicht so genau zugehört. Nicht im See, nicht im Meer, was in Berlin auf der Hand liegt, aber auch in Neuseeland nicht, sondern in Freibädern. Prinzenbad, Fischerinsel, was weiß ich, wie die heißen, ich gehe nie schwimmen. Nicht in Freibädern, auf keinen Fall in Seen, und im Meer fühle ich mich auch nur einsam und in Gefahr, selbst bei stärkstem Salzgehalt kann ich mich nicht mal auf dem Rücken treiben lassen. Ich habe diese ganzen Abzeichen, die es früher noch gab, bis Schwarzer Totenkopf, aber nur, weil ich zu jung für Tätowierungen war und mir diese Abzeichen als altersadäquater Ersatz erschienen. Danach bin ich, glaube ich, nie mehr freiwillig schwimmen gegangen, wenn doch, erfahre ich das mit achtzig aus meiner Schatztruhe, würde mich aber sehr wundern. Alex indes schwimmt Bahnen. Ich dachte, das wäre eine Art meditatives Moment, wo man in Trance kommt und die Gedanken schweifen lassen kann, schwimmen lassen kann, als er mir von seinen Bahnen erzählte, dachte ich an sich beim Schwimmen einstellende, rauschnahe Visionen von Taten, die man strafrechtlich begehen, und phantastischen Kunstwerken, die man erschaffen könnte. Alex denkt an: nichts. Sagte er jedenfalls. Wie er da so auf meinem dunkelroten Sofa saß, braun gebrannt, in einer weißen Hose und mit einem mittelblauen Shirt, mit seinem geschliffenen Gesicht, ein Glas Wasser in der linken Hand, glaubte ich ihm das. Mehr noch, ich wusste, dass es so war. Und ich wusste, dass es hier nicht um Liebe ging. Sondern um Designer-Sex, Sex ohne Worte, ohne Bedeutung, ohne Tränen, Werbeclip-Sex, an dessen Ende man einen Produktnamen einblenden könnte oder eine Telefonnummer. Formvollendet, zielgerichtet. Würde die Kamera ein wenig schwenken, könnte man noch die zufrieden lächelnde Food-Stylistin sehen, die noch nie ein Katzenfutter so ästhetisch angerichtet hat wie diese beiden Körper, und die Tante vor dem Fernseher würde sagen: »Na, das ist ja mal schöner Sex, wo gibt's den denn?« Alex hat einen fein gewölbten Trizeps, eine ausgeprägte Rücken- und Bauchmuskulatur, er beherrscht die Techniken, die man im Laufe von fünfundzwanzig Jahren so mal erlebt hat und dann weitergibt, er kann alles, ich glaube, er kennt nicht mal meinen Nachnamen, obwohl der unübersehbar an meiner Wohnungstür steht. Jetzt schläft er, aber das wird nicht von langer Dauer sein, das weiß ich inzwischen wiederum sicher, denn er muss weiter seine Bahnen schwimmen, seine Berufsbahn, seine Lebensbahn, seine nächste Sexbahn und natürlich die im Freibad. Tatsächlich hat mich diese Schwimmerei angezogen. Nicht die Gedankenlosigkeit, mit der er sie betreibt. Vielleicht ein wenig die Disziplin, das Stoische. Aber vor allem der Gedanke, es mit einem so sauberen Menschen zu tun zu haben. Ich wusste um Alex' Gründlichkeit, sogar im Haushalt, davon wussten alle, Alex putzt mit einer Konsequenz, die nicht exzessiv ist, aber – perfekt. Auch hier wieder richtige Technik, durchgezogen bis zum letzten Staubkorn. Mich faszinierte die Vorstellung, wie er seinen Körper jeden Tag umspülen lässt. Zudem duscht er vor dem Sex, ob das nun den Temperaturen geschuldet ist oder zum Ritual gehört, werde ich erst herausfinden, wenn das Thermometer mal wieder unter 30 Grad fällt, falls ich dann noch zu seiner Übungseinheit gehöre. Alex ist sauber. Jedes Härchen, jeder Millimeter Haut, jeder Blick, jede Linie. Er cremt sich so ein, dass sich alles glatt, aber nicht schmierig anfühlt, sein Geruch ist so neutral wie eine weiße Wand. Alex ist rein und erinnert ein wenig an einen hartnäckig verwurzelten, schlanken Baum, der auf freiem Feld alle Bewegungen des Windes hinnimmt und sich dem Regen entgegenstreckt. Alex ist lupenrein wie ein falscher Diamant, kein einziger Einschuss.

Eigentlich hatte ich kurz vor dem ersten Sex-Date mit Alex gerade die Phase der farbigen Handtücher eingeläutet. Es gab da im KaDeWe sehr schöne, in genau der richtigen Farbsättigung, Textur und Qualität, und so habe ich acht davon gekauft, die ich je nach persönlichem Befinden kombiniere; weiß ich jedoch, dass Alex kommt, hänge ich nur weiße auf. Ich will Spuren finden. Aber ich finde nie welche. Und die Krönung: Er benutzt nur die Gästehandtücher. Alex ist 1,86 groß, aber er benutzt nur eines dieser noch nicht einmal A4-großen Tücher, legt es dann, genau parallel zur Kante ausgerichtet, auf die Heizung. Ohne Spuren. Genau genommen lässt er nicht einmal ein Haar in meiner Wohnung zurück (und wir sind immer bei mir, ich habe Angst vor seiner Wohnung).

Angesichts all dessen ist es wirklich nicht richtig, Alex als Moorleiche zu bezeichnen. Eine gute Freundin, die Alex besser kennt als ich, beschrieb ihn einmal als ein Stück Schokolade, das keine Flecken und nicht fett macht. Und wie Schokolade, so ihr Rat, solle man auch mit ihm umgehen. Wenn er da ist, genießen, wenn er nicht da ist, nicht vermissen. Und bloß keine Reue. Meine Freundin gehört auch dem Eltern-Krebsfreund-Jahrgang an. Alex redet in Sätzen, in denen nur selten einschätzende, wertende Adjektive sind, wenn doch, dann sind sie so allgemein gehalten, dass man sich alles Mögliche vorstellen kann. Dabei redet er nicht wenig. Es sind alles belanglose, aber sicher richtige Informationen. Tatsächlich kann ich mich an kaum einen Satz erinnern. Er ist Chemiker oder so etwas Ähnliches, vielleicht liegt es daran. Schon nach dem ersten Gespräch war klar: Er ist gar nicht geheimnisvoll. Er ist einfach nicht besonders clever. Und er ist ganz sicher nicht die große Liebe, sondern eine Kurzstrecke, ein Sprint.

Aber er schläft, jetzt und hier, und das passt mir genauso wenig wie die Tatsache, dass es immer noch zu den gesellschaftlichen Konventionen gehört, sich mit jemandem zumindest zehn Minuten zu unterhalten, bevor man miteinander ins Bett geht, dorthin, wo man nicht mehr heucheln muss, es würde einen interessieren, was der andere denkt.

Schon wieder so ein Sommer. Tagsüber hetzen die Menschen durch die stinkenden Straßen, und während die Hitze langsam so tut, als gelte es hier, einen Machtkampf auszufechten, fragst du dich, wie lange schaffen sie es noch, diese bedauernswerten Stadtmenschen auf ihren dünnen Beinen mit den bunten

Schuhen und dem angebrutzelten Fleisch und mehr oder weniger hinter Gürteln gehaltenen Bäuchen und den kurzärmeligen Oberteilen mit den Aufschriften, zumindest aber kleinen Vignetten, mit ihren verlaufenen Gesichtern und den in alle Richtungen sich spreizenden Frisuren, mit den komischen Plastikgestellen auf der Nase – wie lange schaffen sie es noch, bis sie sagen: Es reicht, ich kann nicht mehr, ich gehe nach Hause, unter das durch aufgekratzte Sonnenpusteln blutbefleckte Laken, lasse in einem letzten physikalischen Akt noch die Rollos herunter, da bleibe ich dann, in dieser Kältekammer, die mich hoffentlich bis zum September konserviert, da bleibe ich und warte schlaflos, mit kaltem Schweiß verklebt, ich will nicht sehen und nicht gesehen werden. Aber noch schaffen sie es, sie gehen tagsüber in die Cafés und setzen sich hin, zu zweit, immer zu zweit, mindestens, wer allein ins Café geht, ist ein seltsamer Kauz, ein Tourist, der den Anschluss verloren hat oder verlieren wollte, oder ein Mensch, der den Schriftsteller nachspielt, allerdings hat er nichts zu schreiben dabei, denn das Powerbook ist zu schwer, um es durch die stockenden Straßen zu schleppen, hat sich doch einer mal die Mühe gemacht, dann bleibt es unberührt vor ihm stehen, denn der Schweiß könnte in die Tastatur laufen, und was das anrichtet, ist wahrscheinlich noch verheerender als ein Latte macchiato, Papier und Stift geht schon gleich gar nicht, denn der Stift würde durch die Hand schlüpfen und der heiße Körpersaft das gute 90-Gramm-Blatt zum vollgeschnäuzten Tempo-Taschentuch degenerieren lassen. Also sitzen die Menschen möglichst reglos auf ihren unbequemen Stühlen, wobei unbequem nicht das entscheidende Kriterium ist, das waren diese Plastik-Metall-Teile schon immer, aber jetzt, bei 34+, da suppt die Körperhitze durchs Textil, wird vom Plastik schön aufgenommen und in verbreiterter Form wieder aufs Textil projiziert, jeder, der hier aufsteht und sein

Hinterteil dem Publikum präsentiert, macht den Eindruck des Inkontinenten. Wahrscheinlich sitzen sie deswegen so lange, im Caras etwa in der Neuen Schönhauser, im drecksheißen Berlin, allein die Bedienung in ihrem schwarzen Polohemd flitzt und serviert Frappé, geeisten Espresso, hier ein Wasser, da eine Cola light, wenn es nach 18 Uhr ist, werden eiskalte Caipirinhas in lechzende Loftbewohnerkehlen geschleust. In der ersten Reihe sitzen diejenigen, die man so auch in den Tennisstadien der Welt sieht, die monotone linksrechts-rechtslinks-Bewegung, ab und zu ein Kommentar zu dieser, zu jenem, alles begutachtet hinter diesen getönten Sonnenbrillenfenstern, man könnte auch Fernsehen schauen, aber wir wissen ja: Der Traumprinz reitet nicht in dein Wohnzimmer, und diese Option will man sich ja noch offen halten. Ich sage: niemals. In der zweiten Reihe sitzen die, die sich hier treffen, weil sie aus dem Büro rauswollen, weil sie auch etwas von diesem Sommer haben wollen und weil man ja nun schon mal nicht Finanzbeamter oder Brötchenverkäufer oder sonst was Mistiges ist, sondern in der Medienbranche arbeitet, zumindest im weitesten Sinne, da verlegt man das Jobgespräch doch mal völlig hedonistisch ins Caras, zweite Reihe, raucht ein Kippchen, führt ein Gespräch über das aktuelle Projekt, die Desolatheit des Kunden und wie man ihr begegnen sollte, über die Vorteile der verschiedenen Gesellschaftsformen oder die eigene berufliche Zukunft, prinzipiell und kurzfristig, aber in Anbetracht des allgemeinen Hitzestillstands doch wohl eher mittel-kurzfristig. In der dritten Reihe sitzen die, denen das alles egal ist. Sie haben schon alles gesehen, entweder bei einem halbjährigen Bangkok-Aufenthalt oder beim Nachdenken, sie zermartern sich schon lange nicht mehr den Kopf über den Job, weil es bei ihrer Work-Life-Balance nur um die spektakuläre Ausgestaltung des zweiten Teils der Rechnung geht. Und außerdem haben sie die lautesten Stimmen. Und müssen damit etwas bieten. Und da will keiner was über GmbH oder Ltd. hören. Sondern über Erfolge beim Sex, beim Erobern der Welt in einem Jahr, bei ach, weiß Gott, was sonst noch, es ist ein verbales Getobe da aus der dritten Reihe, da sitzt du nur in der zweiten Reihe und willst eigentlich mit deiner besten Freundin darüber reden, dass man sich für die hohe Miete was Besseres leisten kann, fragt sich nur, wo, aber wer traut sich das noch, in diesem Orchester der Mitte-Helden, außerdem macht die Stimme der Dalmatinerbesitzerin neben dir Kopfschmerzen, und die Hitze, na ja, die ist nun auch nicht besonders hilfreich, also redest du mit der Freundin über deren Job, was okay ist, aber als einzige wirkliche Erkenntnis bleibt, dass der Latte macchiato im Caras schon ziemlich gut ist, auch wenn du dir besser was Kaltes bestellt hättest.

Vor ein paar Wochen hast du Marc hier gesehen. Er saß mit einem jungen Mann an einem der Blechtische draußen. Sie tranken Kaffee, und Marc strahlte immer noch so, wie damals im Jahrhundertunwettersommer, als er dir verkündete, demnächst den Kunden zu ficken. Schien ja ganz gut gelaufen zu sein. Was wäre passiert, wenn du bei ihm angefangen hättest? Wenn sich der Weg damals nicht so plötzlich gegabelt hätte?

Jetzt sitzt du also auf der schmalen Fensterbank und schaust ein wenig hinaus in die Nacht, die warm ist, auf die Sophienstraße, diesen staubtrockenen Bach, und auch mal hinauf in die Sterne, weil man das automatisch macht, nicht nur in Sommernächten, sondern immer, wenn man auf eine Antwort wartet, und dann schaust du noch auf den Kirchturm, die goldene Kugel blinkt, das stilisierte Kreuz nicht. Auf der Straße laufen Menschen, und sie alle lachen, das siehst du. Du hörst es nicht, denn auf deinem Kopf sitzt der große Sennheiser-Kopfhörer, und darin spielt »That's entertainment« von The Jam, ein Lied, das du schon gehört hast, als du noch in einer anderen Stadt wohntest, auf eine andere Straße von oben schautest, andere Menschen sahst, aber keine Kirche. Es gibt so Lieder, die schleppt man mit sich wie Fotoalben, das ist eines davon, es ist nicht das schlechteste, das man sich vorstellen kann, das beste sicher auch nicht, aber was soll man machen. Und während du jetzt in Berlin die Nacht betrachtest, denkst du: Es hätte sowieso alles noch schlimmer kommen können, aber so reicht es auch schon, und diese alte Straße, die wirst du wohl genauso wenig loswerden können wie The Jam oder die Unfähigkeit zu verstehen, was gerade passiert (auch ohne Kopfhörer), und irgendetwas wird sich der liebe Gott dabei schon gedacht haben. Hat er doch, oder? Und dann erinnerst du dich mal kurz, was in den letzten drei Jahren so passiert ist.

Das alles war in Berlin, diese ganze Geschichte, von der ich nicht genau weiß, ob sie eine abgeschlossene ist oder nur eine kleine Szene in einem viel größeren Kapitel, dessen Ende ich noch gar nicht absehen kann, eine Szene also, die noch viel weiter reichen, noch viel mehr Konsequenzen haben wird.

Gibt es eigentlich Menschen, die gern in Berlin leben? Im Ausland nennt man es vielleicht gern als Adresse, weil man dann jedenfalls davon ausgehen kann, der andere hat zumindest eine Vorstellung davon, wo sich die Stadt befindet und wie sie aussieht – Reichstag, Brandenburger Tor, The Wall, Potsdamer Platz, vielleicht noch fucking Kreuzberg, alles ganz nah am kalten Russland. Und jetzt, seit diesem Sommer, vielleicht noch The WM. Als hätte die nur in Berlin stattgefunden, aber die Fanmeile, die ist anscheinend mal so eben medial kreuz und quer über den Äquator geschlittert. Aber gibt es einen Bewohner Berlins, der bei sich zu Hause sagt: Mann, das ist aber ein Glück, in Berlin zu leben. Gibt es das? Und ich rede hier nicht von den trunkenen Momenten, wo man frühmorgens allein durch eine Straße wandert und denkt, man hätte die Liebe seines Lebens gefunden. Und auch nicht von der Zeit, wenn man in einem Liegestuhl auf der Museumsinsel sitzt, sich »... denn sie wissen nicht, was sie tun« auf einer riesigen Leinwand anguckt und mal wieder einen Satz nicht versteht, weil die S-Bahn gerade vorbeifährt, das aber auch egal ist, weil man sowieso jeden Satz mitsprechen kann, sich eine Kippe ansteckt, einen Schluck aus der mitgebrachten Flasche Cola nimmt und denkt: Jetzt noch ein Gummibärchen, dann habe ich die absolut perfekte Geschmacksmischung – und dann greift man aus der von einem wahnsinnig attraktiven Menschen angebotenen Tüte auch ausgerechnet noch ein rotes Gummibärchen heraus. Und ich meine jetzt auch nicht diesen Moment, wenn man nachts um drei im Cabrio über die Straße des 17. Juni fährt und aufsteht, und die Tachonadel kurvt in die Dreistelligkeit, aber das ist in Ordnung, weil jetzt nicht geblitzt wird, denn die Blitzer liegen alle zu Hause oder auf Mallorca. Ich meine einen mistigen Tag mit Sprühregen, unerfindlichen Bautätigkeiten und vier Begegnungen mit Menschen, die Sätze mit »Icke, wa« anfangen, also Bauarbeitern, Nachbarn, Kunden und sonstigen verbalflatulenten Berlinern. Nicht in Dahlem, nicht am Potsdamer Platz, sondern einfach so, wo man sich bewegen muss, wenn man zum Beispiel seinen Pass erneuern lässt. Also in der fetten, tumben Karl-Marx-Allee beispielsweise. Berlin ist hip? Ungeheuer viel los? Gerade künstlerisch und medienmäßig und so? Das Netteste, was Berlin an solchen Tagen zu bieten hat, das sind sechzig Prozent der Kassiererinnen und nahezu alle Bäckereiverkäuferinnen.

Hier in Berlin-Mitte ist alles darauf angelegt, effizient zu sein und dabei so schwelgerisch zu tun, als wäre man am Ziel seiner Träume, im Auge des Hurrikans, am Puls der Zeit und was es sonst noch so für Floskeln in den Internet-Wohnungsinseraten gibt. In Wahrheit jedoch hältst du es vielleicht drei

Tage hier aus, aber dann packst du am besten ganz schnell deine Sachen und suchst das Weite, zumindest aber die S-Bahn, die dich nach Friedrichshain oder Charlottenburg, nach Dahlem oder zum Hauptbahnhof, zum Flughafen oder zur nächsten Tramp-Autobahnabfahrt bringt. Seitdem ich hier wohne, schon gut zwei Jahre, wird gedrechselt und gewerkelt, stehen Umzugsschilder alle zwanzig Meter und Parkverbotszeichen alle zehn, immer ist was in Bewegung, einer hat immer was zu schreien, dazwischen quietschen Handys ihre verzweifelt originellen, polyphonen Töne heraus, Bierkästen werden von resignierten Hilfsarbeitern auf das Pflaster geknallt, nachts lassen gelangweilte Clubgänger die Bierflaschen an allem zerschellen, was hart genug ist, kann auch mal ein Kopf sein, wenn gar nichts mehr hilft, wird in Treppenhäusern gezündelt, aber auch da langt es nur zum Schwelbrand, der ruft immerhin vier Feuerwehrzüge auf den Plan und hält mindestens vier angrenzende Häuser, sprich rund vierundzwanzig Mietparteien, auf Trab, ansonsten ist es ein Gegockele und Gezwitschere, und weil das hier alles so überaus sehenswert ist, mäandern die Touristen gleich in Vierzigergruppen durch die Straße, bei Regen flüchten sich ganze Schulklassen in die Hauseingänge, wo dann ein hagerer Mensch von der Motivation des osteuropäischen Judentums, sich hier niederzulassen, berichtet. Und während er das tut, haben sich westdeutsche Jugendliche auf den drei Treppen der Hausaufgänge niedergelassen. Am lautesten sind die Spanier, Asiaten kommen kaum hierher, Süddeutsche treten nur in Reihenformation auf, zumeist zwei ergraute Ehepaare, der älteste Mann fragt dann nach einem Gebäude, das maximal zwanzig Meter entfernt ist, das hat er dann aber schon selbst geahnt und wollte nur sichergehen. Im Haus selbst ist auch so eine merkwürdige Mischung, wie sie sich aber wohl durch ganz Berlin-Mitte zieht. Die eine Hälfte kurzhaarige, verrentete Ex-DDR-Bürgerinnen mit pantoffeligen Männern, von deren Existenz man nur durch Zufall erfährt. Sie gehen spätestens um halb zehn ins Bett, obwohl sie nicht früh aufstehen müssen, tun aber genau das, wahrscheinlich, um vor dem Gedränge bei Edeka zu sein, tatsächlich sind sie dann unter sich, denn die andere Hälfte, die hier wohnt, also die Medienmenschen, die schaffen es gerade mal so gegen neun angeschlagen ins Caras, wo sie noch eine Variante von Kaffee zu heiß trinken, um dann für die nächsten elf Stunden vor einem Apple-Computer unterzutauchen, in Nichtrauchermeetings etwas auszuhecken und auf das Wochenende zu warten. Abgesehen davon ist meine Wohnung nicht schlecht, aber viel zu teuer, genau wie der Kaffee im Caras.

Es ist kurz vor drei. Jetzt eigentlich die Zeit, zu der die ehemalige Chefredakteurin spätestens betrunken durch die Straße unten geht, dabei mit ihrer Handtasche merkwürdige Turnübungen – arbeitet sie noch immer an ihrem Trizeps? – macht. Im Schnitt sieht man sie hier so drei Mal wöchentlich, immer zwischen halb eins und drei, immer ähnliche Übung, nie die Spur haltend, vor der Sophienkirche ein beabsichtigter Schwung, da schaut sie auf den Aushang, keine Ahnung, ob sie Kirchgängerin ist oder einfach alles lesen muss, was gedruckt ist, könnte ja eine Information sein, die ihr entgangen ist. Aber keine ehemalige Chefredakteurin unten. Stattdessen ein volltrunkenes Mädchen, das sich auf den Bürgersteig wirft und schreit: »Ich hasse die Schule, ich hasse das Abitur!«, immer wieder. Ihre Freundin versucht, sie vom Bürgersteig hochzuziehen, das Mädchen bleibt einfach liegen. Ein Streifenwagen kommt vorbei, ist immer so in diesen eher warmen Nächten. Sie gucken, wie viele Italiener vor dem Club über Cabriodächer steigen, passiert auch dauernd, keine Ahnung, was dahintersteckt. Heute ist da aber nur das Mädchen mit ihrer hilflosen Freundin. Eine Polizistin steigt aus dem Streifenwagen und erkundigt sich nach dem Befinden. Das Mädchen wiederholt: »Ich hasse die Schule, ich hasse das Abitur«, um dann noch mit einem extra Aufschrei hinzuzufügen: »Ich hasse meinen Vater!« Die Polizistin verzichtet gleich darauf, mit dem Mädchen zu sprechen, sondern befragt die Freundin, die winkt ab. Der Streifenwagen fährt weiter, das Mädchen läuft hinterher. Aber nur bis zum Kirchenaushang. Da holt sie dann auch die Freundin wieder ein. Dieser Kirchenaushang.

Die ehemalige Chefredakteurin spaziert vorbei. Sie macht schon wieder diese merkwürdigen Turnübungen mit ihrer Handtasche. Vielleicht sollte ich das auch mal probieren, aber ich habe noch nicht einmal eine Handtasche. Das Mädchengeschreie hat auch den Mann gegenüber auf den Plan gerufen. Er ist so Ende vierzig, und wenn außer mir nachts in der Sophienstraße noch jemand wach ist, dann er. Steht dann am offenen Fenster und schreit deutsch, englisch und spanisch, dass die Jungs gefälligst nicht die Umzugsschilder klauen sollen. Heute sind keine Jungs da. Aus seiner Wohnung schallt »Easy« von Trick & Kubic & Valeska. Ich kann es nicht mehr hören. Bis vor einer Woche hat er immer Gnarls Barkleys »Crazy« in die Sommernacht tönen lassen. Wenn man sich an den Titeln orientiert, will der Mann mitteilen, dass er sich wieder besser fühlt, so verstehe ich das jedenfalls. Trotzdem geht das so nicht mehr weiter.

Als ich vor ungefähr einem halben Jahr an einem Sonntagabend das Fenster öffnete, da war die Straße leer. Sie schlief, so wie fast alle hier um diese Zeit. Dann sang Maria Callas in der Sophienstraße. Im Januar. Bei minus 10 Grad. Und weil mir ununterbrochen solche kitschigen Dinge geschehen (ich treffe auch Menschen, die ich seit zwanzig Jahren nicht gesehen habe, in Budapest wieder oder ziehe aus einem vor einer Kneipe auf einem Bürgersteig liegenden Kartenspiel auf Anhieb die Herzdame, dauernd, dauernd passieren mir solche Dinge, die man niemandem erzählen mag, weil sie sich so ausgedacht anhören), war es ganz logisch, dass mitten in der Nacht die Callas weinte, und ich fühlte mich gut aufgehoben, in dieser merkwürdigen Stadt, in dieser Zeit, die auch nicht merkwürdiger ist als sonst. Aber da war noch etwas anderes. In meiner Kitschwelt darf ich das Wort verwenden: Dankbarkeit.

Mir ist ein ganz klein wenig kalt, also ziehe ich einen Pullover an. Ist es das? Man zieht sich an und aus und wieder an, raucht und trinkt und hört Musik und liest und sieht Feuerwerke und guckt in den Himmel und dann wieder gegen halbkünstlerisch gestrichene Wände, ist die ganze Zeit damit beschäftigt, diesen Moment zu erhaschen, diesen Moment, in dem man mal Ruhe hat, weil alles richtig ist, diesen Moment, der immer nur höchstens fünf Sekunden dauert, dafür der ganze Aufwand, ist das so? Man lernt die ganze Zeit, und dann wendet man das Wissen an, dann wird man dafür bezahlt, dann verliebt man sich, und dann trifft man sich, und dann ist es gut, und dann muss man sich schon wieder sorgen, und dann wird man krank und alt, und dann gibt es noch ein Aufzittern des Wichtigen, jede Zigarette eine Vorbereitung, jede Berührung ein Konservieren, jedes Lachen eine Bestätigung, aber ein Blick zur Uhr genügt, nein, den braucht es noch nicht einmal, es ist Erlösung und Verhängnis zugleich: Es geht alles vorbei. In drei Tagen erscheinen wieder die Tageszeitungen mit den Stellenanzeigen. Natürlich werden die meisten Jobs inzwischen über Internet angeboten, aber die Tageszeitung mit den Stellenanzeigen, das steckt irgendwie drinnen; es gibt da draußen immer noch einen besseren Job, es gibt immer noch irgendwo mehr zu verdienen. Aber ich lese sie nicht mehr. Das ist vielleicht schon eine der elementarsten äußeren Veränderungen, wenn man das so bezeichnen kann. Ich kümmere mich nicht mehr um andere Jobs. Ich mache nach wie vor meine Werbestrategiegeschichten und immer noch meine Gerichtssachen für Christopher, mal berichte ich nur von interessanten Verhandlungen, mal kommentiere ich Urteile. Laienhaft natürlich. Ana arbeitet schon seit längerem nicht mehr für Christopher. Er hat erzählt, sie sei zu ihren Eltern nach Brandenburg gezogen. Also dann doch. Was sie da macht, wusste er auch nicht. Deutete nur an, es wäre vielleicht die richtige Entscheidung gewesen. Also hatte es doch Probleme gegeben. Ich weiß von nichts, bei mir hat sie sich nie wieder gemeldet. Ein einziges Mal war sie noch auf dem Anrufbeantworter gewesen, aber das zu der Zeit, als ich mich nach meiner Cutter-Explosion für eine Woche bei Lena einquartiert habe. Beziehungsweise von ihr zwangseinquartiert worden bin. Und ihr, aber nur ihr und unter dem Beschwören der Verschwiegenheit, die ganzen Sommergeschichten erzählt habe. Vielleicht weiß Phil inzwischen auch davon, immerhin ist er der Vater ihrer knapp zweijährigen Tochter. Aber wenn, lässt er sich nichts anmerken. Michael weiß sicher nichts. Der hatte mich erst vor ein paar Wochen gefragt, wann diese Mode mit den langärmeligen T-Shirts bei mir endlich vorbei sei. Vielleicht war das aber auch seine Art zu sagen, dass er es weiß und ich mir nicht diesen Umstand machen solle. Ist auch nicht so wichtig. Jedenfalls ist es schön, weiter über Prozesse schreiben zu können, über die kleinen Sachen, die angeblich kleinen, die doch manchmal so unabsehbar in ihre Auswirkungen sind. Was hätte mein Täter bekommen? Seltsamerweise habe ich mich immer gescheut, danach zu fragen. Vielleicht ein Jahr? Käme natürlich auch auf die Vorstrafen an. Mir selbst hat es mehr als ein Jahr eingebracht. Mehr als ein Jahr heftiger Strafe, wenn man das so nennen will. Tatsächlich träume ich inzwischen davon, was angeblich ein gutes psychologisches Zeichen ist. Vergessen werde ich es nie. Und ganz bestimmte Konstellationen immer meiden.

Aber ich schreibe meine Kolumnen nicht als »Stimme der Opfer«. Das Gericht ist nicht der Ort, sich um Opfer zu kümmern. Da hat man die Fakten zu beurteilen. Opfer werden gehört, dem Täter wird vielleicht noch klargemacht, was er angerichtet hat. Aber darauf beschränkt es sich schon, muss es sich beschränken. Die Konsequenzen für die »Objekt«-Seite spielen manchmal in meinen Artikeln eine Rolle, aber nicht oft. Karstadt verursacht mir noch immer kein Herzbluten, wenn es wieder einmal beklaut worden ist. Und dass unter oder über den Artikeln mein Name steht, das macht auch nur einen Teil des Reizes aus. Inzwischen liebe ich vielmehr fast dieses Gerichtsgebäude und die Geschichten, die Atmosphäre und selbst den Weg hierher, diesen miesen Weg mit S- und U-Bahn und Bus, vom Hackeschen Markt in die Turmstraße, es ist wie eine Rutschbahn, mich interessieren diese kleinen Gangster und ihr mal großartiges, mal jämmerliches Getue, denn all das ist der dickflorige Teppich, der sich Leben nennt. Diese Fälle, die ich beobachte, die sind nicht spektakulär genug, um es in die Nachrichten, geschweige denn ins Fernsehen zu schaffen. Höchstens mal, weil sie kurios sind. Und trotzdem sind sie wichtig. Sie sind typisch für diese Stadt und typisch für das Leben in diesen Zeiten und typisch dafür, was Menschen anstellen, wenn sie die vorgezeichnete Linie nicht mehr halten können. Fünf Zentimeter Abweichung können einen zu einem Erfolgsmenschen machen oder hinter Gefängnisgitter bringen. Und im Gericht ist es eben immer in die eine Richtung gekippt.

Andererseits bin ich inzwischen über das »Strafrecht für Anfänger« hinaus, habe mich an der Fernuniversität eingeschrieben und bekomme jetzt immer dicke Pakete mit Unterlagen. Aber noch immer habe ich von vielen Sachen keinen Schimmer. Im Zweifelsfall frage ich Michael. Beim Essen, nach dem Golfspielen oder am Telefon. Wenn ich diese Jurasache weiterverfolgen sollte, werde ich einen Teil meines Referendariats bei ihm machen. Falls mir bis dahin nicht etwas anderes in die Quere kommt; auf das Eintreten dessen, was man sich vorstellt, setze ich inzwischen keinen Cent mehr. Michael war es übrigens auch, der mir von dem plötzlichen Untertauchen von Raoul erzählte. Der stand kurz vor einem Verfahren wegen Betrugs. Baute dann noch einen Urlaub in Thailand ein. Und als wäre zumindest der Wettergott mit ihm, gab es gerade da den Tsunami. Viele Menschen starben, und es war eine einzige Tragödie. Raoul starb nicht. Raoul tat nur so. Dafür gab es eine ziemlich sichere Quelle. Er nutzte das Durcheinander, um sich aus dem Staub zu machen. Besser so, in Berlin konnte er sich ohnehin nicht mehr blicken lassen. Das Spielchen mit mir hatte er noch mit zig anderen Leuten durchgezogen, Erpressung wäre also über kurz oder lang auch ein Delikt gewesen, für das sich Raoul hätte verantworten müssen. Aber das kam alles erst langsam raus. Wie er Menschen abends überraschend besuchte oder sie zu merkwürdigen Veranstaltungen einlud und heimlich fotografierte und ansonsten so lange schnüffelte, bis er meinte, etwas zu haben. Zur Anklage aber wäre der Betrug gekommen. Neuen Porsche nicht bezahlt. Wäre mal was anderes gewesen als die Schwarzfahrer und Ladendiebe.

Mit Raouls Untertauchen ist, ohne direkten Zusammenhang, meine kleine Werberkarriere wieder ins Rollen gekommen. Seit gut einem halben Jahr kann ich sagen, keine finanziellen Sorgen mehr zu haben und trotzdem mehr oder weniger so zu leben, wie es mir gefällt. Das weniger bezieht sich auf solche Details wie Alex. Die Angstzustände kommen selten. Die Narben sind alle noch sichtbar, immer noch achte ich darauf, niemanden mit dem Anblick meiner Unterarme zu erschrecken. Aber das kann man lasern lassen, ich habe mir einen Prospekt besorgt, und das Geld dazu ist ja jetzt da. Ein wenig moderne Medizin, schon ist alles ausgelöscht.

Was sich nicht verändert hat, sind die Fragen. Noch immer die, wer nun wirklich der Typ war, der mich so aus der Bahn geworfen hat. War es der Mann, der eine Festina-Uhr geklaut hat, oder ist das eine Täuschung meiner zerfaserten Sinne gewesen? Warum tun Menschen so etwas? Bin ich inzwischen auf dem richtigen Weg? Bin ich jetzt frei? Bin ich ein Opfer? Oder habe ich einfach Pech gehabt? Was habe ich falsch gemacht? Widerfahren einem solche Dinge nur, wenn man zumindest eine Kleinigkeit falsch gemacht hat? Die gleichen alten Fragen, immer noch, immer wieder. Ich stelle mir die Fragen ganz allein, nachts auf dem Fensterbrett sitzend. Niemand wird die Antwort hören, die meine innere Stimme mir gibt. Unhörbar und allein, aber geprägt von allen Menschen, die ich getroffen habe, versuche ich eine Antwort zu finden, geprägt von allen Büchern, die ich gelesen, allen Theaterstücken, die ich je gesehen, und insgesamt von allen Informationen, die ich je aufgenommen habe. Das Ich, das da eine Antwort auf all diese Fragen sucht, das ist ein riesiger Heuhaufen mit Millionen Halmen, dieser ganze Haufen, das bin ich, und ich habe ungefähr eine Million Gesichter.

Mein Herz tut weh, es sticht darin, und es holpert wohl auch ein wenig, was merkwürdig ist, man redet immer nur im übertragenen Sinne von dem Zustand des Herzens, aber wenn es sich dann durch die Rippen bemerkbar macht, dann beunruhigt einen das viel mehr als alles andere. Noch merkwürdiger allerdings, dass mich dieses Herz schon den ganzen Tag mit seinen eigenwilligen Regungen begleitet. Schon heute Morgen unter der Dusche sah ich plötzlich, wie es schlug. Wie es sichtbar schlug. Nun habe ich wahrlich nicht das beste Verhältnis zu meinem Körper, der Gedanke, ihn in Zusammenhang mit meiner Person zu bringen, erscheint mir nahezu absurd, aber wie sich mein Herz da bemerkbar machte, wie es durch die Haut anklopfte, als begehrte es Einlass ins Leben, als es sich aufführte wie ein Silbersucher in einer Mine, der einen Fund signalisiert und jetzt nach oben will, um ihn allen zu präsentieren, das machte mir Angst, ein wenig faszinierend war es aber auch. Später las ich dann die ersten und letzten Absätze mehrerer Artikel in der Tageszeitung, um mich auf andere Gedanken zu bringen, aber ich las im Rhythmus meines Herzens, das auf dem Weg war, und dann hörte ich auch schnell wieder auf zu lesen, weil ich mich mehr auf meinen Herzschlag als auf die Buchstaben konzentrierte; dann stöpselte ich mir die iPod-Kopfhörer ein und hörte Musik, die viel schneller als mein Herzschlag war, Arctic Monkeys, dann ging es auch wieder, ich dachte an andere Sachen, und mein Körper war endlich wieder weg. Danach musste ich los, zum Gericht, und ich rannte mal wieder der Pünktlichkeit hinterher, das hatte mir mein Herz eingebrockt.

Ich werde müde, die Nacht geht so voran, wie es ihre älteren Geschwister schon getan haben, für die Nächte ist es leicht, die brauchen sich nicht zu verstellen, sind einfach, wie sie sind, und wer sich an ihnen stört, der soll sehen, wie er damit zurechtkommt.

Alex schläft, er hat sich, glaube ich, keinen Zentimeter bewegt. Ich habe ihm den Schlüssel für die Haustür unten gegeben, weil er morgens schon um sieben geht, und damit ist er der Erste, der die schwere Eisentür öffnet, die gemäß Anordnung der Hausverwaltung nachts immer abgeschlossen werden muss. Meinen Wohnungsschlüssel hat er nicht, bekommt er auch nicht, das ist uns beiden klar, darüber mussten wir gar nicht reden, Worte sind ja ohnehin nicht das, wovon unser Verhältnis strotzt, dieses Verhältnis, das er übrigens als »Romanze« bezeichnet, was mich schon sehr wundert, ich nenne es meinen Freunden gegenüber »Affäre«, meiner besten Freundin gegenüber »dieses Sex-Ding«. Zum Ende des Sommers geht Alex wieder für zehn Monate nach Neuseeland, ich weiß nicht, was ich am Tag seines Abflugs empfinden werde, keine Ahnung, und genau das sagt mir, dass ich diese »Romanze« schnellstens beenden sollte. Aber so ist es ja immer, für mich allein weiß ich das oder auch wenn ich mit jemandem, der nichts damit zu tun hat, darüber rede. Doch dann steht man diesem Menschen gegenüber und denkt, ach, ein Weilchen geht schon noch. Einerseits weil es natürlich auch seine Reize hat, andererseits, weil man gar nicht mehr sagen kann, warum dieser Schluss jetzt eigentlich notwendig ist. Das ist ja nun auch so eine dieser Binsenweisheiten: Man weiß alles ganz genau, dann kommen einem die Menschen in die Quere, und man hat plötzlich das Gefühl, ein nichtswissender Hochstapler zu sein. Also hält man die Klappe und macht einfach weiter, bis irgendwas passiert und man reagieren muss, so wie man bei diesen Temperaturen erst Wasser trinkt, wenn man Durst hat, obwohl doch jeder weiß, dass man permanent Wasser trinken muss, Durst ist da gar nicht das Kriterium. Und dabei fällt mir auf, dass ich schon lange eigentlich nie hungrig, sondern immer nur durstig bin. Was sagt uns das nun schon wieder? Nichts wahrscheinlich, denn das ist ja eine der ersten Lektionen, wenn man sich von der Illusion, unsterblich zu sein, verabschiedet: Glaube nicht an Zeichen.

Manchmal stehe ich vor meiner Wohnungstür und weiß nicht, ob ich mich nicht in der Adresse geirrt habe. Dann schaue ich auf das kleine, weiße Namensschild mit den Buchstaben darauf, und dann bin ich mir wieder sicher. Diese vierzehn Buchstaben, das ist der Code. Das bin ich, für den Briefträger, für die Nachbarn, für die Behörden, die mir Strafzettel oder Steuerbescheide schicken, nein, für die bin ich wahrscheinlich eher die 9-stellige Nummer, aber wenn Freunde dieses Schild mit dieser Buchstabenfolge sehen, dann wissen sie, wen sie hier wohl antreffen werden. Für die Astrologen bin ich Zahlen, für meine Bank auch, für die Kaufhäuser, die meine Kreditkarte entgegennehmen, ebenfalls. Im Amtsgericht bin ich nur ein Gesicht, da kennt, außer Michael und der einen oder anderen Richterin oder Rechtsanwältin vielleicht, niemand meinen Namen, geschweige denn meine Nummern. Hier wohne ich. Merkwürdig. So hatte ich mir das nie vorgestellt. Es sieht nicht aus wie in der Wohnung, die ich mir früher, als Jugendliche vorgestellt hatte. Es sieht auch nicht so aus wie in der Wohnung, die ich mir heute für mich vorstellen würde. Es ist die falsche Wohnung, geahnt habe ich das schon länger, aber allmählich ist es offenkundig. Es ist die falsche Wohnung, und zu oft waren die falschen Menschen darin.

So tickt die Zeit herunter, und du schwimmst immer noch im Meer des Möglichen und in allen Stilarten, die du mal im Fernsehen gesehen hast, und es ist kein Land in Sicht, noch nicht einmal eine Insel, noch nicht einmal ein blöder, mit blauer Kachellinie kenntlich gemachter Beckenrand. Zwischendurch verschluckst du dich auch noch an dem Wasser oder wie immer die Flüssigkeit heißt, was immer für eine Flüssigkeit das ist, aus der sich dieses Meer zusammensetzt. Strampeln und husten und dann wieder in einen Stil finden, weiter, auch wenn du gar nicht weißt, wo weiter ist, du schwimmst einfach in die Richtung, die für dich »vorn« zu sein scheint, vielleicht bist du aber auch gerade inmitten des Strudels einer abfließenden Badewanne, wäre dann ja auch okay, dann kreiselt man zwar nur die ganze Zeit um sich selbst, gelangt aber doch irgendwann in den Abfluss, auf den ohnehin alles zuläuft; nur verbringst du wahnsinnig viel Zeit damit, und es ist so anstrengend, so kräftezehrend, so beängstigend und so ablenkend. Da fragt man sich doch zwischendurch, warum, wenn ohnehin der Stöpsel gezogen wurde – und er wird gezogen, bei jeder Geburt wird er sofort gezogen –, warum man sich dann nicht einfach in gerader Linie dahin bewegen könnte, ob nun getrieben oder aus eigener Kraft. Das ist dann das, was die menschliche Würde ausmacht, die Entscheidung, aus freiem Willen auf den Abfluss zuzuschwimmen, Gott, was für ein überflüssiges Ansinnen einmal mehr. Das Leben ist ein Abenteuer, sagen sie, gerade erst wieder gehört. Wo? Natürlich im Fernsehen, diesem siegestrunkenen Medium, das immer so teuflisch nett und angenehm ist. Aber irgendwie ist die Idee ja auch immer interessanter als die Wahrheit.

Natürlich hat man alle Möglichkeiten. Aber will man die überhaupt? Will man nicht einfach um zehn Uhr aufstehen, ein weich gekochtes Ei und ein Schinkenbrötchen essen, dann irgendwas machen, was nett ist, um abends mit einem Bier vor sich zu sagen »hachja, das war der Tag«, dann einschlafen und im Traum wilden Sex mit phantastischen Menschen haben? Oder zumindest eine Variante von diesem Tagesablauf? Und trotzdem unsterblich? Geht es nicht darum, faul, glücklich und unsterblich zu sein?

So wie gestern, als mir schon am Morgen, gleich nach dem Weckerpiepsen klar wurde, was ich an diesem Tag machen wollte. Nicht ins Gericht gehen, nicht auf Aufträge oder einen Anruf warten. Ich wollte zum Viktoria-Luise-Platz. Mich in ein Café setzen, einen kalten Saft trinken, eine Zigarette rauchen und blaue Wölkchen in den Himmel blasen. Mich an den Brunnen setzen und mir vorstellen, wie ich vielleicht bald an einem anderen Brunnen sitzen würde, in einer anderen Stadt vielleicht, in einem anderen Land vielleicht. Ich startete die hellgrüne Vespa und fuhr so schnell es ging durch die hitzeflirrenden Straßen. Mein weißes Zegna-Hemd blähte sich wie ein Fallschirm, und mir konnte nichts, nichts, nichts passieren, nicht hier, nicht jetzt, nicht in dieser Stadt, nicht in irgendeiner anderen, mein Leben war im Moment unendlich, meine saftrote Schnittwunde am linken Unterarm, die ganz aus Versehen beim Aufräumen entstanden war, zeichnete sich wunderschön auf der braunen Haut mit den blonden Härchen ab, und dass das Hemd weiß war, hatte Flaggenqualität, hellblau wäre aber auch schön, oder ein dunkler Ton? Mal ausprobieren. Ich zog auf die Busspur auf der Potsdamer Straße, Vespa-Fahrer durften das, ich durfte das, ich durfte alles. In diesem Sommer – und in jedem, der noch käme.

Viertel nach sieben. Durch die Jalousien scheint bereits die Sonne. Als Außentemperatur gibt die Projektionsuhr 22,6 Grad an. Alex ist gerade gegangen. Ich weiß, seine Tasse, in der er den schwarzen Tee aufgebrüht hat, wird ausgespült und umgedreht neben dem Waschbecken stehen, der Aschenbecher wird ausgeleert sein, das kleine Handtuch liegt auf der Heizung, die Zeichen eben, die er hinterlässt, so klein wie möglich. Um halb elf wird er mich anrufen, aus dem Labor, fragen, wie es geht, sich darüber beklagen, wie unmöglich das alles ist, mit der Arbeit und mit Neuseeland, und ich werde etwas antworten, etwas, das man eben so antwortet, nichts Irritierendes. Spätestens in drei Tagen wird er gegen halb fünf eine SMS schicken, er ist dann in der U-Bahn, auf dem Weg ins Schwimmbad. Fragt, ob wir uns auf eine Cola treffen. Ist seine Umschreibung dafür, ob wir die Nacht miteinander verbringen wollen. Bis dahin bleibe ich allein. Gehe vielleicht ins Gericht, bekomme vielleicht einen Auftrag von einer Agentur, lese, esse, schlafe, wache auf und sitze auf dem schmalen Fensterbrett und schaue mir an, was die Menschen in der Sophienstraße so treiben. Wie sie es machen, die Zeit verbringen. Als dieser Sommer noch weit weg, ganz unvorstellbar war, verbrachte ich ein paar Wochen in New York; vor der Zeit, als dort Flugzeuge in Häuser flogen. An den Schlangen vor den

Hochhäusern, die jetzt nicht mehr stehen, traf man Menschen, die aus Bad Dürkheim oder Berlin, ehemals -Ost, oder aus der Nähe von Barcelona kamen. Man durfte in Restaurants noch rauchen, an den Plätzen neben den Toiletten und im Freien. Es war ein Dienstag, es gab noch jemanden, der mich nachts festhielt, es war Oktober – New York liegt auf demselben Breitengrad wie Neapel oder sonst was Warmitalienisches –, und es war früh, also fuhren wir mit der U-Bahn ein wenig hoch und ein wenig rechts, gingen zu Fuß noch ein paar Blocks, dann waren wir im alten Museum of Modern Art. Am Schalter ganz rechts saß eine Asiatin, ganz in Schwarz gekleidet, vielleicht so zweiundzwanzig, wer kann das schon schätzen, und ich dachte: Ich werde sie nie wiedersehen. Oder: Ich werde sie nie wieder sehen. Mitunter schreiben sich ja Gedanken wie ein Laufband von Jenny Holzer vor die Augen, in dieser Situation aber nicht, er stand da einfach wie gestempelt in meinem Kopf. Und ich hatte so zwei Minuten Zeit, sie dabei zu beobachten, wie sie das Geld kassierte und die Tickets rausgab. Von der Ausstellung weiß ich nur noch, dass da ein alter Apple-Computer stand, einer, an dem ich auch mal gearbeitet hatte, dieser kleine Kasten war also inzwischen schon ein museumswürdiger Klassiker geworden. Zudem hatte jemand Sachen geschrieben, und aus irgendeinem Grund hatten diese Blätter es auch bis hierher geschafft, ich erinnere mich aber weder an den Namen des Künstlers noch an das, was er geschrieben hat. Als wir wieder im Foyer waren, um uns im Shop Stempel von Jenny Holzer und Postkarten von Bacon zu kaufen, schaute ich noch einmal zu der Asiatin. Nicht kurz, aber auch nicht beobachtend, ich wollte sie einfach ansehen. Sie blickte auf und lächelte. Bis heute weiß ich nicht, ob sie mich sah oder ob sie an etwas gedacht und deswegen gelächelt hat, aber ich glaube schon, dass sie mich gesehen hat, ich möchte das glauben, zugegeben, sicher ist: Wir werden uns nie wiedersehen.

Und ich werde sie nie vergessen. Das war so einer dieser Momente, wo ich das Leben in meinen dünnen Arm nehmen und nicht mehr loslassen wollte.

Ich öffne das Fenster und schaue auf die Straße. Wann war das, als der Ast brach? Als jeder Mensch nur noch eine Figur war? Als du froh warst, schlafen gehen zu können? Als der Morgen keine Verheißung mehr war? Als du begannst, dein Leben durchzuzählen? Als du plötzlich auf Haltbarkeitsdaten geachtet hast? Als das Ticken der Uhr auf einmal bedrohlich klang? War das gestern?

An der Ecke steht ein kleiner Mann und lächelt. Ein steingrauer Hund zieht an der Leine. Die Glocken zweier Kirchen schlagen hintereinander die Zeit. Auf dem unebenen Bürgersteig skandieren die Absätze einer schmalen Frau. In dieser Stadt. In der Sophienstraße. So früh noch nie. So spät noch nie.

Es ist Zeit, Berlin zu verlassen. Neun Jahre reichen, neun Jahre sind mehr als genug. Fast zweistellig. Länger war ich nur in meiner Geburtsstadt, und das nicht freiwillig. Werde ich Berlin vermissen? Werde ich meinem Neffen, wenn er groß ist und mir irgendwo in der Welt gegenübersitzt, von Berlin erzählen? Sicher. Ich werde ihm erzählen von seinem Geburtshaus, an das er sich naturgemäß nicht erinnern kann, weil er mit einem halben Jahr schon wieder ausgezogen ist, von der Clausewitzstraße 7, wo er in einem eisigen November wie ein wunderschönes, kleines, hellblaues Paket fünf Stunden nach seiner Geburt angeliefert wurde, weitere sieben Stunden später habe ich ihn zum ersten Mal gesehen, da in der Clausewitzstraße, wo das Haus gegenüber aussah wie ein venezianischer Palazzo. In der Nummer 7 hingen riesige Spiegel im marmorverkleideten Foyer, man konnte noch einmal begutachten, ob man auch halbwegs passabel aussah, bevor man dann mit dem klapprigen Holzfahrstuhl nach oben ratterte.

Und ich werde ihm erzählen, dass Berlin fast die großartigste Stadt der Welt ist, obwohl das nicht stimmt, es ist nur eine Stadt unter vielen, über die man fliegen kann und sich wundert, wie viele Lichter es gibt und wie viele Menschen dort leben müssen, dass man so viele Lichter braucht, denn so ist das mit den Lichtern, sie werden nur für die Menschen gemacht, damit die sich ein bisschen besser zurechtfinden. Ich werde ihm erzählen, wie die Stadt aussah, als ich ankam, dass es da noch Briefkästen gab, die zwei Fächer hatten, auf dem einen stand »Berlin«, auf dem zweiten »andere Städte«, vielleicht erzähle ich ihm von Kreuzberg und Charlottenburg und Schöneberg und Siemensstadt und Tiergarten und Mitte, von dem Penthouse am Viktoria-Luise-Platz und der Wohnung im 21. Stock, von den Vernissagen und Partys, von all den potenziellen Regisseuren, Malern, Modedesignern, Schriftstellern und Generalkünstlern, die ich kennen gelernt habe und aus denen nichts wurde, von den Kneipen, die Würgeengel, Trinkteufel oder Zum blauen Affen hießen, vielleicht von, aber da wird er mich schon unterbrechen und fragen: Und was hast du da gemacht? Und dann werde ich wahrscheinlich sagen: Ich habe da einfach nur gelebt. Irgendwo muss man das ja tun.